这题超纲了

木瓜黄 著

02

喜欢总是轰轰烈烈，
想摘星也总是义无反顾。

木瓜黄

中国致公出版社·北京　知音动漫

图书在版编目（CIP）数据

这题超纲了. 2 / 木瓜黄著. -- 北京 : 中国致公出
版社，2020（2025.2 重印）
ISBN 978-7-5145-1690-6

Ⅰ. ①这… Ⅱ. ①木… Ⅲ. ①长篇小说－中国－当代
Ⅳ. ① I247.5

中国版本图书馆 CIP 数据核字（2020）第 146114 号

本书由木瓜黄授权湖北知音动漫有限公司正式委托中国致公出版社，在中国大陆地区独家出版中文简体版本。未经书面同意，不得以任何形式转载和使用。

这题超纲了. 2／木瓜黄 著

出　　版	中国致公出版社	
	（北京市朝阳区八里庄西里100号住邦2000大厦1号楼西区21层）	
出　　品	湖北知音动漫有限公司	
	（武汉市东湖路179号）	
发　　行	中国致公出版社（010-66121708）	
作品企划	知音动漫图书•少女心诊所	
责任编辑	林颖	
装帧设计	刘宝　余婧雯　方茜	
责任印制	翟锡麟	
印　　刷	武汉鑫兢诚印刷有限公司	
版　　次	2020年11月第1版	
印　　次	2025年2月第41次印刷	
开　　本	890mm×1260mm　1/32	
印　　张	10	
字　　数	290千字	
书　　号	ISBN 978-7-5145-1690-6	
定　　价	42.80元	

目 录
CONTENTS

CHAPTER 21

天赋选手

□□□□□□□□□

　　天台铁门的门把手被长长的链条拴在一起，没有锁紧，能推动但范围有限。风就从两扇门的缝隙间肆无忌惮地穿过。

　　要不要抱，许盛也不知道。

　　邵湛等了一会儿，见许盛没有回答，就自己做了决定。他走上前伸手覆在许盛脑后——只是这回动作不像之前的那么轻。他像是解开了某种封印，褪去一身"优等生"的束缚，身上那件原本属于许盛的T恤也被风吹得扬起，显出一股平时完全见不到的张扬气质——恍然间，许盛仿佛看到眼前站着的是一年多以前的那位南平校霸邵湛。

　　这其实不能算是个标准的拥抱，因为许盛还愣着，邵湛就已经伸手扣着许盛的脖子，将他拉近自己。

　　许盛被他按住，动弹不得。

　　风夹着邵湛身上独有的那股凛冽味道和许盛的迟疑渐渐远去，许盛却在这一秒清楚地意识到这个发生在校霸和学神之间的拥抱要是被人看见了，多半会让目击者在那一瞬间怀疑起人生。

　　这个拥抱可能只维持了很短暂的时间，也可能真的过了很久。

　　隔着单薄的布料，许盛可以清楚感觉到对方的体温，同时也听到从对方胸腔里传来的心跳声。明明没有任何变化，也没有听见雷声，但这个瞬间却像是定格了一样，在平行时空无限拉长。

许盛忍不住在心底骂了一声，才问："要抱多久？"

邵湛反问："换回来了吗？"

许盛看了一眼邵湛，邵湛身上还是那件黑T恤，很显然："没有。"

所以没换回来，还得接着抱？许盛对那位大师的信任开始动摇。他这不会是被人骗了吧？大师说要抱到什么时候了吗？许盛回想，好像没说。大师说完换回来的要求之后，再问他任何问题，大师就只会摇摇头，神秘道："天机不可泄露，我已经说得太多了，切记，心诚则灵。"

"心诚则灵"这四个字太玄了，到底几个意思？

许盛回过味来，大师好像句句话都坑。如果是平时，许盛绝对不至于那样，但现在是特殊时期，只能想特殊方案，都能为月考狗急跳墙了，为四校联赛失个智怎么了。

许盛不知道是想逃避，还是拿这种快要透不过气、心率疯狂失衡的情绪束手无策，于是他转向了一个新话题："那个胡半仙是不是骗子？"

邵湛没有说话。

许盛微微侧头，这才发现邵湛居然在笑。他笑得并不明显，喉结滚动两下，然后他松开手说："你很好骗。"

"我什么？"许盛彻底明白过来，"你耍我？"

可随着许盛的清醒，许多细节都清晰了。在半仙居的时候，虽然许盛很上头，但邵湛很冷静。许盛的脑子会不够用，可邵湛的智商却是实打实的高，这么明显的漏洞他不可能没察觉，尤其许盛在自曝之后，大师后续发言很明显在跟着许盛说的话走……但邵湛却没戳破，由着他闹，从绝缘服闹到算命馆……

"没耍你。"

"不算耍我这算什么？"

"算账。"邵湛又说，"说了下课跟你算账。"

算账是一个很方便的说辞。

许盛暂时掩去还未平复的心跳，回寝室之后躺在床上点开康凯的聊天框，聊天框停留在那句"你这有情况啊"上。他把那行字反复看了两遍，想发点什么，最后还是什么都没发，把手机扔边上，阖上眼。

　　与此同时，另一边仅一条过道相隔的对面寝室里，邵湛正对着面前几张新发的竞赛卷发呆。题目已经反复读了几遍，向来自制力强且一开始做题就什么都顾不上的他却一个字也没看进去。

　　正巧手机响了一声，他干脆放下笔。邵湛拿起来一看，南平讨论小组消息眨眼间刷了几十条。

　　——我今天路过咱学校了，啧，学校重建了。

　　——我知道，弄得像模像样的。

　　——监控也整起来了，不知道现在翻墙还像不像咱们以前那么方便。

　　组里说话的都是邵湛以前认识的那帮朋友。中考还剩一百多天的时候，邵湛就开始闷头看书，毕业后大家去了不同的学校。邵湛进了六中，这帮朋友以中专为主，结伴去学了汽修。

　　邵湛很少在群里说话，说不上出于逃避还是别的想法，而且临江六中的课业也是真的忙。但是现在再面对这些朋友，邵湛的感觉却和之前截然不同。可能是因为藏着的秘密、以前的自己……都被人轻而易举地抚平了。加上邵湛现在确实想找个人好好聊聊。

　　他动了动手指，在群里发：是吗？

　　邵湛一出场，群消息刷得更快了。

　　大哥就算金盆洗手了，那也还是他们大哥！邵湛当年在南平有多狠，别说是一个杨世威，就算来十个也无法撼动他这个校霸的位置，更别说他行事比一般校霸牛多了，说收手就收手。群里人都还记得邵湛刚开始学习那会儿，还有个隔壁班不长眼的人过来惹他。邵湛眼皮都没掀，右手压着试卷没动，不紧不慢地把答案填上去，左手直接把人按在课桌上，沉声说道："没空跟你玩，滚开。"

　　群消息疯狂刷过，最后有人按捺不住那颗八卦心。

　　——湛哥这么长时间不出现，是抛下我们谈恋爱去了吗?

　　邵湛当年突然开始学习，一百多天之后考了第一名，直接考进重点高中这件事在南平无异于一声惊雷，南平第二年入学率都高了不少。关于邵湛到底为什么突然发奋的猜测也一直没停过。各种猜测里，传播最广的猜测和"早恋"有关："听说邵湛是因为早恋，不然怎么突然要考临江六中，肯定是有喜欢的人在那所学校吧。"还有不少人来问邵湛的兄弟们，然而邵湛曾经的兄弟们也很迷茫："可能吧，我们也不清楚啊，但是你们这个推测听起来挺像那么回事啊！

邵湛到底为什么学习，成了南平始终未解的谜。

邵湛回：不是。

邵湛这句"不是"发出去之后，群里马上就有人说：看吧，我就说，这纯属扯淡，我们湛哥是谁，是那种会被儿女情长阻碍他行走江湖的人吗？还谈恋爱，扯！

种种猜测，众说纷纭。邵湛对着聊天框，心说他并不是为了谁而来，但确实遇见了某个人。

邵湛放下手机，寝室正好熄了灯，他坐了会儿才伸手去打开台灯。

对面寝室里，许盛在床上翻了个身，半天没睡着，闭上眼权势自己和邵湛在天台干的傻事，强迫自己不去想天台事件之后，又想到自己被算命的神魂骗了几百块钱，许盛更睡不着了。

无奈，他气愤地从床头捞过手机，想找张峰打局游戏。不料张峰的消息倒是先发过来了。他大半夜奋战在八卦最前线，这会儿迫不及待地想和许盛分享自己的新情报：老大，你看贴吧了吗？

许盛现在看到贴吧两个字就发怵，回忆起"桃花般的双眸"就浑身起鸡皮疙瘩。

[S]：?

[张峰]：你去看看，贴吧都炸了。英华的人来我们学校下战帖来了，指名道姓挑衅学神，这也太嚣张了。

[S]：? ?

张峰想到许盛平时从来不关注和学习有关的事情，所以也不一定会知道这个四校联赛，于是跟他激情科普一番：你可能不知道，是这样的，我们学校每年都会和其他三所学校联合举办竞赛活动，以前四校联赛每年都是英华夺冠。

但许盛那俩问号完全是冲着"英华"去的，他的意思是英华的人跑来干什么。他当然知道四校联赛，用不着张峰科普——毕竟今年四校联赛很可能是他上！他，作为有50%概率上台比赛的参赛选手，能不清楚吗？！

[S]：我知道，这段略过。

[S]：英华的人跑来干什……算了，你直接发链接给我。

张峰很快发过来一串链接。帖子名字简单粗暴，就叫战帖。内容大致如下：

邵湛，去年算你走运，今年四校联赛我不会再输，你给我等着。冠军属于英华，属于我。

后面是一行署名：坐不更名行不改姓，言出必行段耀胜。

如张峰所言，这个人确实嚣张到了极点，所以发帖不过三小时，临江六中各年级学生纷纷上去轮贴回复。

2楼：楼上你谁？

3楼：哪里来的，给自己加什么戏？

4楼：不认识，去年学神赢得太快，四校联赛其他参赛选手我没来得及看全，比赛就结束了。

5楼：楼上好泼辣，不过我就喜欢你的泼辣。

这里面混着一个正儿八经科普的声音——

89楼：这个姓段的我听说过，确实厉害，听我同学说去年好像是发挥失常才输的，他是英华年级第一，和学神一样，从没掉下来过……不对，我们学神已经为同桌掉到了倒数第二了。

英华的人来下战帖这事闹得沸沸扬扬，在走廊上经过都能听见有人在谈论这事，以致许盛第二天进班，又忘了昨天他把单词背到了哪一页。

"不是这页，往后翻，"邵湛手里拎着早饭，出声提醒的同时把早饭放在许盛面前，"你早上见到我跑什么？"

早上，两人似乎有某种感应似的，同时开了门，又同时愣在门口。两人对视一眼，都觉得气氛有点怪。邵湛正要说话，却见许盛退后两步，"砰"的一下关上了门。

听见脚步声走远了，许盛才开门出来。他本来想去食堂，但不知道怎么地，就走向了反方向，直接去了教学楼。

许盛把词汇手册翻过去一页，面对邵湛的问话，他脑子一团乱，总不能说见到你就想到天台，想到天台就开始不知所措吧。

半晌，许盛说："我，那什么，锻炼身体。"

邵湛没再揪着这个点跟他扯，把豆浆递过去，说："吃完饭再看。"

豆浆是热的，许盛收紧五指，"哦"了一声。许盛这豆浆还没喝上两口，侯俊像一阵旋风一样从门外转进来，背着书包还没走到座位就开始喊："湛哥！"

这帮人跟拔萝卜似的，一个带一个，侯俊身后还跟了一串人。

"英华那个姓段的，太狂了！"侯俊奔到许盛面前坐下，"我们都看到帖子了。"

谭凯紧随其后，他从侯俊身后伸长手臂，边点头附和边试图从许盛的早餐袋子里抢个生煎包吃："是啊，不过想想也可以理解，英华年级第一，去年被你按在地上摩擦，今年想找回场子。"

袁自强就直接多了："我也想吃一个。"

许盛无语，把早饭推过去。

沈文豪则诗兴大发："敌人的嫉妒就是最好的赞美。"说完，沈文豪转向邵湛："盛哥，今天的语文作业能交一下吗？孟老师说你一礼拜没交作业了，要是今天还不交，语文课你就别上了。"

邵湛只觉得嘴里一阵发苦，可沈文豪毫无察觉："你这样每天不交作业怎么成，我也不好跟孟老师交差啊。"

这日子还是和以前一样苦，许盛和邵湛都承受着不该承受的压力。

英华年级第一来发帖，让四校联赛本就居高不下的关注度立马爆了，短短一夜，回帖量破万。

"我们学神今年肯定连霸，劝这位英华选手先想想失败感言吧。"

"学神必胜。"

还有人直接杀去英华实验中学的学校贴吧，很快英华的同学也炸了。

火药味蔓延到两所学校，今年这届四校联赛成了真正的荣耀之战。而有可能被推到战场上的选手——许盛，心情非常复杂。等侯俊他们走了，许盛三两口把剩下的早饭吃完，才想起来对邵湛说谢谢。

"湛哥，去一趟孟老师办公室，"谈话间，后进班的同学在门板上敲了两下，"孟老师找你。"

许盛现在觉得哪儿都不安全，这个世界就是处处针对他："老孟找我干什么？"

"估计是看了学校贴吧。"

许盛不想面对任何和四校联赛有关的事情："能不去吗？"

邵湛面无表情鼓励他："勇敢点。"

许盛感觉更糟了。

"手机带上，"邵湛又说，"有事给我发消息。"

孟国伟确实是看了贴吧。按理说老师平时不会关注这些，但这回英华学生来他们学校发帖这事实在闹得太大，惊动了校方。

许盛忐忑地敲了门："报告。"

孟国伟放下手里的东西道："邵湛？进来吧。"

大清早，办公室里人还不多，周远正在阳台上给他养的那盆花浇水。许盛作为办公室常客，无论孟国伟平时怎么骂连眼睛都不会眨一下的人，还是头一次感受到办公室原来也是个让人有压力的地方。

"孟老师，"许盛吸口气，走到孟国伟桌边，"您找我？"

孟国伟就是想安抚安抚学生，想让他别被这些事情影响："学校贴吧里的事情我都知道了，你别紧张。"

许盛心说我紧张得不得了！

孟国伟对邵湛百分之一百的信任："你肯定没问题的，咱们只要稳定发挥就行。"

会出大问题的好吗？！

孟国伟拍拍许盛的肩，丝毫不知道现在这位临江六中骄傲的身体里住着一位纯学渣的灵魂，安抚之余不忘给这位学生一点信心，他微微笑道："我们都相信你！"

这回你们怕是信错了……

孟国伟看了眼时间，又说："这次找你来，其实还有另外一件事，顾主任给你安排了一个赛前采访，时间差不多了，我们现在就过去吧。"

"赛前……"许盛这话说得很艰难，"什么？"

"采访。"孟国伟说着就要领许盛过去，许盛听到"采访"两个字就快疯了，他放慢脚步，给邵湛发过去两个关键词：顾阎王办公室，救我。

顾阎王办公室里摆着一把椅子，这把椅子靠墙摆得规规矩矩，正上方是一幅山水画，椅子上还搭了一条绶带。

"等会儿邵湛同学来了，"顾阎王忙活半天，退后两步，问边上正在摆弄三脚架和镜头的校报记者，"他就坐在这个位置，你看怎么样？"

校报记者推一推眼镜道："我觉得这位置好，非常适合取景，也很适合我们今天这个主题。"

顾阎王心满意足地点点头，就等优秀学生邵湛过来了，就是"邵湛"进门那一刻的表情似乎有些不情愿，并且在门口磨蹭了很久："顾主任，我……"

顾阎王直接把人拽进来，指指座椅："来，坐。"

许盛坐上去之后，顾阎王又把那条绶带往他身上挂，等记者按下快门，"咔嚓"一声，他才看清绶带上写的是"第十四届四校联赛冠军"。

今年是第十五届。

快门声不断。

"放松点，简要谈谈自己的学习方法，还有去年夺冠的体会就行。当然也得重点体现一下咱们临江六中今年的雄心壮志！"顾阎王在一旁热心指导着。

关于这个采访的由来，就还得说回英华实验中学。顾阎王昨天跟着六中学生一块儿八卦，摸到英华贴吧之后，发现这位叫段耀胜的同学还录了一个赛前采访。这他们临江六中怎么能认输？排场要有！而且还要比英华的大！

校报记者站在镜头后面看出许盛似乎有些拘谨，于是想引导他发言：

"同学，笑一笑，谈谈你的学习方法。"

许盛笑不出，所以镜头里的少年冷着一张脸，虽然背靠着椅子，坐姿不太端正，但这可能是他扮演邵湛扮演得最像的一次。而且他一个从来不学习的人能有什么学习方法？许盛连原地自曝的心都有了，到时候不管孟国伟是想拉着他去医院看精神科，还是别的什么，他都认了。

许盛沉默一会儿，开口道："天赋这个东西很难讲。"

屋里突然安静了。

缓了一会儿，校报记者艰难地继续采访："那，我们谈一谈去年的夺冠体会？"

"赢得太快，没来得及有什么感受。"

校报记者彻底哽住。

好在采访没能进行多久，顾阎王办公室的门就被人敲响，之后响起一声"报告"。

虽然语调略有些不同，平日里语调会更不着调一些，但这声音化成灰顾阎王都不会认错。

"许盛？"顾阎王满面春风的脸上立马换了表情，"你来干什么？"

邵湛看到许盛的消息，就立马赶过来。但是他现在是许盛，许盛主动敲顾阎王的门，能有什么理由？可供选择的选项不多。半晌，邵湛说："我来反省自己。"

闻言，许盛的心情不自控地复杂了一下。

"反省什么？"顾阎王心说也是奇了怪了，今天太阳难道打西边出来了吗？"你还知道'反省'这个词呢？"

邵湛只好细数许盛的恶状："我最近也想了很多，我之前的学习态度确实存在问题。"

最后，这场赛前采访在"许盛"的搅和下草草了事。

许盛出门之后去边上洗手间里洗了把脸，洗完出去，邵湛倚着墙在外面等他。这个点还是早自习时间，走廊上没什么人。许盛不想直接回寝室，于是干脆在楼梯台阶上坐下，撑着台阶说："连采访都上了，所以四校联赛……怎么办？"

怎么办？

这个问题也问倒了邵湛。四校联赛逼近，满打满算只剩下一周多的准备时间。连玄学都试过了，接下来只能期待联赛之前他和许盛能换回来，但这个情况显然……概率不高，就算是50%，他们也赌不起。

许盛正琢磨这个问题，没注意到邵湛往他这走了两步。邵湛和他错开两级台阶，微微俯下身，许盛眼前那片光被他遮挡住。邵湛抬手，五指轻轻掐在许盛脖子上——这是一个看起来有些危险的姿势，说掐也并不准确，因为他又伸出一根手指抵在许盛下巴上，强迫他把头抬起来。然后邵湛才松开手，干燥的指腹从许盛的喉结附近擦过。

许盛后知后觉反应过来，邵湛擦的是刚才自己洗脸时没注意到的顺着流下来的水滴。

邵湛直起身说："现在只剩一条路，许盛参加比赛。"

他不知道该说"我"还是"你"，用哪个称呼都有歧义，最后干脆点名许盛。许盛反应两秒，很快明白邵湛是什么意思：他得去参赛，不管事态如何演变，总得保证真正的邵湛在赛场上。

临江六中贴吧。

置顶贴：我校荣誉学生邵湛，第十四届四校联赛冠军，谈谈他对今年联赛的展望。

帖子一经发布，引发热烈反响。

2楼：临江六中牛！学神牛！

3楼：我们学校真是硬气啊！

4楼：哈哈哈哈，我昨天摸去英华，看到英华置顶帖，刚想说咱们学校也整一个，这就顶上了。

…………

18楼：没人提一下内容的吗？这采访内容简直帅炸了，品品这句"天赋"，英华看到得气得七窍生烟吧。

帖子里的那张照片中邵湛还是那张冷脸，其实校报记者拍照水平特别可怕，但架不住邵湛颜值高，随便拍都好看。少年眉眼凌厉，头发长长了些，就连跟往日不同的懒散坐姿看起来都像是在藐视英华。

19楼：虽然但是，学神这姿态……绝了！

20楼：@段耀胜。

21楼：找错人了，让我来，@段必败。

许盛借着邵湛的壳子，总算是把采访糊弄过去了，但由于采访内容过于嚣张，无异于是再添一把火。张峰发消息过来的时候，许盛正在装模作样听课。

此时孟国伟正带着同学们看课文："把书翻开，这段要背下来啊，课后自觉去找组长背，我们看第一段——"

许盛边听课边和同桌传字条。许盛虽然上课睡觉、打游戏样样都沾，传字条还是头一次。以前同桌多都有些怕他，就算后来发现这位校霸不怎么跟人动手，但也培养不出太多感情。许盛虽然很能跟人打好关系，但他高一那会儿情绪真算不上好，想去立阳二中最后却偏偏来了这，高一下学期才混得开些，而且玩得比较好的张峰那帮人离得远，因此根本没机会传字条。

——我年级排名就没考出过倒数第三，别说竞赛了，作业都不交，我跟老孟说我想参加四校联赛，你不觉得很离谱？

——离谱。

——换个方法。

——有别的办法吗？

——……没有。

传字条而已，又没有别人看到，两人都没再压抑自己的字，许盛放开了写，邵湛则是用回右手。字条上两人字形迥异，把美丑的反差发挥到了极致。许盛对着邵湛的字走神两秒，心说他怎么能写那么好看？许盛顿了顿，又继续往后写。

——除非老孟疯了才会答应吧？而且，谁去说？

许盛写完把字条推过去，邵湛一只手拿着手机，另一只手提笔在上面极快地写了一个字，然后再向他推回去。

"所以这一段的含义，总结一下就是对故乡浓浓的思念之情，"孟国伟举着书，边说边从隔壁组绕过来，"我们再看第二段。"

孟国伟丝毫不知道班里两位同学上课不听讲，正谋划着等会儿要怎么给他"惊喜"："第二段从回忆里抽离，作者回到现实，短短数载，物是人非……"

眼看孟国伟正要绕到他和邵湛桌边，许盛不敢有太大动作，怕引起怀疑，于是看都没往邵湛那儿看，凭着刚才邵湛推回的位置的印象伸手去接。纸没接到，却抓到了邵湛的手。

风扇在顶上"呼啦呼啦"地转，许盛惊讶地怔住，直到邵湛屈把字条传了过来，许盛才回过神来。但碍于孟国伟就在旁边，许盛已经无心去看邵湛到底在纸条上写了什么了。

孟国伟读完第二段，从书里抬起头，刚好和邵湛的动作错开，没发现什么异样。这堂语文课新课文只讲完一半。"今天的课就到这里，"孟国伟整理教案，俯身关掉PPT说，"大家下课休息吧。"

邵湛回复的那个字是"你"。

许盛现在是真怕了办公室这个地方："为什么我去？"

"你现在是邵湛，"邵湛说，"你说话他还能信，我过去说是等着被他轰出来吗？"

这话倒也没错，从邵湛嘴里说出来的话，再扯没准都有老师信。全校老师对邵湛的爱都太盲目。

说话间，孟国伟拔掉U盘，正要出去。

这任务难度太大，许盛想破头也想不出来孟国伟怎么才会答应让许盛参赛，这不扯淡吗？

"那我要说什么？"

"说你想学习，"邵湛拉着他起身，后半句话让许盛定了心，"我跟你一起去。"

报名竞赛的事情早晚都得说，现在有邵湛跟他一起去，许盛情绪稳定很多，甚至能在去办公室的路上冷静思考对策，推开办公室门之前，还真让他想到一条："你觉得，邵湛发现了许盛身上潜藏的竞赛天赋，这个说辞怎么样？"

办公室里一片寂静，而且静得非同寻常，虽然仅隔着一堵墙，但办公室里外完全是两个不同的世界。

孟国伟呆若木鸡，手边刚倒好的茶，端起来忘了喝。不光孟国伟傻眼，边上意外听到"邵湛"进来就是一句"孟老师，对四校联赛我有一些想法，我想引荐许盛同学"的周远也傻了。周远站在阳台上，维持着浇水的动作，水源源不断地从水壶里流出，像是在演哑剧。

许盛得到答案了。这个说辞，显然，很惊悚。

孟国伟原先还在想许盛和邵湛两个人一起过来找他，是发生什么事了。结果听到这么一句惊世骇俗的话，他内心比得知邵湛月考分数那一刻崩塌得还严重。

"你说什么，"孟国伟被茶杯烫到手，这才放下，"你想引荐谁？"

"许盛。"

"为——为什么想引荐……""许盛"两个字孟国伟说不出口。他

最骄傲的学生过来跟他引荐许盛。许盛，那个摸底考和月考两次都考倒数第一的学生。不，不光这两次考试，时间再往前推，高一一整年只有一次离开过倒数第一这个位置，除了写检讨会拿笔以外，其他时间估计连碰都不会碰一下笔的许盛。

许盛来办公室之前以为自己做不到，但没想到人的底线是可以不断往下挪的。"老师，"许盛面不改色，"是这样的，我和许盛同学做了一段时间同桌之后，我觉得他这个人和我原先想象的不太一样，他勇敢、善良……"

邵湛在他边上咳了一声："跑题了。"

哦……许盛收回对自己过分的赞美，把思路拽回到原来的轨道上："他这个人其实很聪明，我觉得他有竞赛天赋。"

邵湛适时开口："我也意识到了学习的重要性，想把时间精力投入到学习里，我希望老师可以给我一个参加联赛证明自己的机会。"

许盛，有竞赛天赋。

这是孟国伟执教生涯几十年里，听到过的最令人不可思议的话。边上的周远心里想的也是：我教了许盛一学期，我怎么没看出来他还是个数学奇才？但说这话的人是邵湛。邵湛的实力和水平，所有老师都是认可的，只要在市级竞赛里保持以往的水平，保送都不是什么问题。这话从这样一位同学嘴里说出来，竟诡异地有种说不上来的说服力。

孟国伟和周远两人对视一眼："你怎么看出来……许盛有天赋的？"

压根就没有天赋那玩意儿，还能怎么看出来？许盛只能继续扯："昨天我写联赛试卷的时候……有道题，还是许盛同学给我提供的思路。"

他含糊过去，只说有道题，邵湛默契接话："是一道立体几何，已知距离是两条异面直线之间的距离而非线距，需要进行转化。"

"许盛"这具体题目和思路一说，孟国伟心里那种诡异的感觉来得更强烈了。其实仔细想想，邵湛说的情况也未必不合逻辑，有些学生确实在逻辑思维能力上有天然优势。以前临江六中也不是没有过堕落的学生其实思维能力奇佳，平时虽然不怎么听课，但只需要稍加点拨就能举一反三的例子。能考上六中的学生本来底子就不差，就连隔壁一班的张峰，有时候也能写出课后思考题的大致思路。联系邵湛的话，再想想许盛从高一开始交上来的那些空白作业本……这些此刻都成了令人浮想联翩的线索——正是因为太空白，实在是太不学了，因此说他有潜力，还真不是没可能。退一万步说，只要许盛有想改邪归正的念头，作为老师就怎么也不能打击他。

四校联赛是淘汰制，又不是专业的正统联赛，非准竞赛生参加其实也没什么。到时候许盛无非也就是上台"一轮游"。

思及此，孟国伟心里有了主意："你要参加也可以，只要你竞赛作业都能按时完成。当然了，不光竞赛作业，从今天起，每一门课的作业你都得交，上课也不可以开小差，只要让我抓到一次，竞赛的事情你就别想了，行吗？"

许盛抢答："他行。"反正都是邵湛写。

许盛作为四校联赛预备役，这天放学后就和邵湛一起参加了联赛集训。联赛逼近，现在竞赛生每天放学都自觉留下来，在三号会议室里集合做题。今天学神的置顶帖也给这帮竞赛生打了一剂"鸡血"，使得他们的做题热情空前绝后——直到他们看到学神和校霸一前一后进来，校服和T恤对比强烈。

"这什么情况？有人能解释一下吗？"

"这是许盛吧，来打架的？你们谁招惹他了？"

许盛和邵湛两人忽略掉这些人窃窃私语的声音，从讲台上拿了两份试卷就往后排走。后排人少，而且托"许盛"的福，他坐下之后，包括他们前面一排都没人敢来坐。

联赛集训实在无聊，许盛刚开始还能撑着下巴，勾着笔在试卷上面写几个"解"，本来他打算按计划照着邵湛的答案抄抄改改地把自己的那份试卷给写了的，但十分钟之后，他实在是觉得无聊透顶。他叹口气，趴在桌上，把笔反过来，去戳邵湛："不想写。"

邵湛倒是很适应的样子，毕竟大大小小竞赛参加过无数次，他把试卷从头到尾扫完，趁着前面的同学不注意，低声道："试卷给我。"

教室外头天已经暗下去不少，许盛玩了会儿手机，看着邵湛写完自己的，又换左手对着正确答案胡扯一通，打算帮他把试卷答了。

"喂，"邵湛侧头看他一眼，黑色水笔在修长的指间转过一圈，"有竞赛天赋的那位，想对几题？"

邵湛说"喂"的时候，声音又低又冷。许盛已经趴下了，手机贴在脸边，刚插上耳机准备放歌。前面的同学不敢回头，因此没注意到他们这边的画面多颠覆三观：校霸手里压着两套题，正在写，学神则一副"本大爷要和你们这帮竞赛生划清界限"的闲散模样，并且打算阖上眼睛睡觉。

闻言，许盛沉吟两秒，毫不客气道："那就随便对两道题彰显我的天赋吧。"

邵湛手里那根笔正巧转停："知道了。"

许盛睡觉之前在心里觉得有点爽。作为学渣，谁没有幻想过有人帮忙做作业，不用动笔就自动写好了，尤其这个帮忙的人，还是全校第一。

邵湛写题速度很快，又是照着写的，写完不过是眨眼的事。考虑到许盛的水平实力，对的那两题邵湛也没让他全对，而是把框架填上之后，让他在中间出了点差错。

竞赛生不敢回头，但没少在竞赛群里议论。

[匿名A]：我们班有同学在办公室里碰到学神和校霸了。

[匿名B]：怎么说？我现在想知道校霸为什么来咱们会议室。

[匿名C]：说校霸报名参加四校联赛了。

匿名群集体沉默。足足三分钟过后，才开始刷感叹号和问号。

竞赛练习卷交上去之后，听说许盛在邵湛同学的推荐下加入联赛队伍的顾阎王拿着这张试卷仔细端详。学生已经离开了，会议室里就剩下他和孟国伟，还有忍不住跟过来看试卷的周远。

周远一看，不得了，立刻找出邵湛故意留下的线索："虽然没几题是对的，但是这道立体几何他居然能找出这条辅助线！"

"何止——"顾阎王道，"这道题虽然答案错了，但你们看看他的解题思路。"

说完，他们都沉默了。如果说答应许盛参加竞赛之前他们还有些顾虑的话，那么面前的答卷证明了一切。

孟国伟道："看来许盛真的有点天赋，他平时只是不学，学起来还是可以的。"

有天赋的联赛新晋选手许盛此刻正躺在寝室里打游戏。张峰打游戏的时候直接开的麦克风，许盛没法开，就只能打字回应。

"对面草丛有一个，老大，打他！"

许盛操作角色，然后言简意赅地在队伍频道里打：解决了。

"你为什么不开麦？你手机还没修好呢？"

S：没。

张峰打游戏也不忘八卦："那我能问你个事吗？你要参加四校联赛？你认真的？"

许盛回过去一串省略号。

"他们都说你是为了学神参加的，真的吗？"

消息能传那么快，许盛还真是没想到。他更没想到的是，临江六中贴吧一个新贴的热度缓缓上升。

只要你靠近我一步，剩下的路，就由我走向你。

具体内容如下：

这什么情况，前有学霸为同桌考倒数第二，后有校霸为同桌参加联赛？这年头帅哥同桌之间都这么挑战自我的吗？这是怎样的一份同桌情，是怎样的一份同学爱？

…………

此时，一局游戏正好快结束了。为了邵湛参加？仔细想想也没错。于是许盛在结束前几秒回复张峰：可以这么理解。

张峰来不及反应，游戏结束后，手机界面直接回到游戏大厅，已经没时间再问。

许盛退出游戏，又想到邵湛。虽然邵湛能帮他写竞赛试卷和平时的作业，但他也不能真没脸没皮地什么都丢给他写。而且邵湛得认真准备联赛，每天晚上不知道得写到几点……许盛忽视张峰发过来的一堆消息，不受控制地点开邵湛的头像。

——开下门。

许盛蹲在邵湛寝室门口把这三个字发过去之后，有一瞬间怀疑自己是不是疯了。他许盛居然还有自己给自己找作业写的时候？

邵湛打开门，看到许盛跟某种大型宠物似的蹲在他门口："怎么？"

许盛手里拿着的除了手机，还有一支笔，他起身说："闲着无聊，来你寝室转转。"

许盛拉不下脸说自己是来做题的，学渣有包袱，学渣也有尊严。倒是邵湛看了他一眼，主动给台阶下："既然来了，那就把你那堆作业写完再走吧。"

邵湛寝室跟他上次来的时候相比，没有任何变化，许盛把椅子让给邵湛，自己坐在床边，正好对着写字台侧面，不过他不老实，直接从邵湛桌上抽了本书垫在膝盖上压着写。许盛咬着笔帽，含糊不清地问："数学练习册写哪儿？48页？这节课老周讲过吗？"

许盛还是头一回这么自觉，课虽然没听，但也知道翻书看例题。

"讲过。"

"那我可能没注意。"

"你什么时候注意过？"邵湛看他找不到题，说着伸手把他手里的课本往后翻了几页，"不会问我。"

许盛一直在邵湛寝室待到熄灯，课后作业没那么难写，知识点明确，看完例题还有不懂的话，邵湛三言两语就能点通，最后许盛居然把周远留的作业吃透了。

他写完最后一题，抬眼去看邵湛。邵湛竞赛卷写到一半，正在草稿纸上算题。

许盛也说不清，他是来找作业，还是来找人的——或者两者都是。许盛低下头，在台灯下去看今天写的作业，忽然又发现一个惊人的事实：他对文化课……好像没有那么排斥了。

接下来一个多星期，许盛几乎每天都去邵湛寝室写题，有时候邵湛还会跟他讲讲竞赛题常用的解题方法。许盛这是第二次接受邵湛的补习，比上一回接受度高出不少。其实月考前那次地狱补习成效比两人想象的多——邵湛能押题，即使许盛高一知识点落下太多，恶补高一上的内容就花了不少时间，可除了英语，其他科目进步还是很显著的。这种"特训"，让许盛对周日即将拉开帷幕的四校联赛多了那么一点点底气。

CHAPTER 22

四校联赛

四校联赛选在周日的原因很简单，因为观众不光只有六中的学生，其他三校观赛的同学也会乘大巴车过来。联赛举办地是抽签决定的，这次又在临江六中体育馆。上回邵湛夺冠就是在临江，这回再度抽中主场，让六中学校领导欣喜不已，都觉得这是要连霸的征兆。

临江六中设施是出了名的好，体育馆前几年刚翻新，总共分为两层，可容纳一千余人。为提前布置场地，体育馆一周前就上了锁，严禁学生出入。此刻体育馆早已经焕然一新，不光搭起赛台，还准备好了观众席，门口挂着一条鲜艳的横幅：第十五届四校联赛。

"卖望远镜了。"

趁开场前的空档，体育馆前不远有同学做起了生意。

"走一走看一看。"

"你和学神之间，就差一个望远镜的距离！不想看清学神的答题姿势吗？不想近距离感受赛场的激情吗？五十一个，不还价！"

许盛作为今年联赛参赛选手之一，早上九点就到会议室集合了。顾阎王正向他们简单介绍比赛规则："咱们今年联赛有所改革，分为团体赛和个人赛，团体赛环节主要为抢答计分，个人赛环节选手当场写竞赛卷，一张卷子五道题。不要紧张，记得千万看仔细题目，这回其他三校都是有备而来，我们要打起十二分的精神。"

与此同时，其他学校的参赛选手也陆陆续续到了。

最先驶进临江校门的，是英华实验中学的大巴车。英华实验中学的校服很好辨认，红黑色，黑色校裤边上有一条红杠。车门缓缓打开，英华的指导老师最先下来，站在大巴车边上管理秩序。紧接着，第二、三辆大巴车跟在英华后头驶进来。清晨阳光照在这几辆车上，车身闪闪发光。

不少六中学生组团在校门附近看热闹。

"刚才那是英华？这辆车是嵩叶的吧……"

"气势汹汹啊这帮人。"

"还没下车我就感觉到热腾腾的杀气了——尤其是英华的。"

"一年一度的修罗场，去年就够凶的了，没想到今年更凶。"

顾阎王发表完讲话，看一眼时间："那咱们就出发去体育馆。"

许盛勉强记下上半场团体赛和下半场个人赛的赛制规则。还没走进体育馆，他就感受到了满校园紧张的赛前氛围。到处都是加油横幅，离体育馆最近的两棵树上挂着的正是"邵湛连霸"。

"团体赛你坐我边上，"邵湛说，"总共十道题，我敲桌面你就马上按铃。"

团体赛问题不大，由邵湛提醒，许盛代答就行。

许盛应了一声。除了上台检讨，许盛还没上过这么大的"舞台"，说不紧张肯定是假的，尤其他身上还背负着临江六中的荣誉。许盛抬手，把衣领解开一些，脑子里乱糟糟地想着还是退学保平安算了。

他参加什么联赛？这里适合他吗？是他该来的地方吗？

正门人太多，参赛选手统一排队从后门进场。进场前，邵湛的手在许盛头上搭了一秒。短暂的触碰过后，许盛听见少年用一贯冷淡的声音说："别紧张。"

体育馆人声鼎沸，临江六中参赛选手在热烈的、几乎掀翻馆场的欢呼声中登场——至此，四校联赛终于正式揭幕。

"现在我们可以看到，临江六中的参赛选手已经进场了，让我们用热烈的掌声欢迎他们！"体育馆不光搭了赛台，赛台不远处还配有解说席位，"大家好，我是来自临江六中的解说员老叶。"

因为观众隔得远，而且比赛过程中解题时间漫长，为提高观众的积极性，所以每年联赛都会找两位老师进行实况解说。老叶是高三数学老师，临江六中优秀教师之一，坐在他边上的则是来自英华实验中学的杨主任。

杨主任微微颔首："大家好，我是英华实验中学的老杨。"

观众提前入场，早已经坐满了一、二两层的观众席，二楼看台上还有大批学生趴在栏杆上。学生们看到"邵湛"出场便一齐尖叫："啊啊啊，学神！"

"学神今天也好帅，学神加油！"

"学神连霸！"

"把冠军留在临江！"

临江第一个进场，今年又是临江的主场，观众情绪达到顶峰。

许盛虽然紧张，但或许是刚才邵湛那个动作，又或许是那句话起了作用，这会儿他反倒放松了下来。许盛不光不紧张了，他还试图给邵湛找点场子。只见许盛懒懒散散走在最后面，单手插兜，一改平时"邵湛"冷漠不近人情的样子。他一点点从略暗的通道走出来，仿佛不是光照在他身上，而是光影一寸一寸跟着他在动似的，等他彻底出现在大众视线里，欢呼声更甚，他才抬起头。然后许盛对着观众席，眯起眼抬手，手指指节绷直，冲着他们比了一个射击的动作——狂到极致，少年身上肆意张扬的特质压都压不下去。

"啊——"观众席的声音彻底一举压过解说员。

"我之前怎么没发现学神那么嚣张？"

"姐妹们，我没了，我被击中了。"

邵湛看许盛那样，心里说不出什么滋味，只觉得胀胀麻麻的。于是他压低声音问许盛："你就不怕收不了场？"

"怕啊，"许盛把手垂下去，说，"怕归怕，但输什么都不能输气势！"他勾唇笑了笑，又说："再说了，我觉得你说得对，紧张什么，不是还有你吗？"

一个学神就够炸的了，更别说和学神一起出场的还有校霸。虽然校霸参加联赛这个事情早在贴吧传遍了，但真正目睹还是令人震撼的。队伍末尾，一群穿校服的学生里，穿黑色T恤的少年格外醒目。校霸冷着脸——没人对这位爷的实力有自信，但不可否认，这位爷镇场子的作用真是一绝，一出场就直接把他们临江六中竞赛生团队的气势给拔高了。

　　解说员老叶不得不出来维持秩序："咳，临江的同学，安静一点，注意保持安静……"老叶声音一扬，又说："接下来进场的，是英华实验中学的竞赛生们！"

　　终于轮到自己学校，老杨接过话："英华实验中学，以爱国立学为校训，英华的竞赛生不畏险阻，勇攀高峰，让我们共同期待他们今天的精彩表现。"

　　说着，英华的参赛选手排成长队，一队六人从进场通道走出来。为首的那位同学个子很高，远远看过去很醒目。英华出场时观众反应也相当激烈，英华的学生一个顶俩，扯着嗓子喊"段哥段哥所向披靡"，去年的失利让他们今年对这场比赛格外看中，就等今天一雪前耻。

　　"我们段哥无敌！"

　　"段耀胜，段哥必胜！"

　　为首的那位就是在临江六中贴吧留下过姓名的段耀胜，他目不斜视，径直跨上赛台。坐下之后，目光就停在"邵湛"身上没挪过。

　　许盛感受到这炙热的眼神，默默吐槽：盯错人了，兄弟。

　　许盛偏过头，问邵湛："这位就是你去年的对手？"

　　邵湛哪还记得这些无关紧要的人："没印象了，可能是吧。"

　　直到许盛有了动作，段耀胜这才注意到今年临江六中的参赛队伍里出现了一个陌生面孔，看样子还跟他的对手邵湛很熟。于是段耀胜才勉为其难把目光分给他一点，同时脑子高速旋转：这人谁，高一新生吗？去年没见过……他为什么不穿校服，难道是个狠角色？

　　知己知彼方能百战百胜。段耀胜扬了扬下巴，问身边的同学："你们有人认识他吗，那个没穿校服的？"

　　同学纷纷摇头："不认识，去年好像没这人吧，新生？"

随后，嵩叶、星剑两所学校的学生也陆续进场。赛台上摆着四张长桌，上半场团体赛，每所学校六个人，坐在各自的那张长桌后。许盛头一次参加这种比赛，在一众正襟危坐的同学里显得略有些僵硬。

裁判掐着点开始下发草稿纸，所有选手拿着笔，压着纸，蓄势待发。

这是一场真真正正的学霸之争。

临江、英华、嵩叶、星剑，这四所学校哪一所说出去都是有足够分量的重点学校。许盛也是中考走了运，怀揣着一颗誓要上立阳二中的心，头悬梁锥刺股，又是疯狂补习又是超常发挥的，才勉强够上临江的分数线。

这要是再让他重考一次，未必有这个运气能考上临江。

四所学校的学生之间，萦绕着莫名紧张的氛围，学霸之争一触即发。

他一个浑水摸鱼混上台的纯学渣在这种威慑之下，还是有点慌。

解说员老叶在做规则讲解："接下来进入团体赛环节，团体赛是抢答计分，最先按铃的学校先行答题，答对加十分，答错扣十分，希望选手在进行抢答之前考虑清楚，一旦答错就要承受扣分的后果。"

这个团体赛看着轻松，有队友，但是答错扣分的机制也是对所有选手的磨炼，就算以最快的速度算出答案，谁敢保证自己就一定对？哪怕只有0.1秒的犹豫和迟疑，都会被对手抓到机会。

离赛台最近的白墙变身成一片荧蓝色的投影巨幕。

两位解说员齐声道："各位选手准备好，请看第一题。"

话音刚落，荧蓝色墙面上立刻浮现出两行字。

第一题：是一个残缺的3×3幻方，此幻方每一行每一列及每一条对角线上的三个数之和相等，则x的值为____。

题目边上有个3×3的表格。第一列为空，第二列第一、二行为空，第三行为9，第三列为2012、11、x。

第一道题仿佛赛场上的发令枪声，所有人拿起笔开始奋笔疾书。

这道题相比平时做的正规联赛题来说，确实不算什么大难题，开胃菜罢了，但解出来也需要花一些时间，而抢答恰恰拼的就是时间。

"现在赛场气氛相当紧张，可以说是争分夺秒。"解说员老叶分析道，"这道题很考验思维模式，只要想通就不难。但这紧张的气氛搞得我也紧张起来了，我们可以看到，现在所有人都——"

叶老师想说所有人都在跟时间赛跑，不知道谁会按下第一次铃。但他没能说下去，原因是，场上有一个人，压根连笔都没拿。于是他话到嘴边临时改口："我们可以看到，临江六中的邵湛同学，他、他没有动。"

他为什么不动？！本来观众席上的同学也注意到了这一现象，加上解说员特意点名，全场哗然。

"学神怎么了？"

"学神怎么不解题？"

许盛也很想解，但是他看不懂题。幻方是什么玩意儿？！这几列表格又是什么意思？解题思路在哪儿？而且联赛和平时写课堂作业不同，草稿纸最后都要收上去，加上裁判在四桌选手面前不断绕来绕去，他要是硬着头皮在纸上乱涂乱画，很难跟裁判解释。为了不给邵湛添麻烦，目前最好的方法就是不动。但姿态还是要淡定，要藐视一切，要散发出这道题太简单简直不需要动笔算的气场。

时间紧迫，邵湛也没时间去管许盛坐着不动这件事，他坐在许盛边上，勾着笔算题。邵湛解题的时候很冷静，甚至比平时还要冷上几分。他垂下眼，哪怕穿着许盛的衣服，仍旧透出来一种与其相悖的气质。

段耀胜确实是一个强劲的对手，英华年级第一的名号不是吹出来的，一年过去，他比去年更强了，他和邵湛两人一前一后放下笔——解说员老杨激动得难以自制："英华的段耀胜选手抬头了！他放下了笔，是已经解出来答案了吗？！他会是第一个按铃的选手吗？"

"叮。"铃响。

但按铃的人并不是段耀胜，也不是嵩叶和星剑的选手，而是临江六中的学生。

观众热情复燃，气氛再度被爆炸。

"是学神！"

"学神按了铃！"

"我就说学神肯定没问题，他刚才虽然没拿笔，但肯定是已经在心里算出来了！"

段耀胜难以置信地听着那声铃响，他自认为这速度没人比得过，没想到还是慢了两秒。

大家注意力都被"邵湛"吸引过去了，没人注意到"许盛"放笔的速度最快。"许盛"放下笔之后，甚至还有时间屈指在桌面上轻敲两下，这是他和许盛之间商量好的暗号：按铃。

许盛下手的速度也快，他立马按响面前的答题按钮。

解说员老叶点他的名字："临江六中邵湛同学第一个按铃，请邵湛同学在十秒内回答。"

许盛只要略微侧过头，就能看到邵湛在草稿纸上圈起来的数字："4016。"

场下陷入沉默，观众席上的人都不知道这个答案对不对，吊着一口气等裁判发令。

两秒后，裁判举牌。解说员解释道："答对，临江六中，加10分。"

首胜，"邵湛"拿下的这10分，不光引发观众欢呼，也让台下几位临江六中的校领导露出笑容。顾阎王从屏幕上亮出第一题开始，就忍不住在边上背着手走来走去，此刻他手握成拳，重重地往前挥了一下，喊道："好样的！漂亮！"不愧是邵湛！不愧是他们临江六中夺冠的希望！不过他的声音很快淹没在身后观众席上传来的、层层叠加的音浪里。

而许盛则被这来得太容易的胜利砸晕了，尽管参赛前听过邵湛无数传奇，也知道邵湛去年就是吊打对方，但亲身经历才真正品出"吊打"这两个字的意思。

许盛不可置信地向当事人确认："第一题，我们赢了？"

邵湛表情没什么波动："嗯。"

"这么简单？"

邵湛松开笔，笔落回纸上："这题不难。"

邵湛说的不难，许盛很难体会。但许盛透过自己的身体，隐隐看到了去年那个联赛大魔王。

啧，许盛心说，我同桌怎么那么厉害？

"邵湛"这个首胜拿得对面心态很崩，原因无他，你要是碰到这么一位比赛开始之后所有人都埋头答题，就他一个人不动，草稿都不打，然后还能提前按铃的选手，估计你也得崩。

段耀胜坐在座位上，一言不发。他的队友拍拍他的肩："没事的，段哥，这才第一题，刚才我们都看见了，你是第一个放笔的，下一题咱们肯定能行。"

"请看第二题。"

投影上的内容切过去一页，第二题是一道选择题，带了张函数图像。

许盛继续他上一轮的发挥，按兵不动。有第一题的胜利撑着，这回他装腔作势的模样更随性自然了。他不再僵着身体，而是随意往后一靠，手里捏着支笔转着玩儿。

段耀胜解题中途抬头打算再看一眼四个选项，却意外和对面的"邵湛"对了眼，许盛甚至对着他勾唇笑了笑。段耀胜额角抽了抽，心说：他这是在挑衅谁？

"这题比上一题难，我预估这题的解题时间较上一题会略有拉长，临江六中的……呃，邵湛同学还是没动笔。"解说员老叶实在不知道该如何解说这位选手了，他最后硬着头皮道，"接连两题，邵湛同学都没有在草稿纸上写下一个字。这……可能是因为这一题也不值得他动笔吧。"

来体育馆观赛的同学们没能预想到这次四校联赛比去年还有观赏性！仅学神一个人就把比赛观赏性这一领域值给拉满了！

段耀胜再度低头，以最快的速度去解最后一步，邵湛放下笔，又在桌上敲了一下。

全程都在转笔玩儿的许盛直接抬手按铃。

这次不光段耀胜和在场的其他竞赛生，就连英华实验中学来的解说员老杨的心态也开始不稳定了。于是解说的重任再度交给老叶："第二题，还是临江六中的选手第一个按铃，请六中选手在十秒内作答。"

许盛按铃之后往邵湛手边那张草稿纸上看，没看到上面有圈起来的选项。许盛问："答案呢？"

邵湛却是不急，他抬眼看许盛，用只有他们两个人能听到的音量说："伸手。"

许盛不明所以，邵湛补充了一句："不是想知道答案吗？"

许盛还是不懂，但裁判已经在催了，他没时间去思考邵湛想干什么，直接在长桌底下将手伸了过去。可能是为了增加比赛的仪式感，长桌上铺了一层从大礼堂拿过来的红棕色绒布，长长的绒布垂下，将长桌底下的小动作遮掩得严严实实。

许盛站着，没法低下头去看，因此任何细微的触感都会被无限放大。他感觉到自己的手背蹭在绒布上，有点痒。下一秒，掌心抵上点温热——是邵湛在他掌心写了一个"A"。

裁判等了一会儿，眼看十秒时间已经过半，最后一次提醒："请六中选手……"

"A，"许盛说，"我选A。"

"选A是吗？"裁判向许盛确认答案。

选A到底对吗？尽管许盛连题目都看不懂，却丝毫不怀疑邵湛在他手心里写的答案。

裁判故意沉吟两秒，才举牌："恭喜答对。临江六中再加10分。"

裁判这句话说完，顾阎王从座位上一跃而起："我们学校的！"顾阎王乐不可支，也不管身边坐的都是哪些学校的老师了，忍不住炫耀道："我们的邵湛同学，他一直都是这么优秀，哎，我们临江六中的学生就是出色。你们记得吧？应该有印象吧？去年就是我们邵湛同学夺的冠！"

被顾阎王抓着听他炫耀的英华实验校领导脸色铁青。

团体赛时邵湛就如同被神明附体了一样，总共十道题，他一个人包揽下一半分数。直到第六题才让英华的人抢到机会，段耀胜以一秒的优势提前按铃，抢到10分。之后星剑、嵩叶也抓到机会，各得10分。

团体赛总共持续一个半小时，最后以临江50分、英华30分、嵩叶10分、星剑10分的比分结束了。

许盛作为按铃工具，早记不清临江夺下几分了，反正邵湛敲桌他就立马按。他只记得邵湛后面都不在纸上写答案，专门在他手心里写。

体育馆空旷，声势浩大，人群拥挤，现场气氛不断高涨。在无数人的注视之下，在万千鼎沸的人声中，绒布之下隐秘的小动作，成了他们同桌两人的默契。

"团体赛，获胜学校——临江六中！"

"临江六中以50分的成绩夺下团体赛第一，学校食堂为各校提供了午餐，我们稍做休息，下半场个人赛开赛时间是下午1：30。"

解说播报完下午的赛程之后开始组织观众离场。同学先从一楼开始往外撤离，紧接着二楼看台的观众也缓慢向外挪动。

竞赛选手还是走进场时的专用通道，遮盖住专用通道的红帘子拉起，英华的选手率先退场。

"段哥，走了，咱们还有下半场，"英华的选手拍拍队长的肩，安慰道，"上半场失利没什么，对面也就侥幸比我们多对两道题而已，我们必须得稳住。"

段耀胜虽然抢下30分，但面色依旧不好。他也不可能好，努力拼搏一年，这次杀回来想夺回第一，没想到对手也变得更强了——虽然听上去只多对两道题，但总共十题，他凭着一己之力拿下了一半，而英华的三道题，段耀胜只拿下两题，有一题是队友按的铃。更让人自闭的是邵湛全程没打过草稿！段耀胜自认自己的算数能力已经是英华顶级，大多数题目让他在心里默算也不是不行，但联赛的题计算量庞大，心算几乎是不可能完成的任务。

邵湛已经这么强了吗？他真的强成了这样？！

对手的强劲程度令段耀胜心惊！

许盛对这些一无所知。他不知道自己现在顶着邵湛的壳，在团队赛上悠闲转笔的姿态闪瞎了所有人的眼睛，在他们心里埋下恐惧的种子。

段耀胜走之前狠狠地看了许盛一眼："你等着，下午的个人赛我未必会输给你。"

许盛毫不退让，眼一弯："行啊，我等着。"

威风完许盛才感觉到饿，撑过团体赛，接下来的个人赛才是重头戏。而他和邵湛还不知道怎么办。

"一起去吃饭？"

邵湛刚"嗯"了一声，按捺不住喜悦之情的顾阎王就从观众席上走上来："好样的啊！邵湛，保持住，你现在这个状态非常好，我就知道今年冠军肯定还是我们临江的！"

不等许盛反应，顾阎王又乐道："放松心情，吃完饭好好休息一下，下午看你表现。"

您别急着高兴，下午可能会死。许盛在心里想。

"下午怎么办？"退场时，趁顾阎王不注意，许盛忍不住问，"还有你……"

许盛说着顿了一下，然后"咳"了一声才说："你把答案往我手上写干什么？"

邵湛不答，少年走在许盛身后，浑身散发着冷意，但看向许盛的时候眼神却完全不是那样："你觉得呢？"

许盛说不出原因。

半晌，邵湛说："省时间。"

省那么一两笔的时间？

没能等许盛继续想下去，一颗脑袋探过来："报——"

从通道出去，原本应该提前离场的七班同学意外没走，都在后门通道等着。侯俊为首，几个人见到他们出来便围了上来。

"今天食堂大妈做饭水准有显著提高，我都怀疑咱学校是不是换厨子了，平时要是能维持这个水平，校外一条街那些饭馆早关门大吉了。"

许盛诧异："你们怎么在这？"

谭凯还在激动的余韵里，说话都不自觉亢奋："等你们一起吃饭啊！顺便湛哥刚才在台上真的是帅炸，那铃按得我鸡皮疙瘩都起来了。"

许盛假模假样地谦虚："过奖过奖。"

侯俊身为班长，可不止是等人那么简单，他已经把一切都安排得明明白白的了："我让自强提前去食堂给你们俩抢鸡腿了，他跑得快，咱们过去直接就能吃。"他又转向邵湛："盛哥也补补，没有功劳也有苦劳，镇场子镇得不错。"全程都在答题的邵湛只能苦涩地接下这份不属于他的"荣耀"。

食堂伙食确实提高不少。估计是因为今天有其他三所学校学生也要来吃饭的缘故，排骨汤里终于有了排骨，不是肉末，而是整整一大块的排骨肉！六中学生喜出望外，尤其是袁自强，他们到的时候袁自强已经吃上了："今天咱学校这饭我一口气能吃两碗。"

许盛没他们那么乐观。这饭再好吃，吃进嘴里也如同嚼蜡。他和邵湛两个人都知道，这场联赛真正的关键就是接下来的个人赛。

"就吃这么点？"邵湛问。

"想到个人赛就没胃口。"许盛说。他虽然饿，但午饭是真吃不下。

"下半场个人赛，别想太多了。"邵湛也担心，但个人赛只能听天由命，再怎么想都没辙，"都考倒数第二了，还有什么是不能发生的。"

许盛一时不知道怎么接话，但觉得邵湛这话说得似乎也有道理。

午饭过后休息一小时，一点整时，观众开始陆陆续续进场，下半场个人赛即将开始。

"请各位同学回到自己之前的观赛位置上，保持安静，等待下半场个人赛开赛。"

临江六中拿下团体赛冠军，解说员老叶喜上眉梢，解说语气也不由得往上扬，"下半场个人赛赛制如下，比赛时间120分钟，在规定的时间内答完题，得分最高的选手获胜。参赛选手禁止携带与本次竞赛无关的用品，禁止交头接耳，禁止作弊……"

解说员念完竞赛规定，又说："两位裁判会在台上密切注意各位考生的动向，不要抱有任何一丝侥幸的心理。"

许盛进场前，观众席已经开始预热。上半场的胜利让临江六中所有学生进入集体癫狂状态。

"学神！学神！"

"学神双冠！！！"

"个人赛冠军！！！"

呼喊声震天动地。英华的学生在上半场失败之后，把希望完全寄托在下半场比赛上，受到六中同学的感染，也扯着嗓子喊起来："段哥段哥！

谁与争锋！"

"嵩叶加油！"

"星剑最强！"

四所学校的学生像是在比谁嗓门更大，下半场个人赛气氛比上半场还要热烈。体育馆空气里仿佛埋藏着无数颗细小的易燃物，只要一点点分贝就能接连炸开。

"你们别说，校霸在场上，总让我有一种特别不现实的感觉，不过学神怎么不看我们啊？"

"学神脸上也没什么表情。"

有同学注意到"邵湛"看起来情绪不对，尤其是和上一场相比。很快就有同学帮忙解释道："你们懂什么，学神这叫沉稳，是稳下来了。"

许盛现在一点也不稳，他心里慌得不行。

赛台布置成单人单座。由于邵湛去年拿的是冠军，座位号自然是1号。段耀胜就坐在"邵湛"右手边。而今年新参赛的选手，自称有点竞赛天赋的"许盛"坐在最后。两人的位置呈斜对角，中间隔着十几号选手。这距离远得让许盛绝望，就算想动点手脚暗示一下答案也没办法。

不过从下半场个人赛的座位排布能看出来，英华的选手确实厉害，1号位到10号位，除了邵湛和两三个嵩叶附中和星剑中学的学生外，其他全是红黑色校服。

许盛完全没了上半场的心情。

时间一分一秒过去，两位解说员在复盘上午的赛况，并展望下午这场个人赛："上午的团体赛可以说是精彩纷呈啊，我们四所学校的学生表现都非常出色，临江最后以20分的优势领先，但英华拿下最后一道压轴题，双方角逐十分激烈，所以下半场冠军到底落在哪所学校手里，没有进行到最后一秒，我们都不得而知。让我们一起期待下半场个人赛。"

"1号位的邵湛同学看起来准备充足，2号位的段耀胜选手也仿佛志在必得。"

当时间来到1: 30，两位解说员齐声道："下半场个人赛——正式开始！由裁判下发试卷和答题纸。"

说是只有五道题，但留的空白答题区域却长得吓人。试卷第一页第一行字标着"第十五届四校联赛个人卷，考试时间120分钟，总分100。出题人：杨崇光（英华）、顾华（临江）、李勇（嵩叶）、郑枫（星剑）"。

第一题：求所有由互异正奇数构成的三元集$\{a,b,c\}$，使其满足：$a^2+b^2+c^2=2019.$

许盛一脸蒙，脑子里乱糟糟的，最后直接"砰"的一下爆了。

考点在哪儿？互异正奇数是什么玩意儿？出题人到底什么用意？这难道就是传说中文字越短难度越大的题吗？

邵湛那边也好不到哪去。一拿到题目，他就开始叹气，知道许盛这回是怎么扯也扯不出来了。用许盛的身体答题怎么想都说不过去，可这次事关学校荣誉，邵湛犹豫一会儿，开始低头答许盛的卷子。

"听说今年联赛题目比去年难，是由四所学校的年级主任出题。"解说员老叶道，"看来确实是有些难度，临江六中邵湛同学表情略显凝重……段耀胜同学开始埋头解题，让我们在心里默默为场上选手们加油鼓劲，不管成绩如何，他们都是最棒的！"

观众席上一位邵湛的粉丝实在忍不住，高喊着："学神加油！"

许盛硬着头皮在姓名栏里填上邵湛的名字，又在第一题底下写上一个字"解"，外加一个冒号。

写完之后笔尖顿住，许盛解开胸前的衣服纽扣，想透口气。体育馆的空气有那么稀薄吗？

"邵湛同学也开始答题了！"解说员道，"现在个人赛已经过去十分钟，请各位选手注意时间。"

许盛在第一题憋了十分钟，最后潦草地胡诌几个步骤上去，干脆放弃了这道题。

看下一题，没准下一题能行。许盛怀揣着这样一个不切实际的想法，去看第二题。

第二题：设 $\{a_n\}$ 和 $\{b_n\}$ 是两个等差数列，记 c_n=max$\{b_1-a_1n, b_2-a_2n, \cdots,$ $b_n-a_nn\}$(n=1，2，3，$\cdots$)，其中 max$\{x_1, x_2, \cdots, x_s\}$ 表示 x_1，x_2 ……

等差数列这个概念他倒是知道，邵湛给他补过，但是这跟课本上的题目截然不同。

许盛看得眼花缭乱。

怎么办？再接着下一题？

题不会写，笔不能拿在手里不动。许盛不知道写什么，只能把邵湛跟他说过的等差数列知识点往上填。慌乱地写到一半，他不禁开始思考起早点下台这个操作的可行性。

与其把他代替邵湛答的这张卷子公之于众，不如让"邵湛"直接退场。一个去年联赛上大杀四方的大魔王，觉得今年联赛特别无趣，拿下上半场团体赛冠军之后越发觉得这场比赛索然无味，这设定也挺符合逻辑。

许盛连台词都帮邵湛想好了："新世界是你们的。我已经厌倦这种无意义、无悬念、无对手的比赛，我打算把机会让给更多的人。"

许盛鼓起勇气往台下看了一眼，正好对上顾阎王期许的目光，顾阎王甚至冲他鼓励性地猛力挥拳：加油啊，小子！

许盛知道刚刚的想法没有实施的可能了，他要是真这样说，顾阎王下一秒就得送急诊。

这时解说员解说道："英华的段耀胜选手已经翻页了！他翻页了！"

段耀胜在拿到试卷的那一刻，就以风卷残云的速度开始答题。这次个人赛并没有规定交卷速度最快的人获胜，但去年被邵湛领先足足五分钟的惨痛回忆让他燃起斗志。他今年不光要拿最高分，还要做最快的那个！今年是他段耀胜的复仇之战。他要让邵湛看看，谁才是联赛第一！

隔壁选手熊熊燃起的斗志仿佛具象化一般，烧到了许盛这块废铁身上。许盛很想回头看看邵湛现在在干什么，他答题了吗？

其实邵湛比段耀胜翻页翻得更早——只是他在许盛的身体里，根本没人注意他。

解说员老叶对这位六中出了名的不良少年了解得不能再透彻，虽然有听闻这次"许盛"是带着洗心革面的心来参加联赛，但他的黑历史实在太多，老叶根本没去关注这位不可能拿到名次的选手。

体育馆里没有时钟，全靠解说员每间隔一段时间报时提醒。

"个人赛时间过半，请各位选手合理分配好时间。"

"个人赛时间进入倒计时，最后二十分钟。"

许盛手心里全是汗。时间越是逼近，他就越坐不住。看不懂，每道题都看不懂。这还是他心态好，换个人坐在这里早就自闭了。

"个人赛进入最后十分钟，请各位选手注意，最后十分钟！"

邵湛虽然在答题，但用许盛的身份答题，是最坏的打算。

比赛时间只剩最后十分钟。

完了，许盛阖上眼，和最后排的邵湛两个人一齐在心里闪过一个念头：来道雷，劈了我吧。

这个念头刚从两人的脑海里划过去，下一秒，隐隐从遥远的天际响起一阵雷声！

轰隆隆！

许盛和邵湛同时猛地睁开眼。

许盛握笔的力度重了几分，黑色水笔边缘凸起的部分紧紧贴着指腹。是他想的那样吗？仿佛为了印证这个猜想，雷声由远及近，最后来到体育馆上空，和着体育场空旷的、自带回音的空间音效，结结实实地在两人头顶劈了一下："轰——！"

片刻的失重感过后，许盛手底下的试卷明显换了一张——字迹虽乱得跟他的有几分相似，可他没有把试卷填得这么满。这张被他压在手底下的卷子已经写到最后一题了，停在最后一题的最后一问上，只剩下一个最终解没有写。

许盛后知后觉地把目光从试卷上挪开。他看到了自己的手，再低下头，看到自己身上穿的是一件衣摆宽松的黑色T恤。于是他又抬起头，越过前面几排参赛选手，看到了坐在第一排的邵湛。

邵湛背对着他，坐姿挺拔，从他这个角度看过去只能看到少年握着笔的手，和半截手腕。

解说员提醒最后一次："注意了啊，只剩下十分钟了。"

换回来了，邵湛呼出去一口气，定神去看手底下这张考卷，答得……一团乱。从答题纸上能看得出许盛是真的不知道写什么，于是开始默写概念，只是等差数列概念还记错了。到后面没有他会的概念，干脆开始瞎写，最后一道大题边上甚至写了两个字：救命。"救命"边上画了个简笔涂鸦，一个小人跪在地上双手合十痛哭流涕。

邵湛看笑了。他以为自己会很急，却还是对着那个涂鸦多看了两眼。

这些题对许盛来说难度超纲，比如第三题，但邵湛一眼就能看出来由于奇平方数的末位数字只具有1，5，9三种可能，所以a_2，b_2，c_2的末位数字，要么是5，5，9，要么是1，9，9。这些知识点许盛可能想破头都想不到，但这些邵湛却很熟悉。

许盛答题占用篇幅不大，每道题基本上都空了一大片。仗着反正别人也看不出许盛这字写的到底是什么玩意儿，邵湛把许盛胡扯的那些划掉，然后收起心思，开始争分夺秒往上写答案。

十分钟时间确实紧急，按理来说根本答不完。但他在许盛身体里已经把所有题目都写过一遍，答案步骤还在脑子里，只要手上速度快一些，要在十分钟之内写完不是没有可能。

解说员报时："最后两分钟。"

邵湛把前面的步骤答案填完，开始写最后一题。

"最后一分钟——"

一分钟后，裁判吹哨。

解说员开始提醒："时间到，请各位考生放下笔，停止答题。"

邵湛给他答完的卷子，许盛不好再改，除非把答题纸全都涂黑，不然也很难修改，改了还是能被人一眼看出来。再加上最后十分钟，裁判一直在许盛边上晃来晃去，他没机会下手。

试卷被裁判抽走时，许盛还惦记着邵湛，也不知道邵湛写完题没有，写得怎么样。

阅卷机制是现场阅卷，分数当场公布。阅卷时参赛选手只能在座位上坐着，不能随意走动。邵湛似乎是感应到身后的目光，交完卷之后微微转过身，视线刚好和许盛对上。

"怎么样？"许盛比口型道。

"放心。"邵湛回。

台上另一边临时摆出四套桌椅——四校的老师正坐在台侧联合阅卷。试卷不多，加起来连一个班的量都不到，所以阅卷速度还是很快的。

观众席上的同学担心打扰竞赛生做题，在考试期间都保持了安静，可一收卷就全疯了。

"学神！！！"

七班的同学们在心里更是为邵湛捏了一把汗，侯俊混在里面带头喊道："湛哥第一！"

在这些同学的学生生涯里，从来没有一刻像现在这样期待出成绩，恨不得阅卷老师批试卷的速度再快些。事实上，老师们阅卷的速度也确实很快，不到二十分钟，所有试卷便已经批阅完毕。公平起见，阅卷时考生姓名被遮挡住，他们也不知道手里这张试卷是谁的。

"喂喂喂，"其中一位老师摘下眼镜，整理好手里一沓试卷，作为代表人起身公布分数，"接下来，我来播报此次四校联赛个人赛成绩。"

体育馆氛围由于紧张，显得异常安静。

许盛很快知道放心到底是什么意思了。

这位嵩叶中学的老师发音很有特色，喜欢重读，他的声音顺着手里的麦克风扩散至整个体育场："第一名，临江六中邵湛。"

和刚才的安静形成强烈对比，观众席沸腾了！这一次欢呼比之前任何一次都更热烈。有不少临江六中的同学试图喊话，很快发现喊出来根本听不见，只会淹没在如雷的欢呼声里。

段耀胜握紧拳头，没想到又经历了一次惨败。

邵湛本人却没有丝毫波动，他勾着笔，好像只是随随便便就拿了个第一一样。

顾阎王难掩喜悦之情："我们学校的学生，邵湛，上午团体赛也是他拿的第一，去年也是他，我们临江的优秀学生——"

许盛那颗吊着的心总算落下来，说不出心里是什么想法，或许仅仅是一个念头：第一名就该是邵湛。

还好雷打得及时，一切都回到正轨。

许盛完全不知道他这颗心落早了，因为代表老师把按照分数整理的试卷翻过去一张，念出了下一张的名字："第二名，临江六中许盛。"

许盛似乎理解不了代表老师的话了。

你说谁？

顾阎王正挥着拳头恨不得向全世界诉说自己学校的优秀学生是如何优秀，话说到一半，听到"许盛"两个字，他僵住了："……啊？"

不光他僵住，第二名本人也很僵。全临江六中学生，只要是认识许盛，知道许盛是谁的，全僵了，为邵湛的呐喊也都卡在了嗓子眼里。

只有其他学校的学生情绪比较正常。

"段哥别哭，"英华的参赛选手本以为第一名不是他们段哥，第二名肯定是，结果第二名报出来的是一个陌生名字，而且又是临江六中的选手，"段哥，没事的，我们明年再来。"

段耀胜强忍住眼泪，实力表演什么叫作被活生生地虐哭："明年我就毕业了！"

"临江六中许盛，是谁啊？"段耀胜又道，"他谁？！"

所有人都在为许盛拿第二这个事实震惊，震惊到感觉体育馆都快塌了。只有许盛知道这是邵湛在他身体里答完他的卷子，又回去把自己那份给答了，最后一个人包揽了第一第二。

宣读成绩的老师不是六中的，但他足足把第二名的名字念了两遍，发现整个体育馆鸦雀无声，他不明白这是什么情况，于是清清嗓子，最后又念了一遍："第二名，临江六中许盛。"

这下台下才终于有了动静。

台下有人喊："这不可能——！"

评选老师更困惑了，临江六中什么情况，拿第二不应该高兴吗？

紧接着体育馆吵得比刚才邵湛夺冠还严重。

"真的假的？"

"校霸第二？！"

"我们学校的校霸其实是个隐藏学霸？"

全校同学都听过许盛的传说，但七班同学每天和许盛朝夕相处，知道他上课是怎么睡觉、怎么打游戏的，以侯俊为首的七班同学们是最不愿面对现实的人："我更愿意相信是我聋了，不是，阅卷老师没看错名字吧，会不会拿错试卷了？怎么可能是盛哥？"

谭凯也像在做梦似的："别说了，我也许在梦里。"

袁自强还是不敢相信："这情况，就是在梦里也很离谱啊。"

侯俊沉默两秒，点点头："自强，我觉得你说得对。"

许盛自己也觉得这很离谱。

阅卷老师只能继续往下念："第三名，英华实验中学，段耀胜。"

段耀胜还在憋泪。

阅卷老师又翻过去一页："第四名，星剑中学……"

"这是你们学校的学生？"坐在顾阎王边上，全程听他炫耀优秀学生的英华校领导坐不住了。临江的竞赛生出名的几个其他学校都认识，正规竞赛上碰过面，但是这个许盛是从哪里冒出来的？英华校领导仿佛看到了第二个邵湛，那个以高一新生的身份初登赛场就大杀四方的人："他是你们学校高一新生？"

"呃，这……"顾阎王说不下去。这是他们学校年级倒数第一的学生，邵湛的同桌，刚加入联赛小组不超过十天。

"今年四校联赛团体赛获胜学校，临江六中。个人赛获胜学校，临江六中。恭喜临江六中再次夺下今年的双冠！"

"第十五届四校联赛举办圆满成功，请各校师生有序离场。感谢临江、英华、嵩叶、星剑四所参赛学校的积极参与，"解说员按照稿件念最后的结束语，"让我们在切磋中携手进步，让我们握紧象征友谊的双手，我们明年再见。"

CHAPTER 23

赛后庆功

参赛选手们按照入场顺序离场。现在不需要再老老实实地坐在规定的位置上，许盛往前挪了几个位置，趁其他人不注意，坐在邵湛身后，拍了他一下。

久违的，回到自己身体里的感觉自在又奇怪。许盛扯了扯衣服领口："学神，第二名！你看我像第二名的样子吗？我接下去怎么活？"

邵湛当时没得选，现在面对这个问题，也发现事情的走向有些离奇："题太简单，没控制住。"

许盛反正不太能懂邵湛说的简单是什么简单，他正陷入对自己生命的担忧之中。恰巧，顾阎王在此时叫住他："许盛，你留一下。"

半小时后，体育馆内。

学生们早已散去，临江六中负责组织竞赛的几位老师还没走，许盛站在他们对面。几位老师在研究许盛的试卷。

许盛考了第二名，这个事实令人无法接受。但联赛是当场答题，考生的一举一动都在他们眼皮子底下，不可能作假，试题保密程度奇高，也不存在提前漏题的可能性。

顾阎王检查完试卷，没有发现任何异常，他放下许盛的试卷，问道："你到底怎么回事？"

换回来之后，面前的许盛没有前段时间看起来那么冰冷，他懒懒散散地往几位老师面前一站，就跟顾阎王头一回见到这位不穿校服的学生时一模一样。斗争一年多，顾阎王实在是管不了他这不穿校服的毛病。检讨书许盛写不烦，顾阎王和全校师生都听腻了。顾阎王脑内关于"许盛其实是一个学霸"的畅想停不下来，联系起"邵湛"当初来办公室引荐许盛时说的那番话和许盛平时答的那些可圈可点的竞赛训练试卷……难道……许盛真的……

顾阎王试探着问："你平时都在隐藏实力？"

体育馆四周的灯都关了，只剩下赛台上几盏大灯。这几盏大灯在许盛眼里，简直像审问犯人时打的强光灯一样。大概是太紧张了，许盛下意识反问了一句："什么？"

顾阎王不是没有听说过那种学霸伪装成学渣的故事，他眸光一闪，深吸一口气，问的问题直击许盛灵魂："平时看你完全没把心思放在学习上，上课也不听，作业也不交，你……之前是在伪装学渣？"

许盛现在的心情比刚才在联赛赛场还慌："孟主任，我不是……"

我不是。

我没有。

你别乱说。

顾阎王循循善诱，他柔声道："告诉老师，你为什么要一直掩盖自己的才能？"

许盛第一次发现自己面对顾阎王无话可说。顾阎王这是什么想象力？此时此刻许盛才发现这几位老师也是够异想天开的。他简直要疯了，心说，我是个真学渣，真得不能再真！

体育馆里除了几位老师，就只剩下在观众席位置上撤椅子、清理卫生的工作人员。许盛压根不知道该怎么处理现在这种情况。

"孟老师。"这时，身后传来一个熟悉的声音，那声音冷声道，"我教过他几道同类型题。"

"邵湛？"顾阎王有些吃惊，邵湛居然还没走。

七班同学组织了庆功宴，邵湛还没下赛台就被侯俊他们拉过去了，但他出去之后不放心，就离开大部队，又回来了。

"都是很典型的基础题，没想到今天考试题目刚好押上。"

邵湛平时押题押得就准，顾阎王愣了愣道："……这样啊。"

邵湛出现得太及时，许盛仿佛看到神兵天降，他低声问："你怎么回来了？"

邵湛看他一眼："我不回来，你要怎么解释？"

许盛想了想，刚才的情况他离自曝送去精神病院不远了："可能，从今往后临江六中再没有许盛这个人了。"

邵湛的解释，仅仅能替许盛圆回来一半，让他这个第二名得得顺理成章起来，但还是不能抹杀许盛的"天赋"。顾阎王心里已经认定，他们学校的许盛就是有天赋，不然邵湛就算押题押得再准，也考不到这个分数，要知道满分100，许盛这个第二可是考了98分。

"但是不管怎么说，就算是邵湛押题准，你能有今天这个成绩，这跟你自身的天赋也是分不开的。"

许盛特别想坦白，其实分得开。

顾阎王见许盛没有说话，便又道："看来邵湛说的没错，你真的是有天赋，你的逻辑思维能力异于常人！"

从来没有过这玩意儿的许盛只想这场谈话快点结束。

好在顾阎王没有拦他们太久，知道七班要办庆功宴，很快就放了人。"那行，刚才就听侯俊在那嚷嚷，你们班不是还要办庆功宴吗？"顾阎王看一眼时间，"四点多，也快到饭点了，你们先去吧。"说罢，他又指指许盛："我改天再找你好好聊聊。"

"掩藏实力"这个想法，不止是顾阎王一个人的猜想，临江六中全体学生不谋而合地都在探讨这件事。

许盛"学霸"这个身份彻底坐实了。

临江六中贴吧新贴很快在一堆热帖里杀出一条路：

惊——！前有学神为同桌考倒数第二，今有校霸为同桌勇夺联赛第二，学神和校霸之间究竟发生了什么？

1楼：如题。

2楼：我是之前校草大赛楼里说许盛没有前途的那个，借个楼，我向许盛道歉。

3楼：会不会是校霸本来脑子就好使，之前不就加入竞赛组了吗？我再盲猜一个学神给他补过课。

4楼：我疯了，报成绩的时候我都不敢相信，许盛居然是隐藏学霸！

…………

18楼：所以这就是一个互相走向对方的励志友情故事？

七班庆功宴地点选在校外那条街上新开的小饭馆里。小饭馆价位适中，菜单上大多都是些家常菜，唯独有一道招牌菜，需要在最后倒上酒，点火一烧，玩个创意。

这次庆功宴来了半个班的人，把包间挤得异常热闹。侯俊提前预约好位置，许盛和邵湛过去的时候，菜已经上了大半，侯俊神神秘秘让他们关门："许盛学霸，把门关上。"

许盛现在对"学霸"这个词开始免疫了，他关上包间门，说："搞什么？"说话间随手拿起桌边一个杯子喝了下去。许盛喝得又快又急，等大半吞下去才反应过来这是白酒。

侯俊一下愣住："欸，你怎么把要下菜里的酒给喝了啊！就这个精彩节目等着给你们看呢！刚才沈文豪没注意喝了一杯，盛哥你怎么也给喝了！老板还以为咱们骗酒喝呢！"

许盛强忍着咽下口里的酒，好歹是号称六中校霸的人，吐出来多没面子。正想着，抬头见邵湛要笑不笑地看着他。

侯俊挠了挠头，还是担起班长的责任，问道："盛哥，你怎么样啊，要紧吗？"

许盛强装镇定："我没问题，不过我发现你们现在越来越喜欢这些花里胡哨的噱头了啊！"

侯俊笑道："自从上次跟着盛哥打完架，我的青春就被唤醒了，咱们就该热血起来，燃烧一下嘛！"

侯俊说的确实是大实话。六中校纪森严，少年人——哪怕平时看着再怎么埋头学习——胸腔里总是藏着颗跃跃欲试的心，像干柴，就差一把火，许盛的肆意张扬刚好成了那把火。

谭凯插话："我刚随便点了几道菜，你们要是想加，就再点。"

菜上齐了，大家纷纷落座。今天的四校联赛精彩程度，让这帮人满腔热血久久不能平息。

谭凯回味："湛哥刚才真的太帅了，报名字的时候我心脏狂跳——不过湛哥，十分不好意思，最猛的心率没有献给你，给了盛哥，听到盛哥拿了第二，我跳得心脏病都快犯了。"

许盛急忙撇清，把刚才邵湛对付顾阎王的那套说辞拿出来，也跟着他们喊"湛哥"："是湛哥押题押得准，没有湛哥就没有我许盛的今天，是吧，湛哥？"

少年声音习惯性往上扬，说话时眉眼带着漫不经心的笑。许盛叫过他很多名字，邵湛、同桌，但跟着侯俊他们瞎胡闹，叫湛哥还是头一次。

邵湛对着那双眼睛，"嗯"了一声。

桌上同学话题转得飞快，很快转到老师间的八卦上头去了。

"听说四班老师怀孕，然后……"

中途，邵湛滑开手机想看一眼时间，意外从未读消息提示上点进了南平讨论小组。

他在讨论小组里的最后一条发言还停留在不久前那次聊天上。他才发现自己把心里想的那句"确实是遇到了某个人"发了出去。后面的消息他没看，随手一翻才看到满屏感叹号。

——谁？！

——什么情况？！

不怪他们这么惊讶，毕竟南平校霸冰冷无情是出了名的。邵湛当年凭校霸身份加那副不良的模样不知道欺骗了多少无知少女，人气高得不行，但从没有人成功接近过他。

——是啊，啥情况啊？有对象了？哥你倒是多说几句！

也不知是包间里空气不怎么畅通，又或者刚才那道终于被点燃的招牌菜的火焰让人燥热，邵湛破天荒抬手解开衣服纽扣，回复：不是。

邵湛手指在屏幕上点了几下，然后继续打。

——你们在想什么，他是我同桌。

很快群里有人注意到，邵湛用的是"他"。这个他，戴耳钉，能分辨口红色号，还能帮隔壁班叫张彤的姐妹淘挑衣服款式。

邵湛吐出一口气，最后锁了屏幕。

他不是为谁而来，但是遇到了这样一个人。

饭桌上八卦还在继续。

"你这个八卦没有我的刺激，怀孕算什么。"

"而我这个八卦跟我们切身利益相关，我要是不说，你会知道我们化学老师怀孕了吗？不说你知道咱们下周有个代课老师要过来吗？听说那个代课老师人特凶，把四班治得服服帖帖。"

"哇，这么恐怖啊！"

之后男女阵营分开，其中一个叫邱秋的女生在边上和几位姐妹网购，手机就这样摊在桌上。

许盛对她有印象，知道她是当时竞选文艺委员的短发女生。

只听女生苦恼道："哪件好看？我感觉这个颜色衬肤色吧。"

许盛位置离她们近，微微侧过头就能看到她们手机屏幕上的内容。

"谁穿？"许盛突然问。

邱秋下意识回答："……我。"

许盛看了一眼图片，然后又抬眼看她一眼："第二件吧，适合你。"

邱秋本来对校霸突然参与女生话题这件事感到惊悚，听完校霸给的意见更是觉得惊悚。

她见识过侯俊那帮男生的可怕审美，本想忽视校霸的建议，但没想到许盛说的这件和她心里偏好的是同一件。

邱秋性格和长相截然相反，她一拍大腿，直接喊上哥了："盛哥，英雄所见略同。""那您再帮我看看另一套，"邱秋毫不客气，"我觉得您比她们靠谱多了。"

"行啊。"

看着许盛就这样非常自然地加入了女生话题的邵湛惊觉自己竟找不到合适的词来形容眼前这意外和谐的场面。

许盛说他没问题，但没过多久，邵湛就怀疑他根本没怎么喝过酒了。这位许大爷明显高估了自己的酒量，具体表现为他开始对着邱秋喊同桌。许盛醉得很不明显。如果不是从他嘴里说出来的话逻辑越来越混乱，邵湛还真没看出来。

邵湛摁住了许盛的手，叹口气，道："你醉了。"

"我没醉！"许盛听着包间里嘈杂的声音，感受头顶那盏吊灯照得他脑内开始天旋地转。他不肯承认醉了的事实，试图拿着手里的冰可乐往嘴里灌："你放开。"

"耳朵都红了还说没醉？松手。"邵湛一点点掰开他抓着玻璃杯的手，把许盛细长的手指攥在手里，冷声道。

许盛脑子转不过来，听邵湛说完竟愣愣地"哦"了一声。

因为喝醉了，他的耳朵也红了，跟平时张扬校霸的做派不同，他这副模样异常乖。

手里的杯子被人拿走之后，许盛安静了一阵。他现在不光头晕，还觉得脑袋一涨一涨地疼，后来干脆趴下了。

饭桌上，袁自强他们张罗着点第二轮菜。

"再叫点菜吧，刚才叫少了，说起来咱们这顿饭真算老孟的？"

"老孟自己说的，这顿他和顾阎王请。"

"老孟大气！"

侯俊从兜里掏出手机，点进相亲相爱班级群，再点开班主任孟国伟的头像，像老孟这样的中年人都喜欢用自己的大头照当头像，于是一张和蔼可亲的小眼睛中年人出现在手机屏幕上。

侯俊把头像立在边上："虽然老孟今天要开会，不能跟我们一起庆祝，但这顿饭，老孟必须和我们同在！"

许盛这么爱闹腾的性子，难得没跟他们一块儿闹。不过许盛就算醉了也不会知道"乖"这个字怎么写，因为他趴在邵湛边上，半张脸埋在臂弯里，趁邵湛不注意，直接把他位置上那杯可乐偷过来了。

邵湛面前的玻璃杯里还有半杯可乐。其他同学都在忙着跟手机里的孟国伟干杯，笑作一团，还有要拍视频发给孟国伟看的，没人注意到他们这边的动静。

许盛两根手指架在玻璃杯杯口，另一只手撑着下巴，勉强坐直，故意等邵湛发现才晃晃杯子，颇有些稚气地弯起眼，懒散道："偷到了。"

这还不算完，许盛又凑近杯子，直接喝了一口。邵湛话到嘴边，被许盛幼稚的举动激得一下子没了声音。

许盛偷到可乐之后心情明显好了很多，但意识仍不清醒，只知道这是边上同学的，于是喝完又说："我还要。"

邵湛看着近在咫尺的手，开始怀疑他是不是故意的，于是冷酷回道："没了。"

这顿饭吃到快八点才结束。

醉了的不光许盛，还有另一个误喝了酒的沈文豪。

侯俊安排好了："我去前台结账，凯子你负责文豪，湛哥负责把盛哥扛回去吧。大家回寝室注意安全啊。"

其他人纷纷说好。

女生寝室和男生寝室不在一个地儿，女生先行结伴退场，男生也陆陆续续走回学校。

许盛比班里另一个醉鬼难搞，他喝醉了也不老实。沈文豪就很自觉，完全没有自己的想法，谭凯直接背起人就走："湛哥，你俩住一层，辛苦了啊。"

包间里只剩下邵湛和许盛两个人。

"能走吗？"

许盛现在思绪迟缓，这三个字都得在脑子里转几遍才能转出意思来，他现在坐姿很不端正，一条腿踩在椅子边缘，因为头晕，下巴直接抵在膝盖上："……不能。"

人喝醉酒之后思维真的会一下短路，然后再被莫名接到其他轨道上去。许盛看到谭凯背人，想说你直接把我扛回去得了，但是一念之差，思绪和天台的事接了轨，于是鬼使神差地脱口而出："你把我抱回去吧。"

他声音有点哑，咬字略有些不清晰。还好许盛醉了，没有意识到自己说的是什么胡话。

邵湛盯着他看了一会儿，然后走上前一步，眉眼一如既往地冷冽："你这样我怎么抱？"

许盛没反应，继续以一个醉鬼的思维模式艰难地思考这句话。在一个醉鬼的思维模式里，邵湛那句话过长，很难理解，但是核心词"抱"这个字显然很好抓。

他眨了眨眼睛，思维又延伸到了很奇怪的地方，少年就着现在这个姿势张开双臂，做了一个"抱"的手势："……抱。"

本着不与醉鬼论事理的原则，也为了这位爷能动一下，他俩好早点回去，邵湛伸手将许盛半抱半拉地从座位上拖了起来。直到确认许盛不会再跌回座位上，邵湛才松开了手。就松开了。

好在许盛并没有醉到丧失行动能力的程度，只是走路的时候会左摇右晃。从他个人角度去感受，他分不清是自己在晃还是这个世界在晃，看到街边的路灯还想感慨一句今晚月亮真圆。许盛仅剩的理智都用来控制自己去牢牢抓住邵湛伸过来的手了。还是邵湛怕他走到半路摔倒，主动伸手过去给他的："抓着。"

"小心点啊同学，慢走——"身后，饭馆老板娘跟到门口说了一句。

从饭馆里走出来，周围只有几家餐馆还开着门，其他店都已经打烊，道路两旁的路灯却敬业地亮着。

许盛就这样被邵湛半扶半牵地往学校走，干燥的风吹过来，吹得许盛感觉有些飘。

牵着这么一个话都说不利索的醉鬼，邵湛没指望他同答，随口问道："还知道自己是谁吗？"

许盛极其缓慢地在醉酒的状态下逞了个幼稚的威风："我……是你许盛大哥！"

半晌，邵湛笑了一声，觉得跟醉鬼说话还挺有意思，于是他又问了几个无关紧要的问题。

"知道我是谁吗？"

"知道。"

"我是谁？"

"……我同桌。"

两人一路走一路聊。许盛原先走在他后面，后来两人并肩，邵湛余光瞥见许盛身上那件T恤，黑色，很张扬的图案。这件衣服他很熟悉，毕竟没换回来之前他穿过。

宿舍楼就在眼前。

邵湛初中那会儿虽然混，但上了高中之后近乎自虐般地守规矩，这一年多以来做的唯一一件不守规矩的事就是成了许盛，还曾一度帮许盛维持过人设。许盛不穿校服这件事，连顾阎王都认命了，邵湛却忽然想知道他为什么不穿。事实上他也的确问出口了。

不知道是不是因为吹了一会儿风，酒劲消下去一点，又或者是这个问题戳中许盛某一根神经，他沉默了一会儿，难得思绪清醒地掩饰道："不好看。"

不好看吗？

邵湛想起变成许盛的第一天，他用许盛的身体穿过一次校服。

许盛第二天醒得很早，一看时间，才五点。

昨天邵湛在他寝室待到凌晨，哄着他喝了点解酒的东西，又怕他躺下去会难受，等确认许盛没事、彻底睡着后才走。

许盛这一晚上确实睡得还行，没怎么折腾。可起床后，醉酒的后劲就来了。许盛嗓子里干得跟有火在烧一样。他撑着坐起身，脑袋空白一瞬，紧接着头就开始闷闷地疼。

许盛心说昨天是真醉了，他的记忆停留在和邱秋聊服装颜色和款式的搭配那里。

而伴随着这阵疼痛，一些细碎的片段涌进来。头一段就是他幼稚地去"偷喝"邵湛的可乐，第二段是他缠着邵湛让他抱自己回去……

许盛被这两段记忆震得头都顾不上疼了。

他昨晚都干了些什么？

许盛起身，打算洗把脸，不料刚把脸埋进水里，想起来最后一个片断是邵湛问"为什么不穿校服"，还有下一句——

"你穿校服很好看。"

许盛心脏狂跳，仿佛自己不穿校服的原因被人勘破一样。

他甩甩头发上的水，关了水龙头。

许盛不穿校服这件事跟他想去立阳，又被迫放弃立阳有关。再加上顾阎王老追着他吵这件事，吵个没完，张口闭口"规矩规矩"的，人总有逆反心理，越吵他就越不乐意听。但是这段时间下来，他发现自己不再执着于校服这件事——成为邵湛，不仅要整天穿校服，还得被迫学习，以另一种身份在临江六中生活之后，他发现虽然没去立阳，却在临江看到了另一段风景。

连学习他都逐渐不排斥了，还有什么不能改变。

许盛突然发现自己观念的转变或者发生在更早的时候，只是之前为校服这事闹了那么大阵仗，他现在拉不下脸。

而且他穿校服很好看吗？

许盛说临江六中那套校服不好看也是真的，全学校能力挽狂澜、让这套校服起死回生的，他目前就遇到过邵湛这么一个。

那套校服高一发下来之后他就没碰过，更别提穿了。邵湛倒是用他身体穿过，但当时他光顾着震惊，而且对着自己那张脸实在不习惯，于是直接把人赶回去换衣服，满脑子都是"人设"，哪儿还有心思看自己穿校服什么样。

"好看的人应该穿什么都好看吧，"许盛自言自语说，"比如我。"

这个点楼里还很安静，没人起那么早。许盛解锁手机，找到联系人张峰，也不管张峰看到这条消息会是什么心情，会不会直接吓得从床上掉下来，又或者是以为自己还在梦里没有醒。他手指在屏幕上敲了几下，发过去一句话。

——醒了没，你那还有多余的校服吗？

CHAPTER 24

校服风波

美好的一天，张峰本来应该美滋滋地伸个懒腰，然后再拉开窗帘，迎接这灿烂的早晨，但当他带着惬意的心情打开手机……张峰剩下的瞌睡全跑没了。他都还没来得及问许盛四校联赛到底怎么回事，说好一起不学习，你怎么偷偷考第二呢？结果许盛就狠狠给他第二击。他大哥，许盛，问他，有没有多的校服。

张峰揉揉眼睛，确认自己没有看错，聊天框里那两个字真是"校服"：我……难道还没睡醒？

张峰把手机一扔，拉上被子，双手放在胸口试图回到现实世界："应该是做梦吧！肯定是做梦……许盛怎么可能会问我借校服！这比他考联赛第二还令人不可思议！"

许盛不穿校服那是出了名的。那身与众不同的私服，都快变成临江六中一道风景线了，走在人群里一眼就能看到，招摇得不行。不光张峰想不到，恐怕全临江六中的学生都想象不出许盛老老实实穿校服是什么模样。

"张峰——都几点了还不起来！还想不想去上学了？"张峰刚扔完手机躺下，就听到他妈"哐哐"敲门的声音。

几乎就在同一时间，手机震动两下，估计是对面那位爷等不及了，又发过来一条消息：别装没看到。

所以他这还真不是在做梦？张峰仍旧怀疑今天的打开方式。

许盛懒得等，看看时间，琢磨着应该差不多，又干脆播过来一通语音电话。张峰麻溜儿地从床上爬起来，接通的那一秒，许盛在对面略微沙哑地"喂"了一声。

"都几点了你还没起，"许盛喝完水喉咙里好了不少，气势又回来了，"消息看到没有？"

"看是看到了，不过，是我理解的那个意思吗？校服你穿？"

"不是我穿还有谁穿。"

张峰一哽："你……认真的？你这很不正常啊！你忘了为了校服写了多少份检讨吗？"

"以前是我没想通，人都是会变的。"

张峰服了，他觉得今天不光是他，全校师生都得遭受暴击。

"校服我这倒确实有套新的，没穿过。"张峰说，"那你等会儿，我估计还有半小时才能出门。你在寝室吗？我到时候直接来你寝室给你。"

周一清晨，校门口川流不息。

临江六中门口立的门楼上是四个气势恢宏的书法字，据说是著名书法家特意为六中写的，笔墨浑厚。顾阎王站在校门口做例行检查，不过今天的顾阎王比平时温柔许多，六中夺下联赛双冠，让这位暴躁的年级主任训人时都面露微笑："你说你校裤晒了没干？嗐，没事，下不为例就行。我是那种不讲道理的老师吗？进去吧。"那位学生很想说您平时是啊，但他聪明地选择了接受顾阎王难得的和蔼馈赠，一溜烟儿地进了校门。

学生们陆陆续续走进学校，过了高峰期，校门口动静才小下来。

高二（7）班的教室里。

"盛哥还没来啊。"沈文豪昨夜也意外醉酒，今天头还疼着，他抓抓脑袋问邵湛。

邵湛早上去敲许盛的门，但门里的人很明显因为昨晚醉酒的事躲着他，邵湛只隔着门确认门里那个醉酒的幼稚鬼没事，才放心地地离开。

"我过来的时候他才刚起。"

沈文豪点点头："那你记得让盛哥交作业，他周末作业写了吧？"

"写了。"

许盛之前为了进联赛组，在办公室许下了豪言，再加上为了联赛总去邵湛寝室消磨时间，所以他这段时间都按时交了作业。

许盛不完全是在躲他，有一部分原因确实是因为昨天他闹的笑话太羞耻，不过他脸皮厚，接受之后倒也没什么，主要原因是他当时正在试校服，不方便开门。

头一回穿校服……感觉……有点奇怪。

许盛穿戴完，站在镜子面前看了自己两眼，不太自在地扯了扯衣领，突然间有些不敢出去。许盛最后勾着脖子上那根黑绳，将它塞进校服领口里，平复下那种"自己打自己脸"的心情，才从男生寝室往外走。

校门口人是少了，但学校里的人流变密集不少，尤其从食堂、小卖部到教学楼的这条路，学生成群结队地出现。几位扎马尾辫的女生抱着手里的课本从教学楼走出来，边走边聊。

"怎么这么热闹？"

"今天小卖部有炸鸡腿，限量五十个，都在抢呢。"

"那我们也去——"其中一位女生沿着台阶往下面走，说到这，抬了头，然后不知道看到什么，让她愣在原地，后半句"去看看"都没说完。其他几位女生顾着低头闲聊，没注意到身穿校服的少年从边上走了过去，见她愣住了，便问道："怎么了？"

那位女生回过头，擦肩而过之后她只能看到少年的背影，身高腿长，宽松的灰蓝色校服穿在身上反倒衬得他身段优越，还有那股肆意的少年气，不仅没淹没在一众校服堆里，还异常扎眼。

女生哑然，张张嘴难以置信道："刚才那个穿校服的……是许盛？"

许盛穿校服这件事，还没进班，就先震惊了一路的人。谁不知道校霸自入学以来就没穿过校服。今天这是怎么了？校霸穿校服这事震得今天早上所有碰到过许盛的人都失去了思考能力。只有给许盛送完校服之后就进了班的张峰边抄作业边摇头，早已预感到今天全校师生会如何轰动了。

高二（7）班班里，袁自强几人照例围在邵湛边上求学神指点："湛哥，求赐教，这道思考题实在是太难，我冥思苦想——"

邵湛接过笔，这道题是袁自强的家教老师给他布置的，不在平时作业范围内，他边看题边留意走廊外面的动静："这道，立体几何？"

"对对对。"

邵湛开始解题，解到一半，走廊上分贝突然降低。

袁自强等人感到很奇怪："怎么了，外头那么安静，这是顾阎王来查岗来了？"

直到一个身影出现在教室后门。他没直接进班，而是先走到后窗，手腕弯曲着，手里拎着瓶矿泉水。那人把那瓶冒着凉气的水从后窗伸进来，放在课桌上。少年身上穿着件校服，可能是还在难受，让他整个人看起来都有些困倦，但依旧遮盖不住身上那种张扬的特质，他把水放下之后，又半倚着教室后窗跟他们打了声招呼："早啊。"

面前这位爷，赫然是穿着校服的许盛。

七班和外头走廊一样，也安静了，唯有的一声"啪"是来自袁自强手里没拿稳不小心掉下去的笔。

等袁自强他们不知所措地发出感叹之时，正巧上课铃响。孟国伟带着教科书进班，还浑然不觉班里发生了什么："那个，这节早自习……"孟国伟习惯性地扫了一眼教室，话锋一转："最后排那个，你进错班了吧……等会儿，你是许盛？"

受到冲击的不光孟国伟，早自习期间，顾阎王也收到消息，偷偷摸摸地从隔壁六班绕过来，跟做贼一样猫在窗外看了许盛半天，脸上恨不得写上一行大字：许盛今天疯了？

顾阎王身边还跟着一位一起巡逻的老师，顾阎王忍不住念道："你说他是不是疯了？我的教学生涯里居然也有看到许盛穿校服的一天？我这不是在做梦吧？你打我一下。"

那位巡逻老师不敢动："这不好吧。"

顾阎王求证心切，催促道："快，打我。"

巡逻老师只能在顾阎王伸出的手背上掐了一下。

疼。看来是真的。顾阎王又道："你觉得这跟他联赛第二有关系吗？"

现在许盛不光学习跟上来了，居然连行为也规范了啊！看来这位迷途少年是在我孜孜不倦地教导下找回了正确的道路啊！"

不知道这帮人都在嘀咕些什么的许盛心说：他是什么观赏动物吗？许盛从寝室走到教学楼，已经收获不少目光了，还有人跟他迎面撞上之后差点从楼梯上摔下去。现在又对上窗外顾阎王谜一样的眼神。

"我穿校服有那么奇怪吗？"许盛坐了一会儿实在坐不住了，问他同桌，"怎么都这反应？"

明明邵湛刚才看到他，脑子里那道立体几何的算法像是被人一键清空了一样，全然没了思路，但这会儿他却说："不奇怪。"

其实许盛穿校服的样子真不奇怪，同学们的震惊主要有两个原因：一是许盛穿校服这个事实，二的比重比较大，是许盛穿校服的样子——太招摇了。看习惯许盛那一身黑T恤，现在突然换成校服，他还解开领口的那几颗纽扣，硬生生把校服穿出一种不羁的感觉。他本人招摇懒散的气质搭配板正规矩的校服，有一种异常和谐的反差感。虽然他穿校服的气质和邵湛截然不同，但都十足吸睛。

就算邵湛这么说，许盛也不太信。他不自在地又扯了扯衣领，把衣领扯得更开了："真的假的？早知道就不该穿它的。"

"真的，"邵湛没问他为什么穿校服，他只说，"今天这句是真的，昨晚那句也是真的。"

许盛勾着衣领的手指顿住，本该散尽的酒意仿佛一瞬间又涌了上来。

继联赛考第二之后，许盛又凭穿校服一事在六中贴吧制造出一栋话题楼。一时间他的人气居高不下，甚至有赶超邵湛之势。

"他穿校服我太可以了！！！"

"同上，我没发现我们学校校服那么好看。"

"当年没为许盛投票，我的眼睛一定是被门给夹了。"

混迹在其中的还有英华实验中学段耀胜选手新发的帖子，主题简洁明了：许盛是谁？

六中同学现在对这位联赛第三充满同情和怜爱。

1楼：小段，还是别问，说了怕你自闭。

2楼：小段，有些真相还是不知道的好。

3楼：楼上都不好意思说，那么我来吧，许盛，我们年级倒数第一。

段耀胜可能略过自闭这个步骤，直接疯了。不过许盛接受能力强，第二名都考了，很快发现被看多了也就那么回事吧。毕竟他能在四校联赛舞台上自在如风，穿校服算什么？大家要是不习惯，这校服他再穿几天估计也就习惯了。

面对"校服风波"许盛能这么宽慰自己，但面对老师，他这套就不怎么有效了。因为周远显然和顾阎王想到一块儿去了，他坚定地认为，他的学生许盛，天赋型选手，如今要洗心革面重新做人。

"许盛，"第二节数学课上，周远看过来的眼神让许盛心惊肉跳，"总算看着人模人样了啊，挺好，看到你走回正道，老师很欣慰。"

许盛配合，扬声道："谢谢老师，我也觉得我穿着校服还不错。"

周远在黑板上留了一道题，他说完，侧过身："这题你上来做，老师相信你的天赋，你不需要再隐藏你自己了。来，上来吧。"

许盛一室：不好意思，我没天赋……

天赋这个坎他看来是过不去了。许盛没办法，只得向邵湛求救。他的手垂在底下，拽了拽邵湛的衣服，低声求他："……我不会。"

他声音压得很低，只有邵湛能听到。互换了身份经历了那么多考验之后，邵湛和许盛也算是有过命的交情了。在这份交情面前，邵湛自觉有些原则就不是那么重要了。邵湛解题快，周远在黑板上写完题他就开始算了，现在这道题已经进展过半，许盛这么一求，他干脆三两下把草稿纸上的题解完，折起来递给他："自己挑着抄。"

他同桌果然是超可靠的后盾。

许盛攥紧那张纸，故作镇定地上去了。

这节课后，许盛被"隐藏学霸"这个名号赶鸭子上架，缠着邵湛讲题。他直接抬手去够邵湛的肩，然后把练习簿往他面前塞："湛哥，第三题，教教我。"

邵湛抬头看一眼："刚才老师不是讲过？"

许盛坦白："撑半节课已经是我的极限了，后半节课我没听。"

哪怕许盛学习态度确实有所好转，甚至开始主动补起落下的课，但他上课还是容易犯困。邵湛这段时间给他讲题讲习惯了，下意识转着笔想教他，但是思及刚才许盛那声称呼："你叫我什么？"

"学神？"

"刚才那句。"

许盛想了想："湛哥？"许盛念这两个字的时候尾音上扬，也对喊别人哥这种事完全没包袱。

他轻笑了一声，说："哥，只要你爱听，我叫几遍都行。"

跟早自习之前的情况不同，两节课过去，走廊上的人渐渐多了起来，还有不少挤在七班附近占着位置装模作样聊天不肯走的同学，其中女生居多，透过后窗刚好能看到许盛。少年原先还老老实实坐着听边上那人讲题，可老实不过五分钟，很快又趴下去。

"定理你自己再推一遍。"邵湛把练习簿推给他，同时也听到窗外的吵闹声。偏偏引发围观的始作俑者对此一概不知，邵湛屈指在桌面上敲了敲："校服，穿好。"

许盛低头，发现自己这领口开得确实是有点大了："哦……"

许盛整个上午都很安分，游戏都不玩，可还是在上午最后一节课上挨了训。训他的就是庆功宴上侯俊他们八卦的那位代课老师。对方刚好是许盛高一那会儿的老师，两人有过不小的过节——一般许盛不会跟哪位老师真结仇，但这位老师不太一样，她不喜欢差生，本能地瞧不上，许盛自然也不会对她客气。

一进班，她看到许盛的时候眉头就皱了一下。

"上课，"侯俊决心给代课老师留下好印象，"起立。"

"老师好——"

代课老师目光从许盛身上挪开，面色转好了些："坐下吧。"

代课老师姓杨，四十多岁的年纪，穿着一身工整的制服，她上课风格和她这个人给人的感觉一样。

许盛最怕上这种课。他听了会儿，低下头开始在课本上随手勾画，起初画的是桌上随处可见的物件，然后画到一半目标转移，勾勒几笔脸的轮廓——那几笔混杂在潦草的笔记和教科书文字里，画的是邵湛的侧脸。

许盛画完愣了会儿，才把教材翻过去一页。

代课老师上课上到一半，抓到许盛开小差，拍了拍讲台说："许盛你起来，开小差是吧，出去站着去。"

许盛日常挨训，不觉得有什么，骂过他的老师多了。偏偏这位老师可能是想逮着机会，新仇旧恨一块儿算，喋喋不休道："也不知道你这第二名怎么考的，这什么上课态度？我以为你高二多少会有点变化，现在看看还是那副样子，你就每天在这混日子是吧，还有你那耳朵上那个……"

这位老师战斗力惊人，战斗时长两分半，"混混"之类的侮辱性词汇往外蹦，饶是许盛这种随你怎么说的性格都有点随意不起来。

全班鸦雀无声。侯俊算是知道听八卦的时候，为什么四班人都这么讨厌这位老师了。

代课老师还在继续发挥，打算衬托一下优等生，她说："你看看人邵湛就——"

许盛觉得好笑，正要说"不就是出去上课吗，您别费口舌了"，然而话没来得及说出口，听到椅子在地上"哗啦"一声，余光瞥见边上那位优秀学生站了起来。

"老师，我刚才也没听课。"

代课老师愣住："什么？"

邵湛冷冰冰地补充道："走神了。"

邵湛本就看着冷，代课老师对上他的眼睛，竟一下忘了原本要说什么。他这话说得其实很随意，但是整个人站起来之后和平时完全不一样，像是一瞬间没收住，眉眼沾着些许锋利的寒意，比边上的许盛看起来更像校霸。他说完也不管别人什么反应，拎着桌上的课本转身往外走。

邵湛简简单单两句话让代课老师后面的话全都憋了回去，并且无形之中狠狠扇了她一巴掌——毕竟她前一秒还特意提了邵湛。

侯俊叹为观止："我从那天在绿舟基地检讨的时候就看出来了，我们湛哥是真男人。"

谭凯再同意不过了："强。"

袁自强对邵湛的表现佩服得五体投地："真的强，我们湛哥不鸣则已，一鸣惊人，刚才那气场真绝，杨老师脸都青了。"

许盛完全没料到邵湛会用这一招，他反应过来之后也拎着课本往外走："我也出去了……您接着上课。"

代课老师脸上青一阵白一阵。

许盛罚站过无数次，都快跟教室外面的那堵墙和栏杆处出革命友谊了。他跟隔壁班敞开的大门也特别熟，但是跟邵湛一起罚站还是头一次。要是有学生路过，看到学神在这罚站，可能要怀疑人生。

两人并肩站着，许盛问："你刚才真走神？"

邵湛拿着书："假的。"

"我就站一节课，不至于。"

邵湛想说至于，但最终也没有开口。

许盛并没有因为代课老师说的那些话尴尬，虽然那些话说得是过分了点，但实在是听过太多次："老杨估计是看我不顺眼吧。高一的时候她教我们班，我跟她吵过几次，其实也没什么。再说了，我确实挺混的。"尤其高一，混日子，不上课。

走廊上没什么人，只有从各个教室传出来的琅琅读书声。走廊上太阳正烈，穿过层层树叶间隙，折射成点点光影照进走廊。

半晌，邵湛说："我没觉得。"

许盛愣了愣："什么？"

"没觉得你混，也没觉得你像她说的那样。"

化学课下课，代课老师黑着脸回了办公室。

这天放学前，顾阎王还为参加联赛的竞赛生们发了不少联赛奖品，许盛晚自习结束之后就扛着半箱奖品回了寝室。六中校领导出手阔绰，奖品里面有一整套《黄冈试卷》和历年竞赛模拟卷，还有一本精心制作的高考倒计时日历。许盛什么时候享受过这种"福利待遇"，他把那本日历扔回去，洗完澡之后打算早点睡，却半天没睡着。明明阖上了眼，却无端想起邵湛和他的那句"没觉得你混"。时光倒回，许盛突然回想起两人刚认识那会儿，谁也看不上谁，当时邵湛在他眼里就是个爱管闲事的三好生……

许盛睁开眼，划开手机去翻未读消息。

张峰白天给他发过消息，不过他最近上课很少看手机，所以没看到。

——你还真穿？我早上坐在教室里掐着时间等呢，果不其然，快上课那会儿全校都炸锅了！

许盛回复：人长得太帅是这样的，关注度高。

张峰回得也很快：你还要不要脸了？

另外的消息来自康凯。

——在？？？

——[大哭表情包图片]

——明天截稿，我画被人泼了。

CHAPTER 25

画室速写

[S]：怎么回事？

[S]：谁干的？

许盛这两句话说得有种要干架的感觉，他平时什么事都随意，真碰上朋友有难，又变回那个撩袖子就上的许盛。

康凯直接发语音过来："不是，这件事情不是你想的那样……"

康凯说的泼画，就是字面意思，同画室男生推搡，拎着水桶出去换水的时候水不小心晃出来，连着沾着颜料的画笔一起在他画上画了几道。

"人也不是故意的，差点在我面前哭了。"康凯说，"他知道我明天就要参加评选，所以内疚得不行。我呢，也很大度，而且坚强，我强忍着没哭。但其实我的眼泪下一秒就要迸出来了！！！"

康凯没为难人，只说下次小心点，然后试图力挽狂澜。结果没换成，现在是真的想哭。康凯崩溃，声音颤抖："我的比赛生涯就要断送在这里了吗？而且绘画大赛前几天才放的消息，这次评审还是杨老先生，他是特邀评审！"

康凯会参加假期里那场"星海杯"比赛，也是因为杨明宗老先生，他对杨老先生的崇拜之情滔滔不绝，杨老先生是他绘画道路上的指明灯，是他的偶像——虽然"星海杯"评选现场，杨老先生对帮他改画的许盛更感兴趣。

"你别急，"许盛说，"拍张图过来我看看。"

康凯很快拍了图。图片上，一道棕黑的水渍横着扫在画上，原本康凯画的是一片广阔宁静的蓝天，色调非常干净，连云上的阴影都打得很浅，然而水渍大面积横在上面，并且沿着画纸往下滑了一段距离，虽然看上去已经用纸吸过水，但整片天空和下面的建筑仍染上了擦不掉的痕迹。比水渍更难处理的是那几道划在画面上的缤纷颜色，完全破坏了画面整体淡雅的色调。

康凯的风格就是舒服、柔和，但是能堆出对比差异，突出主要景物，他确实往上又盖了点颜色，但整体看上去还是突兀。

康凯抓抓头发："你能出来一趟吗？我实在是没招了，我妈也不在，她这会儿估计还在飞机上，周末和王阿姨她们约了场说走就走的旅行。"

康凯说完，也发现自己有些口不择言："不行，忘了你住校，还是算了，我再试试，不行明天就这样交了……"

许盛沉默一会儿，问："交稿时间什么时候？"

"明天一早。"

现在是晚上九点。许盛看一眼窗外，这会儿天色已经黑透了，巡逻大爷巡过一圈之后晃着手电筒去了另一栋楼巡视。

其实除了开学那次鬼使神差去了一趟仓库，之后又去画室看了眼康姨和康凯，这一年多以来，他真没再碰过画笔。

"妈，我以后不画了。临江六中就临江六中吧。"

和许雅萍的争执，在那通电话之后，许盛低头结束。

许雅萍怔愣很久，想不通他怎么会突然松口："你……说真的？不跟妈吵了？"

许雅萍松了口气，手指不自觉收紧，觉得这么多年被生活压得喘不过气，如今总算窥见了一丝光，同时也反思道："妈前段时间态度也不好，你别放在心上，临江师资力量都不错，你愿意去临江我就放心了。"

许盛在床边坐了会儿，最后捞起手机往楼下走。

[S]：等着。

[S]：我马上过来。

[康凯]：你不是在学校吗？这个点，你们学校锁门了吧……

许盛没回。

门肯定是锁了，别说校门，就是寝室楼大门都提早上了锁。要出去只能从一楼窗户翻出去。许盛避开监控和会有老师出没的地带，驾轻就熟地从窗户跳了出去，外头只剩下路灯还亮着光，他又三两下翻过围墙，恰好赶上末班车。往常过了放学那段时间之后，临江六中这站基本不会上来人，尤其最后一班。司机师傅本想直接开走，没想到车灯扫到站牌，却发现那下面坐着个人。少年坐在路边的栏杆上，长腿点在地上。

司机师傅停下车招呼："同学，这么晚才回家？"

许盛投了币，往后排走，末班车车内空荡。他没解释不是回家，而是刚从学校里翻出来。

到画室已是九点半。

康凯没想到他真的会来："你真来了？你怎么出来的？你这样会不会被记过啊？"

"翻墙出来的。"许盛说，"放心，学校里那帮老师抓不到我。"

康凯画笔一扔，恨不得给他跪下："你简直是我的再生父母。"

许盛倚着门口说："少扯。"

康凯给他让位。许盛先改的是天空下的景物，方法和康凯之前用的一样，重新调颜色覆盖。按理说调颜色是很难准的，几乎很少能做到跟之前的一模一样，但许盛色感好，调颜色又快又准。

整幅画毁得最厉害的还是上面那片天空，许盛来的路上就想了几个方案，其中一个比较冒险。他把颜料盘递给康凯："把颜料盘洗了。"

康凯心里隐约有了预感："你不会是想……"

康凯颜料盘上的颜色，和画上使用的颜色是同一色系，现在许盛让他把颜料盘洗了，言下之意很明显，这是准备大改。

许盛也不是百分之一百有自信，毕竟这个改动太大，以前帮康凯改画都是在他的基础上做修整。许盛拿着笔，把扇形笔笔头在海绵上压了压："做好心理准备，我有一个很大胆的想法。"

康凯没得选，只能忐忑又期待地看着许盛改画。

这一改就改到了凌晨，康凯看得目瞪口呆。他原先只觉得自己这回应该能进前十，现在他推翻了之前的预估，觉得这次肯定稳拿第一："我的哥，你还真敢画啊……"

许盛这个想法是真的大胆——他干脆就着那几道痕迹，把天空涂成了一片仿佛被打翻的颜料盘，张扬至极，光影斑斓交错，从云层间穿透而下，将色彩碰撞发挥到极致。

许盛画画风格跟他这个人很像，张扬恣意，不受拘束。康凯画画模式还是比较正统，画得无限接近教科书模板，许盛有时候却是凭感觉胡来。

许盛掐了掐鼻梁，把笔搁在边上："后面的细节你自己加。"

康凯接过笔，在水桶里涮了涮，感叹："人比人真是气死人。"

许盛拉了把椅子坐在边上玩手机，不着调地回答："我也觉得，想从天赋上打败我很困难，但是你可以靠勤奋，有句话我说了很多遍了，勤能补拙。"

康凯涮着笔，有点后悔自己刚刚感叹得如此真情实意。

许盛从学校翻出来，又改了那么久的画，这会儿有些困了，但康凯手头上的收尾工作不是那么好做，估计得到天亮才能彻底修改完。他划开手机，看了眼时间，2：15，这个点回学校太麻烦，许盛打算在画室里凑合一晚，送佛送到西，陪康凯改完为止。

就在看手机的时候，他看到消息栏里有一条未读。

——不在寝室？

是邵湛。

许盛坐直了，没想到偷溜出来还能被人抓到：我刚才出去接水了。

对面回得很快，这个点还没睡应该是在做试卷：接着扯。

许盛有点佩服自己这个学神同桌，只得说实话。

——我朋友画室这出了点事，出来一趟。

许盛如实交代，又问：你不会想举报我吧？

许盛前段时间每天都带着作业过来写，今天却不见人影，邵湛等到熄灯，去敲对面的门，结果半天没动静。邵湛刚把试卷翻过去一页，总算等到了回复，邵湛往后靠了靠，没回，想看他怎么说。果然对面有点慌了：同桌，我觉得你不会那么无情。

——规矩是死的，人是活的，我兄弟在画室差点没命了，我不得已，形势所迫。

许盛发了一堆。邵湛几乎都能想象出许盛这些话的语气，他正想回复，手机屏幕又亮了一下。

许盛这回发的是语音，很短，只有四秒，邵湛点开。估计是顾忌边上还有别人，少年说话声音很轻。"湛哥——"少年说到这，声音停顿一秒，"求你。"

许盛是借口去洗手间时蹲在画室门口发的语音，发出去之后他都不敢再点开听一遍。之前在绿舟基地就是靠这两字，让邵湛包揽了他的被子。

邵湛那边很长时间都没有动静。许盛等了半天，邵湛也回过来一条语音，隔着电流，把手机凑到耳边听语音的感觉很奇妙，好像对方就凑在耳边说话似的："不举报你。"

邵湛说这话的时候好像开了门，然后响起一阵脚步声："作业写了吗？没写我去你寝室拿。"

许盛的作业，当然是没写。但他现在还真不能像以前那样不写作业。邵湛去他寝室拿了作业，许盛找了个感激涕零叩头的表情包发过去，他同桌，不光超神，还能帮他写作业！

许盛起身走回隔间画室里，趴在桌子上有一搭没一搭地跟邵湛继续聊。邵湛要写题，有时候回复比较慢。班级群里倒是聊天聊得如火如荼，起因是有人问了一句"湛哥生日是不是快到了"。

[侯俊]：你哪儿听来的？

[谭凯]：昨天去办公室的时候，听老师说的。我们要不要给湛哥准备个惊喜？

他们敢公然在班级群里聊"惊喜"，也就是仗着邵湛平时不看群，等聊完换个话题，消息刷上去之后邵湛就更看不见了。

生日……他生日要到了吗?

许盛看了会儿,把手机搁在一边,捏着那支不知道谁遗留在桌上的炭笔,又从边上扒拉出一张画纸压在胳膊底下画速写。他一边想着邵湛生日,一边就从局部开始画,局部画完又不由自主地沿着往上,画起了六中校服、少年微微凸起的喉结……下巴……

康凯坐太久了,放下笔起身晃两下,想休息休息。他晃到许盛边上,敏锐地察觉到这位倚着墙边跟人边聊天边画画的爷有点不一样。于是他语出惊人:"你什么情况?"

许盛没反应过来,还在专心致志画眼睛:"什么?"

"你别告诉我你一个大男人大半夜画速写画得那么认真,是因为自我陶醉,觉得自己画得太好了——你知道你现在的眼神吗?"

康凯话音刚落,许盛笔下的眼睛刚好画完,画上是一张辨识度很高的脸,冷得不像话。

"看着挺眼熟啊,"康凯说着凑过去多看了一眼,"这……不是你同桌吗?上次来过的那个。"

许盛没否认。

CHAPTER 26

观影邀请

　　许盛最后是趁着学校开门那会儿回去的。他混在上学的人流中进了学校，难得早自习没迟到。但因为熬了一晚上，他到教室就趴下补觉。

　　邵湛进班的时候许盛就已经在睡觉了。他站在许盛身后，伸手在他头上拍了一下："你昨晚一整晚没睡？"

　　许盛困极了，懒得动，一只手搭在后颈处，睡得正大光明。听到声音，手指略有些不耐烦地动了动："困——别吵。"他这睡姿跟开学摸底考那次一样，要是让顾阎王看见，能站在走廊上扯着他教育一个早自习。

　　邵湛没再多说，不忍心吵他，任由许盛接着睡。

　　侯俊和谭凯两人说说笑笑走进教室，打算去后排找许盛唠唠嗑，远远就看到教室后排那颗安静的后脑勺："盛哥……"

　　邵湛坐在他边上，在草稿纸上算答案，头也没抬地说道："他在睡觉，有事吗？"

　　侯俊和谭凯感受到了话里拒绝的意味，于是齐声道："其实……也没什么大事。"

　　沈文豪刚从其他组收完作业过来，也想找许盛聊聊，于是他头也没回地扬声道："盛哥作业交一下？猴子，你也交一下。"说完才想起许盛正在补觉，沈文豪抓抓头，然后开始等许盛醒过来交作业。不过许盛他没等到，倒是等来了邵湛从桌上把许盛的作业抽出来给他。

这景象看着特神奇，因为邵湛在他们眼里从来都是一副不近人情的模样，行事作风也是行为楷模。但如今他边上趴着这么一位公然睡觉的，邵湛不光不谴责批评，反而还有维护他的意思，这反差感很强。不过要是他们知道许盛昨天的作业都是邵湛写的，可能会更震惊。邵湛昨晚连夜把许盛那几本作业补上，他模仿许盛的字迹模仿得越来越像——其实也没什么难的，往丑了写准没错。

许盛这一觉足足睡了半个上午，直到出操才醒。他其实没有完全睡过去，毕竟教室里再怎么安静都会有声音，尤其是听到老师叫自己的名字："许盛，上课还睡觉！让他给我起来，不清醒站会儿就清醒了。"

是周远的声音，许盛都准备睁开眼坐起身了，身边一道声音响起。这道声音隐隐约约隔着一层什么东西，像是在梦里发生的一样。"老师，"那声音说，"他身体不舒服。"

周远好说话，加上替许盛说话的人又是邵湛，他手里刚抓起来的粉笔头最终没扔下去："这样啊，实在不舒服就去医务室看看，再不行干脆回寝室休息休息，别硬熬。"

许盛补觉补得差不多了，意识回笼，坐起身，发现自己脑子里全是邵湛的声音。

这个点教室里的人都去操场集合出操了，操场上大喇叭的声音一路透过大开的窗户传到教学楼。许盛抓抓头发，喝了口水，然后划开手机，看到半小时前康凯发来的消息。

[康凯]：我到会场了。

许盛回复：我睡醒了。

[康凯]：你这样没被你们学校老师打死？

[S]：不会。

许盛从来就是这么个性格，脑回路也异于常人，跟他敢把天空干脆画成被打翻的颜料盘一样，张扬得过分，从不按常理出牌。康凯觉得不妙，果然许盛又发过来一句：我有我同桌护着，他还帮我写作业。算了，跟你说这个干什么。

[康凯]：滚滚滚，这就跟我炫耀上了是吧，考虑过我的感受吗？

[S]：我同桌生日快到了，我打算表示表示，你觉得我怎么帮他过生日比较好？

这个问题许盛昨天想了一晚上。昨晚他趴在课桌上翻了半天他和邵湛的聊天记录，从第一次他和邵湛对调身体开始翻，仿佛跟着聊天记录从头又走了一遭。但饶是这样，许盛也没有任何头绪，他实在不知道自己能怎么帮邵湛过生日，邵湛平时一副"不需要，别靠近我"的样子，很难找到合适的切入点。

要不然请他吃个饭？太俗了！许盛打开网页搜索，打算看看大家都有哪些别致的生日企划。页面很快加载完毕，网页上赫然是一条高赞答案：

谢邀①。

你的朋友要过生日了？想让对方永生难忘吗？接下来，我将同大家分享几个要点。

首先准备好一颗真诚的心。

许盛开始怀疑这个高赞是不是有不少水分。这篇问答主要分为几个部分：第一、做任何事之前都需要提前铺垫，我们先从日常的亲切关心开始，嘘寒问暖，让他提前感受到不一样的温暖。第二、要懂得投其所好……第三、在有纪念意义独特的地方给他一个惊喜……

许盛查完就把手机关了扔进桌肚，然后去了洗手间，回来正好撞上七班同学回班。邵湛明明是在人群里，许盛还是能一眼捕捉到他。侯俊他们围着他说笑，邵湛依旧是那副不太好接近的模样，却也没再抗拒，偶尔还回应两句。

看到许盛，侯俊身为班长，忍不住关爱同学："盛哥，醒了感觉怎么样，身体还好吧？自己的身体可得注意，下次不舒服别强撑着。"

"挺好的。"许盛心说侯俊这嘘寒问暖这么到位，等会儿他还怎么发挥，他转向邵湛，"咳"了一声说，"你……操场热不热？"

邵湛本来想问他睡够没有，没有就回去再睡会儿。冷不防听到许盛这样说，一下没反应过来——他是不是没睡醒？

①谢邀：网络常用语，意味谢谢邀请，一般出现在答题之前，意在表现答题者谦逊礼貌的态度。

许盛继续道：“出操出得还好吗？最近几天天气升温，小心中暑。”

这下不光邵湛不知道他想干什么，连站在边上的侯俊也十分迷惑。更可怕的是这一整天下来，邵湛听了不少许盛的迷惑发言。

比如他刚把试卷翻过去一页，边上那位把能写的题都挑着写完了的爷撑着脑袋、眯着眼，手里还转着笔来一句："同桌你累吗，要不要停下来做一套眼保健操？"

邵湛答题思路顿了顿："我不累。"

"那劳逸结合，我给你讲个段子？"

最绝的是，许盛嘘寒问暖之余没忘记提升自己，体现自己真的有认真听课："上节课老师讲题讲得还不错。"

邵湛放下笔，侧头看他，碎发遮在眼前。其实他不说话光看人的时候隐约能看出一点校霸的影子来，他本身并不是性格特别好的人，说话时依旧带着冷，对着许盛却不由自主放软了语气："想干什么，有事求我？"

不是，许盛在心底说，我在为日后做铺垫。

"我……"许盛说，"关心你。"

许盛一天嘘寒问暖没有成效，倒显得他别有所图，许盛打算试试那个"投其所好"。他琢磨着邵湛平时不是在做试卷就是在准备去做试卷的路上，于是他在晚自习结束之后，去书店买了套题。

邵湛回到寝室，洗完澡拉开隔间门出来，还在试图解读许盛一整天莫名的"关心"，最后没能成功，临江学神真实感到困惑：许盛脑袋里都在想些什么？

邵湛简单整理完考试错题，划开手机，难得看了眼南平的聊天群。群里新刷的几百条消息都围绕着邵湛之前那句话。中途话题往其他方向转过几次，可最新的消息还是询问邵湛和同桌的最新情况。

邵湛对着聊天框看了一会儿，就去低头写题了。邵湛在写的是一个很著名的函数，这个函数图像$(x^2+y^2)^2-2ax(x^2+y^2)=a^2y^2$画出来的图形是心脏形，也叫作心脏线。邵湛刚看完题目，许盛照常带着作业和课堂试卷来了。但邵湛不知道的是，许盛这次还带来了他刚从书店买的书。

送出去的时候许盛有点不好意思，毕竟他也没正儿八经送过人礼物："这是我买的《题库大全》，我觉得很适合你，你看看上面的题目你喜不喜欢。"

邵湛开始担心许盛了，而许盛根本不知道自己这投其所好投得对方很迷惑、很彷徨。

邵湛完全不明白他的意思，甚至觉得他是不是有病，因为许盛今天一整天都不对劲。邵湛问："你买题干什么？"

"看到就买给你了。"

邵湛怕他接着说些什么令人迷惑的话，把手里那道函数题推过去："给你出道题，你画一下函数图像。"

许盛没抓到这个话题转折的契机和原因，但邵湛很执着："这题明天课上可能会考，不会的话我教你。"

许盛"哦"了一声，然后对上了一长串看不懂的东西。邵湛知道许盛肯定画不出来，但他可以教他基本概念，引导他把这个图画出来——邵湛带着这个想法，引导了两个小时。但这道函数实在超出许盛的能力范围，而且邵湛又不直接告诉他最终图像到底是什么，还留了最后一部分让他自己推，许盛对着那道函数解了很长之间，解到了寝室楼熄灯。

许盛对着寝室里的一片漆黑说："我解不出，要不然，算了吧。"

空气异常安静，寝室也黑得很突然。

一切都有条不紊地按照计划进行着——两个小时前，在许盛说不会之后，邵湛就上手教他了，字面意思上的"上手"。

邵湛微微俯身，单手覆在许盛手上，带着他写步骤："所以这里考查的知识点……"

许盛本来就听不懂，邵湛的手抓着他写，他脑子直接"嗡"的一下炸了，刚才勉强记住的步骤忘得一干二净。

然后邵湛松开手，坐回去，鼓励道："你解一遍。"

我……我不会，许盛心说，而且你这样抓着我我更不会了。

但是攻略说了，得投其所好，于是许盛对着那一堆步骤、知识点和解题思路，硬着头皮开始画，还不忘继续嘘寒问暖："你写作业写得累吗，要不要喝口水？"

邵湛现在哪顾得上自己，就想赶紧摁着边上这人的脑袋让他把心脏线给画出来，他抬手解开衣扣："我不累，你先画。"

许盛最后在坐标轴上画出来一道弧度诡异的不规则物体："这什么玩意儿，这道题的意义在哪儿？"

邵湛头开始疼了："不对，重画。"

许盛张扬的高中生涯中第一次觉得有一丝丝委屈，于是他蜷着腿，坐没坐相地继续面对邵湛给他出的题，表面装乖，内心爆粗。

作为一个学渣，他真觉得自己很惨。写到最后许盛甚至开始怀疑邵湛是不是想整他，给他一道这么超纲的题让他写。最后，邵湛为了教他，费了一沓纸，许盛为了画图形，也费了一沓纸，但一个都没画对。这个世界上，什么都可能有假，但数学是真的，不会就是不会。

此时此刻，熄灯后的寝室，以及许盛那一句从灵魂深处发出来的"我解不出，算了吧"都让空气瞬间凝结，两人之间弥漫着沉默，略有些令人窒息。

邵湛以学神的实力也说不出什么能扭转乾坤的话语，许盛则是真情实感地很想走人。但他转念又觉得自己的态度必须端正，既然想为他庆祝生日投其所好，那自己就不能认输："或者……有没有简单点的？"

[康凯]：你怎么样？

[康凯]：你送题，你同桌什么反应？

康凯早上把画送上去，进入初审环节后，奔波一天回到画室，想起来关心兄弟。许盛收到消息的时候正拎着一沓废纸和邵湛给的那道题回寝室，他把那沓纸搁在桌上，叹口气回复。

[S]：我在这投其所好，他却让我写题。

[S]：我解不出，他还让我带回寝室接着解。

[S]：这是人干的事吗？

次日一早，许盛被侯俊的敲门声喊醒。侯俊他们有时候会过来邀请他们一块儿去食堂，尤其是临近考试的时候，吃饭是一层，主要目的还是想让邵湛帮他们考前押押题："盛哥，叫上湛哥，一起去吃早饭？"

"行啊……"许盛本来有点起床气，尤其又连着两天没睡好，想着跟邵湛吃早餐多少能增进点感情，让生日计划顺利点，于是硬生生把那股气压下去，倚在门口眯着眼睛说，"那你们等我一会儿。"等许盛简单洗漱完，换上校服出去时，邵湛已经和侯俊、谭凯他们站在楼道口等他了。

侯俊早有准备，拿着个小本子问："第二单元您觉得会考什么？"

邵湛靠着楼梯口那道栏杆，本来在复盘第二单元的内容，一看到许盛出来，就瞬间想不起第二单元的重点都有哪些了。

许盛今天穿的还是校服，估计是衣服穿得急，脖间那条黑绳还晃在外边。别说同学们那天第一次见他穿校服的样子挪不开眼，就是多看了好几天的邵湛也依然觉得很有冲击力。

侯俊作为和许盛朝夕相处的同班同学，也觉得看一眼就多受一次冲击："盛哥，你这，不愧是'校服杀手'。"

许盛没看贴吧，不知道自己的新外号："什么'校服杀手'？"

谭凯解释："就是说你穿校服特帅，对了，今天早上食堂有海鲜粥，再不去就被人打完了。"

早自习前的食堂最热闹，不过住宿生起得早，还能享受难得的清净，他们找了一桌空位占好，然后才去窗口买早饭。

邵湛把许盛往座位上摁，顺便在他头顶揉了一把，打算帮他打，冷声道："你在这坐着，我去打。"

哪料许盛也是这么想的，他腾地站起来，决定不能让这个机会从手中溜走："还是我去吧。"

"你别闹。"

"我真的特别想去打饭，我帮你打。"

"我去。"

"让我去。"

窗口排队的人不多，在邵湛和许盛各执己见的时候，侯俊他们已经捧着餐盘回来了。侯俊给谭凯使个眼色：这什么情况，吵起来了？大清早的，打个饭也能吵上？

谭凯摇头回应：不知道啊。

"咳，"最后还是侯俊咳了一声，劝和说，"那什么，我插一嘴啊，窗口有两个呢，你们两个不用争，都想去打饭一起去打不就完了吗？快点去，等会儿人就多了！"

许盛和邵湛一起僵住了，眼看不能继续纠结，两人默许了最终的妥协方案——许盛带着饭卡，和邵湛并排站在窗口排队。

许盛把那张饭卡捏在手里转着玩，想找邵湛说说话。邵湛倒是先开了口："昨天的函数图像，画出来了吗？"

许盛万万没想到过去一晚上了，邵湛还不肯放过他。他现在很想回到餐桌边坐着，满腔心意最终败给了超纲习题——我在想怎么给你过生日，你却只知道让我写题。

许盛憋了会儿才憋出两个字："没有。"

课间，许盛忍不住跟康凯吐槽：你知道吗，他真的很变态！他一直让我写题！

康凯还不知道许盛那儿都发生了些什么事，他为了参加画画比赛请了几天假，今天刚好回学校，边补作业边问他：你到底行不行啊……

许盛回复：我很行，我觉得时机已经成熟了，打算直接约他出去。

攻略里也有这样一条。

许盛琢磨了半天也没想好要带邵湛出去干什么。临江六中是封闭式管理，放学期间也只开放一段时间的校门，开放时间都不够出去坐趟车的，想干点什么往往是还没开始就得往回赶。或者周末？周末好像太普通，他许盛干什么不是轰轰烈烈，第一次帮人过生日总得制造出一些毕生难忘的记忆吧。

许盛这一整天连上课睡觉的心思都没了，难得老实地坐在座位上盘算。他穿着一身校服，连坐姿都比以前规范不少，各科老师看到他，无不感叹一声："许盛果真是改邪归正了，正所谓浪子回头金不换，许盛现在总算走回正道，成绩上去了，素质也上去了！还好当初没有放弃！"

许盛想了一堆，最后思绪停在夜间电影上——要不，看电影？

之前和侯俊他们在寝室看过片，但那都不算看电影，一点仪式感都没有，没有灵魂。电影的灵魂还是在于电影院。离学校最近的电影院就在后门对街，翻出去走五百米就能到，开在一家商场三楼，营业到凌晨，偶尔也会有六中学生溜出学校去看电影。

这还是张峰之前跟他透露过的地方，只是当时许盛不屑一顾，现在……他发现无不无聊得取决于自己想不想。

请邵湛看电影这个方法好像确实不错。许盛想到这又想，邵湛这人也没家人也没朋友的……以前生日都是怎么过的？

晚自习之后，许盛在寝室里查了半天购票软件，在几部热门影片里挑片子。评分较高的都是叽叽歪歪的少女题材，只有一部风格不一样，但片名偏偏是《××杀人狂2》。许盛本想直接略过这部，但考虑到这是邵湛庆生，没道理要折磨寿星看那些少女类型的影片……许盛缓缓合上眼，最后狠心在《××杀人狂2》的页面上点击了购票。

这天晚上，邵湛没等到许盛拎着作业过来，倒是等到一条微信消息。

[S]：在吗？

[S]：你出来一趟。

寝室楼早就过了自由出入时间，但许盛是谁，没有人比他更懂怎么溜出学校：一楼走廊尽头那扇窗，推开就行。

许盛这种时候也不忘嘘寒问暖：晚上风大，小心着凉。

许盛不确定能不能成功约到人。他同桌虽然说以前也是南平一霸，但是早就金盆洗手，入学以来规矩得不能再规矩，他会出来吗？许盛坐在围墙上等邵湛，边等边乱想。

晚上风很大，白日热闹嘈杂的学校此刻只剩下隐隐蝉鸣。路灯昏黄，许盛手撑着围墙边沿，长腿垂着，浑然不觉自己这姿势有多嚣张，反而觉得自己心情哀怨，就差手里拿朵花边数边扯花瓣：他来，他不来，他……

许盛脑内的小剧场演到一半，没有再"他"下去，因为他视线里闯进一道人影。少年估计是刚洗完澡没多久，头发还没干。这会儿他没穿校服，因为逆着光，所以整个人隐在黑夜里。许盛虽看不清对方的眉眼，但却能清晰看到少年笔挺的脊背，感受到他浑身凛冽的气场——其实许盛一直觉得不穿校服的邵湛更贴近他原本的样子。

邵湛走到墙边停下："你在这坐着干什么？"

两人一个在墙上，一个在墙下。他们笼罩在从街边照进来的昏黄灯光中，在这个瞬间仿佛连风声都变得热烈。

许盛心里紧张，他发消息之前压根不知道原来带好学生违纪竟也能让自己紧张成这样。但他还是十分熟练地坐在墙上冲他勾了勾手，声音上扬，颇有些不着调地说："哥哥带你出去看电影，跟不跟我走？"

CHAPTER 27

仲夏之梦

　　一墙之隔的不远处就是空旷繁华的商业街。许盛说完，见邵湛动了动，他往前走了两步，声音虽然还是惯有的冷，但是不自觉带上些纵容，邵湛说："辈分岔了。"

　　许盛脑海里飘过一行攻略：如果成功约到人说明计划有希望，加油，你行的。

　　许盛完全不在乎谁是哥哥这个问题，他本来也不执着这个，刚才就是随便说说。只要能把邵湛哄出来，让他当儿子都行。他"哦"了一声，撑着墙，双腿弯曲，姿势改为半蹲，方便等会儿起跳。

　　"那哥哥跟我出去看电影吗？"许盛声音跟带着钩子似的往邵湛耳朵里钻，语调散漫，只有微微压下去的尾调透露出其实很紧张。他今天穿的还是之前上检讨台时的那件黑色T恤，涂鸦张扬，牛仔裤包裹住细长的腿，这个点出门也不忘戴耳钉，相当招摇。

　　夏夜风确实是大，夹着燥热的空气扑向四肢百骸，跟过了一遍电似的。此情此景，邵湛哪儿还能说出"跟你去"以外的答案，也根本没心思去追问他这个点出去看电影干什么。

　　"跟。"跟你去，刀山火海都去，只要你开口，去哪儿都行。

　　许盛跳墙成习惯，今天有些特殊，他甚至还有心思在邵湛面前思考一下形象问题，想自己跳下去的姿势足够潇洒帅气。他维持着蹲地的姿势，拍了拍手掌，转身去看邵湛。

他转身的时候邵湛已经翻上墙，动作干脆利落——他平时见得最多的就是邵湛写题的样子，邵湛现在的样子倒是比平时多了些朝气，也很接近他认识的那个邵湛——摘下年级第一、三好学生这些名号，掀开克制的表象，邵湛和所以这个年纪的少年一样亮眼，内里恣意热烈。

许盛想到这里，忽然有些隐隐的、自己也说不上来的窃喜——只有他知道邵湛过去的秘密，也只有他离一年多前的那个邵湛最近。在成为邵湛的日子里，他还对着镜子看过邵湛藏在衣服下的刺青。这种"只有我知道"的情绪，像一颗偷偷吃到的糖。

邵湛的确很久没干这种事了，但这墙还是跳得赏心悦目，主要人身高腿长，天然优势明显，运动细胞也不差。他跳下去之后看到许盛蹲在车站站牌那儿看着他，似乎在笑。

"傻笑什么？"

"没什么，你这墙跳得还成。"许盛说，"还以为你不当校霸好多年，业务会生疏。"

邵湛没接话，他站在许盛面前伸手让他借力起身："起来，带路。"

长街空旷，谁都不知道，这两位相伴而行的少年是刚刚偷偷从学校翻墙出来的。

这个时间大部分店铺都关了门，只有一些夜间场所还开着，不远处"××KTV"几个字闪动，绚烂的霓虹灯像映在半空的别样烟火。两人一前一后走着，邵湛这会儿才想起来问："怎么突然想看电影？"

为了给你过生日，所以特意安排的啊，哥哥！但真相不能就这样宣之于口，于是许盛说："生活太平淡，找点刺激。"

邵湛不甚明显地笑了一声："你还平淡？"许盛这种检讨历史能写出一本传记的人要是算生活平淡，这个世界恐怕就没有生活不平淡的人了。

"在你身体里的时候是比较刺激，但现在不是不在了吗？"

邵湛半天没说话。偏偏许盛丝毫没有意识到，他放慢脚步，想退两步和邵湛并行，牢记辈分，故意道："哥哥，怎么不说话？"

邵湛却不让他慢下来，在他身后伸了手，推着他往前走："看路。"

五百米的距离，说短不短，说长不长，两人似乎走了很长时间，却又似乎很短。这个时间其他楼层的商铺已经打烊，但三楼电影院有专用的电梯，就在商场右侧。许盛摁下上升楼层键，透明的轿厢带着两人往上。电梯门开的时候，许盛还在低头找手机上的电子票。

现在11：25分，还有五分钟开场，时间掐得刚刚好。

邵湛不知道许盛订的是哪个场次，也不知道要看哪部片，甚至没往"许盛这是在为他庆生"这个思路上想，也很难去联想。毕竟许盛这个人脑回路跟平常人不一样，半夜发消息找人出来看电影，其实很符合他的做事风格，他确实是能单纯地、不带目的性地干出这种事的人。再加上许盛最近整个人状态也比较奇怪，没事就问他渴不渴、饿不饿、累不累的，还问他想不想吃小卖部限量贩卖的炸鸡腿，说他可以去抢……除了《题库大全》，他最近还收到一个魔方以及《如何提高逻辑思维：天才训练法》的丛书……邵湛真的是完全看不透许盛想干什么，所以在这种特殊时期，半夜搞点奇怪的活动，反倒显得许盛很正常。

"两位好，"前台服务员道，"请出示一下二维码……可乐什么的需要吗？"

"两杯可乐，谢谢。"

许盛取完票，顺便买了点东西，然后两人检票进场。

电影院大厅客流量稀疏，除了辛苦工作完终于有时间在下班后出来约会的情侣之外，基本上没什么人，尤其他们这个3号厅，更是人迹罕至。

许盛的位置选在后排，主要因为后排距离屏幕远，有说不出的安全感，而且后排也够黑，万一他反应过度也不容易影响到别的观众。两人进去的时候屏幕上正在放广告，一片漆黑的环境里只有那点微弱的荧光照着前排座椅。除了一位刚打扫完毕的保洁阿姨之外，开场前只有四五位观众进场，三三两两散落在前排，偶尔能在插播广告的空隙里听见一点谈话声。

"快开场了，"许盛捏着冰可乐，看了眼时间，"还有一分钟。"

邵湛看他一眼，发现这人情绪有点不对劲，主要表现为身体僵直，说话语气也没那么自然。于是邵湛问："这什么电影？"

许盛没回答，屏幕也正好彻底暗下去，广告结束。隔两秒，屏幕才再度亮起来，紧接着，观影厅里响起一阵诡异的音效。最开始是尖锐物体在地上不断划动的刺耳声音，这声音越来越近，然后响起女人惊慌失措的喘息和尖叫声，两者交加，最后是"砰"的一声，重物落地，不断划动的刺耳声渐远。之后一行字才极其缓慢地浮现在观众面前——××杀人狂2。

邵湛没想到他会挑这种电影，不明所以地看他一眼："你来找刺激还是来找虐？"

"我……挑战自己，克服恐惧！男人得对自己狠一点！"许盛话音刚落，片头过去，正片开始，上来就高能，浑身血迹的男人爆出一阵癫狂的笑声——许盛被他笑得一抖。

许盛嘴里的话扯得随意，实则紧张地捏着那杯可乐半天了，被冰得掌心凉透，手心沾的都是杯壁渗出来的水。他本以为电影会进展到一半再恐怖起来，但是这部电影杀伤力实在太大，反派在开场三十秒就结束了一条生命，手法特别血腥。许盛感觉自己也跟着一起去世了。

简介上没说有那么刺激啊，许盛有点哀怨。

邵湛实在不忍心看他这样折磨自己，叹口气，正想站起身把边上这人拎出去："别看……"

但邵湛的话还没说完，许盛松开抓着可乐的手，把左手伸到邵湛面前："我来之前确实是想挑战自己，但我现在觉得人还是得有自知之明，有时候也需要学会放过自己，量力而行。"许盛这一长串话说到这里，顿了一下才继续说："我不敢看。"他低声问："今天还能抓着你吗？"

许盛说这话的时候，不敢看邵湛，更不敢看大屏幕，视线最后落在前排靠背标的数字上。这是许盛第一次为别人庆祝生日，出于心意，出于尊重，他都不愿意这场生日惊喜就这样草草收场。所以他想了个不是法子的法子来使它圆满，哪怕操作起来有损他校霸的威名。

因为看不到，所以更紧张。短短几秒钟时间，却好像过了一个世纪那样漫长。

当邵湛的手真的伸过来的时候，许盛只觉得影院里的所有声音仿佛被人按下消音键，惊悚的音效和前排观众攀谈的声音一并远去，连时间都恍若静止……唯一清晰的只有邵湛覆上来的手和一个无比清晰的念头：我这一世威名算是彻底保不住了。

电影用的是插叙形式，其实开场高能结束之后就是正常的叙事流程，观影厅气氛暂时回归平和，但这个时候许盛和邵湛已经没把注意力放在电影上了。这场电影的剧情是什么、出场人物有哪些，许盛一个也没搞明白，连影片什么时候结束的他俩都不知道，直到屏幕光再度暗下去，开始滚动演员名单，随后观影厅的灯亮了起来，他们才察觉电影结束了。

这场电影是电影院营业的最后一场，一点准时散场，之后电影院就准备打烊。

"这部电影还行，比我想象的刺激，回头给它评个8分。"

"我也觉得还可以，本来都没抱太大期待……"

前排几位观众边说边从出口出去。许盛把空纸杯扔进垃圾桶，按电梯的时候按了"上"，愣了两秒才反应过来，又手忙脚乱地去按"下"。等许盛好不容易恢复了一点理智，两人并肩从电梯口出来时，他又听见邵湛问："不怕了？"

"什么？"

长街比来时还要空荡，街灯延展至另一头。

"哥哥现在也让抓。"邵湛说"哥哥"这个词的时候和许盛完全不一样，一个不着调，一个冷得可以，但就是这股子冷，和语境联系起来有一种特殊的反差。邵湛停了一会儿才解释自己刚才那句话的意思："回去的路上不怕吗？"

"怕。"许盛生怕他反悔，顺着杆子往上爬，"你一说我觉得这条街氛围特别吓人。"

明明是一样的路程，却总感觉回去的路走得比来时的更快。到了墙边，邵湛先翻过去，许盛紧随其后，但他半蹲在墙上的时候动作却顿住了。时光仿佛倒了回去，他和邵湛两个人所站的位置恍若初遇时。只是这次许盛没有急着往下跳，而是突然说了一句："我是故意的。"

话音落下，似乎连空气也跟着安静了一瞬。许盛继续说："刚才在电影院里……我想了很多……"夜晚的学校太安静了，安静到许盛已经忘掉了自己在看电影时打的腹稿。他之所以费心费力地为邵湛筹备这个庆生，是因为他明白自从成为对方之后，自从两人结交开始，自己的学习、生活发生了多大的变化。他许盛，临江校霸，只会检讨，不擅长发表这种煽情演说，电影院里打的腹稿他忘得一干二净，却误打误撞地在一个有纪念意义的地方向他想感谢的对象开了口。

这面墙，确实是非常有纪念意义。

许盛半蹲在墙上，仿佛看到了两人初遇那天，他在仓库坐了很久才回来，带着自己也说不清的抗拒和迷茫翻到这堵墙上。打雷那天，世界重构，他成了"邵湛"，而邵湛成了他。他们无限接近过对方，用对方的身体看到了世界的另一种模样。

许盛事先完全没有做过什么准备，这会儿完全是他临时起意蹲在墙上"作案"。怎么说他也是见过大场面、动不动就当着全校师生进行检讨发言的人，最著名的"绿舟检讨"更是当着好几所学校的师生的面做的。

如今这位平平无奇的检讨小天才却发挥失常了。

邵湛站的位置刚好逆着那点微弱的昏黄光线，许盛强迫自己不要躲闪："我……"

他"我"了一个字之后，紧张得"我"不下去，思绪一团乱，想说的话太多，一窝蜂涌到嗓子眼却又失了声。许盛缓缓闭了闭眼，感觉整个人都像喝醉了酒一样，烧得慌。他好不容易冷静下来，才勉强恢复之前那副装腔作势的散漫样子。许盛那张脸的确很有迷惑性，不止邵湛在心里暗暗给他贴过"玩弄感情"的标签，当年康凯见他第一面也是这个感觉。他长得就不像好学生，眼尾微微往上挑，撩人得很，偏偏行事也是一副漫不经心的做派。

事实上从来没有玩弄过感情的许盛动作不自然地扯了扯衣服领口，总算在脑子里给残存的理智腾出一点空间。他难得认真地说："我触犯过的校规很多，林林总总几十条，现在可能要再加上一条，胁迫同桌翻墙出校。"然后许盛像两个小时前约邵湛去看电影的时候那样喊了一声"哥哥"。"第一次见你的时候我觉得你这个人烦透了，这还是上高中以来头一次有人敢管我。"许盛说到这里，又低声补了一句，"但我现在觉得，被你管着好像也不错。"

"今年发生了很多意料之外的事情，尤其是，遇见你这件事。"

"生日快乐。"许盛说。

许盛身后的那片霓虹灯刚好在这一瞬间变换了颜色，如同绚烂的烟火，盛放在漆黑的夜里，夜空里恍若映出万千灯火。

时间仿佛又过去了很久，久得许盛莫名感到紧张。直到邵湛说："我也是。还有，谢谢。"

许盛愣了愣。

如果不是许盛主动提，邵湛压根不记得原来今天是自己的生日——我也是，遇见你这件事，像此刻意外从你身后盛开的烟火。还有谢谢你，让我体会到久违的被朋友关心着的感觉。

邵湛向来理智，今天会因为许盛一句话就跟他翻墙出去，实在不像他的作风。就算以前当校霸那会儿，他其实也冷静得不行。他那股恣意嚣张的劲往内里收，表面不露声色，也不会因为谁挑衅就跟其他人一样上头撩袖子打架。南平跟临江的制度不一样，没有混合班，只有尖子班和差生班，虽然尖子班的人成绩也好不到哪里去，但差生班却是实打实的全校老师最头疼的班级，那里的学生老师根本管不住，上课的时候底下干什么的都有，邵湛当时就是在差生班。他偶尔翘课，或上课中途光明正大地从后门走进来，进班之后就坐在后排镇着，轻易不闹事，反而成了差班里最好带的那类学生。有一回杨世威带人过来闹，班里乱翻了天，邵湛岿然不动。直到他不紧不慢地结束了一局游戏才把手机一扔，冷声问："闹够了吗？三秒钟，滚出去。"就是这么冷静自持的邵湛，此刻也觉得有些抑制不住的紧张和难以言说的兴奋。

许盛这回是真的坦诚得要命。

霓虹灯又闪了一下，邵湛说："谢谢你，今晚夜空很美。"

邵湛说着朝他走过来，凌晨风刮得更大了，他眉眼凌厉，身上那件黑色T恤衬得他整个人异常冷，明明也是冷质感的声调，但说出的话却很温暖。"能跳下来吗？"邵湛已经走到他面前问，"我接着你？"

"算了吧，我跳下来，会不会有雷？"

邵湛一想，也是。这堵墙虽然有纪念意义，但是也很危险，他们都不会忘记就是当初在这里听见了第一声雷响。

许盛谨慎地说："你让开点。"

两人到达寝室楼的时候刚过两点。一楼窗户虚掩着，他们进去之后才把窗户重新锁上。寝室楼里异常安静，从楼外边看还有几间寝室亮着灯，应该是为了备战期中考。每到这种临近考试的时候，学渣临时抱佛脚，学霸温故知新。临江六中期中考试时间安排比普通学校更晚，由于复习和学习新课的模式所致，期中考和期末考之间只剩下一个月左右。所以期中考也是各类考试的重头戏，难度直接对标高考。

许盛基本不复习，但是邵湛还有两套卷子要做。经过了今晚的事，许盛是一点也不介意把时间花在看同桌写试卷上："我去你寝室？"

邵湛笑了一声："你来我寝室干什么？"

"你写题，我看着你写。"

事实证明许盛就是一个学习"杀手"，他自己不学，还容易妨碍别人学。许盛盘着腿坐在邵湛边上，还时不时跟他聊天，邵湛哪儿还有心思写题。于是他干脆把试卷放一边，勾着笔在草稿纸上把之前给许盛的那一串函数又写了一遍，然后对许盛说了一句："过来。"

许盛抬眼。

"握笔。"邵湛把笔递过去，想起许盛解了半天没解出来的题，说，"想看心脏线吗？"

许盛握住笔，邵湛握着他握笔的手。

邵湛这回没有留最后一步让许盛自己画，引着他从头到尾画了一遍。许盛头一次发现他印象中死板的文化课、令人头疼的数学原来还能这么有趣。坐标轴上的那颗心脏跃然纸上，碰撞出一种理性到极致的感性。

奈何昨天放学的时候老孟说过，明天早上第一堂课就是随堂考试，现在时间都接近凌晨两点半，许盛是真的没有时间再多接触一下感性数学了。许盛抓着手机往寝室门口走，正准备拧开门锁时，突然想到什么。他转身对跟在身后准备送自己出去的邵湛说道："哥哥，我今天的安排和表现，一句谢谢之后就没有表示了吗？"

邵湛好笑地看着站在自己面前邀功的幼稚校霸："没有想过，但你既然提了，也不是不能安排。"

邵湛话音刚落下，桌上的充电小台灯也罢工了。许盛只觉得眼前一黑，随之而来的是少年陡然间逼近时带起的微弱的风，和混着些许熟悉的薄荷味儿的拥抱。

[康凯]：兄弟？

[康凯]：还活着吗？

[康凯]：给你同桌过生日过得怎么样啊？你那场电影如何？

康凯时刻不忘关心兄弟为同桌庆生的进程，他隔了几个小时，见许盛迟迟不回复，又发：回个话。

康凯想到了另一种可能：你们不会在做题吧？

许盛看到的时候已经是他回寝之后的事了。他关上寝室门回复。

[S]：还不错。

[S]：很顺利。

[S]：就是电影太刺激，心跳好像有点快。

许盛发完消息阖上眼，躺半天还是睡不着，最后干脆爬起来冲了个凉水澡。但水流再冷也平复不下心跳。

他关掉淋浴开关，擦了把头发再拉开门走出去，点开和邵湛的聊天框，看到邵湛十分钟前发来的一句晚安。

许盛回复：晚安。

许盛这会儿才真正感受到，他真的带着邵湛一起犯了一次校规。

许盛说完晚安，没有老老实实睡觉，继续跟同桌聊天。

——你准备睡了吗？

——嗯。

许盛翻个身，继续打字。

——聊会儿？

——都几点了，你今晚是不是不打算睡了？

——再聊一会儿就睡。

许盛现在成了学神最好的知己，更是理直气壮：哥哥，聊五毛钱呗。

邵湛退了一步：五分钟。

两人有一搭没一搭聊了一阵，然后许盛点开邵湛的主页，把备注改成了"我同桌"。

窗外繁星满天，风声渐弱，一夜无梦。

CHAPTER 28
无名之辈

　　许盛第二天被邵湛敲门叫醒，自从睁着眼胡扯，为了扯进竞赛组，许下豪言后，他就很少翘早自习。许盛眯着眼睛下床开门，见是邵湛，脾气收敛起来："几点了？"

　　"还早。"确实是很早，现在才刚六点。

　　"你得庆幸你是我同桌，要是换个人在这个点敲我门……"许盛刚起来，头还有点晕，关上门之后又倚着门板缓了会儿，他起来之后没顾得上整理，形象乱糟糟的，但谁让一大早是这么个人来叫自己，任他有多大的起床气都被哄没了："现在就被我轰出去了。"

　　许盛说完，就去隔间洗漱。邵湛在他寝室里坐了会儿，然后晃到隔间门口等他。

　　许盛刷完牙，刚刚准备俯身弯腰下去捧着水洗脸，就看到了镜子里的邵湛。

　　邵湛看起来跟他刚好相反，换了校服，收拾得一丝昨晚跟面前这人翻墙出去看电影的痕迹都没有。

　　半晌，他在许盛身后伸了手，拎着他的衣领往上拽了点，拽动间手指骨节突起："衣服穿好。"

　　许盛这才反应过来他这衣领确实往前滑了不少。许盛被那一下拉得抬了头，还没来得及擦干净的水滴顺着脸颊往下汇聚，最后沿着少年纤细的脖颈往下，恰巧落在邵湛手指上。

就在这时，寝室门被人敲得"哐哐"响。

"盛哥，走啊——吃早饭去，"侯俊边敲门边嚷嚷道，"今天食堂有生煎包！再不去就抢不上了！"

同时另一道声音响起，是跟侯俊形影不离的谭凯，但谭凯的声音很明显比较远，在敲许盛对门："湛哥，一起去吃早饭啊。"

两人动作停住，许盛从边上抓了条毛巾擦脸，然后咳了一声问："你去开门还是我去开？"

侯俊几人照常过来约饭。期中考要复习的内容太多，侯俊想让邵湛每天早上给他们划一门重点，顺便发挥发挥班长的职责，叫许盛起床，别总翘早自习。

"盛哥，现在是六点十分，你有五分钟时间准备。"

谭凯敲半天对门，停下来问："难道湛哥今天睡过头了？不会吧，他平时起得比我们还早啊。"

谭凯这话刚说完，许盛寝室门开了，并且开门的正是他怎么敲也没反应的邵湛。

邵湛毫不避讳自己大清早在许盛寝室里这件事，站在门口说："他还在洗漱。"

侯俊、谭凯两人呆滞道："哦。"

不过他们俩也不是第一次撞见这种场面，一回生二回熟，再说眼前这两位贴吧霸主之间，发生什么事都不会让人意外。

侯俊很快反应过来："没事，我们等一会儿盛哥。"浑然不知他们盛哥又低下头去洗了把脸。

许盛洗漱完换了校服出来刚好五分钟。

清晨，食堂人还不多，他们去的时候一楼两个窗口前只有三四个人在排队。侯俊、谭凯跑得飞快，直奔生煎包。

邵湛想到昨天他和许盛两个人抢着打饭的样子，忽然觉得好笑："你昨天是因为我生日才抢着打饭？"

许盛也没忍住笑了："是啊，我早就计划好了……"

"今天我去打，"邵湛说，"你老实坐着。"

侯俊他们打完饭回来，许盛正坐着刷手机，于是随口问道："你们今天不抢窗口了？昨天不还差点吵起来？我都怕你们会为了谁去打饭这个问题在食堂打一架。"

许盛不知道该怎么解释，只好摸摸鼻子说："不抢了。我们商量过了，以后一、三、五他打，二、四、六我来。"

侯俊"哦"了一声，心说你们这对同桌早上打个饭都那么讲究？

说话间邵湛端着两个餐盘走过来，把其中一个放在许盛面前，经过他时，空下来的那只手不动声色地在许盛头上揉了一把。

侯俊正在感慨今天的生煎包居然真的会爆汁："咱们学校这生煎包真是绝了啊——我本来以为它就是皮包着肉而已，我们学校食堂大妈也有如此发挥？"

谭凯往边上坐，皱眉嫌弃道："猴子，你能不能注意点，汤汁都快飚到我身上了！"

许盛喝了口豆浆，心说平时食堂的豆浆有那么甜吗？

这天早上食堂倒是发生了另一桩事，顾阎王难得放弃坚守校门口，来食堂巡逻。

他从食堂二楼走下来，经过许盛他们那桌时停下脚步，他现在越看许盛越顺眼，见他一次就要夸他一次："许盛，你这段时间表现不错，最近上课都没迟到，你交上来的作业我也看了，周远老师都夸你最近数学作业做得不错，连课上留的思考题都能解出一半来。"

客气，题都是同桌解的，许盛在心里默默补充。

"非常好，年轻人就是应该有这种朝气蓬勃积极向上的精气神，老师看到了你对学习的热情！"

许盛试图解释，不能再让顾阎王这样误解下去："我……"

顾阎王虽然平时凶，但是深谙鼓励之道，尤其是这个年纪的孩子，是最需要鼓励的："老师都明白的，你以前就是一头沉睡的雄狮！现在终于睁开了双眼！"

许盛呆若木鸡：雄什么？

邵湛坐在边上，一口早饭差点呛在喉咙里。

许盛以前最不怕的就是老师，但联赛拿了第二之后，他见到老师头皮就发麻。

这个世界上最可怕的事件莫过于你明明是个学渣，所有人却都把你当天才。

"谢谢顾主任夸奖，"许盛说，"我那什么，这里面可能有点误会，其实我都是碰运气，天赋只占一小部分，主要还是靠我误打误撞、连蒙带猜的发挥……"

顾阎王认定的天才结论绝不会轻易被推翻，他重重地拍了拍许盛的肩："期中考试我等着你的好消息！"

您可能要失望了，我期中考试，不太可能有发挥。

等顾阎王走后，许盛转向侯俊："你也觉得我是沉睡的雄狮？"

侯俊亲眼见证四校联赛上许盛的惊人发挥，咽下口豆浆，真心实意地吹捧："那必须啊！你不光是沉睡的雄狮，你更是蛰伏的苍鹰！如今你终于张开双翅，在天际翱翔！昨天的你，早已在黑暗中死去，现在的你，将在曜日中重生！"

许盛叹了口气，知道这个"天才"包袱他一时半会儿是卸不掉了。

许盛又问："顾阎王来食堂干什么？"

"听说顾阎王最近在查早恋，"侯俊作为经常出入办公室的人，对这些消息知道得比较清楚，"咱们年级有几对，顾阎王早有耳闻，就是抓不到现行。这不，盯着呢吗？"

"对，就很离谱。顾阎王这人咱还不了解吗？战斗力超强，绝对是个狠人，没什么事是他干不出来的，光荣事迹能说上三天三夜——就说早恋这个事吧，顾阎王说要逮，就一定要逮到。前几天，天一黑就去咱学校小树林里蹲着，结果被蚊子蛰了满腿包。"

临江六中不仅校规严，学校老师也严查严打，再说顾阎王这个人确实能干出这事。

许盛觉得自己还是不够了解顾阎王："……他以为他是打野①吗？"

谭凯唏嘘："谁说不是呢！再说咱们学校那些小情侣又不傻，大半夜的哪儿能跑出来让他抓啊，多明显啊这，胆子也太大了！听说还有翻墙出去的！就在昨天晚上，顾阎王正在查是谁呢……"

许盛嘴里那口豆浆差点喷出来，他看了邵湛一眼，刚好对上邵湛看他的目光。

不会是他俩吧？听特征都符合，他和邵湛昨晚不光大半夜跑出去，还翻了墙……唉，这误会可就大了！

早自习间隙，许盛翻开词汇手册，他发现当邵湛的那些日子养成了一些自己都没意识到的小习惯，比如说背单词。

正巧手机震了好几下，是康凯发消息来了。

康凯第二天一早醒过来，急急忙忙地赶往会场参加复赛——从交上去的画中进行删减，成功进入第二轮的画手直接参加复赛，复赛由评委现场评分。

他在去会场的路上才看到许盛昨晚发来的消息，紧张得要死，根本没时间去八卦许盛友爱同学的事情。

[康凯]：我今天去绘画大赛复赛，现场评选。

[康凯]：真不能说你的名字啊？我总感觉这次杨老先生还得逮着我问。

康凯的意思是这要按照上次"星海杯"那发展，按照杨老先生追着他问的那个劲儿，这回没准还能问他半天。

[S]：没不让你说，不是给你名字了嘛。

那天连夜补救完画，许盛和康凯两个人都是一夜没睡，最后康凯小心翼翼地把画纸揭下来，说："从这边到比赛现场过去要两小时，那我先去了，你回学校小心点。对了，你加个署名吧！你画了那么多，就写我一个人的名字算怎么回事？"

---

① 打野：游戏名词，指在游戏野区获得经验和资源，达到减少对方或增加己方团队收益的目的。

许盛画归画，没想过留名字，这要是让许雅萍知道也不好解释："爷做好事从不留名。"

康凯虽然照例被许盛的自恋给闪了一下，但这次他异常坚持。许盛晚上赶过来帮他改画，又画了那么久，这奖到头来他一个人领，真说不过去："你不署名我就不去了。"

许盛简单洗了把脸，从水房出来，眯着眼看他："你非要加？"

康凯点头："这是做人基本的原则，你认识我那么多年应该很了解我，我康凯是那种喜欢占别人便宜的人吗？好吧，我有时候确实是喜欢，但今天，我要坚持我自己的底线。"

许盛听他叭叭那么多，最后佯装不耐烦地说："你很烦……你要加也行，不过我想改个名字。"

康凯心里明白得很，人在江湖飘，哪儿能没有几个小号："你说。"

许盛走之前留下四个字："无名之辈。"

两小时后，绘画大赛现场。

康凯虽然参加过好几次比赛，什么奖都拿遍了，也是A市数得上号的人物，但心里还是慌，只能频频看手机来缓解紧张。

这一看他忍不住又给许盛发过去一条消息：你那是个啥名字啊！"无名之辈"算名字吗？！

许盛这会儿在上课，手机开了飞行模式，康凯发出去的消息没有得到回应。

大厅里热闹非凡，有不少直接背着画袋从画室赶来的学生，他们都怀揣着紧张和期盼等待评审团的到来。

前面有人在小声议论。

"老先生为什么突然来咱们这个小比赛当评审啊？"

"不知道啊，我也正纳闷呢，'星海杯'能请动他老人家出山已经很难得，这才没过多久……"

大厅里挂着一条醒目的横幅，和"星海杯"不同，这次绘画大赛主题风格以景物色彩为主，类别明确。

这次比赛规模虽然也大，但是没有引发之前"星海杯"那样的关注度——本应该如此的，但现在情形有所变化，因为特邀评审是杨老先生，这让这场绘画大赛的外界关注度爆了！大家惊喜的同时，又十分不解：老先生怎么突然成了特邀嘉宾了呢？

休息室里，话题议论的中心人物杨明宗老先生坐在藤椅上正阖着眼休息，手边搁着一壶茶。

"老先生，"有人走进来，轻声道，"评选就快开始了。"

杨明宗睁开眼睛，他身穿素白色棉麻唐装，袖扣造型朴素雅致，裤管空荡。

闻言，他声音悠长道："知道了。"

那人又道："您说要来当特邀评审，举办方都乐坏了，听说这届选手里有您看中的好苗子……"

杨明宗不答，喝了一口茶。

康凯也在琢磨杨老先生这事儿，但他完全没预料到杨明宗是冲着他来的——准确说，是冲着帮他改画的许盛来的。

康凯在评选环节紧张半天，终于对上了拄着拐杖进场的杨明宗。

老人家眼神火热，先是对着许盛画的那片不寻常的天空看了好一会儿，然后说的第一句话就是："帮你改画的人这次比赛来了吗？"

康凯无声地摇摇头。

杨明宗又道："我能不能见见他？"

这种大师，异常惜才，脾气也怪得很，谁入了他的眼，那他就非得把人给揪出来不可。杨明宗这次确实是冲着康凯背后那位"好苗子"来的，他弄不懂有这种天赋，为什么要藏着，甚至连名字都不肯留，也不自己来参加比赛。

杨明宗见康凯不说话，颇为可惜地叹口气，注意力又回到康凯这次的画上，点道："用色大胆，色感奇佳，极富创造力。孩子，这回可以告诉我他是谁了吗？"

回答他的是一阵沉默。

周围全是探究的目光，大家都想知道能被杨老先生看上的选手究竟是什么来头。

康凯很尴尬，感觉全场的目光都聚焦在了他身上，心里想把明明不在场还是能吸引全场目光的许盛摁在地上打一顿："他……你可以叫他，无名之辈。"

杨老先生被这低调又毫不谦虚的小号闪了一下。

CHAPTER 29

考前辅导

　　许盛对大赛现场发生的事一概不知。他不知道杨明宗是为了逮他才来当的特邀评审，更不知道"无名之辈"这四个字在全A市艺术生那儿狠狠刷了一波存在感，引发全场轰动。

　　这天的课还是以复习为主。期中考试逼近，许盛在顾阎王震撼人心的鼓励之下，被迫打起了十二分的精神跟着老师一起复习。通过邵湛的补习，他现在跟着老师扫题还真能跟出一点思路来。虽然离临江这所重点中学的正常水平线还有一段距离，但是跟以前那个每科都只能拿三四十分的许盛比起来，的确有质的飞跃。

　　数学课下课后的课间教室总是吵闹的，从走廊外传进来很多声音，侯俊他们正在前面讲台那儿追逐打闹。侯俊手臂伸得很长，手里抓着袋干脆面："你们是人吗，为什么要抢我的面——"

　　许盛思路跟着周远扫完函数单元，带着没扫明白的综合题问邵湛："最后舍哪个，怎么看？"

　　"前面的都会了？"邵湛停下笔问。

　　"嗯，"许盛说，"就最后一步，他讲得太快，我没听懂。"

　　许盛说完发现邵湛勾着笔正在笑。

　　"你笑什么？"

　　"没什么，就是想起来之前有个人，"邵湛说，"连截距都不懂。"

邵湛起了开玩笑的心思，他往后靠，恢复成平时的冷淡语气："这位同学，请你独立思考。"

他这么一说，许盛也想起来当初自己忽悠高志博的那番鬼话。他后来又变成邵湛的时候，还用邵湛的手机收到不少高志博发过来的信息：学神，我发现学会独立思考之后，我的眼界真的开阔了！我的思维不再依赖于老师和同学，凡事还是得靠自己，独立思考真是一种训练思维模式的好方法啊！

许盛想给他一拳，却忘了在打架方面邵湛比他经验丰富得多，抢先一步抓住了他的手。邵湛原本掐着他的手腕，等把人禁锢住之后又换了手势。他以前是真的经常打架，掐手腕的速度又快又准，甚至连眼睛都没眨一下，还是那副冷冰冰的样子，只是手上力道放轻些。

许盛被激起了幼稚的胜负欲。两人就这样闹了一会儿。许盛趴下去，另一只手垫在底下，侧头笑了笑："手劲挺大。"

"你们班那两位同学，最近上课有没有什么异常？"吵闹的走廊上，顾阎王带着另一位老师例行巡逻，"小屁孩，还挺会藏……我抓过的情侣都能绕学校两圈了，别让我逮到。"

巡逻老师抹了把汗："他俩最近上课也很认真，没有什么异常。"

"我昨天去小树林，今天打算换个阵地，你晚上跟我一起去。"

巡逻老师被迫要和顾阎王一起执行"追杀"小情侣的任务："好的，顾主任。"

说话间，顾阎王路过六班。他双手背在身后，面对眼前一张张朝气蓬勃的面庞，虽然没有将小情侣绳之以法，还是通体舒畅，就这样，他走到高二（7）班门口，一扭头……

许盛这一年多和顾阎王斗智斗勇、相杀相爱，这方面的直觉敏锐得很，他几乎在第一时间就感受到背后那道可怖的视线。等许盛转过头，果然对上顾阎王那张大脸。

顾阎王脸贴窗户，目光如炬："你们在干什么？"

他心目中沉睡的雄狮和他最得意的优秀学生……凑在一起……顾阎王的脑海中不禁浮现了许盛的黑历史……

许盛难得有种被抓包的紧张感，平时上课打游戏都没这么紧张过："讲题。"

这也不算在扯谎，确实是在讲题，就是讲着讲着开小差了。

许盛面前确实摆着数学习题册，顾阎王没多追究："我一路上走过来就你们班吵成这样！期中考就在下周，最近都收收心，希望你们期中考试都能发挥出最佳的状态，学生最重要的还是学习，还有，都是高中生了，还打打闹闹成何体统！都给我分开，保持距离！"

许盛和邵湛觉得自己被火力波及，而为了抢干脆面抱成一团的侯俊、谭凯等人更是不知所措。但不一会儿，借着顾阎王的东风，侯俊找到了捍卫干脆面的新思路，喊道："听见没有，请跟我保持点距离！"

哦，高中生就不许打闹了，临江六中真是校风严谨。

许盛等顾阎王走后才想起来问问康凯绘画评选进行得顺不顺利。关闭飞行模式，消息接收时间有一定延迟。隔了会儿消息才一条接着一条跳出来，出乎意料地，康凯对这次评选闭口不谈，全程都在问候他。

——许盛你大爷！

许盛摸摸鼻子，他就是再有想象力也不会想到"无名之辈"这个名字刚引发一场画圈地震，关于他的传说也以难以想象的速度流传开来：A市有一名神秘画神，连比赛都不屑参加，还被杨老先生一路"追杀"。

许盛也没那个精力去想。在各科老师不断提醒之下，许盛感觉到期中考像一头猛兽似的，正在向他逼近。虽说他现在不排斥学习，但也不至于对学习产生特别大的热情，每天把作业做了，课堂上老师复习的时候跟着把过往知识点扫一遍已经是极限，再多他做不到。

许盛现在还是临江六中的话题人物，不过讨论内容已经从校服转到了期中考。帖子主题是"来猜猜这次盛神期中考能考多少分"。

"盛神"是许盛的新外号，和邵湛那个"学神"的名号齐名，自联赛之后他俩就并称"临江双神"，都是那种考前供其他学生拜一拜的"神仙人物"，尤其是许盛。原因无他，邵湛强那是一如既往的强，从入学起就那么强。但许盛不一样，一个整天上课不是睡觉就是打游戏，并且检讨书厚度等身的人物突然以大佬之姿崛起，带给人的震撼是不一样的。

此贴一出，六中学生踊跃猜测。

2楼：我猜直接飞到第二名吧。

3楼：同上，我也觉得是第二，看来万年老二要易主了。

许盛没看到这些帖子，就算看到他也不会在意，主要这事不是在意就有用的，实力摆在那儿，他尽量跟着复习，最后到底能考成什么样谁也说不准。但是邵湛不这么想："沉睡的雄狮，你期中考试打算怎么办？"

许盛被他喊得浑身起鸡皮疙瘩。"能别这么喊我吗？！"许盛想了想又说，"仔细想想，考砸反倒轻松，免得他们整天对我抱有不切实际的期待。要是老孟他们找我聊天，我就跟他们聊聊《伤仲永》的故事。"他要让他们知道，就算有天赋，也不一定会成材。

邵湛惊讶于同桌天赋异禀的脑回路："你还知道《伤仲永》？"

"我又不是不识字，你对我是不是有误解？！"

这会儿已是晚自习时间，由于要备战考试，晚自习侯俊他们连游戏都不打了，闷头做题。邵湛对着面前那张模拟卷，没再说话，心下却有了主意。虽然许盛自己不介意考砸，但毕竟现在这个情况是他造成的，是他在他身体里考的联赛第二名……而且，他也不想让他面对这种困境。

晚自习进行到一半，孟国伟在办公室里收拾东西准备下班，此时门口传来一声"报告"。孟国伟刚拿起车钥匙，见有人站在门口便又坐了回去："邵湛啊……怎么了？有题要问？"

"嗯，"邵湛把手里的试卷递过去，"刚才做了一套模拟题，这篇作文不太清楚从哪个角度下手。"

孟国伟接过，仔细审一遍题。给邵湛讲题很省事，孟国伟三言两语把作文角度点出来，再多的不需要说，邵湛自己就能明白是什么意思，孟国伟把试卷还给他："还有事吗？"

邵湛不动声色地问："这次期中考试，也是王老师出题？"

邵湛说的这个王老师是高二年级组数学组组长，各类大型考试有一定几率都是这位王老师出题。

孟国伟点点头，点完才觉得哪儿不对："你问这个干什么？"

邵湛打探到出题人之后，接过试卷说："没什么。"

不同的出题老师有不同的风格，知道出题人之后，押题方向会准确很多，比如这位王老师考察的角度就有自己的特色。当然这只是很小一部分影响因素，最主要的还是给许盛制订学习计划。其实之前月考那次互换时，一周多的补习训练让许盛提了不少分，基础也补了一半，加上当了一段时间邵湛，许盛也被迫听了不少课。但是最有效的方法还是逐个突破，如果能专攻一门，效果就会叠加翻倍。这就好比每天学五门，但是五门都只达到1，但如果每天只专心学一门，那么一门的进步就能达到5。要许盛在考前突击数学一门课，不是没有可能的。

晚自习之后许盛回到寝室洗完澡，想着闲着也是闲着，就去敲邵湛的寝室门。没想到邵湛见他第一句话就说："我有话跟你说。"

没等许盛反应，邵湛就把他摁在书桌前，又将笔塞到他手里，上来就是一段心灵鸡汤："其实没有所谓的天赋，天赋不过是付出别人更多的努力和找到更适合自己的学习方法。"许盛听完，心里隐约有种不太好的预感。果然，预感成真。

"你不是没有天赋，你只是把努力的时间都用在别的事情上了。人会为自己爱的事情付出努力，现在我希望你能把你的爱分一点给我……"邵湛语调冷淡得不行，"……的补课。"

邵湛给他定制的计划很完善。和老师上课的教法完全不同，毕竟老师得教一个班的学生，做不到因材施教，但是经过几次补习，邵湛很清楚许盛现在是个什么水平，也大致知道该怎么给他补。时间紧迫，这次期中考以押题占大头，补知识为辅。许盛对着一沓邵湛手写的数学题和几本划了重点的教材陷入沉默：他一个学渣为什么每天都要经历这些？！

"你认真的吗？"许盛问。

"短时间内提高分数其实不难，而且这次专攻一科，见效会很快，你基础部分剩得不多。"邵湛叹口气说，"你总不能真的去和老孟聊《伤仲永》吧。"

许盛心说，不好意思，虽然这很扯，但我还真的能。

许盛自己都不知道自己短时间内能提高成绩："你这么相信我？"

邵湛反问："你想听实话？"

一个念头闪现在许盛的脑子里：难道邵湛真的这么相信自己？

"我是相信我自己。"

就……行吧。

许盛最后带着"写题就写题吧"的想法说服了自己。而且他确实也得复习备考，《伤仲永》是下下策，不到万不得已不去胡扯，有邵湛带着比他自己瞎折腾强。

许盛在邵湛的寝室坐下没多久，侯俊他们也带着作业来了。和许盛不同，侯俊他们恨不得求着邵湛给他们补课。他们几个考前突击，突击到一半想起来最强的大腿还是他们湛哥。

"我们来找湛哥复习……"侯俊往门内看了一眼，"盛哥也在？"

许盛都没来得及说话，侯俊点点头道："是了，现在盛哥今时不同往日，肯定也想好好复习，期中考再次展翅。"

他是大鹏啊他，还展翅！许盛把草稿纸铺在书本上，听到"展翅"两个字差点把纸戳破。

侯俊几人的加入，让寝室热闹起来。许盛坐在邵湛床边，不方便开小差，只能老老实实去看邵湛给他划的那些重点，邵湛一个人带好几个人，思路也依旧清晰。

许盛在邵湛的指导下写了两道题，听邵湛讲到一半，许盛听不懂，吐槽："好难。"

邵湛一针见血："不是题的问题，是你的问题。"

许盛只得在心里骂一句，然后把解题思路记下来。只是还没记完，搁在边上的手机屏幕亮了下。上面显示一条未读消息。许盛点开，上面只有简短的一行字——

写完有奖励。

许盛把那句话看了两遍，几乎都能想象出邵湛的声音来。极冷淡的嗓音，话语间用词又全然不是那么回事。

侯俊没注意到身旁两人的小动作，他用笔挠挠头，还在纠结手上的题："老周今天布置的这道思考题未免也太变态了吧？"

许盛抬眼看了一眼坐在对面的人，少年穿了件藏蓝色的上衣，衣料单薄，冷色调，黑色碎发垂下，略微遮住眼睛。注意到许盛的视线之后，他冷着脸用笔杆在纸上点了两下，示意他赶紧写。

行吧，三套试卷而已。许盛瞬间感觉这些题也不是那么难了，甚至觉得自己有了"拳打高考状元，脚踢年级第一"的勇气。

许盛低下头，手机压在作业簿底下，他偷偷地回复。

——这可是你自己说的。

——别人是临时抱佛脚，我算不算是临时抱学神？

回复完，他打起精神，把"奖励"从脑海里赶出去，然后才去看纸上的题。

邵湛这些题不是随便出的，都很有针对性，只要吃透一题，再去做同类型题基本就没有问题了。这些题目加上几套试卷，如果真能赶在考前全吃透的话，这回期中考试问题真不大。

许盛写了两题，发现这些知识点他居然都知道。他一开始的确是被邵湛哄着才愿意做题的，但是写完几道，不由自主地就想继续往后写——

许盛初中那会儿，各科老师写的评语无一例外都是"这孩子不笨，就是心思不在学习上"。对学习没有兴趣，自然学什么都学不成。初中老师不止一次叫他过去谈话："你说说你，别的同学成绩差那都是偏科偏出来的，你倒是均衡……哪一科都差，哪一科都公平对待！"之后从康姨那里听说了立阳二中这个学校并了解到这所学校平均一周有两天都在画画后，许盛才开始没日没夜学习。能超常发挥考上临江六中有一定运气成分，但也说明许盛没有差到那种扶不起的程度。

"湛哥你上次教我的秒杀答题法真的好用。"寝室里，侯俊他们排排坐在对面空着的床铺上边写题边感慨，"我以前总是不知道怎么用……"

谭凯摇摇头，低头看邵湛给他圈的重点："谢湛哥救命之恩，我妈说我这次考不进前十，回家就得挨揍。"

他们边复习边唠嗑。

袁自强也搭腔："谁不是呢，我妈不知道怎么搞到了我游戏账号……

来，我给你们听听她给我发的语音。"袁自强说着掏出手机，在手机上摆弄两下，然后袁妈妈的声音外放出来，听背景音是在打麻将："儿子，期中考给妈好好考知不知道，你邻居阿姨的儿子月考考了年级第二，你自己反省反省！你比别人差吗？好吧，你确实比别的孩子差点，但是你可以付出多倍的努力啊——我和了！"

语音中断，紧接着是第二条："我刚说到哪儿了？哦，对了，儿子，你那个《创世纪》的游戏账号现在在我手里，这回没考好，我就给你把号删了。"

侯俊忍不住问："你《创世纪》账号不是才五级吗？"

重点学校的学生哪有时间打游戏，一年多时间，也才升上去五级而已。袁自强字字泣血："你瞧不起五级？你知道我为了这个五级号付出了多少心血吗？"

沉默。在场所有人无不为袁妈妈惊人的战斗力震惊。半晌，许盛把草稿纸上的答案往上填，说："你妈，是个狠人。"

临近熄灯，许盛把基础题都写了一遍，然后才开始做试卷。邵湛看了眼时间，提醒道："你们是不是该回去了？"

许盛题写得差不多了，想着邵湛的奖励，也试图说服他们各回各屋："快熄灯了。"

"快熄灯了？"谭凯也注意到时间，但他和袁自强两人正处在不择手段只求考前提分的状态中，"没事的湛哥，我们带了灯。"

谭凯口袋里装的赫然是一盏简易便携式小夜灯，他把灯打开："看！别看它小，威力强大，超长续航，奋战到天亮不是问题。"

许盛很想说，兄弟，不至于！

好在侯俊心思细，想到熄灯之后再留，确实给人造成了不便，也许邵湛要休息呢？于是他表态："行了，把你那灯收起来，你不睡人湛哥还要睡——起来，走了。"

几人推推搡搡，退到门口："谢谢湛哥，那我们先走了。"

许盛叹口气，起身把题放邵湛桌上："写完了，你看看。"

邵湛给他出的题是按照期中考的标准定制的："很难吗？"

"难，"许盛交完试卷，背过身把腰抵在书桌边，微微俯下身，离邵湛更近些，"所以哥哥得多给点奖励。"

这周是复习周，白天在教室里老师就没有给他们多少休息的时间，模拟卷一套接着一套地发，体育课也几乎一周没上了。难得抢过来一节，体育老师都已经忘了谁是自己的课代表，谭凯为此很是惆怅，连声哀叹。一整周没日没夜地做题、订正试卷，要想干点跟学习不相干的事都没时间。

许盛说着开始自己制定奖励规则："比如对一题就夸一句？"

邵湛看着他，手缓缓抬起来，最后搭在许盛头上——这看似是一个极度温柔的动作，但是下一秒，他手上用了点力，毫不留情地把许盛推开："错不超过四道题，就夸你。"

许盛懊恼得不行，他就知道这个奖励来得没那么容易！

邵湛低头扫了一眼许盛交过来的习题，这里面其实有一半内容是之前许盛在他这儿补过的，他把已经给许盛复习过的知识点整合起来做综合考查，然后又把还没补过的部分单独划出来。许盛虽然平时不认真，但这会儿真做起题也很容易投入进去，之前的心脏线也在一定程度上让他对数学这门学科有了改观。

这么一说，邵湛对许盛的影响还挺大。

许盛倚着书桌，等了大概五分钟，邵湛就把所有题目批完，说："错了五题。"

许盛没想到自己这么倒霉："给一个作弊的机会？或者今天五题，明天四题……我觉得学习这种事情还是得一步一步来。"

邵湛之前那句"四道题"是随口说的，主要想刺激一下同桌对学习的积极性，超不超过四题都不重要。他把卷子翻到第一页，打算把错题给他讲完，讲完一道就把那道题的"×"给划了，算他只错了四题。

"知不知道你这题问题出在哪儿？"邵湛暗下决心，准备实施计划。

然而他低估了许盛的行动力。许盛刚才能老老实实坐着把他布置的任务完成已经够可以了。眼见奖励要泡汤，许盛决定自己争取。许盛原先站的位置在邵湛身侧，这会儿他直接往邵湛的方向迈了一步。邵湛没想到他会突然挤过来，下意识往后退。

不过两秒，主动权转到许盛手里。"没得商量。"许盛居高临下地看向邵湛，并伸手去抓他的衣领，"你夸也得夸，不夸也得夸。老实点！"

半晌，邵湛的手动了动，从裤兜里摸出一颗早就准备好的糖，慢条斯理把糖纸剥开，直接塞进许盛嘴里："你是土匪吗？"

许盛在邵湛的辅导下，期中考考前整整一周的时间里都在专攻数学一科，不论是白天上课还是晚上在寝室补习，每天都跟数学题目做斗争，这种专攻一科的方法见效很快，遗忘率低，甚至晚上许盛都梦到过自己在解题。这种针对性训练加上鼓励政策让许盛的数学成绩突飞猛进，当然这也和他原来的分数实在太低有密不可分的关系。一位从来不学的学渣想从三十分提到九十分不是难事，但要如何突破"瓶颈"才是问题的关键。

确认许盛把他给的题目都吃透了之后，邵湛私下给他做了套测试卷，月考那会儿许盛的数学是五十九分，现在许盛的瓶颈分数是九十多分。瓶颈期有个好处，虽然难上去，但也不容易下来。面对这样的补习成果，邵湛总算放心了些。

CHAPTER 30

偏科天才

　　临江六中期中考试这天，校内氛围异常严肃，每位同学进教室第一件事就是继续复习，能多再看一个知识点是一个知识点。校园广播里，顾阎王在调动各位考生的情绪："上午第一门考试科目是语文，各位考生带好考试所需的用具前往各自的考场等待考试。老师相信你们都能考出好成绩！尽力就是好成绩！考生们加油！"

　　孟国伟进班让大家把座位拆成单排单座。排好座，他又格外关照了缩在最后一排争分夺秒看错题集的许盛，他笑道："雄狮！"许盛手一抖。

　　"还整了本错题集呢？"孟国伟做梦也想不到许盛会有今天，他扫了一眼许盛手里那本错题集，发现上面整理的内容条理清晰，都是重点知识，于是夸赞道，"不错啊，现在学习态度真是越来越好了！顾主任说你是沉睡的雄狮，哎，他这话一点也不错，同学们也在等你的好消息！"

　　许盛发现这场考试，无论打不打雷，对他来说都是一场艰难的战斗。

　　"最后播报一遍，同学们，第一门考试科目语文，考试时间120分钟，请勿携带与本场考试无关的用品……"

　　邵湛带着考试用具和许盛一前一后走出去，迎面遇到万年老二。万年老二正要去第一考场，他停下来拦住邵湛："我有话要跟你说。"

　　邵湛看了许盛一眼，许盛指指对面楼梯口示意自己在那里等。邵湛这才去看万年老二，不知道他找自己什么事："有事吗？"

万年老二欲言又止，似乎有很多疑问："你上次跟我说这个世界上还有很多比学习有意思的事情，要我睁开眼睛看看世界。这句话我想了很久，就想来问问你到底是什么意思？"

邵湛确认自己从没说过这话，转念一想，这肯定是对面那位等了不到两分钟就干脆坐在楼梯台阶上的爷说的。这说话风格一听就是许盛。许盛在他身体里和万年老二接触的机会不多，这话应该是之前那次联赛会议时说的。他怎么知道是什么意思？面对万年老二执着的双眼，邵湛叹了口气，只能给同桌收拾烂摊子，把这个问题再扔回去："你该问问自己。"

万年老二不明所以。

"有些事情，"邵湛说，"别人说了没用，自己去想。"

而另一边，在许盛坐在台阶上最后抓紧时间回顾邵湛给他押的那些题时，边上坐下来一个人，是张峰。张峰心情复杂地看着自己昔日的兄弟："听说顾阎王叫你雄狮。"

这外号到底传了多远？！许盛无语："你这都是从哪儿听来的？"

张峰说："赛后采访啊！你不知道吗？顾阎王前段时间接受了一个专访，把你塑造成经典案例，以此展示咱们临江六中优质的教学力量和对学生不抛弃不放弃的教学精神。"张峰纯属路过，这段时间忙复习，他也没时间找许盛联络感情。他心情颇为复杂："你是真的变了，从你换同桌开始，从你跟我说要好好学习开始，你就变得好陌生。四校联赛上的你陌生得我都不敢认。"许盛百口莫辩，只能多看两眼错题集。

不光张峰心情复杂，万年老二心情也很复杂。

他常年把邵湛当成对手，但是他的一生之敌越来越让人捉摸不透了，他以为他陨落了，但对方很快又拿了个联赛第一回来。于是万年老二眼睁睁看着邵湛走到楼梯口把坐在台阶上的少年拽起来，往最后考场走。

许盛应付完张峰，想起万年老二，于是问："他跟你说什么了？"

"你应该反过来想，想想你对他说什么了。"

许盛觉得自己大概知道了。

最后考场里气氛特别紧张，完全没有了往日的热闹与祥和。

临江六中吊车尾的学渣们以前都是随便考考的，但是这场考试不一样，因为学神居然在他们考场考试！这一变化让最后考场突然备受瞩目。

"这也太梦幻了吧！"后排同学正襟危坐地道，"我居然能和学神一个考场……"

"我现在的心情，就是紧张，就是激动，我的人生圆满了！"

"等会儿学神进来，咱们要不要整个集体起立鞠躬？"

邵湛在六中就约等于四个字"逆天神话"，从入学起每次考试都是年级第一，所以当他的身影出现在最后考场门口时，引发的轰动可想而知。不少同学经过最后考场的时候都放慢脚步，就为了看学神一眼。

第一门语文考试没什么难度，许盛这次专攻的是数学，其他科目连看都没看，把试卷填满就算完事。语文考试的120分钟很快就过去了。

难的是第二门，数学。许盛这回的考号还是倒数第一，是他熟悉的位置。但他紧张，许盛考试从没这么紧张过。可这次不一样，他实打实地在邵湛手底下吃过复习准备的苦，也着实期待这次复习方法会带来的效果，所以他没办法不在意不紧张。一合上错题集，他就感觉里面的内容胡乱排列着，脑子乱成一团糨糊。后来他干脆不去想了，倚着墙手里转着笔，盯着邵湛的背影放空自己。看着邵湛一身校服笔挺地坐着，许盛想起如今他沦落到这个考场考试还有自己的一份"功劳"。就这么看了一会儿，许盛多少冷静下来了，然后他想起昨晚在邵湛寝室里复习的事情。

他趁着邵湛阅卷的空当在他寝室里简单洗了个澡，洗完出来又犯困，便坐在床边眯着眼看他。直到邵湛放下笔，许盛才勉强睁开眼。邵湛身上的气息像雪松，又带着点他惯用的薄荷味沐浴露的味道："今天有奖励，猜猜你这次多少分？"

昨天晚上许盛写的那套试卷批出来有一百多分！

许盛想到这里，手里转着的笔，停下，然后他戳了戳邵湛的后背。

邵湛不动声色往后靠，许盛趴在桌上说："我紧张。"

这一幕被考场内的学生偷拍了下来，发在了贴吧里。照片画质模糊，但再模糊也挡不住照片上明媚肆意的阳光。

这时，广播喇叭里传出来一阵电流声，电流声过后是考试提醒："第二门考试科目，数学，考试时间……"跟广播同时响起的还有监考老师严厉的声音，最后考场的监考老师是一位上了年纪的老教师，他重重地说："发试卷了啊，把该收起来的东西都给我收起来。"

草稿纸先发，草稿纸从排头传过来传到邵湛手里的时候只剩下两张。

许盛没注意到邵湛传纸的动作慢了一拍，从邵湛手里接过纸之后，考场窸窸窣窣的动静过去，重新陷入安静。正当许盛打算在草稿纸上写名字时，发现原本空白的纸上多了两个字，笔锋凌厉，甚至有点潦草：加油。

许盛对着这两个字看了一会儿，没忍住又偷偷笑了半天。明知道这又不是即时聊天，就算回复邵湛也看不到，但他还是在边上写了一个"好"字，顺便画了一个简笔画。

考卷很快下发，他写下名字，然后沉下心去看题目。

真正答起题来许盛才发现，这次考的题80%他都会，10%眼熟不一定能做，剩下10%太难看不懂。许盛以前对考试实在没上过心。他要是多认真做做题就会发现，大部分考试八成考的都基础，只有两成是难题。

上回月考的时候许盛就觉得邵湛押题很准，这次更是准得惊人。除了最后一道大题以外，所有的简答题邵湛都分毫不差地押上了，填空也是押得八九不离十。此时此刻许盛脑海里只剩下一句话：我同桌真的牛！

邵湛当时那句"我相信我自己"不是吹，他是真的能。

考试中途，监考老师提醒考试时间还有二十分钟。许盛照着邵湛说的方法把会做的题挑着做完，不在难题上耗时间，等全部扫完一遍才回过头去看难题。除了最后一道题第三问直接放弃以外，其他题许盛都把答案填得满满当当。他不像邵湛那样扫一眼就能估算正确率，答完题之后自己也不知道对不对，更不敢相信自己的第六感，因为学渣没有第六感。

期中考持续两天，考试全部结束之后，六中老师火速进入阅卷环节。

许盛回到七班，发现班里气氛不是特别好。侯俊坐在讲台前叹气："大家上自习吧，一次失败不算什么……"

谭凯试探地提议："换个话题？周末邱秋生日，有意向参加生日会的来我这报个名。"侯俊果然活泛了一些："咱班秋姐周末生日啊？"

邱秋坐在第二排，她笑笑说："对，这周日。那什么，兄弟们，礼物到就行，人来不来不重要。"全班哄笑。

许盛跟着笑了会儿，之后又担心起来："要是我这次考砸怎么办？"

邵湛重新找了张空白的数学卷，打算给他估分："想知道分数吗？"

许盛以前对考分这种东西完全不在意，但现在不行了。这回除了要保住自己的"数学天赋"之外，他发现只要认认真真付出过努力，自然而然地就会正视这件事。

"能估？"

"能估个大概。"

许盛正想说也行，提前估一下，心里有个底，然而他没想到六中老师的阅卷速度比他想象的更快，七班门口探出来一颗脑袋："许、许盛，去一趟老师办公室，孟老师找。"

老师办公室内。

六中老师阅卷速度的确很快。昨天考完数学之后就开始阅卷，到现在已经批完了大半。许盛敲门之前，孟国伟正在往电脑里录分数，手边摆了一沓厚厚的试卷，见许盛进来，停下手里的工作招呼："来了啊。"

"孟老师。"

孟国伟双手合十，想卖个关子，表情严肃道："你知道自己这次考得怎么样吗？"许盛现在每次踏进老师办公室都忐忑不安，进去出来就跟掉了半条命似的："我……"

孟国伟关子卖了一半，藏不住内心的喜悦："许盛，我果然没看错你！你是一个偏科天才啊！113分！你这回数学考了113！你是有数学天赋的！你不是差生，你只是偏科！"

不，没有什么偏科天才，偏科天才的背后站着一个会押题的同桌。

许盛之前做的几张模拟卷，成绩都卡在100以下，偶尔有一次超过100这条线，平均分是98。这次能考113，很大程度上得益于邵湛押题押得准，加上他发挥也确实不错，会的题几乎没失分。孟国伟不知道纯学渣许盛背地里付出了多少才考到这个分数。虽然这位同学其他科目考得依旧特别不理想，但数学科目异军突起，足以让孟国伟看到希望。

"本来成绩下周才公布，但老师实在是迫不及待地想让你知道这个好消息了。你这次考得非常好！"

113分其实不是什么令人震惊的高分，但这个分数边上跟着"许盛"两个字，就足够令人震惊。许盛在各科老师眼里还是"刚开始学习""有一定天赋"，这两项综合起来看，113分完全合情合理。数学老师周远恰好也在办公室里，他乐得当场送了许盛一本《新教材全解：数学篇》。

"许盛，来！老师送你一本资料书，奖励奖励你。"

周远甚至特意在扉页上用红笔题了句话：赠予沉睡的雄狮许盛，望许盛同学日后继续大展雄威，在数学领域发挥出自己的天赋！许盛特别想拒绝，但周远一把把书塞进许盛怀里："拿着，别跟老师客气。"没有什么比学生在自己的谆谆教导之下超越自我、考出好成绩更值得得意的事情了。周远人逢喜事精神爽，又笑道："哈哈哈，看来是我教导有方啊。"

许盛刚进来的时候很紧张，但他这个人紧张的情绪不外露，长相又足够唬人，因此根本没人察觉到许盛内心的惶恐和无奈。许盛勉强道："谢谢周老师。""不过偏科也是个问题，"孟国伟叹口气，没高兴多久，就开始琢磨这位"偏科天才"之后的学习道路该如何规划，"有突出的优势是好的，但其他科分数也不能落下去太多……"

许盛在老师办公室里度过了人生中相当漫长的十分钟，直到邵湛敲门进来，以问题目为借口把话题岔开。邵湛扯开话题之后看了许盛一眼，许盛心领神会："老师，没别的事的话，那我就先出去了。"

孟国伟忙着看题，没顾得上许盛，大手一挥，许盛重获自由。

许盛出去之后，等了两三分钟，邵湛才从办公室里出来。邵湛出来时，许盛正坐在对面楼梯口台阶上，那本教材全解搁在他的腿边。

"你怎么来了？"

"怕你有去无回。"邵湛说，"你边上这本是什么？"

许盛叹口气："老周送的，说是希望我以后再接再厉。"

邵湛极浅地笑了一声。许盛说完，自己也觉得离谱，没忍住也笑了。

他的生活，真是天翻地覆。

期中考试总算是糊弄过去了，数学分数不算特别高，但也足以保住许盛"小有天赋"的形象。

CHAPTER 31

生日聚会

　　许盛这校服穿得是真随意，就这么一坐一站之间锁骨就露了大半。邵湛看了两眼没忍住，走上前弯下腰伸手替他将衣服纽扣扣上去一颗，冷声道："考得不错。"

　　许盛也很适应，任由邵湛帮他扣扣子，在邵湛打算收手的时候还抬手抓住他的手腕："都是老师教得好，所以老师……"许盛说"老师"的时候，尾音压得低且长："考得好是不是得多给点奖励？"

　　走廊上偶尔有经过的同学，一阵由远及近的脚步声从走廊另一头传过来。许盛胆子大，等脚步声越来越近，直到最后一秒才松开手。恰好抱着一沓练习册的某班课代表从他们边上走过去。邵湛在许盛头上揉了两把，低声说："别闹。"

　　两人回到班里，发现七班的氛围意外的活跃。有了邱秋生日这个契机，大家不约而同地把这段时间以来的压力转化成吃喝玩乐的动力，因此周末生日会意外聚集了不少人。

　　侯俊在台上记名字，见许盛和邵湛进来，招呼道："湛哥，盛哥，你俩去不去？及时行乐！出成绩之后才有力气挑个比较体面的姿势哭。"

　　许盛对邱秋印象不错，庆功宴那会儿边吃边聊，挺投缘的，加上周末能出去玩总比闷在学校里有意思，他说："咱班班花生日？去啊！"

　　"班花"这个词喊得邱秋心花怒放："盛哥，我给你特批，你人来就行，可以不带礼物。"

侯俊不满："这就是你的不对了，你怎么还搞差别对待？"

谭凯也说："我也能勉为其难、昧着良心叫你班花。班花，现在叫还有用吗？"

邱秋翻了一个克制的白眼："可拉倒吧，你俩叫爸爸都没用！"

侯俊又转向邵湛："湛哥去吗？"

许盛代表同桌发言："他去。"

虽说不用带礼物，但这天放学之后一群大男生还是去校外商业街给邱秋挑礼物。场面有点奇特——他们专挑那种店内装修得粉粉嫩嫩的礼品店，但一群人一进去就浑身不自在。只有许盛以前来过几次，许盛站在店里头疼地说："别光逮着粉色买，又不是六岁小孩。猴子，把你手里那朵刺眼的玫红色永生花放下。"

侯俊真心不懂，他疑惑地反问许盛："这不好看吗？"

邵湛看不懂这些，差点去隔壁书店给同学买套题当礼物。许盛缓缓阖上眼，放弃挣扎："哥，就算你是学神，你也会被当场轰出去。"

如果邱秋在这，肯定会为许盛鼓掌，她盛哥简直是以一己之力提高了全班男生的魔鬼审美。礼品店店长倒是笑着看着这几位朝气蓬勃的少年在店里笨拙又头疼地给同学挑礼物，看他们挤在展柜边上，趴成一排。

谭凯拿着八音盒说："我觉得我这个肯定行，简约而不简单，大众又不失内涵……我给自己独到的审美打九十分。"

周日这天他们都没去教室上自习，集体翘课，在学校后门集合。住宿生就算约出去玩也只能约在学校附近，最近的娱乐场所就是从学校后门出去再走五百米就能到的那家带电影院的商场。邱秋生日会当天挑了家价格适中的饭店，吃过饭之后打算在看电影和唱歌中挑一样。

难得放松，这帮人都没穿校服，邱秋在头上戴了一个珍珠发卡。

"还是唱歌吧，看电影干坐着也没什么意思，又不能聊天。"

"我也投唱歌一票！"

"学神和校霸两个人还没来？"

"湛哥说他们马上就到。"侯俊看了眼和学神的私聊对话框。他话音刚落，话题中心人物就来了。

许盛不穿校服很常见，但是邵湛不穿校服的次数屈指可数。侯俊记忆里好像也就见过几次，寝室看电影算一次，绿舟基地也算，但当时光线不好，熄灯之后寝室里黑得伸手不见五指，因此印象并不深刻。今天却不一样，周日中午，太阳正烈，走过来的两位少年都穿了一身黑，气质却截然相反，一个冷意更甚，一个却显出几分恣意张扬。

邵湛穿校服还有点误导性，这会儿全然没了那股好学生的味儿，少年眉眼间仿佛写着四个字"别靠近我"，身上带的攻击性的信息悉数散发出来，让人不敢靠近。

几乎所有人都愣了愣：学神不穿校服是这样的吗？怎么和许盛两个人并排走在一起，学神更像那个能"一打五"的人？

把邵湛当偶像的高志博一时间都不太敢认。

许盛看着呆愣的众人也没有多想，开口就直奔主题："你们愣着干什么，不走吗？提前定好位置没有？"

"走走走，"侯俊回神，"就是湛哥今天吧，太帅了。"

许盛与有荣焉，很想说我同桌当然帅。

邱秋挑的饭店菜色一般，他们也不是奔着吃饭来的，简单吃完饭后就偷偷摸摸地乘电梯上了顶楼。电梯门开，迎面就是接待大厅，"××KTV"的标志就摆在大厅中央，大厅四面是不同的包厢通道，听得到从其他房间里传出来的撕心裂肺的声音——

许盛对这个地方，甚至对这个升降电梯的印象都特别深。上次和邵湛看电影的那家电影院就在楼下。

这帮人一进包间就跟疯了一样，几个人冲到点歌屏幕那儿抢着点歌。

"我有一首代表歌曲，给我点一首……"侯俊歌名都还没说出口，就被人挤开了。

"你让开，我们要点S团的新歌！"

这个年纪的女孩子都会在繁忙的课业间抽出时间追个星，最近有个很火的男子团体，班里不少女生都是他们的粉丝，与其说是偶像，不如说他们是青春时代的见证人。

许盛对唱歌本身没什么兴趣，坐在角落里随手拆了一袋他们带过来的零食，一盒巧克力味儿的Pocky①。

邵湛晚进来几分钟，他去前台交完押金才进门。进门的时候许盛正盘着腿坐在沙发里，跟没骨头似的赖着，嘴里咬着半根细长的饼干，眯眼看面前闪着荧光的屏幕——这明明是个很正常的姿势，但是由许盛做出来却像逃课出来不敛锋芒的坏学生。许盛专心致志地吃到一半，直到面前屏幕上的画面突然被人挡住，这才抬了眼。

另一侧角落里，几个人为了点歌还在争执："什么S团，你们能不能不要光看脸！不觉得他们唱歌很像车祸现场吗？我非常怀疑你们的音乐品位，尤其是你，班花秋！"

"我们能不能点一些高雅的，比如我的代表歌曲……"

"猴子，要点脸。"

几人继续你一言我一语地争执不休。

邵湛不光挡住了许盛的视线，也挡住了身后正在点歌的那帮人。头顶的灯光分散着照下来，包间里和外面一个像黑夜一个是白天。

"好吃吗？"邵湛问。

许盛眨了眨眼，还没反应过来，邵湛便微微弯了腰，直接伸手掰下来一小截。

邵湛尝了一口，比想象中的甜不少。

包间里音乐声太吵，许盛没反应过来，嘴里叼着的东西就被抢走了。

邵湛胆子大的时候，身上那股不管不顾的劲儿比许盛还狠。许盛也时常被"学神"这个表象迷惑，暂时忘了少年身上独具的压迫性。

许盛愣了会儿才把嘴里的饼干吞下去："你抢我饼干干什么……"

无奈音乐声音太大，许盛说出去的话连自己都听不见一丝音量。在这

---

①Pocky：百奇，日语ポッキー，英语Pocky，是一种由日本江崎格力高株式会社生产的细长条状饼干。

这题超纲了②

种能把人震聋的环境下想坐在一块儿聊天显然是一件不现实的事情。许盛把手里拆开的零食放回桌上，掏出手机给邵湛发过去一句话，发完之后冲邵湛晃了晃手机。

邵湛低头，划开手机看到一句新消息。

——哥哥，幼稚吗？

邵湛还没来得及回复，对面又发过来一句话。

——抢的饼干好吃吗？

明明是正大光明发消息，许盛却莫名有种在搞小动作的感觉，好像上课传字条怕被老师发现似的，莫名紧张又满足。

手机在掌心里轻微震动两下。

——还行。

看了邵湛的回复，许盛都要怀疑自己同桌是不是在这个翘课的周日释放自己的天性了。他把手机翻过去，起身开了一瓶看起来像果汁的饮料——这小半箱饮料还是今天店里搞活动送的，不知道什么牌子——许盛开了之后懒得用吸管，直接仰头灌了一口。

侯俊争半天没有争过这帮疯狂的追星女孩，想回头喊许盛点歌的时候刚好看到许盛和邵湛两人错开的身影。之前侯俊被边上的人推了一把，没顾上喊许盛，等现在再回头，他盛哥还维持着刚才的姿势坐在沙发里，嘴里的饼干已经没了，邵湛坐在他身侧。

侯俊喊："两位大哥点歌不，来一首？"

许盛也喊一嗓子："你们先点。"

侯俊压根听不清，以为他在说歌名，扯着嗓子问："这是什么歌？"

许盛本来没打算唱，侯俊这一嗓子弄得他骑虎难下，只得一手拎着玻璃瓶，单手打字问邵湛想听什么。

[S]：想听什么？

邵湛不常听歌，偶尔听的也都是英文歌，主要用来拓宽词汇量。于是他回过去一串英文。

这一串英文简直是在难为许盛，许盛完全没了那种同桌点歌，他唱给同桌听的心情。

[S]：……

[S]：看不懂，不会唱，我还是自己看着办吧。

许盛唱的是一首最近比较火的情歌，名字就叫《告白》，切到他这首歌之前，邱秋和几个女生在前面又唱又跳，切歌之后氛围安静一瞬，干净的吉他前奏响起。这首歌节奏很慢，原唱是很温柔的男声。许盛关了原唱，拎着手里那瓶没喝完的饮料起身走上前去，从邱秋手里接过话筒。

等干净的吉他声过去，许盛才数着拍子去唱第一句。

"帅哥"和"情歌"这两个词联系起来总是令人忍不住浮想联翩，尤其学生时代，最容易心动。屏幕前有一把单独的椅子，许盛坐在上面，一条腿蹬地，唱歌唱得随意，手指搭在玻璃瓶上，声线和原唱截然不同，明朗张扬。许盛唱情歌的模样倒是很符合他这张脸，而且他确实很会唱，声音好听，音也准，随随便便就击中一片人的心。唱到中间许盛还趁着播伴奏的空当抬眼笑了一下，带动气氛道："掌声呢？"

话音刚落，其他人配合鼓掌。

"欢呼声大一点。"

其他人立刻："Woo——"

邱秋举着手机在录像，难得在学校过一次生日，总得好好纪念一下，手中镜头从许盛身上晃过去，忍不住感叹："我心跳好快！"

侯俊同意："我也快！盛哥怎么能这么帅！"谭凯在一旁看不过眼了："班花快就算了。猴子你控制一下，你不能太快！"

镜头无意间晃到另一边，像是特意切到邵湛身上似的，经过短促的黑幕，把两个镜头衔接在一起。

许盛回想起他给邵湛过生日的时候，当时他蹲在墙上，那份心情只有他们两个人知道。但是现在他当着这些同学的面唱完这首歌，在盛大的掌声里，好像也完成了一件只有他们两个人知道的事情。

许盛带动起气氛的后遗症是之后上去唱歌的选手一位更比一位厚脸皮，他们不仅要求掌声，还要求夸奖。

"是这样，在我展现我惊人的歌喉之前，我先给大家三分钟时间，允许你们夸一下我，我怕等会儿伴奏声音太大，收不到你们的赞美。"

许盛直截了当地表示吹不了："自强，你别唱了吧。"

袁自强泫然欲泣："为什么你们配合盛哥，却不配合我？！"

"盛哥什么水平，"侯俊无情地嘲讽道，"你什么水平？一个青铜一个王者，你居然还敢要夸奖？"

袁自强喊："我不管！先夸我！"

最后还是侯俊绞尽脑汁想出来一句："你非要这样勉强我们是吧？行，你牛！你是临江周杰伦！"

邱秋被他们逗笑，手里的手机在疯狂抖动。

对临江六中的学生来说，学习在高中生涯里占的比重太大了，每天除了做题就是做题，一个月难得回一趟家也得赶着写作业，忙的时候洗头都嫌费时间，这种难得放纵一把的时间很少。

许盛把手里那瓶饮料喝完之后觉得还怪好喝的，于是又开了一瓶。两三瓶下去之后，不知道是包间里空气太闷还是别的什么，许盛总感觉人有点飘。"你觉不觉得闷？"伴奏声减弱，许盛往邵湛那儿靠了靠，"我怎么有点飘？"

许盛眼角有点红，说话的语气也不太对，甚至还有几分熟悉。邵湛很快想到上回庆功宴上许盛误喝了酒的样子。邵湛把他手里那瓶饮料抽出来，借着手机光才看清楚上头写的字：果酒，15°。

邵湛沉默一会儿，问："你喝了几瓶？"

许盛定定地看着他，伸出三根手指说："喝了……一瓶。"

看来是真醉了。

果酒度数不算高，但是许盛喝得多，喝的时候没感觉，等酒意泛上来才发觉这酒后劲大得很。许盛嘴里说着"飘"，还是想伸手去够酒瓶，邵湛只能抓着他的手说："别喝了。"

许盛手被人禁锢住，也不能再去拿酒瓶，下意识回答："哦。"

包间订了四个小时，一行人唱完出去才发现外头天色已经黑了。虽然没有吃晚饭，但午饭吃得多，加上包间里零食水果也吃了不少，晚饭步骤直接可以省略。

许盛不记得自己是什么时候睡过去的，他酒量实在是差，三瓶果酒下去就连对面坐着的人是谁都认不出了，听见邵湛的声音才睁开眼。

"起来，走了。"

其他人吵吵闹闹往外走，包间里就剩下他们两个，侯俊的声音从包间外面传进来。许盛睡一觉之后意识稍微回笼一些，但思考速度还是极其迟缓，邵湛说的那四个字在他脑子里转了好几圈，但却没能及时做出回应。

邵湛看着他这副迟钝的样子，想到上回许盛醉酒也是这样，心下觉得有些好笑。

许盛醉酒时的思维大概是连贯的，也许潜意识里大概还记得自己上回酒醉提的那些要求。于是许盛伸手，幼稚地说："抱。"

邵湛看着这个酒醉的幼稚同桌，有点无奈，只好就着这个姿势顺势把人从沙发上扶了起来。

"能走吗？"

许盛勉强能走，只要有人扶着就行。

七班一行人下了电梯往回走，许盛还是晕，隐约听到侯俊问了一句"盛哥怎么了"，然后邵湛回"他喝多了"。

许盛跟着邵湛上楼，出来吹了一路风之后酒意似乎更加上头。他一路紧跟着邵湛，活像刚出壳的小鸭子。邵湛耐心地带着他，先开了自己寝室的门，想找找有没有解酒的东西，然而从书桌前翻找完东西转身时却跟进门的许盛撞了个满怀。

醉酒的许盛低着头，嘴里不住地呢喃着头晕。

夜色深沉，庆祝的余韵仍在，欢聚的笑语似乎还在耳畔，酒意像连绵的火，点燃少年们的青春，浓烈地、不顾一切地，似乎要将人燃烧殆。

CHAPTER 32

北大青鸟

□□□□□□□□□□

新的一周，清晨的风泛着冷意。

"同学们，期中考已经结束了，不管考得怎么样，我们现在的首要任务是要调整好自己的心态，一次考试不能代表什么。"周一，孟国伟趁着早自习课代表下发考卷的时间，给大家做疏导工作，"咱们班这次考得挺好的，尤其是数学，均分年级第一。"孟国伟说到这里，难得高兴起来："咱们班是有实力的！这回许盛同学进步非常大！特别提出表扬。"

七班什么时候拿过第一？！虽然班里有邵湛这么一位逆天的存在，但是许盛的杀伤力更强，邵湛能比第二名高足足十几分，但许盛能以一己之力和倒数第二名拉开几十分的差距。孟国伟从接管这个班起就没再奢望过均分第一这件不切实际的事情。但是今时不同往日，他们班的许盛同学发挥出了他真正的实力！

许盛昨晚没睡好，坐在最后排，看似波澜不惊，实则想睡觉，整个人看起来更是深不可测。

孟国伟这话说完，台下纷纷响应。

侯俊领头："盛哥牛啊。"

谭凯赞叹："其实我早就发现盛哥身上有一种不同寻常的气质了。没错，是大佬的感觉。"

邱秋提出的问题比较有实际意义，也是大家很想问但一直没机会问的问题："盛哥，能跟我们分享一下你的学习技巧吗？"

平平无奇的数学小天才许盛来教室之前就猜到今天周一要公布分数，虽然做好了准备，但这会儿瞌睡还是被他们吓醒了一半。他能有什么技巧啊？总不能说首先你要有一个学神同桌，然后你还得被雷劈一次吧。

半晌，许盛说："多看，多背，多做。"三多原则，很常规的回答。许盛答完心虚地看了邵湛一眼，见邵湛没意见，才松口气。

昨晚许盛回寝室摸黑洗了澡，躺下之后整个人还是烧得慌，好像这酒非但没醒，还让人更醉了，直到今天他都还有些不舒服。

孟国伟继续在台上说："我讲一下咱们接下来一段时间的课程安排。今天主要分析试卷，新课内容剩下的不多了，等这周全部上完之后就开始总复习阶段，为期末考试做准备。"

临江六中的学习生活就是这样，除了考试还是考试，讲完这张卷子，很快就要再做下一张模拟卷，节奏快到人根本没时间想其他的。

邵湛屈指在课桌上点了两下，问他："难受？"

"还行。"难受倒是不难受，就是宿醉之后第二天特别想睡觉。许盛把桌肚里的手机摸出来："就是有点困，等会儿出操我就不下去了，你给我打个掩护。"让学神陪他违规这种事，许盛现在做得特别熟练。

邵湛没拒绝："那出操的时候你再睡会儿。"

许盛笑了声，划开手机屏幕，因为怕被人看见他大早上玩手机，也怕被人听见他说的话，他就把上半身趴下去，趴在桌上低声说："哥哥今天这么好说话？"邵湛以前会让他求自己，比如在绿舟基地叠被子的时候，但这些日子邵湛却很少这样说了。邵湛侧头看了他一眼，难得上课走神，孟国伟在台上说的课程安排一个字也没听进去，从坐在教室里那一刻开始注意力都在身边这个人身上："谁让我现在是'共犯'。"

许盛愣了愣才回想起他和自己当初一起翻的墙。"我是'共犯'"这四个字，在这个特殊的、青涩张狂的少年时代，比任何话都动人。

许盛手指顿了顿才继续在聊天列表里找联系人张峰。

[S]：兄弟，秋装校服有吗？明天给我带一套。

张峰回得很快：我难道是卖校服的吗？！你校服呢，你就一套也没留下吗？

[S]：早扔干净了。

[S]：最近降温，有点冷。

[S]：主要我也没有想到我会有今天。

[张峰]：……

张峰这次期中考试考得稀烂，正自闭呢，又听到七班许盛数学异军突起考了113分，他对着自己85分的试卷，开始思考人生：以前，都是我远远地把许盛甩在身后……如今这个世界到底怎么了？昔日学渣兄弟，成了今日天赋异禀的优秀选手。

他正惆怅着呢，就看到许盛发消息过来，然而就算不想兄弟抛弃自己弃暗投明这事儿，那秋装校服他也是真没有多的。

[S]：行吧，那我再问问别人。

张峰转了话题，他想到最后想通了：你有没有什么学习方法？分享一下。老大，你这种学习的精神深深感染了我，我打算跟你一起进步。

许盛没想到全世界都追着他问学习方法，他头痛欲裂。

[S]：……没有校服就滚。

许盛觉得自己真是把"差生"这个词演绎到了极致，连校服都要东拼西凑，课本就更不用说了，最开始学数学的时候用的还是邵湛的书。他抓了把头发，打算先把今天糊弄过去。只是这段时间降温，上周还好，仅仅过了一个周末仿佛要一下入冬，要糊弄过去说不定得遭点罪。

早自习过去，孟国伟收起课本往外头走，班里同学也三三两两排队打算往操场走。许盛撑着下巴，正要阖上眼，却听到一阵很轻的"嚓"的一声，像链条滑动的声音。还没睁开眼，就觉得肩上被人搭上一件什么东西——还带着一点熟悉的味道，清爽且冷冽。

"你这么睡不怕着凉？"邵湛本来已经出去了，但放心不下许盛，便折回来脱下外套给他。

许盛愣了愣，下意识地问他："那你穿什么？"

"我等会儿回趟寝室，"邵湛说，"寝室里还有一件。"邵湛没法在教室里待太久，他说完又在许盛头顶揉了一把才去楼下集合。

许盛有点蒙，也没怎么睡醒，于是他"哦"了一声，等邵湛走了之后才把那件校服穿上。两人身材差不多，加上秋装校服本来就宽松，许盛穿上其他都很好，就是袖子略微长了一点。衣服上还沾着对方的体温，许盛把手指从衣袖里伸出来大半截，觉得这种偷穿同桌校服的感觉还不错。

　　在他再度趴下去之前，张峰的消息又来了。

　　[张峰]：我找我同学借到了，他那儿有多的，我明天带给你？

　　许盛动了动手指，打字回复：不用，我借到了。许盛很想再接着发一句"我同桌的"，但他忍住了。

　　这个年纪的男孩子精力恢复得快，一个早操的时间就够了。侯俊他们围着邵湛进门时，许盛刚睡醒。侯俊正真情实感地赞美邵湛："湛哥，你这次又是年级第一，数学满分，理综满分，英语148，简直神了！"

　　谭凯与有荣焉："我就说吧，上次是湛哥身体不舒服，不然万年老二怎么可能有机会拿第一？我们湛哥是谁？那是考场上才思敏捷、聪明绝顶……"年级第一，全科接近满分，每次出分数，他们都得被这种"神"一样的操作炫一脸。

　　谭凯激情发言到一半，进门就看到倚着墙拧瓶盖的许盛，于是他话题急转："盛哥，换衣服了？"如果他没记错，他盛哥早上穿的还是短袖。

　　许盛"嗯"了一声。谭凯真心实意地自卑："同样一件校服，为什么我们穿起来效果差别那么大？！下次校服评选换个模特，咱们学校校服绝对能逆袭，摆脱被嘲笑的命运。"

　　"虽然从外貌上你确实是很难超越我，"许盛叹口气，跟着他贫，"但是你可以从涵养上努努力，发展内在美。"

　　"……你这算安慰吗？"

　　"算吧。"

　　邵湛刚才走得急，还没来得及看许盛穿他校服的样子。现在仔细看来，真看出些不一样。他拉链没拉好，堪堪卡在胸前，衬得他整个人随意散漫，跟自己那种板正规矩的样子全然不同。

　　没人知道许盛身上这件校服外套其实是邵湛的，加上邵湛刚才中途回寝室拿了件新校服，所以并不引人注意。邵湛看了他一眼，想到这人刚还在因为宿醉补觉，于是提醒道："拉链拉上。"许盛睡得舒服，心情也好些了，于是毫无芥蒂地接受了邵湛的意见："哦。"

上午的课全是讲试卷。许盛跟着周远把期中考卷过了一遍，发现其实他这次的失分点也是大家普遍容易失分的地方。听周远把这些题挑出来讲之后，许盛勾着笔把正确答案在试卷角落上补了一遍。有两道错题邵湛讲过，但当时补习的题量实在太大，不可能做到每一题都牢牢记住。如果能再多给他和邵湛几天时间，这套题考上120分并不难。

"这道题你是不是也给我押了？"趁着周远转过去在黑板上写题的时候，许盛指尖点了一下最后一道题，"立体几何，厉害啊，同桌！"

邵湛提前看过一遍他的试卷，这会儿有心考他："知道最后一问的考点是什么吗？"

许盛在考场上为了抓紧时间写会的题，遇到最后一问直接放弃，没思考那么多。这一问周远只会讲一遍，估计许盛还是会听不明白。邵湛打算提前给他简单讲一下。题目刚讲完，许盛没说自己听没听懂，反倒说了一句："其实我有点后悔。"许盛声音低下去，勾着笔的那只手掌心缩在衣袖里，只剩几根手指露在外头，抓着袖口："早知道你这么好说话，之前那套校服也找你借了。"

期中考过去，六中同学每天桌上摊着的试卷标题很快换成了"期末模拟卷"。黑板右下角当天课程边上加了一行期末倒计时。数字逐日递减，密集的考试最容易吞噬时间。

"每天都是考试，考得我人都傻了。"课间，侯俊抬头喊了一嗓子，抄错题抄得整个人昏昏沉沉。

"还有十天，"谭凯也觉得这日子过得简直恍恍惚惚，"我怎么感觉那么不真实？还有十天咱们就放假了？"

"别提放假行吗，咱们哪有假期。"邱秋说。

侯俊叹口气，心说也是，六中寒假能放半个月就不错了。他放下笔，偷偷拆开一袋干脆面。然而那袋面才刚拆开，就有人从上面横着伸过来一只手——那手的指甲剪得干净工整，手指纤细，他见过这双手发狠把人摁在地上打的样子——只见这只手不紧不慢地从袋子里抢了一块面。

"刚好有点饿，"许盛说，"不请自来，不好意思。"

侯俊目瞪口呆："盛哥？"

天气转凉，许盛校服里面搭着件冷色调毛衣，偷到之后掰开一半给跟着他一起进来的邵湛，笑了笑问："哥，吃吗？"邵湛刚从办公室回来，手里拿着一摞练习册，直接就着他的手咬了一口。

侯俊没见过许盛这种穿着打扮，于是不自觉关注："盛哥，你身上这件毛衣挺好看。"侯俊说完又多看了一眼，许盛平时穿衣风格比较张扬，偶尔换换简约风格，让人耳目一新。

"是吧，我也觉得挺好看，多夸几句我听听。"

枯燥无聊的学习生活里能有一个人贫会儿嘴，简直是莫大的幸福。侯俊张口就来："盛哥你这件衣服简约而不简单，穿在您身上，那真是气度非凡。当然了，无论什么样的衣服都配不上您出色的——等会儿我打断一下，我怎么觉得这件衣服看着有点眼熟？"

能不眼熟吗？许盛身上那件毛衣是邵湛的。自从邵湛把校服脱给他之后，许盛穿他衣服的次数肉眼可见地变多。经常是晚上在邵湛那儿做题做得晚了，懒得回去，直接问他借了衣服去隔间洗澡。之前许盛当"邵湛"的时候其实也穿过他的衣服，但是穿在"邵湛"身上和穿在他自己身上的感觉完全不一样。

昨天晚上许盛洗完澡，湿着头发走出来，套着件邵湛的衣服："太困了，我直接睡你这儿？"

邵湛反问："你不嫌挤？"

"不嫌。"然而事实证明两个人挤一张床确实挤，两人都是一晚没睡好，邵湛更是天没亮就起来了。许盛虽然难受，但是看邵湛比他更难受，诡异地升起一种幸灾乐祸的心态，撑着床坐起身："哥哥今天晚上还一起睡吗？挤我也不怕的。"

邵湛冷着声："滚，回自己寝室睡去。"

"真不要啊？天冷了咱挤着暖和。"

邵湛毫不留情："赶紧滚。"

上课铃响，这天第一节课是化学。许盛虽然数学考得不错，之后几次模拟卷更是越考越高，但也不是每科老师对他的态度都像周远和孟国伟那样如春天般温暖。毕竟他其他几科还是考得稀烂，比如理化，这次期末模拟只考了50分。这50分里，还有20分是吃邵湛月考那阵给他补的老本。

这段时间化学课还是由那位杨老师代课。"值日生呢？"七班这次模拟考平均分并不高，杨老师进门之后面色不虞，"怎么做值日的？赶紧把黑板擦了！"

杨老师等值日生上去擦完黑板，才从粉笔盒里挑了一截粉笔出来，扫过七班后排，在某两个身影上停顿两秒，想到之前碰的钉子，心情更是好不起来："今天咱们把试卷讲了，希望某些同学认真听讲，考那么点分数，也不知道平时坐在教室里都在想些什么。"

不知道在想什么的许盛毫不在意地翻开试卷。

邵湛突然说："不想听可以不用听。"

许盛还在翻试卷："什么？"

邵湛接着说："把不会的题勾出来，我给你讲。"

许盛一下没反应过来，心说他为什么突然来这么一句，再抬头对上那位杨老师如尖针般的目光，反应过来了："你说她啊，我都忘了，骂几句就骂几句，总不能真跟她置气……我又不是三岁小孩。"

邵湛发现许盛虽然看着没规矩，一副成天跟老师抬杠的模样，其实他远比想象中的成熟，不会因为这点事就跟老师闹个没完。他是真的不怎么在意。以前是放任自己，反正放下画笔之后干什么都无所谓了，这个世界上任何事情他都提不起劲，虽然和顾阎王他们闹得轰轰烈烈，其实整个人平静得很。不知道该干什么，也找不到喜欢干的事情。

许盛虽然这样说，但是邵湛极其冷淡的一句"她的课你可以不听，我给你讲"还是在他心底挠了一下。

杨老师转过身在黑板上写板书，许盛偷偷在课桌底下戳邵湛："你最近是不是越来越没有原则了？之前不还让我好好听课？”

邵湛低着头记板书，没有说话。

“说起来，你上次，”提到这位杨老师，许盛回想到她第一次来七班代课的时候发生的事情，“为什么站起来，又为什么陪我罚站？”

邵湛记板书的方法和别人不一样，并不会完完整整抄下全部，他只挑重点。等简明扼要地写完之后，邵湛反问：“你看不出来？”

讲台上，杨老师写完板书之后又说：“我们先看选择题第八题，这道题答错的人很多，这个实验我上节课是不是讲过，都没认真听……”

说看不出来肯定是假的。就算之前真的看不出，邵湛这句反问无疑说明了一切——因为他。许盛很想找个人秀一把感天动地的同桌情谊，但是放眼整个交友圈，可秀范围有限。于是许盛上课上到一半，忍了又忍，最后单手藏在桌肚里，还是给康凯发了一句消息过去。

[S]：凯。

康凯正好也在课堂上开小差，他和许盛两个人对待学习的态度如出一辙，只有在画室里能老实。许盛消息一来，康凯立马回复：？

[S]：没什么，就是突然想起来一件事。

[S]：你知道吗，我同桌之前陪我罚站过。

康凯简直是满头问号：你同桌陪你罚站，跟我有关系吗？

[S]：还有我同桌的校服，他还借我穿……

康凯继续满头问号，怎么还扯上校服了，这是不是有点过分？康凯激情制止许盛继续：你打住。

许盛感到可惜，觉得康凯真是不会聊天。康凯也正好有事要找许盛：上次绘画大赛的成绩出来了，咱俩第一名。

康凯发过来的下一条消息是一张表格截图，标题写着“××届绘画大赛评选结果”，成绩以表格形式公布，大标题下面一行小字标注着评审团成员：杨越（清美老师）、黄文轩（鲁美）、特邀评审杨明宗，再往下一行就是名次栏，只公布了前十名，剩下全是鼓励奖。

第一名姓名栏里有两个名字：康凯、无名之辈。

作品名：《彩色教堂》。

"无名之辈"这四个字在整张图片里显得格外醒目。

[康凯]：连老先生都说了，你这水平，想上哪所学校不是闭眼上。

当然也有前提，只要许盛能搞定需要的文化课分数就行。

[康凯]：我不知道你跟许阿姨之间发生了什么，也不知道她最后是怎么跟你说的，但……

后面的话许盛没再看，他也不知道自己出于什么心态，直接退出了聊天界面。

"许盛，"许盛这节课听得不认真，考试成绩也一团糟，杨老师忍了又忍，在下课的时候还是点了他的名字，"你下课来我办公室一趟。"

杨老师的办公室和孟国伟他们不在一层楼。许盛跟着她上楼，见女人把课本放下，去饮水机旁接了杯水，流水声在整间办公室里响起。十几秒后，女人松手："这次考成这样，从自己身上找过原因没有？"

许盛虽然不至于跟她抬杠，对她也没太大好感，闻言只一言不发地在边上站着，打算熬过这节课间。

"你这是什么学习态度？"女人皱着眉，视线从许盛身上移开，心说要不是因为这位同学，他们班化学均分也不会比其他班低那么多，她心性好强，什么考试都想拿好名次，"你拖班级后腿都不觉得不好意思吗？"

更难听的话许盛左耳进右耳出，正打算说一句"您说完了吗"，就听女人尖锐地说："人家考北大，你打算考哪儿？"

许盛听得不耐烦，懒洋洋地回答："我考北大青鸟。"这话康凯听见得气死，他刚在聊天里说许盛什么学校不是闭眼上，他就在这提北大青鸟。这情形无异于在游戏里看到一位满级高手说我想回村，还是新手村适合我。

女人被许盛噎得没话，而门外……

"湛哥？你在这站着干什么？"课间，化学课代表正好收完作业过来交，远远就看到化学老师办公室对面墙边倚着个人。他指指办公室虚掩着的那扇门对靠着墙的少年说："来找杨老师吗？怎么不进去？"

邵湛哪还有心情回答他。少年一身校服，还是那副不近人情的样子，他抬手捏了捏指节，满脑子都是许盛说的那句"北大青鸟"。他总不能说，本来是想进去的，但听到同桌说要考北大青鸟，于是给吓退了吧。虽然之前邵湛在孟国伟办公室里看到许盛写过"中央美院"，但是和今天许盛说的话联系起来，"中央美院"很像写着玩的。联想到许盛除了数学，其他科目稀烂的成绩，再想想他同桌平时脑子里各种让人捉摸不透的想法，邵湛觉得这句"北大青鸟"可能不是玩笑话——他可能是真的想考。

匿名提问：同桌想去北大青鸟怎么办？高二，他均分60。

晚自习之后，邵湛刷试卷连着两道题出错，思路一团乱，最后他干脆把写在草稿纸上的解题步骤划了，划开手机低头打字。邵湛简明扼要地叙述完大致情况后就一心等待万能网友的回复。他并不喜欢长篇大论，就挑重点写了寥寥几句，两三分钟过去没等到回复，往下翻了翻，倒是找到一条相似问题。提问者用户名是一个大写字母"X"，问题是"梦到同桌去蓝翔开挖掘机怎么办"。

邵湛心情苦涩地阖上眼，一时间竟分不清自己和对方谁更惨一点。

大概半小时之后才有人对刚才的问题进行回复：

谢邀。这种情况我觉得还是要多给你同桌做做思想工作，激发他对学习的兴趣，首先树立好目标，培养学习习惯。你同桌有什么其他特长吗？是否考虑过体育生和艺术生这条道路？

顺便介绍一下，雄鹰教学机构，是一所向各所学校输送体育特长人才的教学机构，本教学机构同时开设播音传媒、声乐、舞蹈、表演等各项全方位课程，欢迎了解咨询哦。

这位热心网民回复到最后开始打广告，理智告诉邵湛应该立马关掉这个页面，这种不靠谱的回答少看。然而他所有理智在这一瞬间都被许盛那句"北大青鸟"给弄塌了。邵湛不受控制地想：体育就算了吧，播音……许盛念检讨水平倒确实不错。

和许盛熟悉了之后，难免会去想未来。这个年纪的少年，前路广阔，有无数条通往未来的路。邵湛之前学习是试图走出来，不想再坐在教室里混日子，也不想因为别人的眼光和几句话就真的在泥潭里越陷越深。南平那个地方、那个教育环境，太容易陷下去了。把注意力放在学习上之后，他也在慢慢思考到底要走哪条路。但是邵湛很确定，无论是哪一条，他都想和许盛去同一个地方。

邵湛一晚上都在想这些，愣是把周远布置的数学作业拖到第二天早上才开始补。数学课代表眼睁睁地看着学神邵湛从自己的手里抽走一本习题簿飞快地抄起来，顿时觉得今天真是令人恍惚。

许盛早上被张峰拽过去聊了会儿。张峰还不肯放弃追问他学习方法，在张峰面前许盛也懒得扯，直接说："首先你需要有一个同桌。"

"这就没了？"

"没了。"

走之前，许盛还从张峰口袋里摸了根糖。等许盛拿着糖晃回七班后门，就隔着窗户看见自己的同桌单手扯了扯衣领，掌心压着两本练习簿。

许盛光看邵湛做作业就觉得稀奇："你在写作业？"

"抄作业。"邵湛纠正道。别人抄作业是真的照抄，但邵湛"抄作业"就是为了提高效率，他在抄的同时还能顺便帮人批一遍，扫两眼就能看出对方步骤对不对，出问题的地方在哪儿。许盛倚着窗户看了会儿，也发现了这点，心说他同桌这抄作业的方式跟他们传统意义上的抄作业还真是完全不一样，难道这就是所谓的学霸？

邵湛抄到一半侧头去看许盛。他趁着周围人不注意，动了动手指，示意许盛靠近点儿，然后等窗外的少年真的俯身凑过来之后，抬手轻轻捏住许盛手里那根塑料棒。

许盛想起两人刚认识那会儿。虽然知道不太可能，但他还是故意问："你不会又想说不准吃糖吧？现在还没上课……"

邵湛把刚拆开包装的糖从许盛手里抽出来——这个点大家都在忙着补作业、预习，各个都埋头苦战，根本没人往他们这看。邵湛极其自然地，自然得好像这糖本来就是他的一样把糖叼在嘴里，说："猜错了。"

糖是甜的，橙子味儿。

邵湛把糖叼在嘴里的样子比许盛嚣张多了，带着些平日里压不住的、只展现在许盛面前的冷漠气焰。许盛在一旁看着他的动作，回味过来之后轻笑了一声。

邵湛咬着糖三两下把作业"抄"完，然后把两本练习簿一齐给了课代表。课代表惊讶得不行："这么快？速度啊！"这要是七班所有同学都能有这种速度，他每天课前就能把作业交上去了。课代表说完，又清点了一遍，确定数目是对的之后就直接抱着作业簿去周远办公室了。

许盛完全猜不到邵湛早上补作业的原因跟他昨天在化学老师办公室里胡扯的那句话有关。上课没多久，孟国伟照常拿期末考这件事出来激励大家："马上就期末考了啊，不要以为时间还有很久，高三年级都在进行第三轮总复习了——等他们考完，下一个就是你们，能不能顺利考上自己理想当中的学校，就看平时点点滴滴的积累和努力。"

学校的事又被孟国伟毫不留情地点了出来，邵湛试探着问："你有没有想考的学校？"

许盛低着头摆弄手机，没听清："什么？"

算了……邵湛打算迂回一点，又冷声说："其实人生有很多条路可以走。"这回许盛听见了，他不仅听见了，而且还听得特别清楚，清楚到他深受震撼。邵湛怕打击他，不敢直接否认他的想法，只能循循善诱："你能明白我的意思吗？"

许盛不太能明白，只觉得邵湛从这天开始，变得有点不太对劲。这个不对劲主要表现为邵湛时不时地"胡言乱语"，甚至还把之前他送的几套题册还给他："这些都是基础题，你比我更适合它们。"

许盛推辞："我可能不太适合。"

后来邵湛也试图给他补课，但是效果甚微，之前许盛的数学成绩能提升，靠的都是那句"数学天赋"赶鸭子上架和邵湛特殊的奖励机制，这会儿无缘无故地让他打起精神去补其他几门课，实在是很难。学习这个东西，真得自己想要才行。别人说再多，自己不想提高都是白搭。

邵湛带着"同桌可能真的要去北大青鸟"的想法，迎来了这学期的期末考试。当天，万里无云，阳光正好。广播里传来了顾阎王气势浑厚的声音："同学们，期末考试即将开始，请携带好考试所需的用具，前往各自考场等待监考老师——这是咱们高二上学期最后一场战役，希望大家都能交出一份满意的答卷！"这次期末考，许盛和邵湛不在同一个考场，他们一个在第一考场，一个还在最后考场，两个考场之间隔着长长的走廊。

"第一门考试科目，语文，考试时间120分钟。"

由于数学成绩提高了不少，许盛这次的座位在第三列最后。像往常考试一样，许盛坐在位子上，转着笔等监考老师发卷子。

长走廊的另一边，邵湛座位号还是1号。这是两人发生打雷事件之后，唯一一次正常的、回到正轨的考试。

为期两天的期末考在一阵清脆的铃声中结束。考完这天，七班所有同学难得有种解放的感觉，侯俊带着雀跃的心情把课桌拉回去。

"咱们学校批试卷大概两三天吧，我还能在家潇洒三天！同学们，等会儿把各科作业领了就可以回去了！"

许盛从最后考场走出来，边走边看手机。联系人列表里躺着个未读红点，备注是"妈"。

——考完了吗？我来学校接你？

许盛正要回，对面直接打了一通电话过来。于是许盛没进班，侯俊正想喊他，他对着侯俊晃晃手机，脚下没停，直接往没什么人的楼道口走，接起电话："妈。"

许雅萍刚从公司出来，正在开车："感觉考得怎么样？"

"还行吧。"许盛平时住校，一个月才回家一趟，许雅萍又忙，通着电话才发现母子二人已经很长时间没有联络过了。

"妈来接你？"

"不用，"许雅萍工作的地方离得远，许盛不想她麻烦，"学校这边坐车回去挺方便的。"

"那晚上想吃点什么？"

只要不提某件事，两人的对话还算和谐。许盛叹口气，主动缓和关系："今天工作累吗？累的话别做饭了。怎么这么早下班？"

许盛和许雅萍聊了好一会儿，这才挂了电话。回去的时候，邵湛已经把留在黑板上的作业记了下来，还写了两份，一份贴在许盛桌上。

许盛明知故问："帮我记的？"

邵湛不上他的当："作业记得写。"

许盛把那张纸夹在作业本里，"哦"了一声，然后倚着墙听谭凯他们在台上表演"生离死别"。谭凯抽泣着和侯俊拥抱了一下，猛地拍着侯俊的后背："兄弟，下学期见。"

侯俊也做悲泣状："下学期见。"

侯俊又问："假期打游戏吗，凯子？约一场？"

谭凯拒绝："《创世纪》？得了吧，我的《创世纪》账号还在新手村里没出来过！再说现在哪儿有时间打游戏啊！"

袁自强也恢恢的："我也玩不了，我的《创世纪》账号能在毕业前练到六级我就很满意了……"

许盛在桌子底下拉了拉邵湛的衣袖问："假期放几天？"

"半个月。"邵湛说。

"十五天啊。"许盛想，这样一来他和邵湛就有很长一段时间见不到面了。他在心里暗暗地说，半个月好长。

之后孟国伟进班，强调假期安全问题。讲完后，各科老师进来布置假期作业，试卷一套接着一套往后传，最后每个人的面前都摞了厚厚一沓。

等老师发完作业，住宿生就可以回寝室收拾东西，然后交钥匙离校了。许盛东西少，没什么好收拾的，见有空，他就想去邵湛寝室转转。他去邵湛寝室的时候，邵湛刚好拉上书包拉链。见他过来了，邵湛又把书包打开，想给许盛塞一本练习册，让他假期记得做。

变故就在这一瞬发生。许盛走过去，邵湛刚把练习册拿出来正要递出——忽然间一道熟悉的声音在两人耳边响起，他们顿时怔住了。

许盛整个人都跟过了电似的，邵湛也少见地有些惊慌。气氛瞬时僵住。那声音仿佛是对两人的反应不满，要高调昭告自己的到来一样，结结实实地又在两人耳边狠狠劈了一下。

轰隆隆！雷声清晰得像是在狭小寝室里下了一场不为人所知的时空暴雨。风声狂啸，许盛在这一瞬间惊悚地想到，邵湛等会儿可能得替他回家，还得叫许雅萍一声"妈"。

CHAPTER 33

各回各家

许盛蒙了。他没想到在消停了这么久之后，在放寒假当天正跟同桌告别之际——打雷了。雷声在耳边劈了好几下，刹那间熟悉的眩晕感袭来，下一秒他的视野切换——邵湛个子比他稍高些——看到神色复杂的"自己"正看过来。四目相对间，眼底满是一言难尽的情绪。

许盛猛地松开手，邵湛直接退后两步。虽然他们知道身体里的人不是自己，但是突然这么近距离看自己的脸还是不适应，下意识地想离远点。

半晌，许盛勉强张口说："你……"声音是邵湛的，带着熟悉的冷。

之前几次打雷两人的相处还算正常，第一次针锋相对，第二次卸下心扉，第三次已经熟悉不少，但是……从来没有在非上学期间发生灵魂转换的事情，如今的情况让两人都没办法淡定。

邵湛也正想说话，他抬手掐了掐鼻梁说："你先说。"

许盛现在只有满腹脏话想说："所以，我们又换了？"

邵湛也不太能接受这个状况："如果现在不是在做梦，你没看错。"

许盛缓了缓，又问道："你刚才说假期放多久？"问完他自己想起来了："半个月。"

许盛叹了口气，从如今这个状况看，半个月的假期显得更加漫长了。虽然从某种角度上来说，他们这个假期倒是不需要分开了，因为直接变成了对方。原来比要跟同桌分开更难熬的，是顶着同桌的身份放假。

许盛和邵湛在这一刻同时反省起自己来。人总是难免会有侥幸心理，他们抱着雷说不定不会再来了的念头，自四校联赛之后就渐渐把这件事情放下了。但没想到冥冥之中自有安排，有些事情怎么都躲不过。

好在两个人怎么说也都算有经验，大的场面也见过，虽然假期这个情况让两人手足无措，但在短暂的慌乱后，邵湛还是第一时间恢复了冷静："你妈等会儿来学校接你？"

许盛庆幸刚才自己已经拒绝了许雅萍："没，她说要来，我跟她说我自己回去。"

邵湛抬手捏了捏鼻梁，简明扼要地问："家庭情况，讲一下。"

许盛也不可能把自己从小到大发生的事情全都说一遍，只能简单概述一下。万一到时候真碰到问题了，那就再具体情况具体分析。

"家里就我和我妈，没了，关系不太好，你别主动招惹她就行。"许盛说到这顿了顿，"也别提……兴趣班的事儿，她不太喜欢那个。"

邵湛想起那个美术兴趣班，但碍于目前情况紧急，他也就没再多问。

"你呢？"许盛反问，"有什么需要注意的？"

"钥匙在右边口袋里，别弄丢了，不然得关在外边，没人给你开门。会做饭吗？家里应该没什么食材，不会做饭的话就点外卖……"

邵湛很少说那么多话，许盛越听越觉得他的重点有点跑偏，等他说到空调遥控器在哪时，许盛打断道："你等会儿，你就要我注意这些？"

"不然要你注意什么？"

许盛想说怎么也该是家庭成员之类的注意事项，但没多久许盛就知道了，原来邵湛家里就他一个人住。他的父母在邵父出事之前就离了婚，因为那段时间邵父做生意失败，精神上出现了问题。之后不到半年，邵湛就迎来了那个电闪雷鸣的暴雨之夜，还有警车、接踵而至的新闻报道以及周遭人群如针尖般锐利的异样的目光。

邵湛没注意到许盛的想法，他现在在许盛身体里，许盛那副习惯性上挑的笑眼也被他压下来，声线还是原来的，语调却全然不同，他叹口气："其他的可能没了，我的注意事项就是你，你把自己照顾好就行。"

许盛本来还在担心这个担心那个的，结果被他这句话弄得心底一软，无数设想和担心都被暂时搁在了一边："哥哥这么担心我？"

邵湛是很喜欢听许盛喊哥哥的，但唯独不包括现在："换回来再喊，听着难受。"

"你就不能透过现象看本质吗？"好气氛被破坏，许盛心有不甘。

"不能。"行吧，许盛颇为无奈地"哦"了一声。

两人对好基本信息，又约定好遇事都不要冲动，要见机行事后，才拖着"各自"的行李下楼准备交钥匙出去。宿管大爷见到"邵湛"出来，热情微笑道："交钥匙，签个名，签在这儿。"宿管大爷对邵湛印象非常好，一直认为这是一名善良正直的优秀学生，刚开学就检举不良同学的翻墙恶行，而且这位同学的字写得相当漂亮，笔锋凌……

许盛接过笔，在表格里填上邵湛的名字。宿管大爷本想的是笔锋凌厉，此刻对着签名纸上的字，脑中只剩"凌乱"二字：这字，怎么这么丑？！

许盛签完名之后冲宿管大爷笑了笑："假期快乐，下学期见。"

宿管大爷愣了愣，然后他看到跟在"邵湛"身后的那名少年冷着脸，在签名纸上写下相当漂亮的两个字：许盛。之后，冷脸的那个从身后伸手按住前面那人的后脑勺，强行把人带走了。

"你把地址发给我。"到了车站，六中同学已经走完一拨，第二拨人潮就是住宿生大军，许盛半坐在行李箱上，边说边低头打字，"这里回我家挺方便，你坐2路，到地铁站，3号线豫南路方向坐六站出去就能到。"

"发了。"邵湛说，"车来了，我看着你上车。"

说话间，开往南平的公交缓缓停靠，车门打开，上去三两位路人。

南平区离得远，学生也很少有从南平考过来的。去南平区的车程漫长，许盛上车之后抓着邵湛的手机打算提前适应适应，之前虽然也换过，但是两个人手机里软件的排列顺序都不一样，他找了会儿才找到微信在哪儿。分开不过几分钟，许盛就忍不住给邵湛发消息。

——上车了吗？

——刚上2路。

简单聊了两句，许盛就放下手机开始放空。他把手肘抵在窗边，因为邵湛的腿长，后座那点地方坐得他憋屈。到站之前，许盛戴着耳机在车上睡了一觉。邵湛手机里都是英文歌，他虽然听不懂，但编曲好，倒也听得津津有味。在许盛睡着的这段时间，他错失了窗外越来越陌生的景色。

许盛在公交车进站前刚好睁开眼，窗外天色渐暗，灰暗的街景就这样映入他的眼帘。许盛从小跟着许雅萍搬家去过很多地方，但还是头一次来南平。这里虽然他从来没来过，但只要联系到"邵湛"这个名字，那种陌生感似乎就被击退了，他甚至还产生一种好奇心，他想了解这个地方。

邵湛住的是个老小区，外墙刚刚重刷过，在转角和缝隙间还能窥见一点灰白老旧的颜色，很有年代感，也很热闹。小区健身区有几位老人带着小孩坐在那儿聊天。许盛拎着箱子越过他们，到达某一栋门前。他用门禁卡开了门，顺便单手打字给邵湛发消息：我到了。

另一边，邵湛从地铁口出去，路上喇叭声不绝于耳。他穿过热闹的街道，到达许盛给的地址。电梯门"叮"一下后缓缓打开，面前门上写着"502"字样的就是许盛家。邵湛回复：我也到了。

许雅萍今天下班早，她从孟国伟那里了解到许盛最近数学成绩有显著提高，所以今天特意下厨做了几道菜。她其实很想多陪陪孩子，奈何工作忙，实在很难抽出时间来。

邵湛在门口做了会儿心理准备。平时在学校里，侯俊他们就算看出什么不对来，最多也只当"许盛"是心情不好。但如今面对的是许雅萍，她再怎么说也是许盛最亲近的人，在她面前暴露的风险更高。饶是邵湛这种不管发生什么事都面不改色心不跳的人也开始紧张起来。

"回来了？"许雅萍听到开门声，从厨房探头问，"饿了没有？你等一下，妈正看火候呢。"厨房里的女人系着围裙，背影窈窕，应该是不常下厨的。说完，她就又回到厨房里，邵湛听到里面响起锅盖"哐"地砸在什么东西上的声音，不由得一惊。

这间房子是两室一厅，屋内明亮整洁，客厅通着阳台，来之前许盛说过进门直走左手边第一间是他房间，邵湛隔着走道看了一眼。

许雅萍掐着时间把火调小，擦擦手从厨房走出来："你要是饿的话先洗个苹果吃，妈一会儿就好。先把东西放下吧，愣着干什么？"

面前这个女人是他同桌的妈妈。本来见面应该叫阿姨，但是此刻……

"知道了。"邵湛心情复杂地勉强喊了一声"妈"。

邵湛努力调动自己全身上下的所有情绪，想喊得热情一些，然而他很多年没再叫过这个词了，对母亲的印象也停留在无止境的争吵和一句无奈的告别中，记忆中母亲的面容更是已经模糊不清……再加上他平时说话语调冷惯了，所以这声"妈"并没有达到邵湛想要的效果。

许雅萍觉得今天儿子格外冷淡，冷得让她手足无措。但她转念想到她和许盛上次见面以吵架告终，于是问："你是不是还在生我的气？"

生气？生什么气？完全没有收到这部分提示的邵湛沉默了两秒。

这两秒沉默让许雅萍认定了这个事实："你就是在生我的气。妈反省过了，上次我说话过分了些。"

邵湛只能含糊地接过话："没有，我也有错。"

邵湛这话说得没问题，但是语气是掩盖不住的冷。这在许雅萍听来就是另外一种意思。站在她面前的少年，眼底没什么波动，这次回来十分罕见地穿了身校服，将自己包裹得严严实实，一副拒绝沟通的样子……许雅萍心凉了半截。

吃饭的时候，许雅萍平复好心情，试图和"许盛"多聊聊，她把菜从厨房端出来，端的时候邵湛还帮了忙。许雅萍开玩笑道："谢谢儿子。"

邵湛把汤搁在桌上。他还不太适应这个称呼，但还是忍着别扭回复："不用谢。"

"最近在学校里感觉怎么样？"

"还行。"

"汤你尝尝，味道淡吗？淡的话我再多加两勺盐。"

"不用。"

"老师说你最近表现不错，数学成绩提高不少，说你有潜力。"

"哦。"

许雅萍哽住："你……"你能不能多说两个字。

邵湛夹了一筷子菜，并不打算跟她多说，毕竟祸从口出。他找了个合情合理的借口："吃饭的时候少说话。"

许雅萍的心彻底凉了。她平时在临江六中家长群里没少看到"孩子离自己越来越远"的这类危险发言，之前她都不当回事，因为许盛除了在画画这件事上和她有过争执之外，其他时候都很懂事，吵过之后知道怎么哄她——只要许盛愿意，就是楼下七十岁大妈都能哄得服服帖帖。

一年多前她和许盛吵得最厉害的那次，乌云汇聚成片，压在整座城市上空。顷刻后，窗外响了一声雷，大雨倾盆而下。那时她被公司裁员的压力压得喘不过气，许盛又跟她犟，好像一瞬间所有事都脱离了预想和掌控。她找闺密倾诉，挂断电话后躲在阳台无声地哭了一场。没想到第二天许盛给她买了一束花。当时她正弯腰拖地，许盛缓缓蹲下，单膝跪在地上视线和她平齐，把手里那束花递过去："路过花店看到，觉得它跟你一样漂亮就买了。"那是一束很漂亮的百合，许雅萍现在都能闻到那股香味。

吃过饭后，邵湛为了表现亲近，特意洗了碗。但是他浑然不知自己那句"我来吧"说得有多没有感情，跟之前会拿着花说"你很漂亮"的许盛差了不止几条街。更不知道许雅萍坐在餐厅里的眼神是多么受伤、多么复杂。她看着"许盛"，前所未有的危机感袭来，她意识到自己和许盛的亲子关系产生了一丝裂缝！

邵湛自觉表现不错。洗过碗之后，他推开许盛房间的门，以写作业为借口关了门，总算能喘口气了。

房间是很私人的领域，邵湛多少也想过会以什么方式来许盛家，看看他的房间，他生活过的地方。但现在这种情况过于意外，刚才进来放东西的时候没来得及细看，现在才有时间好好打量。邵湛发现许盛房间里的摆设并不多，但每样都很有意思。靠近书桌的墙上贴了张设计海报，书架上摆着一个很小的白玉色石膏人头像摆件，卷发、脖颈纤长、眼窝深邃。他对着那个石膏头像拍了张照片，然后拉开座椅，给许盛发过去，顺便问他吃饭了没有。没过多久，手机响起提示音：我同桌邀请你进行视频通话。

"还没吃。"视频刚接通，许盛那边的画面乱晃，只有尾音上扬的声音通过扬声器传出来，晃过熟悉的物件和摆设，最后定格在一只手上，"刚点完外卖。"那只手在调整摄像头角度，骨节凌厉地弯曲着，腕骨突出，手指上还沾着水。调整完之后，许盛才出现在镜头中央，他洗完澡之后换了衣服，头发还湿着："你应付完我妈了？"

"我吃饭吃得心惊肉跳。"邵湛说，"你倒是舒服。"

许盛刚洗完澡出来，邵湛家没别人，干什么都没有心理负担："我妈也就偶尔在家，她工作日得上班，周末大概率加班，你能撞到她特意请假回家下厨，这运气也是难得。"许盛又问："我妈没觉得哪不对劲吧？"

"应该没有。"

也是，他同桌做事，肯定靠谱。许盛表示放心，安心地擦头发。他忘记了这位爷"杀人"于无形的气场，完全被邵湛的智商迷惑了。

许盛坐在客厅沙发上，在邵湛的注视下打量起这间屋子。唯一的感受就是没什么人气，和邵湛给人的感觉一样。可能因为邵湛有点洁癖，所以屋子显得整洁又空旷。许盛的手带着镜头往客厅边上的墙上晃，隐约看到墙上贴着几张学校通知书模样的纸张，顺口问道："那是什么，奖状？"

邵湛平静地回答："处分通知。"

许盛深受震撼，他懒懒散散地抓着手机走过去，发现墙上贴着的还真是处分通知书，全是邵湛当校霸那些年留下的痕迹，最醒目的一张上第一句就是"初三（9）班邵湛同学，打架滋事"。这里放着邵湛所有劣迹斑斑的证明，打架、翘课……许盛眼前仿佛勾勒出一张和现在的邵湛相似又截然不同的脸。这些邵湛都没扔，过去才构成了现在的他，他不是从无数奖章里走出来的"好学生"。

"你这处分书比我拿得多多了。"许盛扫了一眼说。

"你也很强，一打五。"

许盛笑着骂了一句，然后说："都是谣言，不知道谁传的，更扯的是你还真打了……"许盛这话说完，两人不约而同地想起第一次打雷之后，两个人说要好好维持对方的人设，最后崩了个彻底的糗事，邵湛还顺便帮许盛坐稳了校霸这个位置，让他在校霸这条路上越走越远。

邵湛看着许盛像狐狸似的眯起的眼，把话题绕回去："洗澡了？"

许盛打个哈欠："嗯，困。"

订外卖，吃完睡觉。许盛承认自己过得确实很舒坦。看着邵湛"我看你过得太舒坦了"的危险眼神，许盛的手触在"切断通话"附近，打算开溜："我外卖到了。"

邵湛提醒他："记得把作业写了。"

邵湛一想到那句"北大青鸟"就头疼，可他也知道凡事没办法一蹴而就，只能先督促对方写作业："有不会的问我。"

许盛是真的有点困了，"哦"了一声。挂电话之前，许盛又问了一遍："我妈真没觉得哪儿不对？"

邵湛心说自己该做的都做了，尽力展现出自己的热情，帮忙端菜洗碗，许盛妈妈问的问题也都答了，于是笃定回答"没有"。却不知另一边的许雅萍正忧心忡忡地琢磨"许盛"到底怎么了，为什么反应那么冷淡。因为担忧母子关系破裂，她在焦虑之下连读了十几篇微信热门文章。心情稍有平复之后，她想了想，又点开儿子的聊天框，决心做点什么。

邵湛这边电话刚挂，手机很快又响了。

[妈]：分享好文——《亲子关系的维护：沟通很重要》。

邵湛手指一顿，没等他回复，紧接着又是一篇。

[妈]：分享好文——《多少家庭多少父母和孩子之间的关系，就是毁在"你不懂我"！以下几点交流大忌，你中招了吗？！》

邵湛看不懂这操作，但他有听说过一些家长喜欢给孩子发一些莫名其妙的文章分享，这是家长和孩子之间常见的沟通模式。

——你妈经常给你转发一些莫名其妙的文章？

许盛收到消息的时候正在吃饭，反应两秒才明白邵湛的意思。他以为又是一些关于食品安全和展望人生未来的废话——这些许雅萍确实经常发，尤其喜欢发类似"学习的重要性""学习改变命运，走出属于自己的人生路""地沟油的危害"——于是他单手回复：嗯，不用理她。

假期第一天，两人睡在对方床上，睁着眼看窗外繁星漫天。他们都隐约察觉到这次自己一脚踏进了对方最隐蔽的，也最不为人知的那片区域。

而许雅萍翻来覆去睡不着，发出去的文章石沉大海，许盛连回应都没有，她满脑子都在想：我和许盛的关系是不是要破裂了？

CHAPTER 34

新的挑战

这天晚上，A市悄无声息地下了一场雨，雷声隐隐。

邵湛床上有股极淡的味道，像凛冽的薄荷，许盛睡觉之前给邵湛发了会儿消息，然后被这股味道拥着做了一个梦。

他梦到一年前那场暴雨。

许盛和许雅萍这么多年来，只在画画这个事情上吵过架，就算是吵，事后许盛也会用自己的方式哄哄她，少年争吵时有多狠，单膝跪地递花过去的样子就有多温柔，他暗暗藏下浑身的刺，最后叹口气，屈从许雅萍的"期望"和"控制"。许雅萍其实不敢在许盛面前哭，她要强惯了，但是那束花出现在面前的一瞬间，所有压力击溃了理智："谢谢，很漂亮，妈很喜欢。"

没有人生来就会为人父母、为人子女，观念难免碰撞，也不是每件事都能找到迅速且合理的解决方法。

许盛上高中之后填了住宿志愿，许雅萍工作忙，加上临江六中教育制度就是封闭式管理，她也就没觉得不对。她不会纵容孩子，而是带着一丝连她自己也没有察觉的遗憾鼓励道："住宿也好，你这个年纪是该独立生活了，得学会自己安排规划好自己的时间。"

许盛打趣道："我不在家，你自己好好照顾自己。"

许雅萍笑了："说的什么话，我是你妈还是你是我妈？"

两人联系变少，其实也是为了减少摩擦。所以许雅萍一直觉得她和许盛的关系不算差，除了有些许盛成绩上的问题，还有……画画上的问题。

许盛这个梦做得很没逻辑，时间线从那束花开始往回倒，最后停在窗外倾盆而下的雨，以及一声从遥远天际劈下来的雷。雷电闪烁，黑夜中破出一道亮如白昼的光，仿佛要将天空劈成两半。

那天他把所有和画画有关的东西都锁进仓库，钥匙到底没舍得扔，挂在绳上，藏在胸口。他躺在床上，睡前脑海里划过一个念头：如果有选择，我可以不当许盛吗？

邵湛也做了一个梦。

可能是太久没有叫过"妈"了，他梦见了他妈妈走的那一天，然后又梦到警车，梦到淅淅沥沥的雨。紧接着，他好像听到一句话，那句话模糊不清，唯一可以分辨出的是这是他自己的声音：如果有选择，我可以不当邵湛吗？这只是瞬息之间的念头，那念头很快又转化成另一个问题：不当邵湛的话，我又能变成谁，又想变成什么样？

许盛第二天醒过来才发现昨晚下过雨，他抓抓头发，梦里的内容已经记不太清，却又觉得好像确实听到了雷声。他透过窗，看到窗外湿漉漉的街景。

——起了没？

——昨天晚上下雨了。

许盛给邵湛发完消息，拎着伞下楼买早饭，距离最近的早餐店布置简单，市井气息扑面而来。这个点正是用餐高峰期，哪怕外面多加了几套桌椅，也还是需要等位。许盛在边上等着也不觉得无聊，就像画速写的时候需要观察，他习惯用目光去捕捉场景。早餐店老板是一对夫妻，约莫五十来岁，样貌淳朴。等外面坐着吃饭的一桌人结账离开，许盛才坐下点单："两个包子，一份豆腐脑，谢谢。"

"八块。"

许盛付过钱之后，邵湛刚好回消息。

——起了。

许盛问：我妈呢？

——说是周末加班，一大早就出去了，留了张纸条。

许雅萍常加班，现在看也是一桩好事，怕的就是她一直待在家里和邵湛面对面，容易露馅。

——那就好，你要愿意的话可以出去转转，附近有两家展馆还不错。

邵湛回过来一张截图，就是他和"自己"聊天界面的截图。

——你昨天跑太快，没来得及问。

——什么时候改的备注？

那三个字的备注是许盛自己改的，他当然记得，就是之前备注是给自己看，现在身份调换，备注本人对着这个备注难免有些羞耻。

许盛克服羞耻心回：有问题吗？

——没有。

——许同学很自觉，值得表扬。

邵湛偶尔会一本正经地发句玩笑话。

许盛聊到一半放下手机吃早饭，本来没觉得哪儿不对，直到后来有位客人点了跟他一样的餐。那人显然是常客："十块，老板娘我都给您算好了，整的，不劳烦您找了。"

许盛低头看看自己的，八块，还额外附赠一杯豆浆。

——你家楼下早餐店阿姨对你还挺好。

许盛打完字，见老板娘正弯着腰擦桌子，于是捏着手里的勺子对她笑了一下，老板娘知道"邵湛"平时寡言少语，她心疼这孩子的遭遇，尽力帮衬，头一次见这孩子主动打招呼，有些无措地擦擦手："吃着还行吗？要不要再加点什么？"

"不用了，吃饱了。包子很好吃，比学校外边的早餐店好吃多了。"

短短几句话，让老板娘恨不得再送几样东西给他。

邵湛不知道他是从哪里得出来的结论。

——什么？

——给打折，还送豆浆，你不知道？

邵湛正坐在书桌前写卷子。他对着消息看了会儿，回想起来早餐店老板娘长什么样了。那家早餐店他的确常去，但和老板娘几乎没说过几句话，更谈不上有什么印象。人和人之间，看待事物的方式存在差别，邵湛是纯粹的理性派。吃早饭实在是一件很小的事情，但是通过许盛的眼睛，却看到了这件小事的另一面。

许盛吃完饭之后打算回去写会儿作业，他对这里不熟悉，想玩儿也没地方让他打发时间，不如回去写作业，还能跟邵湛打打视频电话。

许盛把手机随便支在边上，但不管从哪个角度只能拍到半截笔杆。

"在写哪张卷子？"邵湛问。

许盛一只耳朵塞着耳机，长长的耳机线绕过手臂："数学。"

"为什么不喜欢其他科目？"邵湛突然问。

许盛愣了愣，想说也没有为什么。邵湛不放过任何机会，循循善诱："对比较排斥的科目，你有没有想过只是没有找对适合自己的方法？"

许盛心说，怎么又来了？

"学习兴趣可以培养。"

邵湛还在对面努力，但许盛却不想再听："同桌，是这样，我这网不太好。"

邵湛一哽，许盛立马说道："现在好多了，你换个话题继续说。"

邵湛被许盛糊弄得哭笑不得。他最后叹口气想，数学就数学吧，起码有一门课起来了。

许盛做题做到一半，在邵湛翻着书给他讲高二下学期的知识点时，门铃响了。

"你家不是没人吗？"许盛放下笔，"谁啊？"

邵湛也不清楚，只能猜测："可能是快递。"

许盛也觉得快递这个可能性比较大，便没多想，摘了耳机起身过去开门。拉开门，刚好和门外站着的小孩眼瞪眼。

门外的男孩子身高差不多到他肩膀，头发剃得很短，眼睛倒是很大。

"你……"送快递的？这长得也不像啊。

许盛将"你是谁"这句话咽下，含糊问道："你找我有事？"

这男生显然有些怕他，犹豫几秒才怯生生喊他："表哥。"

"啊，"许盛反应快，从善如流地应了一声，"表弟。"

原来是表弟，没听邵湛提起，看来平时往来应该不多。区区一个小屁孩他还是能唬住的，问题不大。许盛想着，同时不动声色地看了眼虚掩着的卧室门，再抽空骂自己一句，为什么不把手机带出来！

表弟纯粹是觉得邵湛难接近，总是冷冰冰的样子，看着比老师还恐怖。他以前听说过很多邵湛当校霸那会儿的传奇经历，也包括他后来成绩好上天的事儿。表弟曾经也有过和邵湛亲密接触的机会，但无论怎么发展，两人都很有距离感。表弟看着许盛，神态拘谨："我妈让我问——问问你，今天中午上我们家吃——吃饭吗？她特意炖了鸡、鸡汤。"

这还是个结巴啊……许盛本来没想答应，毕竟多一事不如少一事，但是表弟最后半句话说完，他有点不忍拒绝长辈的好意："你等会儿。"

"我那什么……"要回卧室得找个借口，许盛灵机一动，"我想起来我有东西要送给你。"

表弟此刻的表情可谓精彩。

许盛回了卧室，视频通话还没有结束，他抬手把镜头拉近了问："你表弟找你，说你姑妈特意给你炖了鸡汤，你表弟说话还特结巴，这些都不重要，我能去吗？"

邵湛显然没想到表弟这茬。他和表弟的关系说不上多亲近，但绝对不坏，偶尔有些往来，关系维持得还算和谐，表弟刚升初中那个假期，他还帮他补过一段时间的课，再说人家找上门来，拒绝总是不太好："能，少说话就行，他们应该也不会多问什么。"

"我觉得也是。"许盛简单记下知识点，"你表弟叫什么？"

"张鹏宇。"

张鹏宇在客厅等了几分钟，他实在没想到向来不怎么搭理人的表哥居然还给他准备了礼物。

许盛放眼整间卧室，也没什么能称作礼物的东西，正愁怎么收场，就看到邵湛书包里有一套眼熟的《题库大全》。这还是他当时给邵湛买的，但后来邵湛又把这套题给他了。

于是几分钟后张鹏宇看到表哥从卧室走出来，情真意切地把一沓厚厚的《题库大全》塞进他手里，握着他的手寒暄："鹏宇，我们有段时间没见面了。"

张鹏宇手一抖。

许盛似是没有察觉小表弟的异样："其实表哥心里一直记着你，你看看这套题你喜不喜欢。"

"可这……"小表弟的视线落在《题库大全》下面的一行小字上：高中版。这是高中的题啊！

没什么话是圆不回来的，许盛停顿一秒后说："你别看它是高中的题，学习重要的是什么，是培养起自主学习的意识，提前预习一下高中的内容对你很有帮助。"

表哥是学神，表哥说的话肯定对！虽然这份"礼物"有些出乎意料，还直接跨了级，但张鹏宇内心还是深受感动，甚至觉得和表哥之间的距离也近了。说起来今天表哥给人的感觉也确实很亲切，总觉得和以前相比有些不一样。张鹏宇在心里琢磨着。

许盛原先就抱着过去吃一顿饭，吃完再回来的想法，没把去表弟家吃饭当回事儿。心说这个任务非常轻松。事实上也确实挺轻松，许盛中午过去的时候，是一个女人开的门，女人卷发在脑后扎成一小撮，衣着朴素，素面朝天："小湛来了啊。"

许盛喊："姑妈。"

邵湛姑妈心里是疼这个孩子的，毕竟从小看着他长大，但这几年邵湛把自己那扇门关得太紧，并且用自己的方式快速地成长了起来，平时不上课的时候开始自己做兼职，也听老师说他开始不好好学习，成天打架……她也只能逮着假期就多招呼他上家里来吃饭，照顾照顾了。

"正好，我这汤刚炖好……"姑妈招呼许盛进屋。

邵湛姑妈厨艺不错，那锅鸡汤许盛喝了两碗。第二碗喝到一半的时候，许盛正琢磨着等会儿该怎么开溜，然而餐桌对面的邵湛姑妈攥紧了手里的纸巾，张了张嘴说："其实这次姑妈还有一个不情之请。"

许盛心中升起一种不好的预感，就听邵湛姑妈继续说道："鹏宇期末考试考得不太好。之前他升初中的时候，你不是给他补过课吗？他那学期考了年级第三。现在东西越学越多，成绩滑到第三十八名……姑妈也不识字，你能再帮他补补课吗？"

许盛怀疑自己是不是听错了。补什么？补课？姑妈怎么开局就给他整道送命题！许盛嘴里那口鸡汤差点喷出来，他顶着邵湛的身份，刚潇洒不超过一天，就迎来了一次人生中的巨大考验。有人，想找他，补习。许盛久久不能回神，他一个纯学渣，往前推三四个月他各科均分四十来分，平时只有邵湛帮他补课的份，哪儿轮得到他来给别人补？就他这样，他还教别人？不如让能考年级前五十的小表弟来教教他得了！

如果要教考试如何考倒数，如何蒙题，如何度过枯燥的考试时间，并把这120分钟发挥出最大的娱乐性——许盛倒是还能倾尽所有教导这位小表弟的。比如考英语的时候可以切电台，FM101.7频道能听歌，FM107.2能听故事，如果还觉得不够刺激，一些感情调解类频道也能够开拓你的视野，让你在烦闷的英语听力时光里找到属于自己的一片天地。

许盛不动声色地把碗放了下来，手指搭在碗壁上，好半天才挪开："姑妈，我……"我不太行。

邵湛姑妈是真的替自己儿子的成绩发愁。她家鹏宇其实成绩一直算不上好，能考第三并且现在还稳在前五十全靠邵湛补的课和留给他的复习资料书。现在鹏宇成绩下滑，她几个晚上都没能睡着觉。

"我们家条件你也知道的，请家教负担太重了。"

许盛后面半句"不太行"说不出口了。

邵湛姑妈轻叹道："你难得过来一趟，今天抽一个下午的时间教教鹏宇行吗？"

许盛躲在邵湛姑妈家阳台上给邵湛发消息。他现在思绪特别混乱，刚敲下半行字，回头看了一眼身后的小表弟。小表弟正埋头倒腾沙发上的蓝色书包，从书包里掏出一本本题册：《初中英语》《初中基础全解：语文科目》《初中寒假作业》……许盛看得汗毛直立，一种发自灵魂的"我是谁、我在哪儿、我要干什么"的困惑油然而生。

——一个好消息和一个坏消息，你想先听哪个？

邵湛刚才接到许雅萍的电话。这回许雅萍没等到儿子给她递台阶，于是自己主动递台阶过去："吃过饭了吗？"

邵湛本着少说少错的原则，简洁地回答："正在吃。"

许雅萍正在措辞，对面又是一声冷冰冰的"您还有事吗"，于是刚刚升起的修复亲子关系的信心在邵湛这句冰冷又礼貌的反问下偃旗息鼓了。邵湛倒是自我感觉应对得从容礼貌，完全不知道许雅萍在茶水间手滑打翻了一杯咖啡。

"怎么了，许经理？"挂了电话之后，边上有员工问。

"没什么，"许雅萍手忙脚乱地把咖啡渍擦干净，顿了顿又问对方，"你……你家孩子平时会跟你闹脾气吗？"

"会，怎么不会！"员工交流起育儿经验，"尤其是男孩子，到了叛逆期，管都管不住……"

叛逆期"许盛"回复：什么？什么好消息坏消息的？

——好消息是你姑妈做的鸡汤很好喝。

——坏消息是，你完了。

——？

——说清楚。

——你姑妈让我留下来给你那位小表弟补课，你跟我妈说一声，就说要来同学家一趟，然后抓紧时间赶过来。

许盛通知完邵湛，敲了敲卧室门推门进去，发现张鹏宇已经整理好各科作业，坐姿端正地坐在书桌前等待表哥给他补课。初中开学前那段时间，他和邵湛相处过一个月，两人交谈不多，这位表哥往边上一坐，他大气都不敢喘。张鹏宇还记得当时邵湛就坐在自己对面。他没跟其他人说过的是，他见过邵湛打架的样子——他俩的学校隔得不远，他放学路过隔壁高中附近的巷弄，刚好撞见少年从巷弄里走出来，嘴角带着伤，眉眼冷戾。被他抡出来的人瘫坐在地上，然后他迎着路灯的光缓缓蹲下身，对对方说了一声"滚"。补课时邵湛说话的语调和说"滚"字的时候并没有什么差别，只是内容变成"错了""改"，又或者是"下一题"。

许盛虽然从来没有给人补过课，但他怎么说也是接受过邵湛补课的人。他调整好心情，装模作样地开始模仿邵湛："你先把书放下，不用急着看，我们来谈谈学习方法，这个东西很重要。"他模仿邵湛模仿得其实一点也不像，坐的时候也没有邵湛端正，他的脚踩在椅子边沿，长腿弯曲着，异常散漫地把黑色水笔夹在指间。

他可以，能稳住，没问题。对面只是一名初中生，高中的内容他或许是不太行，但初中的内容他还不会吗？他当年怎么说也是正儿八经凭借自己的实力考上临江的。许盛一边跟小表弟说话，一边给自己做心理建设。

张鹏宇愣愣地放下书："哦。"

许盛靠着椅背，手指点在桌面上，还真挺像那么回事。他尾音拖长了问："知道深度法则吗？"

小表弟三分畏惧七分懵懂地摇摇头："不知道，什么是深度法则？"

许盛把邵湛当初跟他说过的"专攻一科"理念重新复述了一遍。其实理念不重要，重要的是拖延时间，同时展现出自己的专业性。这招见效很快，小表弟果然立马投入到补课当中："我懂了，那我们先从一个科目开始，学哪门呢？"

许盛想了想自己现在的"天赋"所在，谨慎发言："数学吧。"

"可是我这次化学考得最差，"张鹏宇没由来地觉得今天的表哥异常亲切，他抓抓头说，"我想补化学。"

情况超出掌握范围，许盛波澜不惊的脸上出现了一丝裂缝。

"不能先补化学吗？"

前不久在化学随堂测验上勇夺40分的许盛咬咬牙："……能。"

许盛中考前玩了命地学过一段时间，虽然这一年多有些荒废，但初中的题不至于一点都看不懂，只是太久不碰，记忆难免模糊。他粗略地扫过课本，大约回忆起来一些，于是他一边回忆一边讲题。

一个敢讲，一个敢听。

表弟想听的第一题就是一道实验题。许盛看到题目的那一刻，脑海里浮现出的念头和表弟一样：这题怎么写？

他把题目看了几遍，从记忆里搜刮知识点，先把题目条件拆解了："构成物质的元素可分为两类，金属元素，非金属元素。"

许盛凭借自己残缺的记忆说完，手上翻着课本，然后瞥见教科书上赫然写着"构成物质的元素可分为三类"。

三类？于是许盛讲题只能讲到一半停下，临时把知识点倒回去："刚才我说的是错的。"

小表弟都把两类元素牢记在心了，闻言抬头："啊？"

"我是想考验你，但你没有纠正我的错误，说明你还没有彻底记住这个知识点，不是两类元素，是三类，还有一类稀有气体元素。"许盛语重心长地升华主旨："学习不能只知道被动接受，自己也要学会思考。"

不怕学渣没文化，就怕学渣有气势。许盛讲题有种很明显的风格，就是逻辑非常混乱，经常讲到半路才想起一些知识点。

"所以这题就是这样解，听得懂吗？"许盛有些期待地问小表弟。

表弟则诚实回答："不、不太明白。"

所以比起讲题，许盛还是更擅长混淆别人的理智："听不明白很正常，说明你的水平没有跟上我。"

表弟被他说得有几分羞愧。他在心里暗暗地说，表哥果然很强。之前表哥给他讲题他还能听懂，没想到现在都已经上升到这种水平了！

小表弟肉眼可见地因羞愧而慌乱了起来："那……那怎么办？"

"实践出真知。"许盛从桌上那本化学练习题里挑了一页空白的单元模拟卷，抵在桌面上推过去，"把这张试卷写了。"

许盛一边用试卷拖延时间，一边疯狂催邵湛。

——到了没有？

——再教下去我要露馅了。

收到消息的时候邵湛刚从公交车上下来，走进地铁站。

——还有一个小时。

——同桌，你再撑会儿。

许盛感觉天昏地暗。

——你同桌可能要撑不住了。

一个小时时间里，小表弟写化学模拟卷花了半个多小时。写题中途，许盛想起来他说这次化学没考好，于是问："你这次考试考了多少？"

表弟不好意思地说："100的卷子，考了70分。"

这不考得挺好，起码及格，许盛心说。

"平时我都能考80分。"

好吧，许盛再次切实感受到了自己的学渣思维。许盛在边上把手机设置成静音，然后偷偷摸摸打了两局游戏消磨时间。邵湛手机里没有大型手游，许盛只翻到一个系统自带的纸牌游戏。

给人当家教老师的体验很新奇，毕竟也是头一回认认真真给人讲了那么多知识点，小表弟放下笔对他说"写完了"的时候，许盛不知哪儿来一股想验收劳动成果的自信。

许盛把手机收起来："写好了就拿过来，我给你批。"

人往往对自己付出的劳动有一种一定要看到回报的心理，在这种心理的驱使下，许盛对手里这张试卷产生了一丝期待。

许盛对着答案开始改卷子。第一题……错的。第二题……也错了……整套试卷批下来，许盛画叉的次数比打勾的次数多多了。最后计算总分时，许盛不愿相信这位小表弟在接受自己补习的半个小时里，达成了一个惊人的成就——表弟的化学成绩疾速下滑，如果换算成曲线图，那就是一条十分具有视觉冲击力的跳崖曲线。

考生姓名：张鹏宇。

考生得分：48分。

无数个问号出现在许盛眼前，同时一句话环绕在许盛耳边，正是小表弟之前说的那句"我这次没考好，只考了70分，平时我都能考80分"。

就在许盛怀疑人生的时候，手机震动两声：我到了。

气氛说不出的沉重，张鹏宇不知道自己能考多少分，但第六感告诉他不会太好，因为他在这半小时里经历了一大堆听不懂的知识点的冲击。这种听不懂的知识点，可以简单分成两类：其中一类是他原先就一知半解的知识点，但听"邵湛表哥"讲完之后他更加不懂了；另一种就是他会的知识点，只是听完之后他发现自己好像不会了。张鹏宇开始陷入对自身知识储备的怀疑当中，不敢确定自己想的到底是不是正确答案，导致整张试卷做得一头雾水。有些题目，在"邵湛表哥"讲之前，他明明很擅长，并且从来没有失过分。

张鹏宇紧张地抠起了手指甲："表哥，我考得……怎么样？"

头一回给人当家教的"表哥"许盛不太好意思告诉小表弟，你考得稀烂。48分离及格还有很遥远的一段距离，和现在待在邵湛身体里的那个人不分伯仲。

沉默半晌，许盛放下试卷，捞起手机起身："你等会儿，我有个朋友过来找我，我去接他。学习讲究的是劳逸结合，你先……休息一会儿。"

"要出去啊？"许盛刚换好鞋，邵湛姑妈就从阳台上探头问。

"同学来找我。"许盛顺便报备道，"人已经在楼下等着了，我能带他过来吗？"

邵湛姑妈头一回听说邵湛还有关系不错的同学，忍不住替他高兴。自从家里出事之后，邵湛总是孤身一人，有朋友是好事。

"可以啊，当然可以，你同学吃过午饭了吗？我去给他切份水果。"

许盛以前半寄养在康姨那儿，很擅长跟这类长辈打交道，他习惯性勾唇笑笑，注意到女人在阳台上晒衣服晒得很吃力："辛苦姑妈了，衣服一个人不方便挂的话您等我一下，我上来帮您挂。"

姑妈愣了愣，回过神发现眼眶有点热："……这孩子，什么时候变得这么能说会道了？"

邵湛尽可能用最快的速度赶过来，想阻止许盛用他的身体为非作歹。许盛下去的时候正好看到"自己"坐在居民楼楼下路边那道护栏上，今天的"自己"穿了件运动服外套，袖子边上有两条白杠，黑色长裤裹着腿，因为栏杆太矮，脚蹬在地上了长腿还打着弯。

邵湛抬眼看对方："下来了？"

许盛对着自己那张脸总觉得奇怪，直到邵湛开口才驱散那股怪异——他做不出这种冷淡的表情，语调也没那么冷。

两人一天没见……但现在没时间叙旧。许盛直奔主题："上去之前你做一下心理准备，我刚才让你表弟做了张化学试卷，他考得不太理想。"

邵湛对表弟有点印象，挺听话的一孩子，他帮忙补过课，自然也清楚这位表弟的学习水平大概在哪儿，听了许盛的话，邵湛以为是表弟的成绩退步了。三分钟后，邵湛跟在许盛身后进门，委婉拒绝了姑妈的热情邀请，直奔小表弟的卧室，然后他坐在书桌前对着画满叉的试卷，陷入了短暂的沉默。

张鹏宇不认识这位表哥的朋友，但这人看上去很不好相处的样子。许盛给表弟介绍："这是表哥的同桌，他学习成绩……不错，表哥嗓子不太舒服，这张试卷他给你讲。"

表弟乖乖地"噢"了一声，然后就见表哥的朋友三两下扫完整张试卷后，冷着脸把试卷放下，说了一个字："笔。"

"这道题为什么选错？"邵湛笔尖点在一道选择题上，把表弟选的错误选项勾出来，这个知识点他记得自己给他强调过，无法理解他都初二了这种基础题还会选错："谁跟你说溶液浓度的表示方法这样表示？"

表弟缩了缩脖子，不知道为什么他总觉得这位表哥的朋友身上有种熟悉的感觉，从进门起就仿佛自带冷气一样，往边上一坐，整个房间急速降温，他坐立难安地看了一眼许盛："表哥说的。"

误人子弟的假表哥许盛和真正的表哥邵湛被表弟点出的事实狠狠地冲击了。

"这题呢，这个计算公式怎么回事……"

邵湛话没说完，表弟喏喏道："这也是表哥教的。"

表哥本人表示自己没有这么教过。

许盛在楼下的时候没好意思说这分数是自己教出来的，怕他承受不住。邵湛很快明白过来是怎么回事，他扫了许盛一眼，趁着表弟埋头改题的时候给许盛发消息。发完手指还在手机屏幕上轻轻敲了两下。

——你教的？

——我这不是为了拖延时间嘛，教之前我以为我能行。

——你确实挺能的，教半小时能拉低30分。

许盛看到这句咳了一声，把视线从手机屏幕上挪开。屋里只有两把椅子，他没地方坐就只能坐在飘窗上。飘窗上摆着一本畅销小说，他随手翻开用来打发时间。

表弟本来还觉得这位表哥的朋友看着感觉很熟悉，然而他很快没时间去思考这些，专注投入补习中。表哥的朋友讲题风格简练干脆，能一句话讲完的知识点不会用两句话，比起让自己讲题方法去贴合别人，他习惯性引导对方自己跟上来，完全跟着他的思路走。不过半个下午的时间就带着表弟把整本化学课本过了一遍。

补完课，两人怕再待下去容易露馅就没有多留。邵湛姑妈送他们到楼下，街上路灯还没亮，但天色已暗。许盛挥挥手说："姑妈，不用送了，您回去吧。"

等姑妈走后，许盛和邵湛两人站在楼下面对面站着。半晌，不知道是谁先笑了一声，刚才补课时紧张的心这才松下来，有种劫后余生的感觉。

许盛笑着骂了一句，这一天天的，经历的都是什么事儿！

"你表弟中午过来敲门的时候你就没想起来补课的事儿吗？我要知道还有这茬，说什么也不会去。"

"忘了。"邵湛特别习惯为许盛减轻责任。

这里离邵湛家不远，只隔着几条街和两个小区。往前走出去两步，两栋居民楼之间刚好有一条狭窄的巷弄，昨晚下过雨，青石板路被浸湿。两人步行回到邵湛家时天已经完全黑透了，街上路灯按时亮起。

许雅萍这段时间都得在公司加班，就算回家也都是早出晚归的，没什么时间管他，邵湛只要跟她说一声去同学家玩就行了。邵湛站在阳台打电话的时候，许雅萍简单问了一下是哪位同学，她很显然对"邵湛"这个名字略有耳闻，于是说："注意安全，多跟优秀的同学好好学习，你看看人家，再看看你那点分数。"

总之，邵湛是光明正大地留宿了。

"我还以为随便去街上走两步就能遇到几个小弟呢。"许盛坐在沙发上看邵湛在厨房忙活，有房间原主人在，许盛的身份回归为客人，他目光落在那面贴着数张处分通知的墙上，盘着腿说，"结果晃了两圈一个都没碰见。"

邵湛经常被同桌异于常人的思维所折服："你都在想什么？"

"电视里不都这么演的吗？"

"哪部？"

许盛缩在沙发上想了想："古惑仔？"

邵湛把泡面压上，转身从厨房出去。虽然他现在在许盛的身体里，但许盛这副皮相不笑的样子也挺能唬人。他走到许盛面前反手把外套脱了，微微俯下身，用两根手指挑起许盛的下巴，很自然地切回校霸模式，冷声问："这种的？"

许盛并不怕他，眼睛眯起："你以前经常这样'威慑'同学吗？"

"不经常，"邵湛松开手，"起来吃面。"

许盛在沙发里躺了会儿才爬起来，邵湛则拿换洗衣服去浴室洗澡——如今这个状况已然分不清到底是谁留宿在谁家。

许盛一边吃面一边看班级群的消息，侯俊他们今天浩浩荡荡地组织了一场《创世纪》团建。

侯俊在班级群里催促：还有谁没上线？

袁自强表示不能理解：你们全在新手村，到底有什么游戏乐趣？团建啥？一起做新手任务？

[侯俊]：你懂什么，新手村多青涩多浪漫，你这个五级号选手一边去。

[袁自强]：……

侯俊艾特①全体成员的时候也艾特了不在场的许盛和邵湛。

[侯俊]：@S，@邵湛，你们俩来吗？

出乎意料地，先回复的人居然是学神。

[邵湛]：行啊。

[侯俊]：那盛哥呢？

---

①艾特：网络字符@的音译，该符号常用于提醒指定的人查看所发内容。

许盛单手玩手机，没过脑子，随手回复：他？等他洗完澡。

[侯俊]：……洗什么？

[袁自强]：洗澡。

侯俊凝固了，他在聊天框里打了字又删除，心说他当然知道是洗澡，但是许盛洗澡这事学神怎么会知道得那么清楚啊？！

[谭凯]：你们俩，不会在一起吧？？

说在一起，这话也没错。

许盛打字：放假，他在我家，同桌之间交流感情，有问题？

班级群沉默。

[侯俊]：……

[谭凯]：……

[袁自强]：……

最后还是见过大风大浪的侯俊出来缓和气氛：没问题，我放假也经常去凯子家。是吧，凯子？

[谭凯]：？我不是！我才不会当着你面洗澡！

邵湛洗完澡出来的时候这个话题还没绕过去，见许盛捧着他手机，手指没停，于是问道："跟谁聊天？"

"班级群，猴子他们问你上不上游戏。"

邵湛边擦头发边点开班级群，在那句"交流感情"上停顿两秒，于是全班级群都看到许盛那个简单嚣张的"S"跳出来。

[S]：不打，有事。

侯俊没忍住，明明知道这句话发出去讨不着好，还很可能会被暴击，还是问了：你能有什么事？洗完澡，还没空？

[S]：忙着交流感情。

邵湛这句话发出去，许盛低声骂了一声。他刚才偷偷摸摸在群里发话，没想到邵湛也跟着他闹。他抬起头看着邵湛："你还真敢发啊。"

"实话，"邵湛说，"有什么不能发的。"

这两句话连起来看异常冲击。班级群虽然肆无忌惮地跟着他们开玩笑，但这些玩笑话很快翻篇儿了，话题从游戏团建扯到了假期聚会上。

[侯俊]：我刚问过老孟，咱们的成绩最迟周末就能出来，咱们能在人间享受潇洒的日子不多了，要不周末约一约？

假期只有十几天，所有人都知道，一旦开学，迎接他们的就是地狱模式。按照临江的习惯，高二下学期所有新课都得在一个月内结束，然后马上开启第一轮高考总复习。一旦进入总复习模式，一轮接一轮的，他们哪儿还有机会出来放松。

[邱秋]：可以，我没问题。咱去哪儿玩？定个时间，我提前做作业。

[侯俊]：@S，@邵湛，这你俩肯定得来吧？你俩闷头交流感情，搞小团体可不行。

这当然没问题。许盛乐意出去玩，邵湛则是没有选择，如果可以，他还是想多做几套卷子，但目前这情况，出去总比在许盛家里待着强。

两人都回了“好”。

邵湛来的时候没想过留下，自然也就没带衣服，身上这套衣服是刚才从卧室里拿的，许盛从旁观视角看着自己穿着邵湛的衣服，还是不太习惯：“你领口能不能往上拽点。”他之前穿的时候有这么露吗？

邵湛低头看一眼，表示没办法：“你太瘦了。”

许盛本来今天晚上应该把计划好的两套试卷给做了，然而今天被小表弟折腾半天，脑细胞“阵亡”得差不多了，不想再碰任何题目。加上今天晚上邵湛在这，许盛完全没有做题的心思了。他干脆地把题目往前一推：“不想写。”反正同桌是学神，两套题小意思。

邵湛看他一眼。

许盛也只有在求人的时候愿意做些牺牲，之前邵湛帮他写过作业，他明白这个规矩。于是他很自然地弯起眼睛，摆明了想偷懒，尾音拖长了说：“哥哥，帮我写一下呗。”

许盛以前使这招确实很管用，但是现在湿着头发，趴在桌上露出这种表情的那张脸是邵湛。哪怕邵湛知道抛开外表身体里的人是许盛，还是很难避开这种诡异的视觉冲击。许盛在邵湛身体里待久了，很容易忘记自己现在是谁，还是按照平时的习惯做事。然后他求完，看着同桌沉默两秒，别开眼，无情回答："自己写。"

许盛被无情的事实击溃："只是换了副身体，至于这样吗？"

"至于。"邵湛不为所动，"还有，下次别这样说话。"

许盛最后只能把两套试卷写了。

两人写完试卷已经是晚上十一点多了。留宿在同桌家本来是一件让人高兴的事儿，之前在学校的时候两人就挨在一块儿睡过，但奈何宿舍那张床实在是窄，睡在一起简直折磨人。现在不挤了，然而当真凑近了四目相对时，他们都看到了自己的脸。

许盛不确定是不是只有自己是这样的感觉："是不是有点怪怪的？"

"你说呢？"

"我觉得怪。"

"要不闭上眼？"许盛试图发挥想象力，但仅仅两分钟后，发挥想象力就宣告失败。

两人保持着尴尬又不失礼貌的距离睁开眼。

过了一会儿两个人都没睡着，许盛忽然坐起身，很想弄明白一个问题："这次什么时候能换回来？"

这种感觉太难受了，都不知道什么时候是个头。之前几次两人也都试图猜测、讨论过雷突然出现的原因，只是当时可供分析的案例并不多，两人光是忙着应付层出不穷的各种意外就耗费了全部精力，无论怎么讨论，结果都是无解。

邵湛也在想这个。这么下去不行。时不时换一下，没办法正常生活，后面还有大大小小很多考试，不解决的话，还会遇到很多麻烦。

"雷为什么会出现？时间点真是随机的吗？总不能真是无缘无故随机找人劈几下。"许盛联系起两人第一次相遇时的画面，隐约觉得这件事不是无迹可寻，"会不会有什么解决方法？"

许盛想起来一件事："你那天请假去哪儿了？"

邵湛睁开眼，房间里没有开灯，眼前漆黑一片，但他仿佛看见自己走过长长的暗无天日的长廊，手里抓着电话线，面前的玻璃窗对面身穿监狱服的男人剃了很短的头发，面容苍老……他沉默了好半天才说："去看我爸了。"

说完，邵湛忽然发现他和许盛都没有把重心放在最明确的东西——雷上。雷雨天、警车、铺天盖地的新闻报道……雷……

邵湛隐隐抓到了一点头绪，但那点头绪并不明显。如果一件事情摸不清楚起因，那就往后看结果。其他几次邵湛不敢肯定，但绿舟基地那次雷声像是冲着杨世威去的一样，把他的过去生生扒开。

邵湛想问许盛以前——准确地说是雷雨天——有没有在雷雨天发生过什么事情。但是这话他没能问出口，扭头发现许盛已经睡着了。

许盛虽然睡觉的时候想过邵湛不如回去待着，但是等邵湛第二天真被许雅萍叫回去，他又忍不住开始觉得无聊。许盛家里很整洁，邵湛回去的时候许雅萍刚擦完窗。

"在同学家玩得怎么样？"许雅萍平时忙于事业，特意请了两天假，想好好挽回这段母子关系，"我特意请了两天假，多陪陪你。"

邵湛僵在门口，他没想到一回来就能收到这样的"惊喜"，很想说不必，你还是专注事业吧。

"在你成长的过程中，我总是没有太多的时间来陪伴你，你从小就跟着我到处跑，初中那会儿还跟着我转过学，但你总是适应得很好，认识了很多朋友。"

邵湛本来以为自己会排斥，但他发现从别人口中听到关于许盛的年少经历好像还挺有意思。他其实很好奇，在他看不到的地方，许盛是怎么长大的，经历过什么。

许雅萍察觉出来餐桌对面的少年并不排斥这场对话，而过去的经历恰好是她记忆最深的部分，于是又接着往下说。比如许盛头一天去邻居家写作业，哄得邻居第二天过来问许雅萍还去不去加班，恨不得把许盛当亲儿子养。又比如许雅萍被裁员之后一度不知道该怎么办。她应聘了好几家公司，现在这个职位她本来没想面试——需要培训、最终筛选出二个人入职，虽然这是她最向往的一份工作，但她拖不起这个时间，也觉得自己不适合，连闺密也对她说算了吧，这家公司不太爱招女员工。是许盛注意到那张报名表，替她报了名，收到通知那天，他把报名表塞进她手里："去试试，不试试怎么知道。"

邵湛听着这些事，面前渐渐勾勒出许盛的脸：应该比现在青涩些，也乖一些，收起爪牙之后，许盛那张脸极具欺骗性，看似肆无忌惮、不服管教，其实心比谁都细。

想着想着，邵湛就想到了现在的许盛。在临江，许盛除了几样小罪名，其实也没犯过什么别的事儿。孟国伟刚接任的时候觉得这孩子不好带，后来不自觉地护着他，在绿舟基地里还帮着拦顾阎王。邵湛想到这儿，摁了摁手指指节，忍不住分神去想许盛现在在干什么。

许雅萍絮絮叨叨说了很多事，最后很自然地说："你从小就省心，除了画画——"在说出这两个字之后，她忽然顿住了。

邵湛捕捉到这两个字，也发现女人似乎不愿提起画画。

许雅萍像是提到了什么不该提的事情。她不自觉地握紧了手边的茶杯，然后慢慢把茶杯捧起来想喝口水。然而手不稳，杯中倒得过满的水差点洒出来。许雅萍低下头，卷曲的长发散落在耳侧，她长得很漂亮，尤其是眼睛，许盛的眼睛和她的很像："不提这个，咱们说好不提的。"

邵湛想问为什么不提，但这句问话显然不符合常理。于是邵湛只能问："那你现在提，是什么意思？"

邵湛这句反问冷得不行，少年眼尾微微上挑，显得冷意更甚。

许雅萍手指不自觉收紧，最后许雅萍松开水杯，道："我就不明白了，能考上临江，你非要去立阳干什么？"

许雅萍的想法很简单，因为也是真的不了解什么美术，对这方面有成见，所以总觉得不能当正职。当时许盛的中考分数完全能去重点学校——临江六中多少人想考都考不上。没人愿意相信自己的孩子天资愚笨，只要好好学都能成才，许雅萍认为许盛既然能考上临江，那去临江好好读书才是最重要的。

但邵湛却关注着另外的重点。立阳？那是哪所学校？邵湛没想到继画画之后，还能再听到一个较为陌生的词。他中考填志愿的时候除了重点学校，其他看都没看。

许雅萍说到这，不愿再说下去，再说下去可能又要没法收场。她不自然地转换了话题："我去做饭，你回房间写作业。饭做好了我再叫你。"

自从放假以来，邵湛变成许盛之后，他就隐约感觉到了这个家里，或者说是他同桌身上似乎藏着什么秘密。邵湛进了房间之后靠着门板低下头，点开浏览器，搜索关键词：立阳，学校。

出来的第一个百科词条就是四个大字"立阳二中"，左侧有一张该学校的校门图片。金色的大字立在门楼上，右侧写着简介：立阳二中，校训"赤子之心"，是一所以美术教育为重点的中学，志在发展艺体文化，打造艺术文化特色教育……邵湛看完立阳二中的资料，忍不住去看手里原本属于许盛的手机。手机屏幕上还是那张熟悉的速写，但这回他看清楚了，署名落款是一个熟悉的字母"S"。

昨晚没能问出口的话，隐约指向了某个回答。

这场雷和他、和许盛都有关联，他们在雷雨天一定发生过什么。绿舟基地那会儿，它把许盛带到自己身边，而现在，又给了他去触碰真正的许盛的机会。

许盛在邵湛家待着实在无聊，拿着邵湛的手机连找人聊天打游戏都不行，所以邵湛走前两人把微信切了回来。

许盛先是找张峰打了几局游戏。他躺在沙发上等张峰开游戏，张峰家似乎来了客人，五分钟前留言说"等等"。

S：你搞好没有？快点。

狂峰浪蝶：来了来了。

张峰点击开始游戏之后直接开了语音聊天："刚才我亲戚家的孩子，想抢我手办①——我让他提前感受一下社会的毒打。"

许盛现在最不想听到的就是"孩子"这两个字，一听见就想起小表弟

———————————————
①手办：泛指现代收藏性的人物模型。

带来的恐惧。

S：……初中生？

张峰背景音嘈杂，他大着嗓门说："不是，都高一了，差点没考上高中，扒着最低线去了立阳二中……"

许盛游戏操作厉害，张峰选的角色初期得跟在他身后发育①。然而张峰说完，发现许盛技能居然放错了地方。

"你往哪儿放呢！"张峰随口嚷嚷一句，又继续说，"立阳二中你知道吧？咱们市分数线最低的那个高中。现在他在学画画呢，不画画考不上本科。"

游戏画面里，头顶着"S"名字的游戏角色失误被对面砍掉了一半生命值，然后才恢复往常的水平，三两下把对面干掉了。许盛在恢复间隙打字回复：知道。

张峰没当回事，夸一句干得漂亮之后又问："你怎么不开麦？"

S：手机坏了。

张峰："你是不是该换手机了啊，前段时间不是刚好吗，怎么又出问题了？"

S：少废话，注意对面。

许盛这局打完下了线后，发现"立阳二中"四个字还在脑海里不断回旋。他撑着手坐起来，打算去厨房烧水。在等水开的间隙中，康凯来了。

[康凯]：无名之辈，聊聊？

[S]：聊什么？

康凯等到回复之后拨过来一通微信电话，许盛直接点了拒绝。

[康凯]：？？？你边上有人？

没人，就是怕你听到声音之后承受不住。但是许盛当然不能这么回，心说康凯这样误解也行，于是回了个"嗯"字过去。

康凯正在画室里，每到假期他就泡在画室，谁喊都不肯出来。许盛没搬家之前，他们俩总是一起泡画室的。康凯刚才画着画着突然对着空气喊

①发育：游戏术语，指打小兵或野怪赚钱买装备。

了一句"这里怎么画"，说到一半才发现对着的是空荡荡的桌椅，许盛早就不在这了。康凯坐了会儿，没再画下去，想到许盛现在应该也放假了，这才放心大胆地来找他。

康凯找了个话题当切入点：对了，你同桌成绩挺好的吧，你俩到时候高考怎么报学校啊？

许盛反应两秒才反应过来康凯是什么意思，明白他这是想旁敲侧击让他回去画画。

[康凯]：他知道你是无名之辈吗？我觉得你瞒着他是不是不太好。

康凯的想法很简单，他就觉得许盛不该就这样放弃。既然喜欢还放弃，那得多不甘心。"妈，"康凯想到这，喊了一声，"许盛他那水平，联考在咱们市妥妥的第一吧？"

康姨在外面那间画室里布置桌椅、打扫卫生，为下午的课做准备。提到许盛时，心情也和那位杨老先生一样，她叹口气说："岂止是市第一，几所美院都得争破头抢着要。"

他知道你是无名之辈吗？

许盛又看了一眼这句话。邵湛还不知道他画画的事，他也不是想故意瞒着，主要是没机会说，也不知道怎么说，总不能突然来一句"我跟你说个事，其实我是震惊全A市的神秘画神"吧？真要那样，邵湛可能会以为他疯了。

许盛在家里宅了两天，邵湛被迫和许雅萍培养了两天感情。两人终于熬到七班团建时间。这天是周六，去的是一家有名的游乐园。班里本来为"周六去哪儿玩"这个问题讨论了好几天，男女生想玩的东西都不一样，最后折中才选的这儿。

十几个人一早在游乐园门口集合，门口检票处附近有几台抓娃娃机，邱秋她们几个女生围在"邵湛"边上。他们到得早，只能自己打发时间。这会儿正抓娃娃抓得上头。

"我想要那个粉色的！"

许盛哄女生手段一绝，抓娃娃机玩得炉火纯青。以前和高　时候那帮女生出去玩过几次，只要商家别太无良，机器处于正常状态，就基本上指哪儿抓哪儿。

邵湛到的时候看到的就是这个场面。少年站在娃娃机面前，外套敞着，露出里头那件毛衣，身高腿长，被女生簇拥的场面异常吸睛。

"那个粉的有点难啊，秋姐。我试试吧。"

邱秋给他打气："你可以的，湛哥！刚才那个角度那么刁钻你都抓到了呢！"

许盛见边上另一个女生跃跃欲试，便松开一只手问："你要不要来试一试？"

"可以吗？！"

"挺简单的，我教你。"

边上女生把手握在操作杆上，许盛指导她往左还是往右。

侯俊他们也凑过来看："湛哥，没想到你还有这技能？"

许盛一时忘了自己的身份："我经常……"许盛"我"这个字刚说出口，就看到不远处的自己。邵湛无声提醒：好好回答。许盛嘴里的话就来了个急转弯："我经常通过娃娃机研究……重力的运用。"

侯俊张着嘴："啊？"

许盛凭借课上听到的依稀印象，继续补充："那什么，就那个，重力加速度。"

侯俊点点头："哦……"

邱秋抱着几只许盛刚给她抓上来的娃娃，听到这个回答也惊了，根本没想过娃娃机还能这样玩："这，这就是学霸的力量吗？"

七班众人来不及继续为"学神"的聪明才智鼓掌惊叹，就看到切换到冷脸模式的"许盛"从不远处径直走了过来。众人心说，看来校霸又到了一段时期中心情不好的阶段了。七班同学最近有一个比较惊悚的发现，那就是学神每个月总有几天会切到"妇女之友"状态，而校霸许盛则时不时地冷脸不理人。熟悉之后他们还发现，许盛和邵湛两人的性格特点很明显，但这两个人有时候给人一种"颠倒感"。

侯俊小声嘀咕："我咋觉得今天他俩又不太对劲？"

谭凯一拍脑袋："我之前也觉得奇怪，但我后来想明白了，我觉得这可能就是传说中的性格层次，人都是多面的，咱们学神和校霸的层次就比较多。"

侯俊不确定："是吗？""层次"这个词还可以这样用？

邵湛走进人群里，很自然地把手搭在许盛头上揉了一把，站在他身侧低声问："你还知道重力加速度？"

许盛衣柜里的衣服全是他一贯的风格，邵湛挑了件相对而言没什么图案的纯色卫衣。明明完全没商量过，但两人刚好撞了颜色，即使在人满为患的游乐场入口，这两位爷还是异常抢眼。不少游客走远了还在往他们这边看，一群高中模样的少年，明亮得像发着光一样。

许盛刚才远远看到他，那句话完全是看着邵湛时张嘴胡扯的一句。但这会儿许盛不能这么说："这不是基础知识？你这是瞧不起学渣啊！"

邵湛巧妙地转移了话题："没有，大老远就瞧见你了。"邵湛指指他刚才为了教女生，和女生一起搭着手去操控操作杆的地方，语调没什么起伏但却意有所指地说："抓得挺开心。"

是抓得挺开心。刚才抓了不少，邱秋都快变成"学神"粉丝了。这个世界上比学霸光环更吸引女生好感的就是电玩高手。哪个女孩儿不喜欢站在娃娃机面前指哪儿抓哪儿的娃娃机高手呢？现在的"邵湛"把这两个都占了，杀伤力翻倍。

说话间，邱秋他们看到剩下的几位七班同学正从马路对面走过来，她举起手里的玩偶喊了句"这里"，几人分散注意力，不再注意娃娃机这边的动静。等迟到的人走到面前，邱秋忍不住吐槽："约好的九点——自强你怎么比女生还慢？"

袁自强头发上特意抹了发胶："我不得收拾收拾自己吗？男生也可以精致起来的好吧。"

邱秋心说，那还是我失敬了。

许盛在这几秒时间里反应过来，他没良心地笑了笑，见周围没人看他们，凑到邵湛面前悄声问："是不是羡慕我跟人打成一片的优秀能力？"

邵湛简直懒得回应。保持人设这个约定既然早就被丢到了九霄云外，再加上有和蔼可亲的学神在前，有一瞬间，邵湛觉得自己这会儿表演一下不高兴的校霸也是可以被接受的。只是许盛脸上坏笑的表情实在惹眼，所以最后邵湛只说了一声"老实点"，就把话题揭过去了。

许盛有两天没见他了，这会儿见面了心里觉得放心不少。因为知道许雅萍这几天待在家里，于是联系得也少，完全忘了前两天刚见面的时候他可是巴不得邵湛赶紧回去。

"想抓吗？"许盛问他，"哥哥教你。"

邵湛不让许盛用自己的声音喊"哥哥"，冷不防冒出来这么一句，语调相似，但声音完全不同。邵湛尝试着把声音替换成许盛的之后，才勉强接下这一声"哥哥"。

"怎么玩？"邵湛生出一点点抓娃娃的兴致。

"首先钱要够多。钱第一，耐心第二。"

见邵湛表情逐渐凝固，许盛赶紧补充："开玩笑的。先找重心，看准重心之后别犹豫。其实也没别的诀窍，多抓几次就有手感了。"

邵湛按照他说的试了两次。学霸就是学霸，第二次明显比第一次好多，差一点就能抓到。许盛看着手痒，于是在第三次的时候没忍住，直接上手跟他一起抓。

但是情况没有像两人想象的那样顺利发展，故事一路往惊悚片狂奔。

邵湛沉默几秒后说："松开。"

其实许盛搭上去之后也起鸡皮疙瘩，和同桌再相聚的氛围立马消散："我也觉得，你还是自己抓吧。"自己抓着自己实在是太奇怪了。

另一边，邱秋跟袁自强打完招呼再回头，就看到刚到的"许盛"摁下红色按钮，娃娃机里的抓手精准无误地勾到了一个玩偶："盛哥你也很厉害啊！"

第一次玩这种游戏的邵湛贯彻学渣的设定："玩得多了。"这说辞，非常合理。

七班全体同学到齐之后，侯俊带着他们检票入园。游乐园的热门项目无非就那几项，几人排完热门项目之后，女生和个别男生从过山车上下来都有些站不住，需要缓缓。

有人说："这高度太变态了吧，我坐上去都吓傻了。"

"不行，"邱秋说，"我想吐。"

许盛不怕这类游戏，从过山车上下来跟没事人一样，他看了眼不远处的小卖部："没事吧，秋姐？我和……许盛去给你们买几瓶水。"

邱秋感激不尽，觉得学神今天真是温柔又体贴，全身上下都闪着人性的光辉。

小卖部有两家店面，许盛买水，邵湛在边上给他们买吃的。许盛前面排着几个人，等待中途，他准备玩会儿手机。谁知刚点开一个单机小游戏，边上传来一声怯生生的"你好"。

许盛抬眼。站他面前的几位女生应该也是趁着假期时间来游乐园玩的，其中一位身上还穿着校服，许盛看到校服上用红圈圈起来的"立阳"的标志，走了神。没想到昨天刚听张峰提了一嘴，今天就意外碰上立阳的学生。他不禁思考，怎么最近"立阳二中"总往他身上撞呢？

女生抓着手机的手缩在袖子里，来意很明显，许盛原来在自己身体里也碰到过不少这类事情。果不其然，女生直截了当地问："可以加个联系方式吗？"

许盛浑然不知他站在队伍里有多突出。邵湛这副皮相平时冷得令人发怵，但一旦表露出和平时截然不同的神色来，冲击力就更强了。许盛一抬眼，未语先笑，多情而不自知。他把手机收起来："不好意思，不可以。"许盛以前一直是来者不拒的做法，从不当面拒绝人，但加了联系方式之后也会跟对方说清楚。所以最后往往成了别人的闺密。但他现在的身份不一样，不过这种用别人的身份拒绝人的事情，做起来也是怪怪的。

邵湛那边队伍排得快，等他付了钱拎着东西过来，刚好看到那几个女生在和许盛说话，穿校服的那位女生转身过去的时候，"立阳"两个字从他眼前一闪而过。

"那几个人谁？"

"找你要联系方式的，"许盛说，"我没给。"

许盛见邵湛多看了几眼，玩笑道："你不会真对她们感兴趣吧？"

"瞎想什么。我感不感兴趣你不知道吗？"邵湛把结账时为凑整而捎上的糖剥开，往许盛嘴边递，"张嘴。"

邵湛看的是那件校服，人长什么样压根没注意。他想起昨天搜到的立阳二中的词条里关于这所学校的所有介绍和许雅萍的那句"能考上临江，你非要去立阳干什么"。无数之前被他忽略的线索逐渐浮现出来：交换手机第一天就留意到的屏幕照片，在画室里帮忙改画的场景，还有之前提过的美术兴趣班……指向性太明显，邵湛想到这里停下思绪，他意识到这或许是许盛不愿意说也不愿意再碰的话题。

这时队伍刚好排到他们，许盛咬着糖，从老板手里接过塑料袋和找零，邵湛把转到嘴边的话压下去，最终还是没问。

七班同学在水和食物的加持下活了过来。大家把热门项目玩了个遍之后，占好位置安心地等着晚上的烟花秀。

路灯亮起，天色昏暗，傍晚的游乐园和白天很不一样，旋转木马身上环绕的彩灯像细碎的星，袁自强和谭凯格外偏爱这种少女游戏。许盛和邵湛在花坛边上休息，袁自强上去之前特意问了邵湛："盛哥，能不能帮我拍张照？拍得唯美一点。"

邵湛有些犯难，拍照是许盛的强项，无论是构图还是取景、光线都高出正常水平一大截。但现在的许盛是邵湛，他做不到，也把握不好什么叫唯美。邵湛给边上蹲着的那位大爷使了个眼神："过来。"

许盛起身，懒懒散散地晃过去，通过镜头去看袁自强摆出来的矫揉造作的姿势——镜头里的袁自强闭上双眼，任由并不存在的微风吹动他满是发胶的头发丝，张开手做拥抱状。他保持着这个姿势问："拍了吗？"

"这什么姿势……"许盛无力吐槽，指导邵湛，"蹲下去一点儿，从侧面取景。"

邵湛调出相机，还没来得及蹲下去，手机震动两下。邵湛的手刚好点在拍摄按钮上，这通电话一跳出来，拍摄键被通话键覆盖，于是电话意外接通了。

手机是许盛的，这通电话找的人自然也是许盛。

邵湛尴尬了："……你有电话。"

目睹了一切的许盛不知道该说什么来表达此刻的心情，因为手机屏幕上显示：正在和康凯通话中。

邵湛这段时间虽然用着许盛的手机，但还是会尽量避免和许盛的交际圈产生不必要的联系。但是现在电话意外接通了，也只能硬着头皮上。

"冷静，不慌。"许盛说，"先听听他说什么。"

康凯"喂"了一声，隐约听到对面有两个不同的声音："我没听错吧？你在外面玩呢？"

许盛在手机上打：随便敷衍一句。

邵湛扫了眼许盛手里的屏幕，说出口的话充斥着一种想结束话题的感觉："有事吗？"

康凯在对面哽了哽："你现在方便吗？我也不多说，就两分钟。"

邵湛想说不方便，但康凯不给他开口的机会。这会儿康凯正站在水房洗颜料盘。昨天他妈下午的两节课带的是高二艺考生，他们趁着这个假期过来练场景色彩。他妈课上着上着叹了口气说："今年考试改革，加的两门场景要是不从现在开始练，之后肯定来不及。"康凯知道他妈这番话里没明说的对象是许盛。艺术生准备艺考，除了要过联考这关之外，各校校考的内容也需要花时间去准备。高二下学期到高三联考前，确实是一段非常紧张的时期。他思来想去还是拧上水龙头，决定给许盛打通电话。

许盛嘴里说着冷静，右眼皮却忍不住开始跳，然后他听见康凯像是喝醉酒一样上来就是一通长达两分钟的表扬稿式的发言："许盛，我最近每天都在不断思考，世界上怎么会有你这样优秀的人，你的画每一张都如此让人心动，你的每一笔不是画在纸上，而是画在了我的心上。"

许盛心说，坏菜了。但康凯并没有接收到自己兄弟绝望的脑电波，他继续吐露着心声："……你，是画坛之光，是全画室的希望！我每一天都期待着你能重回画坛，虽然我夸你的话是模板，但是我想让你继续画画的心是真的。"康凯最后停顿了两秒，和前面浮夸的语气不同，许盛听得出这句才是他真正想说的话："联考再不准备就来不及了。既然喜欢为什么要放弃？"

康凯浑然不知自己这番精心准备的发言倾诉错了对象，对面在起初冷声回应了一句之后就再没了声音。他又"喂"了一声，对方干脆利落地切断了通话。

袁自强姿势摆累了，眼睛老是闭着很没有安全感，他喊道："盛哥，拍好了吗？我想看烟花。"

袁自强话音刚落，烟花按时盛开。

在无数尖叫声和"砰"的一声里，天空炸出绚烂的烟火，烟火闪烁间，许盛被汹涌的人潮裹着，他并不想逃避，但实在不知道做何反应。他下意识想后退，却被邵湛扣住了手腕。

邵湛掌心温热，许盛以为他是想抓着他让他别走散，然而他很快发现邵湛手上的用力方向和他想的不太一样，他被邵湛拉着往人潮外退了好几步。喧嚣的人群一下离他们远去，烟花映满整片夜空。

许盛被康凯这通意外的电话搅乱了思绪，脑子"轰"的一下仿佛回到了一年多前的那个雨天，无数声音跟着炸开的烟花一块儿涌上来。然后那些声音忽然退去，因为许盛恍然间听到邵湛在他耳边说："想去哪儿？"

许盛在康凯说完话的一瞬，想过很多，他想邵湛可能会问他怎么回事，也可能会诧异，会感到奇怪……唯独没想到这一种。

邵湛确实没想逼他面对，也没想追问，如果许盛想逃，他就由他去。

烟花秀刚开场，人潮涌至，两人却从反方向离场，许盛被他拽着走了两步，最后直接跑了起来。

邱秋扭头想找七班的同学，却发现花坛边上原本一站一坐的两个人不见了。她四下环顾，没有发现许盛和邵湛的身影："湛哥和盛哥人呢？"

袁自强努力凹着造型："我也想知道他们人去哪儿了，我这造型凹得好累，要不秋姐你帮我拍一张吧。"

冬季的风凛冽、干燥，许盛却跑出一身汗，觉得浑身都在烧。人群彻底远去，游乐园部分设施已经关闭，两人最后在一个偏僻的角落停下。身后是刚打烊的小卖部，这里离烟花观看地点好几个游乐区，人迹罕至。小卖部门口的长椅上没人，许盛脚踩在长椅边沿，抱着腿坐下——与其说是坐，不如说是缩着。由于跑得太热，他脱了外套，毛衣的衣领宽大，整个人显现出一种和"邵湛"气质极不相符的懒散。

很长时间没人主动说话。

许盛昨天还给康凯回消息说这事儿，没想到今天就直接当面搞砸了。他发现自己不是不想说、没机会说、来不及说，而是自己都不知道该怎么面对这件事。迷茫、逃避、不知所措……这些情绪他都有……许盛收拾了会儿心情，才抬起埋进膝盖间的脸："我……"

他看见邵湛站在他面前。从这种角度去看"自己"，让许盛有种不真实的错位感，像是真的看到了从另一个遥远时空走过来的自己。

但很快这种错觉就被打散，因为邵湛在他头上很轻地拍了一下："不想说可以不说。"

邵湛被笼罩在树下的阴影里，逆着光，他单手插在上衣口袋里，摸到上午拆了没吃完的糖，剥开一颗，俯下身。

许盛没反应过来已经被他塞了一嘴糖。

"吃甜食会让大脑分泌多巴胺，"邵湛说，"多巴胺是一种神经传导物质，可以直接影响人的情绪。"

怎么还带上化学课的？许盛含着糖，不知道是不是所谓的多巴胺真的起了作用，抑或是因为有邵湛在边上，没一会儿，他觉得自己似乎有了勇气。"没有不想说，就是件事，说起来有点长。"许盛想来想去，决定还是从中考开始说，"其实我之前想考……"

邵湛接过话："立阳二中。"

许盛后面的话顿住："你怎么知道？"

"前两天你妈提过一次，具体情况差不多能猜到。"

许盛愣了两秒。也是，每次回去都绕不开这个话题，许雅萍会提这事一点也不意外。

邵湛在康凯这通电话之前就猜得八九不离十了，拼图拼到最后只差一块碎片，康凯这几句话就像是最后一块碎片，把整件事情都拼了起来。

想到邵湛既然都已经猜到了，许盛不知道为什么松了一口气，之后的话也就更容易说出口："之前听说过立阳吗？"

"分数线太低的学校我不看。"

许盛又一次被"学神之气"灼伤："同桌，还能不能聊了。"

立阳二中分数线虽然低，但美术成绩却一点也不差，每年联考前几名基本上都由立阳二中的学生包揽——诚然，学校里是有一些浑水摸鱼的美术生，文化课成绩不行，只想走美术减分的，但是立阳二中里不乏真正画得好的。毕竟A市以美术为主的学校就那么一所，教育资源丰富，每周都会安排两天美术课。

许盛之前没和人这样聊过这件事，就连康凯都是连蒙带猜，只知道他和许雅萍为这事闹过，并不知道细节。这毕竟是许盛的家事，旁人没办法替他做决定。

邵湛没由来地想起从高一开始就被顾阎王拎到升旗台上做检讨的那个许盛，也记得在一众校服堆里，少年每次往那儿一站有多格格不入。校服的事闹得轰轰烈烈，所有人都不理解许盛为什么不穿校服，最后只能将其归纳为校霸行径，甚至有人觉得他不穿校服也很正常，毕竟这样才能彰显校霸叛逆、嚣张、与众不同的个性。

邵湛又想起高二开学见许盛的第一面。单人单座的考试座位，风扇在头顶上不断转动，新班主任孟国伟坐在讲台边上语重心长地提醒大家认真对待这次考试，唯独自己右手边那个座位上一点动静都没有。不穿校服的少年肆无忌惮地趴在桌上睡过了整场考试。

十七岁的少年，丝毫不懂得收敛锋芒，正是最张扬的年纪，尤其是许盛这种根本压不住的性格，邵湛很难想象他到底花了多少力气才能低下头。邵湛发现这会儿他完全没有因为身体而感到别扭，因为他现在看到的许盛，是最真实的那个许盛，他不是不学无术、来学校混日子，也不是什么都无所谓，更不是真的想考北大青鸟。

邵湛压下心里翻涌的情绪，轻声问他："很喜欢画画吗？"

许盛愣了愣。

邵湛不太懂什么联考，事实上，就算知道许盛喜欢画画，他也并不了解对方到底能画到什么程度，所以他这句话问得很纯粹，无关任何外界因素，只因为许盛喜欢。

"既然喜欢，就别放弃。"

烟花秀接近尾声，最后那朵烟花开满了整片夜空。

与此同时，许雅萍正在家里等"儿子"回家。

出门前，许雅萍问了邵湛回家的大概时间，但没想到七班同学会为了看场烟花秀拖到那么晚，已经过了之前说的那个点了。许雅萍做好饭，等了又等，到底还是没忍住，给儿子打了个电话："回来了吗？不是说好七点左右回来的吗？现在这都九点多了。"

邵湛接到电话的时候，七班那帮人正好沿着街道往回走，远远看到他们还冲他们挥手："找你们半天……躲在这呢。"

邵湛看了眼许盛，用口型示意"你妈"，然后才说："快了。"

这两个字其实内容上没别的意思，但许雅萍还是被呛得怔住了。女人的第六感是个很玄妙的东西。"许盛"最近给她的感觉，很不对劲，并且这股不对劲的感觉通过这几天的相处越积越深。许雅萍无意识地抓紧了衣摆。她强压下那种诡异的心情，拧开许盛的房门打算进去拿东西，顺便叮嘱道："这么晚了，回来的路上注意安全。对了，透明胶带是不是在你房里？妈拿去贴一下……"

许雅萍边说话边在书桌上翻找胶带。结果胶带没找到，倒是意外把压在数学书里的试卷抖了出来。许雅萍本来是无意去看那张试卷的，但余光瞥见就让她浑身血液瞬间凝结。那张试卷只写了一半，笔锋凌厉，字形工整漂亮——试卷上的字迹根本不是许盛的！

同时，听筒另一端传来的冷淡声音，陌生得令人毛骨悚然，那道和许盛一模一样却又截然不同的声音说："知道了。"

许雅萍对着面前的试卷，再听着听筒里的声音，疑虑越来越深，有一个念头升起就再也压不下去了。从"许盛"回家第一天起她就觉得不对，一开始她把这种不对归结为孩子心情不好，但是经过这几天在家的密切相处和观察，那种不对劲的感觉急剧加重。她的儿子，她最了解。许雅萍不愿意坐实"许盛"像是换了一个人一样的感觉，而且这种猜测过于夸张，世界上怎么会有这种事呢？！

许雅萍这样告诉自己，心说没准是同学的试卷，意外夹在书里带回来了而已。然而怀疑的念头一旦出现，便开始疯长，她鬼使神差地试探了一句："小盛啊，你回来的时候给妈妈带一杯妈妈最喜欢喝的杞果奶昔，可以吗？"

邵湛没仔细听，听见带饮品，压根没多想，也没顾得上问边上那位本尊，便一口答应："行。"

许雅萍的世界，崩裂了！她杞果过敏，不能摄入任何含有杞果的食物或饮品这事许盛是知道的！所以这到底是怎么回事？！

邵湛怎么也想不到，装了几天儿子，会因为一杯杞果奶昔暴露了。

CHAPTER 35

惊雷骤雨

　　"我最近发现一件事情,这件事说出来你可能不会信,但我现在真的
没办法了,我实在不知道该怎么办。"许雅萍思来想去,还是给闺密打过
去一通电话。

　　闺密是她来A市之后找到的第一份工作的同事,年龄相当,关系一直
维持到现在。闺密本来准备睡下了,被许雅萍这一句话吓得瞌睡全无:
"怎么了,你出什么事了?"

　　"我发现我儿子不是我儿子……"许雅萍说,说完就觉得毛骨悚然,
"难怪我觉得他的眼神是那么的陌生,总是冷冰冰地瞧着我……现在我终
于明白了,他根本不是我儿子!"

　　闺密被她说得背后一凉,她搓搓胳膊:"你不是在开玩笑吧?大半夜
的,跟我讲鬼故事呢!"

　　许雅萍声音开始发抖,窗外风声更甚,显得气氛格外凄厉:"我没在
跟你开玩笑……"

　　而在另一边,毫不知情的邵湛正拎着杯杞果奶昔往小区走。

　　许盛发了条消息过来:我到了。

　　两人分开的时候没有多说什么话,藏在心里很长时间没有碰过的事
情,今天意外说出口,许盛也需要自己静静,他得给自己一个答案。

　　邵湛也没继续之前的那个话题,他回复道:我也快到了,刚给你妈买

了杯喝的。

许盛开了门，把钥匙放在玄关处的收纳筐里，例行每日一问：我妈最近没发现什么吧？

邵湛日常自信：没有。

拎着东西不方便打字，邵湛摁下说话键，语音汇报许雅萍最近的行踪："这两天我很少跟她说话，她每次想找我，我都避开。"说话间，邵湛已经上了楼，面前就是许盛家那扇门。

仅一门之隔的屋内，许雅萍头皮发麻地说："他这两天很少跟我说话，以前他从不这样的！我每次找他，他都说他要写作业，他要学习！"

门外，邵湛边掏钥匙边说："所以她应该没机会发现。"

两人几乎同时说话。门内的许雅萍继续列举证据："他怎么可能会想好好学习？这是许盛那小子会说的话吗？！我当时就应该反应过来的，我怎么就没想到呢！"

邵湛说完，把钥匙插进门锁里。

许雅萍听到动静，整个人僵住，开始慌乱求助："怎么办……他、他他他回来了！"

闺密听完之后咽了口口水，道："会不会，是脏东西上身？"她想来想去只有这么一种可能了。

邵湛进门的一瞬间，许雅萍已经挂了电话，女人坐在沙发上，瞳孔微颤，像是在强忍着什么。邵湛觉得有些奇怪，但没有深究，他把手里的饮料递过去："给你。"

许雅萍坐在客厅沙发上，窗外夜黑风高，四面涌来的风打在玻璃窗上，打出惊悚的"呼"声。这股冷风像是从各个角落钻了进来一样，吹得她手脚发凉。许雅萍仿佛是恐怖故事中的女主角，她感觉危机四伏，这个世界一下子变得玄幻起来，让人看不透什么是真，什么是假。少年脸上那片冷然此刻在她眼里都成了阴森，更别提此刻少年细长的手指勾着塑料袋的提手，把杧果奶昔递到了她面前。许雅萍她不敢接。这杯杧果奶昔，看起来不再是一杯普通的杧果奶昔了。

邵湛不明白发生了什么，却也敏锐地察觉到许雅萍好像有点怕他。但是这个变化来得太莫名，邵湛想说点什么来打探一下情况，就见许雅萍极快地伸手把塑料袋接了过去，强颜欢笑道："谢谢，现在挺晚的了，你早点洗牙刷脸，不是，刷牙洗脸，早点休息吧。"

也行。邵湛怕她又叫住他想聊点什么，现在这样也好，早点回房间休息，减少接触。邵湛垂下手，说："我回房间了。"

邵湛转身就进了卧室，丝毫不知许雅萍看他的眼神是多么的复杂、慌张、惊恐。

许雅萍没忍住，在邵湛进卧室之后鼓起勇气将卧室门推开一道缝，只见"许盛"背对着她，翻开一张试卷，坐姿笔挺。少年的背影看起来专注又认真，但许雅萍却觉得陌生极了。虽然"许盛"全程都没有回头，但她还是感觉到了一种被人上下打量的感觉，她总觉得"许盛"身体里的"另一个人"正在看她。许雅萍越看心里就越慌。

邵湛洗完澡打算写两张卷子再睡，第二套试卷写到最后一题的时候，他隐约听见客厅响起一阵小心翼翼的脚步声，声音来来回回的，最后停在他的卧室门口。

许盛妈妈这个点打扫卫生吗？邵湛觉得吵，他做题的时候很不喜欢被人打扰。邵湛笔尖一顿，题目算到最关键的步骤，正要继续往下推算，卧室门却"砰"地一下被人推开！他皱起眉，抬眼看过去，却见许雅萍高高地举着扫帚，一脸防备地站在卧室门口。女人头发凌乱，由于害怕，胸口剧烈起伏着。她在门口徘徊很久，最后还是鼓起勇气推开门大喊："我不管你到底是什么东西，我跟你拼了！"

饶是邵湛这种冷静自持的性格也抗不住眼前这场面带来的冲击，因为实在超出了他的想象。邵湛看了一眼时间，现在是晚上十二点半，他在同桌的身体里写试卷，他同桌的妈妈正站在门口，举着扫帚要跟他拼命。

邵湛勾着指间的笔转了一圈，想叫阿姨，话到嘴边却生硬地转了："妈，你这是干什么？"

任谁大半夜地发现自己的儿子不是自己儿子了，都没法不害怕，但是对许盛的担心战胜了害怕的心情，许雅萍厉声道："别喊我妈——你不是我儿子！你的字和小盛的不一样，小盛知道我杧果过敏，绝不可能给我买什么杧果奶昔！你到底是谁？！"

邵湛脑子里蒙了一瞬，他怎么也没想到自己会以这种方式暴露。他和许盛互换过很多次，什么场面都碰见过，原本想着假期十几天，只要多注意应该没什么问题，然而他算漏了一点，许雅萍毕竟是许盛朝夕相处了十几年的人，在最亲近的人面前，他很难掩藏。更别提许雅萍这几天一直在家里，危险系数猛增，暴露可能只是一句话的事。

许雅萍原先不是很相信这些神神鬼鬼的东西，但现在现实摆在她面前，让她不得不相信。她喊完，见书桌前的少年长腿伸展开，眼底没什么温度地定定看着她，许雅萍怕了。她不由自主地放低了语调，问："你，你是不是在人间还有什么未了的心愿？"

邵湛不知道怎么说，试图打断她："其实……"

"你说出来，别伤害我的孩子，我可以尽力满足你。"

邵湛看上去还是一副冷冰冰、波澜不惊的样子，实则心里早在翻江倒海。被许雅萍盯着，他也没办法拿手机给许盛发消息。而且就算现在发消息把他喊过来也没用。许盛过来了要怎么说？他总不能指着"邵湛"这副皮囊说，阿姨这才是你儿子吧？他在孟国伟办公室里面对月考成绩的时候都没有现在这么崩溃，短短几分钟，像一个世纪那样漫长。

许雅萍握紧手中的扫帚："你把我孩子怎么了？你不要逼我。"

邵湛脑海里闪过很多不同的说辞，但哪一种都没办法解决现在的情况。他崩溃程度不亚于许雅萍。"我知道现在说什么你可能都不会信，"邵湛最后起身，在许雅萍的目光下一步步朝她走过去，"既然被你发现了，那我就实话告诉你。"

他走上前一步，许雅萍就往后退一步。

邵湛发现他可能是和许盛在一起久了，发散思维的能力增强不少，他最后站在许雅萍面前，直到许雅萍退无可退，他才有些艰难地、一字一顿地说："没错，我其实是许盛的第二人格。"

现在这个情况，没有比精神分裂更好的说辞了。邵湛硬着头皮继续说："从精神学的角度说，这也叫分裂型人格障碍。"

这题超纲了
②

178

第二人格这个词一出，许雅萍彻底傻眼了："……什么？"

许盛进屋之后，捏着剩下的糖倚着门板在玄关处坐了很久，嘴里的糖吃完，舌尖还有一点甜味儿。

最后分开那会儿七班的人都在。

侯俊听说"许盛"也坐地铁回去，刚好顺路，硬是拉着邵湛一块儿去车站。两人没有独处的时间，说话也不方便，于是邵湛走之前只对他说了句伸手，然后把剩下的糖塞在了他手里。

烟花落幕时，他看着邵湛接了许雅萍的电话，脑子里几句话反复盘旋着，直到现在也还在转着，最后停在了那句"很喜欢画画吗"上。

窗外风声渐歇，外面的空气变得异常沉闷，是要变天的前兆。夜空中仿佛悬着一片灰色的布，沉沉地压下来。第二人格虽然是邵湛随口胡扯的话，但是两分钟后，邵湛和许雅萍面对面坐着，听见许雅萍不知所措地问："为什么会……从什么时候开始的？怎么会这样？"

邵湛想到烟花下许盛的表情，突然发现他作为"许盛"的"第二人格"，是真的有些话想对许雅萍说。半晌，邵湛说："一年多以前。从他听见你打电话，知道你处境困难，不忍心再跟你闹开始。"

许雅萍愣住，她怎么也没想到会听见这个答案。

"他很喜欢画画。你找工作时，他偷偷帮你填了报名表让你去试试。"

邵湛用的是许雅萍之前在餐桌上自己提过的事，用"第二人格"的视角，他说话一针见血，比许雅萍这个当事人看得更透彻："走哪条路都会遇到很多无法预料的困难，但他没有成为你的第一个阻碍。"

"第二人格"话并不多，但是切入点精准，精准到许雅萍完全被他带着走，在心里反问自己：可是我呢？我做了什么？

许雅萍其实一直没有把许盛喜欢画画这件事当回事，她可以把自己的期望强加在他身上，并觉得理所当然。她觉得画画不稳当，这条路难走，所以她成了那条路上的第一道难关。

坐在她对面的少年语气冷淡，和许盛相差实在太大，但是她潜意识里敏锐地察觉到面前的人的的确确和许盛之间有着某个难以言喻的连接点。恍惚间，她仿佛回到了一年多以前。那天，同样是暴雨前夕，窗外也是阴沉沉地变了天。

许雅萍被"第二人格"说得哑口无言，刚才那句内心的反问一下戳中了她，她下意识逃避，却发现根本躲不开，"第二人格"像一个旁观者，看到的都是她没能看到的事情。

"你——你们这种情况出现多久了？要怎么才能恢复正常？"

邵湛也想过这个问题，他推测："只要他自己想回来，我应该很快就会消失。"装得还挺像那么回事，很符合一个人格分裂患者的症状。

许雅萍听说过人格分裂的故事，隐约记得那些人格好像都有自己的名字，于是她问邵湛："你也有自己的名字吗？"

邵湛表情凝固两秒，他很不想回答这个问题，但最后还是说："你可以叫我……许湛。"

"许湛？"

许雅萍不是很适应这个名字，邵湛本人也不适应，假装人格分裂也不是一件容易的事。邵湛怕许雅萍要接着问更细节的东西，他坐了会儿便起身，说："没别的事我就先回房了，我还有试卷要做。"

百度提问：我儿子人格分裂，我今天见到了他的第二人格，请问第二人格的产生原因是什么？

回答：心理学认为第二人格的产生和压力有关，也许是外界的压力，也可能是患者自身的压力所致，让他想逃避，从而产生的第二人格。平时和孩子有过什么矛盾吗？

许雅萍坐在沙发上喃喃自语："压力……"

她给过许盛什么压力吗？以前她巴不得许盛多做题，多写卷子，总是希望他把全部的心思都放在学习上。思及此，她猛地坐直了，回想到刚才透过门缝看到的那一幕：少年直挺挺地坐在书桌前，除了写试卷就是写试卷，一刻也不停歇。她愣愣地想：这就是她给许盛的压力吗？这个第二人格"许湛"，难道是她期望中的那个许盛？

原来如此！这样的话一切都说得通了！

然而豁然开朗之后，许雅萍胸口一室——她竟然把孩子逼成了这样！就像第二人格所说的，她非但没有鼓励他，反而成了许盛想走的路上的第一道阻碍，把许盛逼出了第二人格！许盛现在如她所愿埋头写试卷，可她一点也没有觉得满足。她无比清晰地认识到，原来让许盛变成她所期望的那样，并不是一件令人高兴的事。因为这不是许盛，这不是她的儿子！她不需要一个按照她想法去做任何事的儿子！许雅萍静静地坐在沙发上，终于意识到自己这个母亲做得有多荒唐。她这一生，唯一只给许盛做过母亲，于是她自以为是地、尽可能地替许盛规划人生，把自认为是好的东西给他，对他有无限期望，却没想过他想要的是什么。

邵湛小看了女人的联想能力，他胡诌的第二人格漏洞百出，但许雅萍却自发地帮他把这个说法圆上了，而且圆得严丝合缝，替他找足了理由。他不知道他的第二人格说法能不能帮到许盛，本来想着别人的家事不方便插手，却还是没忍住插了这么一手。关于联考，他知之甚少，但他见过许盛手机屏幕上那张速写，也记得上一次变成"许盛"的时候，他坐在画室里，许盛抓着他的手改画的样子。他一直没说，那天的许盛和平常的许盛很不一样，顾阎王那句"沉睡的雄狮"虽然有些夸张，但他好像真的在那一刻看到许盛睁开了眼——不再像摸底考那天趴在桌上全程用后脑勺对着监考老师，也不像被叫去办公室时浑身上下写满了抗拒——

如果许盛的世界正在下雨，他作为同桌，作为体验过许盛一小段人生的伙伴，在此时此刻，此情此景中，他想为他撑伞。

第二天果然是阴天，即使天亮了，厚厚的云层也依旧遮着整片天空，路上行人匆匆，被沉闷的风吹得裹紧了衣服。

许盛一晚上没睡着，手机也没看，还不知道自己错过了同桌的"精彩"自曝现场。天刚亮，他就套上外套出门了，他按照导航上指示的方向坐上公交车，空气湿冷，又闷又潮湿。公交车驶离陌生的南平，窗外景色逐渐熟悉起来，耳边响起虚幻又遥远的声音……

"你真要锁上啊？全扔进去？"

"真不画了？"

"别吧，你这……"

很快，这些声音被公交车到站时响起的广播打断。许盛下了车，沿着道路往前走，走过两条街才看见熟悉的仓库。许盛站在仓库门口才想起来他现在是邵湛，而钥匙在"许盛"的脖子上。

许盛在仓库门口站着发了会儿呆，然后点进微信，看见三条未读信息。信息是邵湛发来的。他晚上写完最后一道答题，调整好情绪，才给许盛汇报情况。但这回在许雅萍面前差点暴露实在太意外了，邵湛一下子不知道从何说起，最后只能简单发个预告过去。

——有事跟你说。

——人呢？

——看到回话。

碰巧许盛也在想心事，所以邵湛的消息发过去石沉大海，甚至连拨过去电话许盛也没接。

许盛后背倚着仓库门，低下头打字。

——我也有话要说。

——见面聊，来的时候把脖子上那串东西带着。

邵湛到的时候距离许盛发消息过来已经过去一个小时，许盛的消息后面附了定位信息，位置是他之前去过的那家画室附近。他刚下车，远远地就看到"自己"蹲在一间废弃仓库门口。

许盛穿衣风格和邵湛截然不同，他把宽大的外套帽子拉起来，遮住了大半张脸，只露出一点下巴和鼻尖，身边蹲了一只猫，这个季节的这种地方常有野猫出没。那只猫并不怕他，许盛蹲着，手腕搭在膝盖上，时不时动动手指去逗它，猫咪"喵"了一声就跑了。

紧接着，许盛注意到眼前投下一片阴影，伸出去的手掌心里多了一样东西。他抬头就看见邵湛松开手，那把钥匙就这样落在了自己的掌心。

"这个？"

许盛紧握钥匙，"嗯"了一声。

邵湛这个身材跟"纤瘦"这个词扯不上关系，但许盛就是能将衣服穿出这种感觉，让邵湛觉得他此刻单薄又脆弱。

许盛缓缓起身，然后用钥匙打开了仓库门。

门缓缓打开，昏暗的仓库里满是画具和画纸。

"带你看个地方……"许盛推开门说，"你同桌的秘密画室。"

比起画室，这里更像是许盛的另一个世界。

许盛习惯性地把钥匙往脖间挂，像来过千百遍一样，三两步跨过去，坐在画架前，翻了翻边上那叠画纸，说："当时我跟我妈吵完架，她让我把这些东西扔了，我没扔。"

邵湛一下忘了要跟他说差点暴露的事，也忘了说他今天早上起床拉开卧室门就对上一夜没睡的许雅萍。

许盛说完，抬起头，宽大的帽子就这样从他脑袋上滑落："昨天欠你的答案，今天补上。"他骨子里那股不服管教的性子从没变过，还是那个顶着烈日站在检讨台上张扬肆意、不肯屈服的许盛："我不放弃。"

邵湛注意到许盛说的不是我不想，而是我不。

许盛昨晚没睡好，整个人看起来很困倦，眼神却异常坚定："不同意就背着她画，要是还有什么问题，那就等真遇到了再说。"

十七岁的少年，什么都来得很纯粹，喜欢总是轰轰烈烈，想摘星也总是义无反顾。

仓库外。

就在许盛说出"我不放弃"这四个字的同时，从昨晚就开始阴沉下去的天色终于到了爆发的临界点。狂风大啸，整片黑压压的天空中央闪过一道雷光——那道光就像昨天晚上夜空里闪烁过的烟火，一瞬间照亮了整座城市。紧接着从天际传来一声遥远的惊雷——这声音许盛和邵湛都熟悉得不能再熟悉。

轰隆隆！

两人对视，眼里都是不敢置信。是他们想的那样吗？

雷声在城市上空轰鸣着，许盛感觉到雷电破开整片天空，直直地冲着他们这间仓库劈下来，因为他浑身上下都像过了电似的，一下没了知觉。

许盛关于"不放弃"的发言才刚进行到一半，就被这道雷劈傻了。

但这次情况跟之前的都不太一样，是真的在下雨。外面暴雨倾盆而下，很快打湿了街道，雨点敲在仓库顶上，叮当作响——这场景和一年多前的那场暴雨逐渐重叠。

两人的意识逐渐被抽离，世界开始旋转。天旋地转间，许盛和邵湛同时听见从遥远时空传来的一句话：

"如果有选择，我可以不当许盛吗？"

"如果有选择，我可以不当邵湛吗？"

那是他们自己的声音：

"我又能变成谁？"

"又想变成什么样？"

许盛看到周遭所有的景物在急速碎片化，眼前掠过很多场景，最先出现的一幕就是开学那天，他蹲在墙上，撞见了站在路灯下的邵湛。无数的碎片闪着光，他和邵湛仿佛置身一场盛大的烟火之中。他想抬手去触摸近在咫尺的邵湛，但就在这个瞬间，他忽然找到了答案。

等许盛察觉到自己恢复知觉了之后，他低头看到了自己的手："我们，换回来了？"

"换回来了。"

邵湛把钥匙拿下来，给许盛戴上："不出意外的话，我们应该不会再交换身体了。"

这场雷印证了邵湛之前的所有猜测。为什么他会和许盛互换身体？因为不想再做自己了。为什么会换回来？因为他们都接受了自己，又或者说，正是因为遇见了对方，所以他们才找回了自己。

仿佛是为了印证他这句话似的，外头雷声停歇，雨势减弱，仓库外街道上的行人显然没有受到雷声影响，只是抱怨着路上泥泞的水坑，撑着伞继续往车站走。这是普通得不能再普通的一天，一切回到原来的位置。

话都说开，心结已解，邵湛和许盛商量了一下，决定还是先离开仓库再说。出门时两人都没带伞，好在现在雨势不大，邵湛把外套脱下，两人就这样挤在衣服下跑到了公交站。这会儿早高峰已过，等车的人少了很多。才刚换回来，许盛还不想直接回家，他手的温度和今天的天气一样凉，等车的时候他轻轻地碰了碰邵湛的手背："现在能去你家吗？"

邵湛刚才从仓库往外跑的时候还记着要和许盛说差点暴露的事儿，于是他没有犹豫："能。"

许盛现在对邵湛家熟得不行，去的时候也走在前面，像是在回他自己家一样。到了门口他下意识地去开门，发现自己现在不是"邵湛"了，于是扬扬下巴说："你，开门。"

邵湛看他一眼："这到底是谁家？"

许盛一点都不心虚："你的我的不都一样？"

一进屋，也不清楚是谁先靠近谁的，反正两人结结实实地抱了一下——劫后余生的感觉支配着他们，控制不住地产生出某种强烈的不真实感。雷声和互换身体的经历就像一场奇妙的梦，但是触碰到对方的那一秒，他们抓住了那份真实。

水滴顺着额前的碎发落下来，那股凉意转瞬即逝。两人一路淋着雨回来，即使有外套挡着，但还是被雨水浇了个透。

邵湛往后退一步，结束这场无声的感慨："先去洗澡。"

许盛睁开眼，帽子往后滑落了一些，露出他黑色的耳钉，"哦"了一声。邵湛骨节分明的手指点在许盛额头上，将他推开。怕他感冒，催促道："洗快点。"

许盛老实往后靠了靠，倚着墙说："知道了。"

许盛没带换洗衣服，反正最近穿邵湛的衣服都穿惯了，甚至还有了自己的明确喜好。他洗完澡后头发还在往下滴着水，就拉开浴室门跟邵湛提要求："衣服忘拿了，我想穿你衣柜里那件衬衫。"

"哪件？"

"带黑色领带的那件。"这件衣服许盛印象很深，简约的白色衬衫，但是衬衫上还带了一条充当领带的黑色飘带。他当时翻衣柜的时候就在想邵湛怎么会有这种浮夸张扬的衣服。

邵湛找了几分钟才反应过来他说的是哪件衣服，不由得再次确认了一遍："这是我初中校服，你真要穿？"

南平教学质量不怎么样，校服却是出了名的好看，两套校服，一套运动装，另一套就是这件衬衫正装。南平中学正式场合少，这件衣服邵湛很少穿，所以许盛说的时候他一时也没想起来。

许盛听到"初中校服"之后更有兴趣了。他接过衣服就开始穿。

穿上后，黑色飘带许盛懒得系，任由它垂在两侧，正装被他穿出了校霸的风采，他就这么倚在卧室门口看邵湛。大概是南平的校服给了许盛灵感，他佯装不认识邵湛，说："同学，你哪个班的？认识一下？"

邵湛虽然很少穿这件校服，但这件衣服很有代表性，勾起了他对初中的记忆。许盛这样站在他面前，真像是隔壁班级新转过来的同学，还是不学无术的那种。

许盛本来只是开个玩笑，但邵湛被回忆触动的神情触动了他。于是接下来的玩笑话转了个弯，许盛半认真半玩笑地说："要是能穿越时空的话，我就穿过去罩着你，谁敢说你一句我揍谁。我还要成为你的朋友，你的家人……你缺的都想给你。"

不用穿越时空，邵湛看着他心说，你已经来了。

许盛还是最后换上自己的衣服回了家，他打算回去和许雅萍聊一聊画画的事儿。邵湛在许盛离开了一段时间后才想起来差点暴露的事还没说。他连忙给许盛打电话补救，却悲哀地发现许盛的电话已经关机了……

许盛上了车才发现手机没电了，不过他没往心里去，因为口袋里装了零钱够他回家。之前他每天都有关注邵湛在他家里的情况，也时常得到邵湛自信的反馈，因此完全没想过许雅萍这边会出什么问题。直到他推开门，对上许雅萍略显复杂的眼睛，许盛的心一抖，直觉要糟。

"妈，你怎么在沙发上坐着？"许盛换了鞋，头发刚干，有两缕头发凌乱地翘着，"昨晚没睡好吗？"

许雅萍从昨天起就维持着这个姿势没变过，想了很多东西，也存了满肚子的话想跟许盛说，但是早上从卧室走出来的还是第二人格"许湛"。因此面对许盛的招呼，许雅萍没说话。她默不作声地打量许盛许久，看得许盛心里发毛。他在许雅萍身边缓缓蹲下身，少年收起浑身的棱角，语调平和地问她："怎么了？"

许雅萍几乎是一秒就确定了，这是许盛！许雅萍眼眶微红，很想哭，也很想像许盛小时候那样抱抱他："你回来了？"

一语双关，许雅萍口中的"回来"和许盛理解的回来不是一个意思。许盛"嗯"了一声说："突然下雨，路上耽搁了。"他不知道邵湛早上出门的时候用了什么借口，只能模糊带过。

许盛正要跟许雅萍坦白自己还是想画画的事，然而这句话还没说出口，就听许雅萍忽然说："对不起。"

许盛愣住。

许雅萍侧过头，极快地用手背将眼泪抹去，快得许盛以为这可能是幻觉。许雅萍声音哽咽地说："你要是喜欢画画就去画吧。"

许盛顿时觉得今天发生的这一切没准真的是幻觉。

许雅萍接着说："许湛说的话都很对，可惜妈现在才明白。"

许盛彻底傻了。等会儿，许湛又是谁？这个莫名其妙的名字从哪里来的？许盛迷惑了，这种迷惑让他完全没有顾得上为"你要是喜欢画画就去画吧"这句话做出任何反应，连高兴的心情都没有。他隐约察觉到，这个家里好像发生了什么他不知道的事情。

许雅萍说到最后，又沉默两秒，才试探着说："如果你愿意的话，我们最好还是去精神病院看一下吧。"

许盛怀疑自己是不是听错了。

"这病总得治。"许雅萍平静地说，"妈在网上查过了，可以去精神专科医院挂精神或精神心理科。"

许盛发现他今天早上被雷劈这件事都没有眼前这事情刺激。他什么病需要去精神病院治？许盛试图插话，弄清楚事情的来龙去脉，但许雅萍明显思考了很久，逻辑连贯到许盛根本没机会为自己申辩。

"虽然这样可能对许湛不公平，但他的出现本来就是一个意外，这个病很复杂，他如果一直存在，会危害到你的。"

许盛怀疑被雷劈的不是他和邵湛，而是他妈。

"妈，"许盛敏锐捕捉到"湛"字，于是恍恍惚惚地起身，"我手机没电了，先回房间充个电。"

手机充上电之后，隔了十几秒屏幕上才显示开机界面。许盛脑子里一团乱，几次输错密码。他点开微信，看到邵湛一个小时前发过来的信息。

——你妈昨天发现我不是你。

后面还有一条。

——我说我是你的第二人格。

这么重要的事情不早说？许盛眼前一黑。回家之前他以为接下来最大的磨难就是说服他妈，却万万没想到邵湛留给他的最后任务是让他装精神分裂。他还能怎么办，他只能认了！

许盛硬着头皮回到客厅："许、许湛的事情，你都知道了？"

许雅萍眼眶又红了："对不起，妈不知道，我以为这是为你好，可我没想到——"

许盛心说我也没想到。许盛措辞谨慎："其实许湛那个人格，我也不是很了解……但我觉得，问题不大，精神病院就不用去了吧？"

许雅萍坚持："不行，还是得去看看的，我看网上说这种病如果发展不好的话，副人格会吞噬主人格，你可能会永远在这具身体里沉睡！"

许盛和许雅萍就精神病院的问题，展开了一系列讨论。许盛最后用"许湛跟他告过别不会再回来"这个玄幻的说辞暂时说服了许雅萍。

"如果他下次再出来，就必须去医院。"

许盛头一回体验当精神病人的感觉，他艰难地同意："好……"

许雅萍虽然担心许盛的身体问题，但是对"许湛"还是有诸多好奇："第二人格会连字都写得不一样吗？成绩也不一样？我看过他的试卷，他好像成绩很好。"

许盛不知道怎么说，只能含糊道："会吧。"

许雅萍感叹这个世界的神奇："画画也要看文化课成绩的，你落下那么多，你现在的成绩——"

许雅萍突发奇想，随口问道："考试的时候能叫许湛出来考吗？"这可能，不太行，许盛心说。但随即他就想到"许湛"因为成绩优异而让他妈记忆深刻，心里微微泛苦。

等许盛再回到房间，提着的那颗心才放下。他正打算找邵湛详细聊聊第二人格到底是怎么回事，然而转过身，看到整理得整整齐齐的书桌上多了一样东西——试卷上压着一颗纸星星，折痕异常工整，像是用尺量过似的，工整到好像把折星星这个工程换算成了某个标准的数学公式一样。

许盛愣了愣，心说邵湛给他留的？很普通的材质，甚至还很眼熟，许盛又看了一眼，想起来孟国伟就总喜欢用这种纸让他们在班会课上写点人生感悟和未来规划，他总是交白卷……

孟国伟，人生感悟，未来规划。

这几个词组合在一起之后，一种难以言喻的奇妙心情突然涌上来，他把那颗纸星星放在掌心端详了一阵，然后鬼使神差地一点点把它拆了。

拆到一半，里面黑色水笔字迹就显露出来。那字迹过于潦草，光凭那半个字样根本看不出来是什么，但许盛却猜到了答案。拆到最后，他手里赫然是一张被裁成长条形的草稿纸，纸的正中央写着四个字：中央美院。

许盛的思绪一下回到了夏天。风扇在头顶不断转动，窗外阳光炽热灼人，从绿舟基地回来之后，孟国伟站在讲台上说："咱们这节课静静心，写一篇课堂作文，题目是《我的梦想》……"

"除了写作文之外，今天还有一个特别环节。大家写下自己目标大学的名字，等毕业的时候，看看自己有没有实现目标。"

当时的他趴在桌上打算睡觉，作文也没写，睡觉之前提笔在纸上填了这四个字。

忽然而至的暴雨来得快去得也快，窗外出太阳了。

许雅萍松口这件事很快传到了康凯耳朵里："我妈说你妈同意了？她今天给我妈打电话问考美院的事儿了，还问能不能让你来我们画室。这太阳从西边出来了啊！是不是兄弟前几天那番话深深地触动到了你？"

许盛躺在床上打电话，听到这笑了一声，很给面子地说："是。"

"不枉我为了打动你，苦心钻研——"

"钻研就算了。"许盛给了一次面子后就恢复正常水平，"要我老实说吗，其实你那几句话，挺雷的。"

康凯只觉得自己一颗真心错付了。但没想到下一秒许盛收敛了语气里的玩笑，说："谢谢。"

康凯愣了愣，不好意思地挠挠头："你跟我说什么谢谢……就是你不画了吧，我在画坛一时间找不到对手，还挺寂寞的，你懂吧，高手总是容易寂寞。"

"我懂个屁，"许盛笑了声说，"滚吧你。"

十五天假期眨眼间便要过去，甚至在假期时，七班的同学也每天沉浸在作业和六中老师的关爱与呵护中。

[孟国伟]：期末考试咱班考得不错，尤其是数学，平均分高了不少。在家你们也要记得自主复习，我把上学期给你们过过一轮的复习资料发给你们，有时间多看几遍，巩固巩固。剩下的新课也预习一下，到时候我们快点把这个单元过了。

[孟国伟]：[上传文档]

[孟国伟]：新单元课件上传。

[侯俊]：谢谢老师，老师辛苦了，老师您多多休息。

然而班级小群的画风和大群截然不同。

[侯俊]：怎么又有文档啊？！你们快去大群里配合一下，怎么就我一个人发言？

[邱秋]：班长你有两副面孔，我不行。

[袁自强]：我也不行。

班里人正推脱，群聊里出现一个醒目的字母。

[S]：缺人？

许盛不在意这些，底线也低，什么话都能说。问完之后他就随手切去大群。

[许盛]：谢谢老师，我们一定好好学习，以冲刺高考为首要目标，打起十二分的精神。

[孟国伟]：……

虽然是缺人，但是这段话顶着许盛的名字，怎么看都不像那么回事。

[S]：够吗？

[侯俊]：够了够了！盛哥你这，有点强。

侯俊决定略过这个问题，分享起自己刚从其他班搜刮来的八卦：对了，你们知道吗，今年咱学校要举办一场中学交流会。

[S]：什么交流会？

[邱秋]：我好像知道，咱们学校今年这届高三不是马上就要高考了吗？每年这个时候都会开一次，所有学校集合在一起，交流分享经验。

…………

七班同学分享八卦分享到一半，一个极少在群里出现的名字跟在那个连备注都懒得换的字母"S"后面出了场。

[邵湛]：试卷写完了？

[邵湛]：滚回来。

七班同学受到的冲击不亚于刚刚孟国伟看到许盛的发言时的心灵震动。邵湛的这两句话和大家的话题十分割裂，一眼看过去完全不明白到底是在对谁说话，侯俊以为学神这是发错了。然而他这句话还没问出口，全群同学都看到"S"回了一个字。

[S]：哦。

然后许盛在众人没反应过来之前又发了一句。

[S]：休息一下都不行？跟你一起写了快两小时了，很累的。

[侯俊]：……

[谭凯]：……

[邱秋]：……

七班同学集体恍惚，校霸都开始刻苦学习了，这世界是不是太虚假？

许盛坐在书桌前，面前摊着一沓试卷，他整个下午都坐在书桌前和邵湛连着语音写卷子，手机搁在边上，耳机线从一侧牵出来。他只戴了一只耳机，回完那句话之后也不管侯俊他们内心受到了多少震撼，直接从群聊界面退出去，听到耳机对面传来的细微声响。

他把笔放下："你故意的？"

对面传过来一阵试卷翻页的声音。少年的声音隔着电流，听起来还是冷透了，他反问："故意什么？"

许盛猜到了同桌的心思，还是故意挑明道："不是开着语音吗？不直接在语音里说，还去班级群逮我。"

尤其邵湛不是经常在群里说话的性格，平时只有侯俊他们专门提到他了他才会出来说几个字，但今天邵湛不光主动说话了，还说了这么一番话。许盛想了想，觉得邵湛就是想让其他人知道他们在一起写题。

邵湛没否认："你不是都猜到了？"

许盛本来确实是写题写累了，想休息会儿。听到邵湛的答案后，他往后仰了仰，说："我刚才也是故意的。"

两人写题的时候很少说话，大部分时间集中精神在试卷上。邵湛还是在给许盛补课，但是这次补课和前几次都不太一样，这次完全由许盛主导。心态转变真的是一件很奇妙的事情，许盛从之前的抗拒到不排斥学习，到现在的主动学习，不说邵湛，就连他自己也感受到了其中的巨大不同。现在他的状态很像准备中考的时候，很想把落下的课补回来。

"刚才那套写完了。"许盛松开手里的笔说，"第三单元的内容我还是没吃透，有没有其他试卷能练？"

"有。"

邵湛正要翻试卷，忽然又听到许盛说："那张志愿纸……你在哪儿找到的？"

距换回来那天已经过去一周多了，但许盛一直没提那颗纸星星。

"老孟办公室，他让我帮忙整理。"邵湛也没瞒他，全说了。那天他被孟国伟叫过去整理志愿纸，也不知道当时的自己是怎么想的，就把许盛那张抽走了。之后在课本里压了很久，到后来从许雅萍口中听到那些事，把一切线索都连上了，才折了那颗星星留给许盛。

"折得不好？"邵湛问。

许盛看了眼手边按照折痕恢复成原样的纸星星，心底像是被什么东西不轻不重地碰了一下，情绪满得快溢出来："很好看。"

邵湛听得出电话对面的少年话里的意思异常认真。然而认真不过三秒，许盛话锋一转，尾音懒散地问："看在我这几天这么努力学习的分上，有奖励吗，哥哥？"

"看在我这几天这么努力教你的分上，我有奖励吗？"

"有啊。"许盛低下头咬了一下笔帽，很低地笑了一下，"奖励就是……觉得你今天比昨天更帅了，够不够？"

许盛数着日子盼开学。到离开学还有不到三天、化学复习到一半的时候，许盛收到两条康凯的消息。

——来画画。

——你这几天跑哪儿去了？不是放假了吗？你妈也同意了，咱不得抓紧练练今年加的两门场景？

康凯对约他画画这件事情的热衷度，不亚于张峰找他打游戏。

[S]：学习，勿扰。

[康凯]：？

[S]：今年加的那两门场景简单，我的成绩才是问题，知道我期末考了多少吗？

许盛从相册里把孟国伟前几天发在群里的成绩单发过去，除了数学外一片红灯，即使是康凯这种学习成绩一般的人看了也觉得惨不忍睹。许盛现在这个成绩别说央美了，就连二本都上不了。不过许盛的成绩也抵消不了他说的这番欠揍的话。偏偏康凯还不能反驳什么，因为这是事实，到了许盛这水平，场景确实不是问题。

康凯只能挑其中分数比较正常的一门夸：……你这数学，考得不错啊，居然能有三位数，真是不可思议。

[S]：同桌教的。

[康凯]：……

话虽这样说，但许盛第二天还是去画室泡了大半天，练了两张场景。康凯在边上用铲刀抠颜料盘里发霉的颜料，话题一直没绕开联考。

"立阳这几年联考成绩确实不错。今年12月考完的联考成绩也出了，第一名还在立阳，而且立阳A格率也高得吓人。这样算上去年和前年，连着三年联考第一都在立阳，就是不知道明年……"康凯想到他边上这位没去上立阳的爷，觉得明年立阳铁定没戏了。

奈何许盛画画的时候完全不理人，不光不搭理康凯，还伸手问他要颜料："拿一罐白色给我。"许盛拧开盖子加完颜料才意识到康凯可能是在跟他说话："你刚才说什么？"

"我说连着三年美术联考第一都在立阳。"

许盛不是很在意，同时他发现自己现在听见"立阳"两个字的心情已经和以前全然不同了。

开学前一天，许盛在收拾东西。他想了想，还是把脖子上那根黑绳摘下来放好。他从房间出去的时候许雅萍刚好做完一桌子菜，母子俩吃饭时许雅萍不放心地叮嘱："到了学校之后一定要按时吃饭，有什么事就给妈打电话。"

许盛夹了一筷子菜："嗯。"

吃着吃着，许雅萍把筷子放下了。她还是放心不下："最近许湛没有再出现过吧？"

慈母眼中的人格分裂患者许盛艰难地咽下嘴里的饭，回答："……没有。"怕许雅萍不信，许盛叹口气，补充强调："真的没有。"

"妈想来想去还是觉得不放心。你要是察觉到许湛有什么动作，就立刻给妈打电话。"许雅萍说，"去精神病院这事拖不得。"

许盛内心生出一丝绝望，因为不知道自己到底什么时候才能摆脱"精神病"这个标签。

CHAPTER 36
彼此维护

　　高二、高三的学生是第一批返校的，沉寂多日的校园再度活跃起来，校门口车流不息，冬日阳光照在门口的"临江六中"这四个书法字上。除了返校带来的人流外，开学当天在六中举办的交流会也带来了不少人流。

　　交流会顾名思义就是A市所有高中汇聚一堂，交流各自学校的高三学生的教育方针及策略。孟国伟和顾阎王也受邀参加这次交流会，阶梯教室里坐了好几排各校领导。

　　"姜主任。"顾阎王一眼看到立阳的代表老师，两人见面分外客气，"好久不见。"

　　平时各所学校之间也会经常交流探讨，立阳这个以美术著称的学校虽然"孤僻"了点，跟他们临江不是很亲近，但特级教师之间大都认识，就算不认识也听过名字，姜主任的大名在江湖上还是颇有威望。

　　姜主任高高瘦瘦的，戴着一副金丝边眼镜，衬出几分儒雅随和。他起身跟顾阎王握手："确实是好长时间没见了。"

　　第一个发言的就是立阳。这位姜主任走上台去，双手扶在讲台边上，开口的气势和他的外表气质完全割裂，产生一丝微妙的反差。他中气十足道："我们立阳，在今年刚结束的联考中取得了不俗的成绩，算上今年——已经连续三年的联考第一出自我校了！明年我们也有十足的信心和把握，再夺第一！再创辉煌！"

"这个环节我们学校的演讲稿上有吗？"顾阎王被这豪迈的发言震到，低声对孟国伟说，"没有的话加上，强调一下我们六中去年出的状元，我们也要再创辉煌。"

"这次交流会太刺激了！"开学第一天侯俊就打探到新八卦，"立阳二中那位姜主任起了头，说明年的联考第一肯定还在他们学校。当然这都不重要，重要的是立阳老师下来之后，其他学校纷纷上去放狠话，咱们学校更狠，不止展望了今年，还提前预定了一下明年的市状元。"

"顾阎王口气那么大？"

"有湛哥撑着吧。"谭凯忙着补作业，"如果湛哥到时候不走保送参加高考，明年肯定是市状元啊！"

袁自强补充："就算湛哥保送，万年老二也不是吃素的。万年老二上次考试综合平均分可是在几所学校里拿了第二呢。"

他们几个人一大早就围着邵湛补作业，边补边聊天。

话题中心人物邵湛一手压着一套许盛写的试卷，一手勾着支红笔批改，他整个人靠在后面，对这些八卦没什么兴趣，说道："想聊天就滚回自己位置上聊。"

邵湛现在说话偶尔不怎么客气，但不会给人突兀的感觉，毕竟他外表就冷，说这话倒显得很和谐，比之前压根不理人强多了。侯俊听着这个"滚"字，居然品出了一丝诡异的亲切感。

"不……"侯俊忙厚着脸皮说，"在下还有一题想请教——"

谭凯补作业补到一半，注意到邵湛边上的许盛："开学第一天就用后脑勺示人，刚才巡逻老师在窗户外面停了很久，牛还是我盛哥牛。"

谭凯说完又抒发一下感慨："说起来立阳也真的是厉害，联考第一，光听就觉得厉害。"

许盛昨天晚上复习得太晚，把作业交了之后就趴在桌上补觉——其他同学对这一幕见怪不怪，能见到醒着的校霸才比较奇怪——许盛听见自己的名字，搭在颈后的手指动了动，然后才睁开眼："有老师吗？"

谭凯积极汇报情况："刚走。"

许盛不是很在意地打了个哈欠："我不是这个意思。我是想说，就算来了也不用叫我。"

谭凯表示他很服气。

六中冬季校服只有一件黑红配色的棉服上衣，厚实，保暖，还特大。许盛在校服里加了件黑色卫衣，因为瘦，厚棉服也被他穿得松松垮垮的。他下身只穿了条很薄的牛仔裤，好像根本不怕冷似的。这会儿被吵醒之后他也睡不着，干脆坐起来，看邵湛给侯俊他们讲题。

邵湛给别人讲题的方式和给他讲时是不一样的，简明扼要，不废话。讲完一遍侯俊还是没懂，邵湛失了耐心："自己算。"

侯俊连忙挽救："别啊，每个人都有自己不擅长的地方，立体几何就是我的死穴——"

许盛看到这里，忍不住走了神。他目光往下，落在邵湛手上，想起平常他讲一遍没懂的话，邵湛会把手里的笔转个方向，在他额头上敲一下，冷声问："还不懂？"许盛想到这里，又漫不经心地想，他们有多久没见了？十天？

"讲完没？"许盛想赶人，"这题我都懂了，我给你讲？"

侯俊饥不择食，想想面前这位好歹也是新晋的数学天才："雄狮，请赐教？"

许盛在立体几何这块儿真挺擅长的。他空间想象能力强，解题能力真的不差——当然主要还是因为邵湛讲过。学渣讲题有种特别的魅力，侯俊听得特别恍惚，谁能想到上学期刚开学时，许盛还是一个数学只能考30分的人呢？

"懂了吗？"许盛问，"懂了就回自己位置上去。"

侯俊总觉得这对同桌好像都在赶人。算算时间马上也快上课了，几人收拾收拾东西回了自己座位。

耳边清静下来，许盛说："学神，我也有题不懂。"

邵湛把批好的卷子递给他："哪题？"

许盛一本正经地说："不太懂明明才十天而已，为什么我会那么想我的同桌呢？"

新学期新气象，各科老师上来之后毫不废话，直接进入新课阶段。新课教得飞快——幸好课件都在假期提前发在群里了，否则这些新课非得压得人喘不过气来不可。这样几周上下来，教室里以后脑勺示人的不止许盛了，课间休息时趴倒一片。

临江六中很多学生对高中的印象就是疯狂考试，做题，再考试。许盛桌上以前总是空荡荡的，这学期却很快堆满了各科随堂测验卷、模拟卷、月考卷、错题集……还有邵湛的笔记。

全高二年级求之不得的学神笔记就被许盛极其随意地跟他那沓成绩平平的试卷放在一起。

许盛之前专攻一科，成绩有显著提高，假期里虽然邵湛也在帮他补，但速度没那么快，目前最有效的方式就是先帮他抓基础，然后再去想那些提高题。

随着补习次数变多，两人也越来越有默契，邵湛一眼就能看出来许盛懂没懂，而许盛也能精准解读出同桌在错题边上写的批注是什么意思。

周末，许盛先去了画室，画完回来之后就继续跟邵湛一起做题，做题做累了也不老实："累了，但是你给我一颗糖，我勉强还能再写两题。"有时候两人写卷子写到熄灯还没弄完，那时就只能借着充电小台灯的光继续。熄灯之后的寝室本来就暗，即使有充电式台灯，照明范围也仅在书桌那片，许盛有时候会直接坐在书桌边上看邵湛改题。

随着时间一天天过去，凌晨时寝室楼里还亮灯的寝室越来越多，像是从夜空里倒映下来的繁星。很多人不光只是为了高考，对他们来说，高考更是通往想去的地方的一条道路。

孟国伟很快注意到许盛的成绩和课堂表现。虽然乍一看并不明显，但把这段时间许盛的考试成绩放在一起，可以看出一道平稳增长的曲线。截至到期中考试，许盛成绩全科过百，均分108。

这成绩在临江并不算特别出色，但是这位考生是许盛。这事带给孟国伟的震撼程度仅次于隔壁立阳有两位学生好像被雷劈了脑子，成绩突飞猛进，一下拿了普高联考前几名。顾阎王曾经质问过许盛的那句"你之前是在伪装学渣"在别人身上成了真。

老师办公室里。

"看什么呢？"周远起身做拉伸时间，"许盛啊，我也正想找他谈谈。这小子，这学期简直浪子回头，洗心革面。"

孟国伟放下试卷，心说许盛虽然成绩在稳步提高，但这学渣应该是真学渣，不是装出来的。他拦住一名正好要从办公室里出去的同学说："叫许盛来办公室一趟。"

许盛经常被叫去办公室，不过之前每次去都是挨骂，现在每次去都是被孟国伟拍着肩膀一顿猛夸："最近的学习态度非常好，继续保持，我就说，这个世界上没有老师教不好的学生，哈哈哈。"

许盛一身校服地往那儿一站，确实和以前大不一样了："是，都是老师们教得好，让我迷途知返，找回了学习的乐趣。"

"对了，"孟国伟又叫住他，"你妈妈这几天总打电话关心你的精神问题。你是精神上哪儿出了问题吗？"

许盛没有想到许雅萍还会曲线关心，压下心中的无奈向孟国伟表示："我挺好的。"孟国伟狐疑。许盛叹口气，把试卷抓在手里说："她可能是怕我学习压力大。"

立阳有学生被雷劈的事情很快不胫而走，各班同学纷纷议论。

"立阳有两名学生被雷劈你们知道吗？"

"我怎么听说是被车撞？"

"我也听在立阳的老同学说了，是真的！他说那两位同学以前考试总是考倒数……"

课间侯俊接完水绕过来，坐在许盛对面说："你们怎么看，雷劈有没有可能？太神奇了！如果是这样的话，我也想被劈，这样一本就稳了。"

被雷劈这个事，许盛自认很有发言权。

他被劈过，还不止一次。

被雷劈过但成绩没有任何改变的许盛残忍地点醒做梦的侯俊："你觉得可能吗？"

侯俊琢磨着："也不是没有可能吧。"

虽然被雷劈过但是成绩早就逆天的邵湛不想再看这两人在这儿浪费时间，于是一锤定音："你有这个时间，不如多做几套题。"

"……哦。"侯俊被学神毫不费力地说服了。

期中考之后，紧张的学习氛围暂时被驱散。除了靠讨论一下隔壁学校被雷劈的两位同学来缓解压力以外，高二年级组的同学们总算迎来了一点业余活动。

袁自强从老师办公室里回来，偷偷地预告："等会儿班会课上有活动宣布。"

考完试第二天正好周五，下节课就是班会课。邱秋和孟国伟一起进了班，但邱秋没回自己座位，而是直接站在讲台上："咱们这学期黑板报评选就要开始了，想参与的同学就来我这报名。"

黑板报评选对六中学生来说是一项很重要的比赛。因为当平时生活日复一日、枯燥且乏味的时候，就算是诗朗诵活动都能让人感到无穷的乐趣。六中黑板报评选激烈程度是外人无法想象的，这是因为外人想不到临江六中的同学们能无聊到把一次黑板报评选当成解压项目，把可玩性发挥到最大。

邱秋说完，邵湛看了许盛一眼："去吗？"

画画是许盛的强项，有机会画，他肯定冲在第一个。然而许盛却没有他想的那么激动，他倚着边上的墙说："我考虑一下。我去可能对其他班不公平。"

邵湛只当他是在贫嘴。

许盛本来打算趁着班会时间睡一会儿的，人都趴下去了，但他见邵湛现在这个明显不相信的表情，只能勉强再坐起身解释："是这样的，这话说出来可能有点离谱，我初中那会儿，被禁过赛。"

黑板报比赛还有禁赛这种说法？

许盛回忆起初中那会儿出黑板报的那段时光。

那时班级黑板报都是他画的，第一拿得手软，水平差异太大，打得其他班一点求生欲都没有。最后教导主任直接禁了他的赛："许盛啊，我们把机会让给其他同学好不好？其他班级也是需要鼓励一下的嘛！咱不能打击人家的自信心……"和自尊。

许盛的禁赛经历说一天也说不完，他仰头灌了一口水，正犹豫要不要报名，看到谭凯像旋风一样从面前刮过去，要知道谭凯上体育课都没跑那么快过。

"太好了，秋姐！认识那么长时间，你可能还不够了解我，我重新自我介绍一下。我，谭凯，小时候幼儿园组织蜡笔画比赛，拿过三等奖。"

第二道旋风是袁自强："我，袁自强，我可能没有凯哥那么厉害，但我有一颗热爱的心。"

邱秋听完这两位选手的简历，茫然地看着台下，试图再挣扎一下："还……还有没有别人想报名？"她不好打击同学的积极性，但内心在憋不住地呐喊：能不能来几个靠谱的人？！

许盛全程坐着没动，昔日被禁赛的黑板报选手确实不想参加。他要是参加，别的班就彻底没得玩了。而且班里有不少人想参与，他也不想跟他们抢名额，只是看到这次七班黑板报小组的阵容，心中难免感到震撼。睡是睡不着了，他低头看了眼手机屏幕，收到张峰的游戏邀请，想着劳逸结合，便难得接受了一回。

许盛用书挡在面前，提前跟同桌报备："我跟张峰打局游戏。"

"打，问我干什么？"

许盛笑了声，他整个人缩在角落里，坐没坐相，自以为把存在感降得很低了，但其实还是很引人注意："报备一下，怕你举报我。"

"我要是说不让，你就不打了？"

"……那我就求求你。"

[S]：我就打一局。

张峰连着两个多月没和许盛一起打过游戏：你最近干什么呢？

聊到这个，许盛就有话说了：最近忙着和我同桌一起学习。

[张峰]：？？

许盛用和以前完全不一样的口吻说：你也好好学习吧，离高考没多少时间了，可以以我为目标，好好学习。

邱秋在台上，目光扫过台下。她对七班同学大致有个了解，也确实找不出合适的人选，只是目光不自觉被后排吸引——后排这两位爷也确实很难让人忽视。她看到许盛低头玩手机，额前的碎发落在眼前，人靠在椅背上略微后仰，姿势很嚣张，桌上还装模作样立了本书。坐在许盛边上的少年在做题，似乎是没管对方，但在书倒下来时还伸手扶了一把。

邱秋收回目光，只能认命般地在报名表上把谭凯和袁自强的名字写上。写完之后她两眼一黑，觉得他们高二（7）班这次铁定完了。

黑板报的准备时间有一周，下周五正式开始进行评选。这次黑板报的主题很简单，为了鼓励学生们拼搏向上，特意只定了两个字——摘星。在准备黑板报的这周里，走廊上的同学肉眼可见地多了起来。每到课间就有不少学生在走廊里晃来晃去，都是想在枯燥的生活里努力给自己制造点波澜的高二学生。

侯俊凑过来说："看到那帮人没有，都是黑板报间谍。"

许盛不解，就黑板报这点事儿还值得有间谍？

侯俊解释："间谍的主要任务就是负责打探其他班的设计，帮助自己班改进。每年都是这样，胜负欲特别强。"

许盛不太能理解，临江六中的同学已经闲到这个地步了吗？

邱秋没空去管其他班出成什么样，她刚做好前期排版设计，打算画一片星空，这会儿正在跟袁自强和谭凯落实细节："上边就是星空，然后下面是一排人，伸着手那个感觉，懂吧？能感受到吧？"

幼儿园蜡笔画三等奖选手谭凯郑重点头："我大概能感受到。"

邱秋不太相信，但是事已至此，也只能交给谭凯。

谭凯很有自信："放心交给我，没问题！"

黑板报得等背景画完之后才能往上写字，稿子已经定下了，由沈文豪写。文豪诗兴大发，已经构思了不下三首诗。许盛说是不参加，但毕竟座位离黑板报很近，想忽视也很难。有时候空座椅不够，他还会主动起身说："踩我的吧。"

邱秋连忙道谢："谢谢盛哥。那你坐哪儿？"

"我坐桌上就行。"许盛哪儿都能坐，午休的时候就直接坐在课桌上写题，正对着他们，"你们先用。"

黑板报进展迟缓，邱秋原先干劲十足，她对这次黑板报的设计思路把控得非常好，奈何队友不争气，让她见识到了什么叫骨感的现实。黑板报评选前一天，邱秋心态彻底崩了。晚自习那会儿，她去了一趟办公室，回来之后就趴在桌上不动弹。许盛和邵湛两人从办公室回来经过邱秋座位的时候，许盛习惯性想逗逗她："秋姐，作业写完了吗，借我抄抄？"

邱秋没说话，肩膀轻微耸动。

许盛收回手，轻声问邱秋的同桌："哭了？"

邱秋同桌是一个戴眼镜的女生，她小声说："刚才我们从老师办公室回来，听见走廊上有人在讨论我们班的黑板报，说话说得有点过分，邱秋本来就着急，回来就这样了……"

邵湛对女生哭这种事一点儿办法也没有，看见许盛看着自己，不等他开口就直接表明立场："别看我。"

其实许盛也就是习惯性地想征求一下邵湛的意见，毕竟他身为"妇女之友"，哄女孩这件事还是拿手的。

他在邱秋脑袋上很轻地拍了一下："秋姐，我觉得我们班黑板报出得——"这两天都在考试，许盛几天没关注，说到这往后看了眼，把"还行"两个字咽了回去。

是不太行。谭凯完美发挥出他幼儿园蜡笔画三等奖的水平，把星空画成了大片彩色波点，更别提下面的一排人。他们班如果真拿这玩意儿去参赛，不用想，肯定垫底。

许盛话锋一转，又说："虽然是还有进步空间，但整体给人的感觉还是很……眼前一亮，这波点，新颖独特，哪个不长眼睛的人说咱们班了，

第三十六章
Chapter 36
彼此维护

203

我和你湛哥去揍他。"

邵湛难得没反驳。

有人过来安慰，邱秋肩膀却抖得更厉害了。她责任心重，组织这次活动也已经尽力，如今听见别人那样说自己班的黑板报，总觉得是自己没做好，思想负担更重了。邱秋正想抹把眼泪说自己没事，听见边上有一点动静，然后感觉到原本压在她胳膊下面的纸被人一把抽了出来。她想了想才想起来那张纸是报名表。邱秋愣了愣，整个人还是趴着，通过臂弯间的缝隙看过去，看到一只手，手指细长，握着笔在报名表上填了两笔。字迹一如既往的潦草，看起来特别随意，像是压根没当回事。

报名栏多出两个字：许盛。

许盛放下笔，之前因为办公室里的高温而敞开的校服外套衬得他特别随意自信，他说："我来吧。"

邱秋丝毫不知道她面前站着的是初中时代拥有全胜战绩并且还被禁赛一年的黑板报魔王，她连哭都忘了："你开玩笑的？"

要怎么说其实我还挺厉害的？

"我改改试试，"这个故事解释起来太麻烦，最后许盛只说，"我以前出过，有经验。"

许盛这个人，虽然现在成绩起来了，上课也很少再做和学习无关的事情，但是从来没听说过他还会画画。邱秋不知道要不要让他改改试试，最后还是同桌一番话打消了她的顾虑："邱秋，反正改不改都是最后一名，也不会有什么差别。"

邱秋一时不知道怎么接话，这话说得虽然残酷，但真实。情况都已经到最差的地步了，名次再也没法往下跌了。

许盛作为临时救场的人，大家几乎没对他抱什么希望。晚自习结束之后，大家陆陆续续回寝室，邱秋本来想留下帮忙，结果许盛说用不着，还让她赶紧回去想想获奖感言。因此很快班里就只剩下他和邵湛两个人，以及一堆剩下的画具和用剩的水粉颜料。晚自习后的教学楼很安静，除了七班，其他教室灯都关了，外面天色已暗。

邵湛知道他的水平，并不担心："要改多久？"

许盛直接搬了张课桌过去，方便站着画，他蹲在课桌上翻找手边的颜料和湿抹布："底色都上完了，要改的部分用抹布一擦就能擦掉，简单改一下应该两三个小时就行。"

最耗费时间的工作就是刷底色，整块黑板都得涂黑，把谭凯那些波点擦掉，画星空耗费的时间并不会太多。

邵湛留在教室里等他，做完两套题，就看到许盛脱了外套。少年站在书桌上，从他这个角度看过去，腿显得特别长，原先惨不忍睹的黑板报换了一个风格——之前整齐地站在夜空下的人影被许盛改成交错的站位，细碎的繁星从夜空倒映下来，汇聚成璀璨的星河，流入每一个人高举的手中。下面的人本来设计的不是影子，但实在没有办法挨个细化，也没那个时间，于是许盛直接用大块面的色彩堆出了一道道绚烂的人影，色彩冲击力极强。很难想象这是两个多小时改出来的东西。

许盛一拿画笔就容易顾不上其他事情，等他回神，才发现邵湛收拾完东西，倚着后排座椅等他半天了。

"几点了？"

"快十二点。"

许盛完全没意识到时间过得那么快，他放下手里的颜料跟邵湛报备进度："差不多了。"

邵湛把他脱下来的外套递给他："穿上，下来。"

许盛刚才上蹿下跳地画，穿着外套行动也不便。但现在邵湛发话了，他也只好老老实实地把外套穿上。许盛穿完外套就蹲在沾了斑斓颜料的课桌上，背后刚好映着漫天繁星。许盛单手撑着书桌跳下来，两人恰好赶在巡逻老师扫到七班之前溜回寝室。

邱秋放心不下黑板报，第二天早饭都顾不上吃，就早早到了教室，跟她一起到教室的还有黑板报小组的其他两位成员。

袁自强还在宽慰她："秋姐，别自责，是我菜。"

谭凯嘴上说着自信，画完之后什么自信也没了："秋姐，对不起啊，咱们班黑板报画成这样都是我的问题，是我对自己的画技过分自信，是我……"几人说着推开教室门，谭凯愣住，后半句话生生转了个弯："走错班了？"

"想啥呢，写了高二（7）班，走了一年的路能走错吗？"袁自强撞开谭凯，准备进教室，话刚说完，他又猛地退出去，"真的走错班了？！这不是我们班！"

他们班哪里会有那么好看的黑板报！

邱秋第一反应也是这不是七班。紧接着脑子里慢一拍地想起少年昨天随手在报名表上填写的名字，还有那句随意且张扬的"我来吧"。她在班级门口怔住了。黑板报上那片繁星和用各种色块堆出来的人影带来强烈的视觉冲击——之前谭凯他们画的和面前这幅画比起来，简直就是三岁小孩的水平。不止是谭凯他们的，哪怕是之前黑板报出得最出色的六班和三班最引以为傲的那幅粉笔画在这幅画面前，全都沦为陪衬。

半晌，邱秋说："这是……盛哥画的。"

谭凯没反应过来："谁？！我认识吗？"

袁自强也第一时间想明白："我们班还有其他盛哥吗？"

邱秋彻底服了这两个"三岁"。

还未评选，七班出的黑板报巨好看这件事就在年级里传开了。评选结果更是毫无悬念，第一名就是高二（7）班。全年级师生都对这件事情表示震惊，尤其是昨天还嘲笑过七班黑板报出得稀烂的六班同学。

"昨天晚上发生了什么？"

"七班请枪手了？"

"昨天还在说六班肯定稳赢……"

当事人许盛根本不关心最终的成绩，由于昨天画得太晚，再加上本身为了考试连着熬了几个晚上，他睡了一整节早自习。他趴下去之前，看到前排同学一动不动地盯着他看。许盛困的时候脾气不是特别好："有事吗？有事等我睡醒再说！"前排同学默默转了回去，心说：他们七班确实有枪手，这个枪手的名字叫校霸。

等许盛彻底睡醒，第一节化学课已经过去一半，上课前黑板报评选结果也出来了。邵湛把抄下来的笔记给他，顺便通知："我们班第一名。"

许盛"哦"了一声，没什么反应："挺正常的，正常发挥。"

邵湛继续通知，没什么感情地说："邱秋说谢谢你，还有隔壁班文艺委员哭了。"

许盛摸摸鼻子，把其他班的文艺委员弄哭这种事情他黑板报生涯不止发生了一次："我就说参加这种活动很麻烦，要不是秋姐被骂，我肯定不上。隔壁班文艺委员男的女的？男的就算了，女的我要不去送颗糖？"

邵湛对许盛"妇女之友"的属性感到头疼："你送糖打算说什么？"

许盛想了会儿，想到一句开场白："下次让让你？"

邵湛表示大可不必。

许校霸哄人的技巧确实一流，但他要是真带着颗糖把人堵在后门并丢下一句"下次让让你"，估计隔壁班文艺委员能被吓得毕业都回不过神。

许盛说完，就摊开邵湛的笔记打算抄下来，谁知边上那人伸手，直接把笔记拿回去了。

"喂……"许盛拿着笔，用笔杆敲了敲桌面说，"几个意思？"

邵湛没说话。

"哥哥？"

邵湛冷声说："叫哥也没用，笔记在黑板上，自己抬头抄。"

许盛放下笔，没办法了，直接夸："黑板上的字没你的好看。"

"我开玩笑的，不送了，"许盛反应过来邵湛担心自己真去送糖刺激别人，"我还要跟你一起学习，确实不应该再为了不相关的事分心。"

许盛画的黑板报图片起初只在学校贴吧里流传，最后不知道谁传到了网络平台上，吸引了一波大点赞，网友纷纷感叹：别人班的黑板报。

六班文艺委员哭的事儿闹得孟国伟都知道了，不光全年级震惊于他们七班的实力，孟国伟本人也相当震惊。他当时观望过自己班的黑板报，知道凭谭凯的幼儿园蜡笔画三等奖的水平拿奖就等于痴人说梦。他还安慰自己：算了，学生还是以学习为主，其他都是浮云。却没想到最后是许盛给了他一个大惊喜："我们班许盛还有这种惊人的实力？我怎么不知道呢？

我都准备好咱班黑板报拿倒数了。"

孟国伟正诧异，没过多久便接到了许盛妈妈打来的电话。凭借他敏锐的感觉，女人这两次打电话过来的语气和以往的都不一样，谈及许盛时连关注的重点也变了，没再问过许盛有没有在学校做和学习无关的事。

许雅萍在康姨那补习了一通关于艺考的知识，明白凭许盛的水平，只要他老老实实把文化课成绩提上来，什么学校都没问题——这是她万万没想到的。她当初通过"许湛"想明白，放手让许盛去做自己喜欢的事的时候，并没有想那么多，也没期望过他会有多么好的成绩，没想到松开手之后，拿到了命运馈赠给她的礼物，更是惶恐要是没松口，许盛该因她而错过多少。

"孟老师，您好。"许雅萍开门见山，说明来意，"是这样的，许盛打算参加艺考……"

艺什么考？

"这不马上也快高三了吗？就想着提前跟您说一声，高三他还得去画室参加集训，没法来学校上课，情况比较特殊……"

美术联考前的一个月是"集训期"。考生需要暂时放下文化课去画室参加集训备考，密集练习，提高手感和技术水平，以便在联考中发挥出最佳水平。孟国伟是听说过集训的，因为隔壁立阳二中就这么干，美术联考的流程他多多少少有听说过，但是他们临江从来没出过美术生啊！别说是近几年，就算往前推，推到建校那天起都找不出一个！

孟国伟短暂震惊之后，很快找回表述能力："我知道了，这个……这个情况确实特殊。"太特殊了，特殊到他都不知道要怎么跟顾主任汇报。

许雅萍交代完情况，挂电话前又问："许盛最近精神状态还好吧？没有什么不对劲的举动吧？比如突然像换了一个人一样，又或者突然说些莫名其妙的话？"

孟国伟刚消化完他们临江要出第一位美术生的事儿，就听到这几句话，愣是把许盛说得像是精神病……许盛挺正常的啊，现在母亲对孩子的关心都到这个程度了吗？孟国伟愣愣地想。

继黑板报事件之后，许盛要参加美术联考、成为临江第一位美术生的事情很快传遍了办公室，讨论得多了，当中也不乏质疑的声音。

"杨老师，"另一间教师办公室里，有老师向七班化学代课老师打探消息，"许盛是你代课的那个班的吧？听说他要走美术了？这也真是神奇，咱学校还没出过美术生呢。"

杨老师本来就不喜欢许盛，即使许盛这学期学习态度有所改正，她还是不喜欢。她心底对许盛走美术这件事情抱有偏见，听了对方的话，她轻笑了一声："想走捷径吧，他这个分数，虽然现在提了点，要正儿八经上个好学校，几乎不可能。"

当然，除了老师在讨论之外，学生之间也没少议论。走廊里，几位出操迟到的六班同学聚在一起，边说边往楼梯口走。

其中一位不服气地说："美术生文化课要求低，按照算法，同样的学校，就算文化课分数比我们低很多都能进去……"

"这么爽的吗？！"

"我们辛辛苦苦复习，他们画画的还能降分？"

之前黑板报比赛，六班稳赢的局面被七班截和，如今新仇旧恨一起，就算许盛是校霸也不妨碍他们在背后嚼舌根："我觉得许盛吧，要是这样分数还是不够，买个学校上上也说不——"

他们的话戛然而止，因为在他们面前，浑身冷意的少年正好顺着楼梯走下来。他手里拿着本薄薄的练习册，袖口被挽了起来，精瘦的手腕露在外面。几人面前的这位爷身上带着称号，任谁见了都要心服口服地喊一声"学神"。

也是巧，邵湛被老师叫过去单独改了趟题，回来的时候就撞见这几个人在嚼舌根。邵湛表情没有什么变化地继续往前走，但经过六班那几个人的时候没有直接擦身而过，而是在其中一个人面前停下了。

"你刚才说什么？"说这句话的时候，邵湛的语气真算不上好，冷透了。就算在他们眼里邵湛有学神光环，但此刻那光环也压不住面前少年带着戾气的眉眼。他光是这么站着，就让面前几人感到呼吸不畅了。

长时间得不到回应，他似乎是不耐烦了："听不懂人话？怎么说的，再说一遍。"

许盛在顾阎王办公室里站了十分钟，作为临江头一号的艺考生，他可以说是开创了临江的历史。顾阎王看着许盛感慨道："许盛，我虽然知道你一直不按常理出牌，永远猜不到你下一步会出什么招，但万万没想到你还能带给我这种惊喜。"

"也不用这么夸我，过誉了。"

闻言，顾阎王忍不住横了许盛一眼。话又说回来，顾阎王凶是凶，说话也不好听，但还是费心费力找了一堆美术生的资料了解情况。他合上手里那堆资料，问："既然要走美术，立阳二中是美术特色学校，当初怎么没有考虑去立阳？"

说到这个，就得提及和许雅萍之间的矛盾，但这个着实没什么好说的。"确实有想过。"许盛略过详情，对顾阎王解释道，只是话说到这，他又顿了顿，"中考一不小心，分数考得太高了，就没去。"

饶是顾阎王跟许盛过招的回合多，这会儿也忍不住腹诽：别人都是落榜，你这真是与众不同，考太高了，一不小心就够上了第一志愿！

许盛说着话抬眼看了眼墙上的时钟，不知道这场谈话还要谈多久。出操前他和邵湛说好一起去操场的，也不知道邵湛那边结束没有。许盛算着时间，浑然不知他同桌此刻在楼梯口和六班同学发生了一些争执。

"猴子——猴子！"

侯俊刚带着大部队走到篮球场，就听见身后有人喊他。七班黑板报拿了第一，侯俊走路都抬头挺胸的："怎么了？"

来的人是六班班长："打——打起来了。"

"你好好说话！大什么大？结巴啊？"

六班班长气喘吁吁："学神和我们班齐家明打起来了！"

侯俊怀疑自己是不是听错了，"学神"这两个字替换成许盛更合适一些："今天愚人节？"

虽然怀疑，但侯俊的动作却不迟疑。他带着"眼不见为不实"的想法，和谭凯、袁自强一路飞奔回教学楼，跑得呼吸都快喘不上来了才在两分钟后赶到"案发地点"，看到了令他哑口无言的一幕。

说打起来，其实并不贴切，因为其中一方压根没有还手的余地。邵湛坐在台阶上，校服还是穿得工工整整的，浑身被平时很少窥见的戾气包裹。少年下颚微收，下颌线锋利又流畅。他腿长，一步就跨过几级台阶。他并没有真动手，只是看似随意地抓着齐家明的衣领，唯有绷紧的肌肉透露出他的力道绝不像看起来那么随意。齐家明整个人跪坐在地，陡然收紧的衣领像一只无形的手，勒得他喘不过气。

邵湛盯着他说："我话不想说第二遍，道歉。"

邵湛动手和许盛不一样，没那么多招式，简简单单一个动作就压得人动弹不得。

侯俊没见过这样的学神，愣了一会儿才想起来自己的目的，连忙上去劝："慢着，湛哥，冷静点——"

谭凯也劝："是啊，想想我们的校训，有什么话不能好好说呢？"

袁自强觉得这个场面和这几句话都似曾相识，好像在哪里发生过，但他一时间顾不上那么多，只能跟着说："是啊，那什么，跟我念一遍，文明，和谐……"

邵湛不比许盛，动手处理问题的时候还能容忍别人在耳边叨叨，他连眼神都没有分给侯俊他们几个就直接打断："闭嘴，很吵。"

这个世界怎么了？侯俊发现自己甚至都不太敢上前，但又隐隐觉得，邵湛现在这个样子，并不让人感到意外。这个不意外的根源，可能是因为……他现在完全没有给人外貌和气质不和谐的感觉。

被邵湛制住的齐家明可能是逆反心理起来了，加上被那么多人围观，觉得没面子。他不管面前的是学神还是哪个神，不光没道歉，还梗着脖子说："我又没说错！谁不知道许盛成绩不好？黑板报得了第一又怎么样？指不定找谁帮忙画的！美术生降那么多分，本来就不公平——"

邵湛骨节分明的手指绷紧着，但他还没来得及有什么动作，本来还喊着"冷静点"的侯俊不冷静了："等会儿，兄弟，你这样说话就不对了。"侯俊说着三两步跨上台阶，坐在邵湛边上，说话时也学着他湛哥摆了个姿势，奈何腿的长度不一样，只能生生矮一级台阶。

谭凯也坐过去说："几个意思啊？说的是人话吗？"

袁自强也想坐，但是台阶位置有限，他块头又大，只能在齐家明身后站着："你这三观确实需要有人好好给你纠正纠正。"

一块儿赶过来站在边上不知所措的六班班长哪见过这种阵势。七班一行人把人围着，硬是把事态从"个人作案"升级到了"团体作案"。

侯俊俨然忘了自己是来劝架的，虽然坐下去的一刻，自己也觉得莫名有种熟悉感，隐隐觉得好像哪里不对。

顾阎王办公室里，谈话终于进行到了尾声。"那行，具体事情我都已经了解得差不多了，"顾阎王说，"你先去操场吧。"

许盛百无聊赖地把目光从时钟上挪开，正要走时，门被人一把撞开。来人连敲门都忘了，见到人就惊慌失措地喊："顾主任，不好了！七班的人可能要和我们班的同学打起来了！"

许盛本来被这场谈话弄得昏昏欲睡，这下好了，瞌睡都被喊跑了。

许盛跟着顾阎王出来之前完全没想到"七班的人"里，为首的那个会是邵湛。邵湛坐在那里气势够强了，加上侯俊他们三个人，看过去更像是那么回事了。

"干什么呢你们几个都给我散开，在边上站好了！还有你，你……"人群散开之后，坐在台阶最里侧的那个人才显露出来，严厉的顾阎王卡壳了，"邵湛？"

许盛刚想问发生了什么，就见到坐在台阶上的少年慢条斯理地松开手站起来，他垂着眼，似乎并不介意六班班长把老师喊过来。"我找的碴儿，"邵湛说，"检讨还是处分您随意，但是他得道个歉。"

齐家明见了顾阎王才肯低头。但不可否认，他也确实被邵湛吓软了，梗着脖子爆发完之后所有力量悉数消失，此刻更是后怕，根本不需要邵湛再说第二遍就主动开口："许盛同学，对不起。我不太了解美术生，刚才不该那样说你。"

许盛这回是真的怔住了，听到这句，刚才到底发生了什么，已经不需要再解释。他从高一开始就满身谣言，背后说他闲话的人多了，计较不过来，他也懒得理会。但他没想到邵湛会……

顾阎王挨个训完，就让闹事的几个站在走廊上写检讨。不光要交，还要在下周一进行全校检讨。

侯俊趴在栏杆上写检讨的时候才发现，历史真的是相似的。上次是许盛，这次是邵湛，他作为七班班长，本应该带领着七班走向辉煌，却走在了不断写检讨的路上。侯俊欲哭无泪地说道："我还有确认表要交到综合办去的啊……"

许盛一直没走，这时出现在侯俊身后，一把抽走了他手里的纸和笔："去吧，班长，检讨我帮你写。"

"这不好吧？"

许盛"啧"一声，倚着栏杆说："虽然哥的语文作文分数不高，但我专业写检讨多年，检讨水平之高全临江找不出第二个，出了事我担着。"

"我其实不好意思说，你就非要我说出来吗？"侯俊为难道，"你的字不太行。"

许盛在这一瞬间有点后悔自己的善良。

但那份确认表特别重要，侯俊在许盛再三保证自己会好好写字，写出人能看得清的字之后，才把位置让给许盛。

侯俊空出来的位置刚好在邵湛边上。刚才人多，许盛一直没能跟他说上话，这会儿终于有机会了。他用笔杆碰了碰边上的人："跟他计较干什么，你不怕处分？"

许盛这个人不把处分当回事，毕竟处分对坏学生来说不算什么，对好学生来说，处分的影响却很大。许盛边写检讨边说："今年的优秀学生不评了吗，大校霸？还有之前侯俊说的保送……"

他话还没说完就听见邵湛说："没你重要。"

这个时候许盛正写到"我认识到了自己的错误"这句，因为邵湛的话，"误"字的最后一笔不受控制地划出去了一点。

邵湛继续说："优秀学生，能当饭吃？"

"那也不能——"

许盛这句话没说完，被邵湛看过来的目光打断了。

"我以为你不喜欢动手。"许盛又说。

邵湛初中当校霸的事，对他来说绝对不是什么值得高兴的经历。他逃避过，也以此约束过自己："偶尔可以破例。"

"偶尔？"

"触及底线的时候。"邵湛说，"还要我说得再明白点吗？"

边上谭凯二人还在商量检讨该怎么写："一回生二回熟。你别说，我现在还真感觉自己逐渐摸索到了写检讨的套路。"

袁自强对谭凯的自我陶醉嗤之以鼻："你憋半天才十个字，就别套路了，丢不丢人？"

检讨这玩意儿，许盛写过太多，理应闭着眼睛都能写，但现在他思路全无，完全不知道下一段该如何展开，他最后放下笔，用手背碰了碰发烫的耳尖，用只有他们两个人能听到的音量对邵湛说："谢谢。"

周一升旗仪式上有检讨环节的事儿，在出操前六中同学就略有耳闻。拜许盛所赐，六中同学对检讨这玩意儿一点也不在意，多惊天动地的检讨都在许盛那儿感受过了，普通的检讨都不太能调动他们的情绪。所以在听到有同学要上台念检讨的时候，他们的心情是波澜不惊的，甚至被冷风吹得很想赶紧回教室……直到他们听见："检讨人，高二（6）班齐家明，高二（7）班侯俊、谭凯、袁自强、邵湛。"

谁？他们学校有人和学神同名同姓吗？所有同学听得心跳都漏了一拍。邵湛作为优秀学生代表曾多次站在升旗台上分享学习经验、代表学生进行主题发言，但是做检讨还是第一次。有了这一句预告，同学们对接下来的检讨环节生出一份期待。

这次上台检讨的人数多，但发言时间有限，加上情节并不严重，就是发生了些口角，每人只说一段就行。侯俊和谭凯他们三个垂着头站在边上，迎来人生第二回难得的检讨。侯俊到底没用许盛写的检讨，自己匆忙写了一份，念起来还磕巴："我错了，下次我一定会在规劝同学的同时，克制住我自己，不能再像这样，走上犯罪……不是，老师对不起，我口误，是犯错的道路。"

　　侯俊结结巴巴地说完之后，一只手接过话筒，检讨人还未开口，台下的同学骚动起来。

　　"真的是学神啊？"

　　"真的是！"

　　"学神检讨？检讨什么？这是我认识的学神？我是不是没睡醒？"

　　台下议论纷纷。许盛站在七班队伍末尾，离升旗台很远，只能隐约看到少年高瘦的身形，以及被阳光勾勒出的冷冽轮廓。邵湛平时就冷淡，这次因为检讨才站在升旗台上，那种不近人情的感觉更甚。音响里传出少年的声音，那声音低冷，没什么起伏："我下次会注意和同学交流的方式。也请齐家明同学在今后的日子里继续检讨自己。"

　　邵湛说完，全校哗然。侯俊在边上听得简直惊了，心说：湛哥你们这对同桌怎么回事，一个"下次还打你"，另一个"你反思一下你自己"。有这么做检讨的吗？！

　　近日天气转暖，穿破云层的阳光变得格外炽热。邵湛的检讨首秀就以震惊全校为结尾，说完后，他毫不留恋地把话筒递还给边上的侯俊。可侯俊迟迟没有反应。

　　邵湛见他迟迟不接，看了他一眼："有问题吗？"

　　侯俊心服口服："没有。湛哥，你是真男人。"

　　顾阎王站在升旗台不远处，险些被邵湛气了个仰倒："这——这——邵湛这检讨，成何体统！"这要换成是许盛在台上，他早已经冲上去打人了，只是这次检讨的人是他们六中优秀学生，他有一瞬间迟疑，正好就被孟国伟拦下："现在的孩子，年轻气盛——顾主任您消消气，给他一个机会，念在他是初犯……"

　　邵湛的初犯检讨和许盛的检讨，一齐进入了临江六中的校史。尤其是邵湛还有个"学神"的身份，两个标签组合在一起，让这件事的讨论度居高不下。

　　七班下节正好就是体育课，同学们直接留在操场上没回班。邵湛被顾阎王叫过去谈话，几分钟后才回来。此时，操场上只剩下他们班的同学了。许盛也不嫌晒，直接坐在篮球场边上，就这么看着邵湛走过来："这位同学，我记得你检讨书上不是这么写的吧？"

邵湛的检讨他见过，写得跟满分作文似的，他是顾阎王他能看得感动不已。这个点，阳光太晒，邵湛抬手拉开校服拉链，走到他面前的时候刚好挡住许盛面前照过来的阳光。

邵湛没否认："临时有了更好的想法。"邵湛又问："怎么了？"

许盛刚才还被阳光照着，眼睛习惯性眯起，他笑了声，摇摇头说："没怎么，很帅，边上女生的尖叫声都快震聋我了。"

他们俩的位置在篮球场角落，视野范围窄，加上邵湛站在他面前完全挡住了他，从其他角度也很难看到他们在干什么，许盛心思微动，他说："弯个腰呗，哥。我有话想跟你说。"

邵湛没想太多，他把袖子挽上去，俯身弯下腰："说。"

许盛几根手指搭在身后的铁网上，借力起身——

"你今天很耀眼，闪得我眼睛都差点睁不开了。"

检讨事件后，不过一节课的时间，贴吧就盖起了新楼。主题：什么也不说了！今天！学神检讨！也太帅了吧！

这个话题很快引发无数跟帖回复：+1，我印象里的刻板的学神形象被打破了！成绩比我们好就算了，为什么还这么有气势啊？！

3楼：只有我一个人想起绿舟基地许盛的检讨吗？这一对同桌的检讨方式真是一脉相承。

4楼：报，前线消息，据说学神这次是"冲冠一怒为同桌"，那帮人先在背后说校霸闲话，学神听到就直接上了。

…………

话题往别的地方歪了歪，很快又再度回到学神检讨这个方向上。有人弱弱地发言：那什么，我有朋友是南平的，和学神一个学校。这位用贴吧小号发言的人后半句紧接着发：学神以前好像是校霸。

一石激起千层浪。

南平虽然在A市边缘，消息很难传过来，但架不住总有人在南平认识点朋友。在好奇心的驱使下，还真有人问到一堆信息量贼大的情报。

"邵湛以前在我们学校是出了名的校霸啊。"

"没人敢惹，打架，翘课，也不考试的那种。"

"直到中考前才突然开始学习。"

众所周知，临江六中是一所校风严谨的学校，许盛已经算是临江难得一遇的学生了，谁能想到邵湛的经历更加精彩。"学神""校霸"这两个标签被融合在一个人身上，被大家瞻仰的学神居然有这种过去——贴吧里的流量再创新高。

180楼：难怪，我其实一直觉得学神很冷，就是不太敢靠近的那种冷。

181楼：我需要缓缓……

182楼：想静静，别问我静静是谁。

当然其中也不乏一些质疑的声音，比如：就这样了还能年年被评为优秀学生？

许盛知道贴吧里围绕着"邵湛校霸事件"不断发酵的时候，已经是第二天晚上，当时他正在邵湛寝室里刷题，侯俊把帖子的链接和担忧一起给他发了过来：这个帖子现在全校都在讨论，会不会对湛哥有影响？

许盛点进去看了眼，这都什么乱七八糟的。

[侯俊]：我不知道要不要跟湛哥说，所以来问问你。

虽然邵湛现在应该已经不会再介意这些事情，但许盛还是不想让他看见这些流言蜚语：不用，跟我说就行了。

许盛继手滑给自己写了赞美小作文之后，难得登一次贴吧，登上去之后还特意确认一下自己账号的名字。于是贴吧里的同学议论到一半，看见一个熟悉的ID：许盛。这个ID上来只说了四个字——说够了吗。全贴吧便鸦雀无声了。

许盛的账号跟邵湛的一样出名，因为他之前回复过一个闹得热热烈烈的表白帖。见众人都不作声，许盛又发了一句：他没什么故事，更没什么见不得人的事，背后讨论没意思，还有什么想问的，直接来七班找我。

谁敢去和许盛当面对质啊！有校霸的这番话在，帖子的热度很快降下去了。再加上期末考试临近，复习的时间都不够，大家八卦的热情来得快去得也快。这个谣言的影响不大，毕竟邵湛过去的事情无法考究，现在的邵湛是公认的学神，过去从来都不是衡量一个人的标准。

　　倒是事情过去之后，这阵风传回到邵湛耳朵里时，邵湛正在给许盛划考试重点，心里忍不住一片柔软："理他们干什么？"

　　"我同桌，"许盛已经做完了两套总复习题，只说，"轮得到他们评头论足吗？"

CHAPTER 37

生日礼物

考试最容易消耗时间，时光被书写在一张张不断往后传阅的试卷上。同学们很快脱下冬装外套，出门只需要穿一件薄外套就行。再从试卷间抬头，发现迎来了今年的第一声蝉鸣，夏天到了。许盛去小卖部买的矿泉水，也从常温变成了冒着冷气的冰水。

"同桌，喝吗？"

从许盛手上接过水时，邵湛正在翻某个可能被遗漏的知识点，课本是上学期的，他恰巧翻到的那一页上面有许盛第一次成为他时乱涂乱画的痕迹。许盛字迹潦草，从字里行间能看出他当时是烦得不行，勉强把黑板上的板书记下来。如今再看，这些痕迹像上一个夏天走之前留下的暗号。

许盛显然也看到了，他回想起一学期前两人离谱的经历，摸摸鼻子，说："别问我记了些什么，这几个字我自己也看不懂。"

六月末，紧锣密鼓的复习过后，迎来为期两天的期末考。许盛经过两轮期末模拟测试的磨炼，成绩一直在平稳上升。但是所有科目里，还有一门让许盛愁到头秃——英语，部分美术生的噩梦。每所美术类院校对艺术生都有文化课要求，英语更是设置了及格线。康凯无数次模拟考就是死在英语上，即使画画水平稳定，但英语成绩却离及格线还很远。

这会儿，许盛和康凯这两个被英语支配的卑微美术生正在交流心得。

[S]：你这次考了多少？

[康凯]：我50分！50！

[S]：比你好点，但也好不到哪儿去。

英语词汇量这个东西得实打实地背，慢慢积累，没有捷径可走，许盛在很长一段时间里，每天早上起来第一件事就是背单词，但这次期末考，英语成绩还是止步不前。孟国伟翻着他的期末考卷找他谈话时，也指出这点："其他科目进步得很快，能看出来你基础已经补得相当扎实了，高三跟着大家一起过两轮复习，到时候考试问题应该不大，要对自己有信心。就是英语，还得继续积累才行。"

说是两轮复习，但许盛还要参加集训和校考，留给他的时间其实只剩下一轮。许盛也明白，所以哪怕这段时间觉都不够睡，他还是在心底把今晚的睡觉时间再往后挪了一小时。面对孟国伟的提醒，他也难得地老实答应："知道了。"

正值盛夏，窗外蝉鸣声不绝。离开冷气充足的办公室，空气很快就变得燥热。许盛拎着试卷回班时看到侯俊正在组织大家换教室："咱们下学期……哎，说下学期太生分了，毕竟我们连假期都没有。反正我们明天起就去对面那栋楼了，顾主任让我们现在就搬过去，大家都快点动手，收拾收拾东西——"

侯俊带着七班同学踏进高三（7）班的那一刻，心情无比复杂："也不用在黑板上提前写好倒计时欢迎我们吧。"

期末考意味着高二整个学年的结束，也象征着所有高二年级同学有了一个新身份。尽管从高二（7）班走到高三（7）班，只经过了一条长廊。

许盛晚上在自己寝室复习。平时他和邵湛睡觉的时间点差不多，睡之前邵湛会发两句消息过来。这天许盛做题做得时间久了，忘了回，等想起来回复已经是凌晨三点，他满脑子都是英语单词和语法，看到消息回复的时候下意识回了一句"good night"。

隔了两分钟，屏幕又亮起，是邵湛。

——还没睡？

发第二句话的时候邵湛人已经站在许盛寝室门口，他穿了件黑色T恤，倚着墙，站在空无一人的走廊里低头给他发消息：开门。

许盛开门的时候有些发愣："你怎么来了，正好我有道题……"一年前，许盛怎么也想不到自己会有这么求知若渴的一天。

"不讲题，"邵湛走进他寝室，对他那道题并不感兴趣，根本就没打算给他讲，他进门时手随意搭在他头顶上，"来催你睡觉。"

许盛再三发誓，保证自己就再做一道题："就一题。"

邵湛却不为所动："一题也不行。"

台灯打在许盛脸上，轻轻浅浅地勾出他略微上挑的眼："哥……"

邵湛拿他没办法，只能同意，而同意的结果就是许盛一道题接着一道地复习整理。

邵湛失去耐心，说："快睡，剩下的题明天再给你讲。

等邵湛走后，许盛摸黑去冲了澡，然后边擦头发边给邵湛发消息。邵湛为了看他睡没睡觉，特意发了一条消息过来试探。

许盛倚着隔间门，低头回复：晚安。

对面很快回了过来：晚安。

许盛手里还捏着洗澡前取下来的那枚耳钉，他借着手机屏幕光走到床边，想起刚刚发生的一切，有意去呛邵湛。他摁下录音键，把手机凑到嘴边说："哥哥……真的不看看那道题吗？不给我讲讲你睡得着吗？"

许盛发完就专心等回复。手指点在手机屏幕上，点了几下才等到邵湛回过来的两个字：别闹。

许盛正要回复，邵湛又发过来一句：你生日是不是快到了？

事实上距离许盛的生日还有不到两个月的时间。

[S]：你怎么知道？

[S]：我觉得你提前准备一下生日礼物比较好，你同桌过完生日就成年了，得准备一份大礼。

许盛这晚梦里都是英语单词、语法和邵湛，三者交织出现，一会儿是邵湛在教他语法，一会儿是词汇手册里的字在他面前绕，等他睁开眼醒过来，觉得睡觉比做题还累。

次日课前，大家讨论热烈，因为很多人对"高三（7）班"这个名字还是陌生。袁自强说："你们都想象不到我干了什么！我早上走错教室了，就说我在教室里坐了半天怎么一个人都没有，一看，是咱高二的教室！"

侯俊见袁自强来了，扬声说："自强你来得正好，把黑板上的倒计时改一改，减一天。"

谭凯吐槽："倒计时这主意到底谁想出来的？"

许盛缩在后面背单词，听见侯俊的声音传来："顾阎王呗！说是要喜迎这届新高三新生，整这么一出，是够惊喜的。"

谭凯服了："惊人的操作。作为这届高三新生，我可太惊喜了！昨天晚上做梦都是这个夺命倒计时！"

这天上午第一节就是英语课。

英语老师在台上说："把试卷翻到翻译题，我们来看第一道——睡觉的都醒一醒啊，都给我打起精神。这套题非常典型，咱们好好分析，把这套题吃透了，题目是做不完的，但是方法可以通用。"

许盛跟英语死磕上了，奈何天气热，英语课又容易犯困，他上课上到一半，把手腕横着伸到邵湛面前，五指张开："哥，掐我一下。"

邵湛侧头看他一眼，放下笔。

英语老师正背过身去写板书："At that crossroads,he was a..."

就在许盛以为邵湛要掐他的时候，邵湛指间夹着支笔，不轻不重地敲在他手背上："醒了吗？"

许盛想到那个昨天晚上没聊完的话题："昨天是跟你开玩笑的，礼物就不用送了，麻烦。"虽然他平时总跟邱秋她们几个女生逛商店帮忙挑选礼物，事实上对生日礼物并不热衷，何况男生之间能送的东西也少。大概是怕邵湛理解偏，许盛又补充："不过生日是真的。"

邵湛松开手，捏了捏骨节。他没提礼物的事儿，不代表他不准备送。但"南平校霸"十几年的人生经历里，还没有帮同桌过生日这一体验。

课间，许盛不在教室，侯俊刚好过来请教题目。邵湛讲题只花了半分钟，但帮他把知识点圈起来之后，却没有要把试卷还给他的意思。

"问个问题。"

侯俊受宠若惊："您问。"

"要送朋友生日礼物，有推荐吗？"

"谁过？男的女的？"侯俊琢磨两下，一拍手掌，"好办，送什么都不如送点实用的。现在大家都忙着冲刺高考，不如就送几袋咖啡豆吧，提神醒脑，奋战高考。"

邵湛最近想了太多关于生日的事情，一下忘了面前的侯俊在邱秋生日会那会儿展现出来的魔鬼审美："拿着试卷，滚回自己位置上去。"

南平小组里倒是比较集思广益，只是画风都不太对。

——湛哥，我这有推荐。

——说。

——我在我对象生日那天，带着几位兄弟，在出早操的时候抢了年级主任的话筒，直接冲上台让全学校都知道她是我认定的人。不光是这个生日，下一个生日、下下个生日都会有我陪着她。

——……

——嗐！不好意思，湛哥，我说习惯了，现在是前对象，当天她就跟我分手了。

——早恋是不对的。

邵湛发完这一句，也不管组的反应，直接退出了聊天界面。

南平这帮人更是没什么参考性了。邵湛在南平那会儿这帮人就疯得很，谈恋爱常常吃处分，谈到最后都会收到退学警告。群里的人聊着聊着，才想起来邵湛以前都是被人表白的那个。早年还有女生大着胆子在升旗台上跟他表白，那时候的邵湛看都不看一眼，径直从后排退场。

今天一整天的课都在讲解期末试卷，邵湛下了晚自习回寝室洗澡，可能是想起南平，洗过澡后他对着镜子看了会儿，然后背过身，看到那片很容易被他遗忘的文身。

许盛生日临近那会儿，高三第一次月考刚过。说是月考，其实更像

第三十七章 生日礼物

223

是一轮模拟考。许盛考完试后对着英语试卷找自己不认识的单词，查漏补缺，张峰刚好从走廊另一头过来。他隔着教室后窗敲许盛："你是不是把兄弟忘了，多久没来我们班找我了。"

许盛翻看词汇手册，头都没抬："都说了，学习中，勿扰。"

许盛真学习起来就跟不要命一样，这段时间更是。他想在集训前把成绩尽可能提高，补课补得比中考那会儿还疯。

"虽然你之前一直说要学习，但成绩也不至于那么突飞猛进吧？你这样发展下去都快进第四考场了！"张峰问，"你是不是有情况啊？"

许盛用眼神明示张峰自己不懂他的意思。

张峰耐心解释："你这样实在很像跟谁约好了要考同一所大学。"

许盛摸摸鼻子，心说：这么理解倒也没错。他这两学期成绩进步那么快，画画是一个原因，邵湛也确实是另一个原因。以前央美是他的目标之一，实在考不上，其他美院也可以。但是他期末考前被叫去谈艺考时，听孟国伟他们提到邵湛保送北大的事情，自此央美就是唯一目标了。

张峰话题一转："说起来你生日是不是快到了？"

许盛被考试整得忘了时间，一看日历，还真快了。他这回生日刚好撞上周末两天假期，生日前一周他接到许雅萍的电话："你周末直接去康姨那吧，你生日在哪儿过都是过，正好妈也想请你康姨吃顿饭。"

许盛接电话的时候正好在邵湛寝室里写题，他对邵湛做了个口型"咱妈"。这么说也没错，邵湛确实当过许雅萍半个儿子，还以一己之力发挥出"许湛"这个第二人格，让许雅萍一度很担心许盛的精神问题。

听到许雅萍这么说，许盛笑了："到底是谁过生日？"

"反正你直接去就行。还有，妈看到你月考成绩了，考得不错！"许盛"嗯"了一声，心不在焉，发现周末回家这事儿怎么也躲不过去。

许雅萍每日一问："许湛没有再出来过吧？"

"这都多久了，你怎么还惦记他，都跟你说了没问题了。"而且"许湛"正坐他边上呢，许盛看了邵湛一眼。许雅萍怎么可能放心："你都高三了，马上高考，这种时候更要注意，万一许湛出来出什么岔子……"

直到许盛挂了电话，邵湛才关心起通话内容："咱妈说什么？"

"咱妈让我周末生日回去一趟，顺便问候了一下你，许湛哥哥。"

许盛生日当天得去画室。康姨还有课要上，于是许盛想着干脆过去画张画，就提前从家里出发了。他给许雅萍发了条消息，把一切说好。同时躺在聊天界面上的还有一条消息，发消息时间是今天零点。

[同桌]: 生日快乐。

今年的夏天似乎格外漫长，到了九月末秋分这个节气上，温度依旧居高不下。不过A市昼夜温差大，许盛出门的时候套了件外套。他穿过人潮拥挤的地铁站从站口往外走时对着手机屏幕看了会儿，忍不住去想邵湛现在在干什么。应该在写题吧？除了高考模拟卷，还得练竞赛题……高三之后，临江竞赛组的任务也越发繁重。许盛觉得能在零点收到一句"生日快乐"已经很满足，不过邵湛现在要是能在的话，他可能会更开心一点。

距离十二月联考只剩下两个月时间，画室不少同学在学校考完第一轮总复习考试之后就来提前参加集训了。许盛到的时候，远远看到康姨坐在离门口不远的位置上给同学做示范："你这个衬布，颜色画得太脏了，调颜色的时候……"

外头风大，许盛戴着帽子，额前碎发还是被风吹得很乱，他进门之后叫了一声"康姨"。

"来了？"女人说。

许盛"嗯"了一声，围在康姨身边看她改画的女同学冲他弯弯腰，打招呼道："许助教。"

康姨挑眉："认识？等会儿，你什么时候成我这儿的助教了，我怎么不知道？"

许盛摸摸鼻子："可能有点误会。"

许盛周末会来画室练习，大部分时间都和康凯躲在小房间里。偶尔有一次，他拉开门走出去接邵湛的电话，偶然发现午休时间空荡的画室里还坐着一个矮个子女生，她对着画发愁，一副要哭不哭的样子。

女生跟不上进度，画出来总是不理想，一个人坐在这憋气。她正打算往后画，却瞥见身侧的墙上倚了个人，少年眼尾上挑，自带几分笑意，眼中细碎的光和耳侧那枚耳钉一样闪，少年手机贴在耳边。见她看过来，他就把手机拿远了一些："小同学，画主体物的时候多加些环境色试试。"

"啊？"女生没有反应过来对方的话是对自己说的。只见那少年把手机再度拿近，似乎是对面的人说了什么，他才轻笑一声说："不说了，我去给人改个画。"

许盛挂了电话示意她起身，自己坐在对方的位置上开始讲解示范。这女生画主体物的时候，深浅、敏感都用的是一个颜色，比如棕色的陶瓷罐子就直接用棕色加白过渡，所以整个作品基本没有什么色彩。许盛刚说的话就是在提醒她这一点。示范的时候许盛画得很慢，仔仔细细地跟她讲反光怎么画、色轮基础是什么、环境色如何加进去……讲了足足有半小时。女生没在课堂上见过许盛，再加上那句"小同学"，于是她就以为许盛是新来的助教。如今这个称呼被叫到康姨面前，许盛再厚的脸皮也有些不好意思了。他解释说："上次午休你不在，我帮忙改过画，还有……"许盛说到这，把遮住半张脸的帽子摘了下来，说："小同学，我不是助教。"

康凯见到他第一反应就是扔了瓶水过去："你一周才来画室两天，能不能放过我们画室里的妹子！人妹子本来挺好一人，最近天天打听助教，我还以为我妈真招了什么新人。"

许盛顺势拧开瓶盖，在画架前坐下，一脚踩在画架底下的横杠上，说："说什么呢，我又没那个意思。"

康凯心说，得亏你没意思，你要是有意思那还得了。

许盛刚起完稿，手机不断震动，班级群今晚热闹得很。侯俊不知道从哪儿知道今天是许盛生日，组织大家在群里给他一人送了一句祝福。

[侯俊]：盛哥，我们之间的情谊，就不谈什么礼物不礼物的了啊，我先来，前程似锦！

[谭凯]：美院必过！

[袁自强]：凯子你为什么抢我台词！

[邱秋]：盛哥生日快乐哈！祝愿艺考顺利！

....

七班同学都知道许盛很快要暂时放下文化课去参加集训的事了。他们以前都不知道艺考是什么，现在在知道了之后，只觉得一个人，在大家都走同一条路的时候，能迈开步子去走另一条，是一件很有勇气的事情。

下午四点，许雅萍下班，画室也刚好下课。康姨在画室外面的小院子里支了张餐桌，几人坐在一块儿简单吃了顿饭。生日蛋糕不大，对着蜡烛许愿的时候，许盛脑海里晃过很多画面，最后停在一枚纸星星上，那就许关于这枚纸星星和折星星的人的愿望吧。

"一晃眼都那么大了。"许盛许完愿坐回去，许雅萍看着他感慨。

康姨笑了："是啊，头一回见到小盛时他才到我肩膀那么高。"

两人从这个话题聊到集训，康姨说："我想让他们两个人一起去另一家画室集训。我师兄的水平可能比我更适合带他们。"

康姨平时也带集训生，但许盛和康凯的水平和普通学生的层次不同，他们需要学习的不仅是中规中矩的联考内容。她推荐的画室名字叫"三原色"，这家画室在A市名气不小，位置在A市市区里，还有专门的宿舍区。除了硬件之外，画室老师在设计、造型这两个方面也教得比她好。

许盛听得心不在焉，频频低头看时间。见她俩聊到八点半还没有要停下来的意思，于是低下头去偷偷摸摸地跟邵湛聊天。

——在干什么？

——吃饭，听我妈和康姨唠嗑。

明天就是周一，许雅萍本想让他明天早上早点起床回学校，但许盛不肯。他收起手机，拿定主意要回学校："妈，康姨，我回学校了，周一有节随堂测验，我书没带回来，得回去复习。"

许雅萍起身，虽感到意外，却也没多想："这么晚还回学校？"

唯有康凯在边上用看破一切的眼神看着他。许盛也慢条斯理地背过身，拉起帽子时对康凯做了个嘴型，无声警告："闭嘴。"

天色已暗，路灯下倒影被拉得很长。许盛坐上车之后给邵湛发消息：

我现在回学校。

对面回得很快，也只有三个字。

——来路口。

——？

什么路口？许盛脑子转了好几圈也没想明白这个莫名其妙冒出来的路口是哪儿，直到邵湛紧接着发了张图过来。照片上，正中央的十字路口处人流稀疏，路口另一边商店半掩着门，照片角落露出一半路标——这地方许盛熟得不能再熟，正是画室对面那条街。

邵湛下午出门"买礼物"，一直弄到这个点。虽然知道今天没机会为许盛庆祝生日了，但他还是忍不住坐车到了这——下车，想碰碰运气。

许盛看着窗外景色，想到这趟车的终点站完全和画室背道而驰，忍不住爆了粗口。他俩岂不是跑反了？

许盛直接拨过去一通电话："你真棒！猜猜我现在在哪儿？"

邵湛倚着边上的栏杆，听到对面传来鸣笛声，有了答案："车上？"

"是在回学校的车上，"许盛补充，"我还有半小时到学校。"

听完邵湛也难得爆了句脏话，他说脏话的语气和平时那副学神的样子截然不同，但一样有气势。

许盛说完觉得他俩现在这情况还挺有意思，靠着车窗笑了声问："我过来还是你回来？"

"我回来。"邵湛说，"你等着。"

许盛到学校的时候，邵湛离到站还有二十多分钟。来回奔波出了一身汗，许盛回寝室冲了个澡，然后看时间差不多了才掐着点等他。

邵湛是翻墙回来的。他沿着楼梯往上走，顺着长长的走廊，看到蹲坐在他寝室门口的少年。许盛正在给许雅萍发消息，没抬眼就看到一道黑影遮在自己面前。

周末用不着穿校服，邵湛穿了件白色衬衫，衣领还是扣得很严实："起来。"

许盛跟在他后面进屋，随口问道："你跑去画室干什么？"

邵湛反问："你跑回学校干什么？"

答案不言而喻。

路上耽搁太久，寝室已经熄了灯。开门那会儿借着楼道里感应灯的光亮还能勉强看清屋内的摆设，等关上之后眼前就只剩下一片黑。

他凭着刚才开门时那点光，大致记得邵湛大概在什么位置，一伸手不小心触到少年精瘦的手腕。好一会儿许盛才适应寝室里的黑暗，一路磕磕碰碰地撞上不少障碍物，时间正往12点转，他听见邵湛说了一声："还来得及，生日快乐。"

许盛半干的头发贴在脸侧，微凉，却又说不出的热。他眯起眼，正想说话，邵湛伸手打开了书桌上的充电台灯。视野霎时间明亮起来，许盛还不太适应这光明，半眯着眼。

邵湛抬手，慢条斯理地解开了自己第一颗衬衫衣纽，紧接着是第二颗……直到邵湛侧身把衬衫往边上椅背上挂，许盛才看到少年肩胛骨处那块被改过的文身。痕迹很新，泛着红，一看就是刚文的——原先那团非主流火焰和翅膀，在重新设计之后，加上了一个字形潦草的字母"S"。

许盛看愣了，邵湛却只说了四个字："生日礼物。"

这个"S"应该是特意挑选的字体，并不规整。许盛这段时间被邵湛带着恶补了一通英文，越看越觉得这个"S"像他自己写的。

"你自己手写的？"

邵湛"嗯"了一声："店家设计了几种字体，都不合适。"

电脑字体大都一板一眼，花体字母虽然够华丽，但是印出来每道弧度却都透着死板，那不是他想要的效果。

其实他本来是想洗掉这个刺青的，然而今天下午走进店里，文身师念叨："洗文身很疼，也麻烦，你要不要考虑一下改个别的图案遮一遮？"文身师说着，忍不住去看进门的人，高中生模样，心里犯嘀咕。

邵湛改主意倒不是因为文身师说疼，而是觉得没必要了。高一之前，这个文身代表的是邵湛不想回忆的某段过往，但今天之后，它不是过去，它是现在，是被眼前这个人改变后新的更好的未来。

如果说许盛和邵湛原本是浩瀚宇宙的两颗孤星，那么互换的那一段经历就是点燃他们命运之轮的火种。不曾预料的发展，未曾说明的感谢……窗外繁星漫天，勾出一片星火连天的燎原。

CHAPTER 38

各自拼搏

　　这天晚上两人聊了很多，许盛懒得回自己寝室，直接跟邵湛挤在一起睡了。第二天他睁开眼，发现邵湛起得比他早，这会儿已经不在寝室里了。许盛躺在床上看着手机，顺手点开昨天没来得及听的祝福语音。

　　邵湛拎着早餐，还没进门就听到寝室里传出来一道女声："盛哥哥生日快乐！"停顿两秒后，出现另一道女声："盛哥，巧克力我塞你课桌桌肚里了，生日快乐！"

　　许盛躺在床上，挨个点开"闺密团"的祝福。邵湛进门不到两分钟，就听许盛放了不下六条语音，每条的声音还都不一样。其中塞巧克力的那个他有印象，是之前在教室后窗那儿拍过他一下的张彤。最后一个似乎是画室里的，因为对方说的是："谢谢你之前帮我改画，听康凯说昨天是你生日……"

　　许盛开始还想回复，但熬夜后嘶哑的嗓音让他打消了这个念头。

　　邵湛虽然知道许盛还有个"妇女之友"的身份，但还是被这个"闺密团"成员的数量震了一下。他把早餐放下，扭头问许盛："听完没有？"

　　"没，还有两条，人缘太好没办法。"许盛说。

　　他直接把许盛的手机抽走，把他安排明白："先吃饭。"

　　"哦。"许盛嗓子是真哑，可能因为昨晚熬了夜，所以还有点着凉。

　　"怎么那么哑？要请假吗？"

"不用，今天不是还要讲试卷吗？正好跟完一轮复习，之后集训可能没时间刷题。"真是太努力了，说完，许盛都有被自己感动到，他也没想过自己会有这么用功读书的一天。从上学期开始许盛就彻底脱离了最后考场，之后每次大考，考场号都在不断往前挪。虽然每次出现在不同的考场，都会带来不小的议论度——这可是传说中考试只会睡觉，常年稳坐最后考场倒数第一宝座的许盛——但这都改变不了他在那次四校联赛舞台上发过光之后，一路逆袭的事实。他甚至还成为各科老师口中的正面案例：

"张峰，你在想什么呢，上课还走神？连许盛都站起来了，他都开始学习了，你还在原地踏步，你自己反思反思，行吧？"每到这个时候，张峰就很郁闷，也很想问好兄弟为何变成了这样。

吃饭完，许盛回寝室简单洗漱完，又去邵湛寝室找他借另一套备用校服。许盛把邵湛那件薄校服外套套在T恤外面，对着镜子照了照，这才心满意足地出发去教室。等他到了教室才发现桌肚里不止张彤的巧克力，还有一堆东西。根据物品种类来看，估计全是女生送的，毕竟没有男生会送小熊钥匙扣。

许盛觉得很平常，还掏了一块巧克力送进嘴里。

邵湛第一次见这个场面，难免有些疑问；"你每年生日都收这么多巧克力？"

"也没有，张彤随手买的吧，估计是回礼。跟她说过不用……邵老师，你人气那么高，收过的巧克力应该比我多。"

"没有。"

"嗯？"校草评选人气第一，不应该啊。

"没人敢送。"

许盛想起来了，张峰之前跟他科普过一点学神的传说。边上这位学神一直都过着比他更像校霸的生活，从来没人敢往他桌肚里塞情书。为此，六中贴吧还特意发起过讨论：有姐妹送过吗？什么下场？

2楼：不敢，他抬头扫我一眼，我就怕了。把情书藏在背后，然后脑子一抽说了句"我有道题不会"。

3楼：我比较敢，然后学神说"不收"，我就被吓跑了。

…………

　　早上许盛有些不舒服了，嘴上说是没事，可强撑着听完两节课之后还是难免犯困。上午第三节课还没下课，他就戴上帽子趴了下去，衣领罕见地拉得严严实实。下课时，毫不知情的侯俊就从前排飞快跑到邵湛面前想请他讲题，结果"湛哥"的"湛"字刚说出来，就被直接打断。

　　"回去。"

　　侯俊拎着张试卷，一个急刹车，脸上写满了问号。

　　邵湛给许盛改完错题后，好心补充："我同桌在睡觉。"邵湛往后靠，给出三个选项："问别人，自己想，或者下节课课间再过来。"

　　侯俊看看趴在课桌上睡觉的许盛，又看看邵湛，懂了，滚得很利索："打扰了。"

　　十月底，树木只剩下光秃秃的枝丫，大雨过后，气温骤降。许盛参加集训前考了最后一次模拟考试，他要在离校前去找孟国伟拿成绩单。

　　"这两次考试，你成绩都很稳定……"孟国伟把这次的成绩条递给他。许盛注意到这成绩条上一共有两行字，其中第二行是他高二开学那天的摸底考成绩：语文48，数学36，英语22，理综59。

　　这份成绩，现在再看确实挺惨烈的。

　　孟国伟也回想起第一天接手这个班，在办公室里见到许盛的样子："老师为你的进步骄傲，以后每天复习的课件我都会发给你一份，集训这一个月尽量多抽出点时间把重点再复习几遍。"

　　孟国伟这次叫许盛来，嘱咐一下学习是一方面，另一方面是怕他孤单焦虑。下个月同学们都在埋头学习，只有他一个人在画室里，难免会有一种跟同学分开、文化课又落下的感觉，所以孟国伟才想再给他一点鼓励。

　　时间很快到了十一月底。许盛要去三原色画室集训一个月，联考之后紧接着就得趁着寒假时间去美院参加校考，这样一通折腾下来，等他再回学校上课已经是高三下学期了。许盛这学期在学校宿舍住的最后一晚，就和同桌有一搭没一搭地聊了最后一会儿天。

"你下个月要去参加竞赛？"

"嗯。"

两人沉默下来，隔了会儿，邵湛又问："联考准备拿第几名？"

"我？你盛哥闭着眼睛画都不会跌出前十。"

许盛进三原色画室那天刚好是周末。画室对面就是三原色租下的学生公寓楼，一楼有一家画材店，店里琳琅满目地摆着一墙颜料。他和康凯一间房，当康凯背着画袋拖着行李箱爬楼梯上来的时候，许盛已经到了。他屈腿坐在寝室里打电话，边上的行李箱开着，东西理了一半。康凯进门的时候听到他跟对面说："刚到，宿舍环境还行……"

其他同学陆陆续续到达画室，一个班总共三十余名学生。画室差不多坐了一半人的时候，康凯已经因为边上空着的座位被动"接待"了五六个人了。来这儿的都是平时参加绘画大赛的熟面孔，康凯拿下过两次好名次，在这帮人里算是"明星选手"。

"康大师！"又有同学一进门就喊他，然后三两步在康凯边上的空位上一屁股坐下。

康凯再度被迫陪聊："你好你好，大师不至于，过誉了。"

那位同学也是自来熟，勾上康凯的肩说："嘻，大师谦虚了。'星海杯'评选那天咱们见过，听说你也来这集训，没想到真能碰上。"

"客气客气。"

康凯边陪聊，边忍不住回头看许盛在干什么。结果只看到半个后脑勺——这位爷这姿势他在画室见得太多了，等得不耐烦就这样。许盛头发长了些，由于空间不足，长腿只能缩到画架底下，他低着头，在睡觉和玩手机之间选择了睡觉。于是那半个后脑勺彻底埋下去了，画架横梁让膝盖抬高了一些，正好够他趴着。

他们这届集训生里有两个明星选手，一个康凯，另一个是个戴眼镜的男生，据说也是拿下不少大奖。那男生进门之后挑了个好视角，坐在了第二排正中间。两位明星选手被画室其他同学挨个问候了一遍——艺考生的世界里没有学习成绩，谁画得好谁就是大佬。

许盛睡了十几分钟。随着喧杂的交谈声，画室老师抱着一摞资料书进门。康凯见状，也不管许盛睡没睡着，抓起手机给许盛发消息：我真觉得不对，我怀疑要考试。

周围忽然安静下来，加上手机贴着大腿在震，许盛不得不坐起来，并半眯着眼掏手机。

来的这位老师年纪比康姨稍长些，身形清瘦，也不显老，发顶很时髦地染了颜色。他站在那堆静物边上，一句话就把画室里所有声音镇压下去："摸底考试，色调要求暖色调，时间两小时，开始画吧。自我介绍就免了，那套都是虚的，用你们的画让我认识认识你们。"

学生们静了一瞬，继而爆发出一阵意料之外的哀号。

"不是吧！"

"一来就考试啊？"

许盛还在后排缩着，没睡够。他昨晚做题做到凌晨，又跟同桌聊了很久，今天一大早收拾好东西搬到画室宿舍，现在很缺睡眠。听到这个消息之后，他没什么表示，只是把腿放下来，整个人往后靠，还顺手抓了抓头发。他给康凯回：怕什么。回完之后习惯性点开和邵湛的聊天框，任康凯再发什么他都不理了。

不知情的康凯依旧在向大哥倾诉。

——我好紧张。

——你都不紧张的吗？

——人呢？又睡着了？

等画室老师介绍完，许盛才勉强回给他一句：我倒是想睡，但哪有条件。在跟同桌聊天。

此刻就在许盛身边的康凯，在这一瞬间体会到了什么叫作"明明是三个人的电影，而我却没有姓名"。

全场焦点依旧在画室老师和两位明星选手身上。边上自来熟同学凑过来小声对康凯说："康大师，我看好你！咱不能输给戴眼镜那个。"

康凯很想说：不不不，想啥呢，真正的大佬缩在后边忙着和同桌交流学习心得呢。

许盛的位置靠后，他一副闲云野鹤样，又有画板挡着，本来并不显眼。但他坐起来之后，后排离得近的其他同学无意间扫过他的位置，在全靠画技说话的画室里，许盛难得能靠着张脸让后排几位同学感到震撼：这颜值！这腿！认真的吗？！

画室老师匆匆扫过台下："水房在外面过道对面，要接水的可以分批去了。"说罢，他抬起手腕看了一眼表："考试开始。"

——这家画室上来就摸底考，还有点意思。

——加油，小画家。

"小画家"又是打哪儿来的称呼。许盛笑了一声，开始准备考试。他把准备工作做完之后开始找角度构图，他手里捏了根很细的勾线笔，往画板上沾了点赭石颜色打草稿。

两小时过去，临近收画，有些同学窃窃私语起来。

"听说这老师从不轻易给满分，我表姐之前也在这家画室集训，说是到结束，最高分也只给过148分。"

素描、色彩、速写三门分数各150分，90分为及格分。

最后有人说："咱班这次有两位大佬，应该会有两个满分吧，这俩再怎么说也是'星海杯'前两名。"

画室老师收完画之后并未多说，只道："过会儿继续，另两门老师会来带你们考一下的。"

等三门科目全考完后，他们被留在画室里继续练习速写并等最终成绩公布。放学前，画室老师才抱着一沓画进班宣布："这次有三个满分。"

猜分环节总是激动人心的，众人一扫刚才的疲惫，纷纷猜测起来。

"康大佬一个，王大佬一个，还有谁拿了满分？"

"看来我们这届果真是高手如云，三原色画室名不虚传。"

许盛坐在角落里拆了一颗糖充饥，盘算着等下课拉着康凯去哪里吃一顿好的。他手上捏了支4B铅笔，漫不经心地在指间转悠。

画室老师宣布"三个满分"："许盛，色彩150分，素描150分，速写150分。"

以为三个满分是三个人的全体同学被震惊了。画室老师继续报名字："康凯，色彩148分，素描……"

这时他们才后知后觉：什么？！许盛是谁？

康凯和另一位明星选手成绩一样，都是148分，不过那位大哥明显心情不太好。按理说任谁被全面碾压，心情都不会太好，毕竟按他这个水平，在以前画室肯定常拿满分。但康凯对自己分数没有任何意见，也知道他照理来说能上150分的画只打148分是什么原因：因为有对比。单看没毛病，但和许盛的画摆一起，差距立马就出来了，分数没办法不降。康凯想到这，在由很多声音重叠在一起问着"许盛是谁啊"组成的满座喧哗声里，又没忍回头看看许盛在干什么。

嗯……照例低着头，估计在回消息。

康凯在心里叹了一声，作为许盛的"事业粉①"，他真挺痛心的。

边上"自来熟"也在问："许盛是谁，康大师你认识吗？"

"嗯，认识。"康凯收回目光，"他是我'爸爸'。"

好在画室老师也有和台下同学相同的疑问，他带过那么多届学生，出彩的、优秀的遇到过不少，但很少遇到这种画风扎眼的。他望向台下："许盛是哪位同学？举手我看一下。"

许盛一边给康凯发"晚上吃什么"，一边漫不经心地举了手。

第二天，三原色画室有位逆天大佬这件事传遍了其他画室。许盛没工夫去管那些传闻，他每天除了画画就是背单词。集训期，对艺考生来说是巩固期也是冲刺期，每个人都憋着一股气，就算现在天气彻底入冬，在水池边洗颜料盘都冻手，但他们手边的画纸也越垒越高。大部分人都会保持这样的状态在画室待到凌晨一二点，日复一日。

密集的训练填满了许盛所有的日程，他忙到洗澡都得抽时间，而邵湛

---

①事业粉：网络用语，指十分关心自己偶像事业发展的那类粉丝。

在忙竞赛。两个人每天会聊几句，偶尔还会挑时间视频。昨天晚上邵湛除了发过来一句"晚安"之外，还发来一个音频文件，并备注：明天听。

如今画室里的人跟许盛熟了，偶尔也会过来看他示范，因此许盛的身边总会围三两个人，今天也不例外，许盛也没拒绝他们的观摩。许盛画画的时候习惯带着一侧耳机放东西听，边听边开始找比例、起稿。今天他耳机戴上之后自动播放起昨天下载下来的音频，时长38分钟。许盛本以为是邵湛从网络上分享给他的课程演讲，或者是学习汇总，也没在意。然而自动播放之后，他排线力道没控制住，长长地划出去一道。

边上的同学没有错过许盛一丝一毫的作画步骤，立马提问："许神，这条线是辅助线？"

许盛捏着可塑橡皮把那条线擦掉，强装镇定说："不是，手滑。"

耳机里播放的音频开头有两秒空白，然后才是一道他熟悉得不能再熟悉的声音通过耳机线传过来，像是在贴着他耳朵说话似的。

"今天是集训第九天。"少年声音低冷，伴随着翻页声，"我接下来念的你不用分神去听，随便放着就行。"

许盛听到他念了第一句："Text one．Hello，David．I hope Ihaven't kept you waiting..."

邵湛念的是一套英语听力材料，语速很慢。明明是冷质感的声音，但每每念到最后却会稍稍低，显出几分不经意的、和声音截然相反的温柔。这套听力练习是他特意为许盛设计的。他分析过许盛走之前那次英语考试的试卷失分点，发现听力部分失分挺严重的，尤其是最后两道大题。现在这样，虽然不用他分神听，但是在耳边多放几遍也能增加点语感，之后回来再复习，没准听力能往上提提。

许盛伴着邵湛的声音画完了半张素描，正准备停下来弯腰削铅笔的时候，音频刚好播放到最后十几秒，一套听力念完之后，对面又停顿几秒。翻页声止住，邵湛对着夜色叹口气："……你什么时候考完？"

许盛握着画笔的手紧了紧，突然听见同桌说这样的话，他愣住了。最后他干脆把画笔放下，抬手用掌心按了按眼睛。

边上同学顿时发送关心："许神？不舒服吗？"这是许盛拿了三个满

分之后的新外号。

"……是有点不舒服。"许盛心说,太过意外。

许盛实在觉得一边在耳机里听着同桌的声音,一边给人做示范莫名奇怪,他难得感觉到不好意思,主动赶人:"我今天就暂时画到这,你们自己回去画吧。"

边上人还有些疑惑,想看后续:"您不接着往下画了吗?"

许盛把耳机拽下来,握在手心说:"思路断了……"

素描老师正好给一位同学改完画,提醒他一定要注意结构,多花时间在起形上。他注意到许盛这边的动静:"你们站那儿围着许盛干什么呢?我看看你们画成什么样了——"

画室老师针对每个学生的特点设计制订了不同的作业和目标,因材施教。这间画室每年联考成绩都不俗也正是因为这个原因。但是画室老师今年也遇到一个棘手的问题:许盛该怎么教?他个人风格太强了,大家还都在复制范例的程度,但是许盛身上已经展现出一种惊人的独特性。许盛的作品都不用署名,看一眼就能知道是他。

边上的人走之后,许盛开始削铅笔调整情绪。把铅笔削成长长的一截之后,到底没忍住,给邵湛发了消息。

——你故意的吧,哥哥?

——什么?

对面装傻,许盛只能算了。他觉得要邵湛这样的冷酷学神承认自己也会想念朋友,几乎是不可能的。他略过这个话题,问:晚上视频吗?

许盛又补充一句:康凯那小子不在,他晚上请假,得回家一趟,明天早上才回来。不会有人打扰我们学习的。

画室老师并不是全天都会在画室里跟着他们,晚上算是半自习。康凯四点多就请假回去了,许盛在画室待到凌晨才洗完调色盘回寝室。外头风大,寒风凛冽,直直地扑过来,从许盛脖子那往衣服里钻。虽然已经到这个点了,但许盛还是准备回去做一套题再睡。

两人之前也不是没视频过。只不过有康凯在的话,他也会加进来:"其实我也有几道题想问……"最后的结果就是邵湛一个人带两个。康凯这个蹭补习的人也不得不承认，对面这位大佬顺手给他补几下，他对知识的掌握程度似乎比集训前都好很多。"这种被带飞的感觉，"一次视频学习结束，康凯躺在床上感慨道，"像打游戏躺赢①一样，你每天在学校过的都是什么神仙日子？"

许盛开门进屋，视频接通的时候，许盛还没调好角度，摄像头刚好照到他被寒风冻得泛红的鼻子。

"又穿少了。"邵湛停住笔说。

许盛笑道："从画室回来就几步路……"

"几步路也不行。"

屋里有暖气，许盛直接把拉链拉开，脱下外套说："知道了。"

知道邵湛这段时间比他还忙，许盛没再多说。他目光浅浅略过邵湛勾着黑色水笔的指节，还有试卷上笔锋凌厉的字。邵湛今天穿着一件黑色毛衣，衬得整个人冷得有一种不真实感。

"最近有点累，"邵湛说，"跟你聊会儿天，充会儿电。"

许盛多少知道点这次竞赛的事儿，在认识他之前，他和很多人一样都觉得邵湛拿第一似乎是理所当然的事情。但是在成为邵湛的日子里，他知道他在背后付出过多少。

"不聊也行，"许盛说，"我还可以陪你连线做试卷。"

邵湛听了就笑了："那可太好了。"

许盛写完一张卷子，自己对了答案，照着答案去反推需要巩固的知识点，写完已经是凌晨两点半，他微微俯身凑近视频镜头："充完了吗？"

"还得再充一会儿。"

之后的一段时间，还是没日没夜地练习。

竞赛结束那天是周末，巧的是，许盛画室也进行了收尾阶段的模拟考。这次模拟考的内容不止素描、速写、色彩三门，还加上了校考会考的内容，并且占大头。美术生的考试，联考是基础，虽然重要，但对他们来

---

①躺赢：网络用语，全文为"躺着就赢了"，表示即便不作为也能赢的意思。

说难度不大，而校考里有很多创意设计类型的考题，难度远在联考之上。许盛在画室地位屹立不倒也是因为这个——他不光基础好，就连设计感都比别人强。考试结束之后，老师们需要回办公室评分，收完卷，有人趴在窗户边喊："下雪了——"

这是今年冬天下的第一场雪。

"快看，下雪了。"

回程的大巴车上载着六中竞赛生，邵湛原本坐在后排补觉，被这一嗓子喊醒了，透过车窗，他看到细碎的雪花像绒毛一样，落下来后在物体上很快化成了瞧不见的水渍。他看了会儿雪景才看到许盛发过来的图片。

[S]: [图片]

[S]: 下雪了。

图片角度选得很特别，是一张从下往上拍的天空，应该是许盛把手伸到窗户外头拍的。

虽然不在一起，但是同时看到了同一场雪。邵湛对着这张照片忽然心生感慨和一股冲动。

[同桌]: 你现在在画室？

许盛拍完照片坐回自己位置上去，脚踩在画架横梁上回邵湛：嗯。

[S]: 怎么了？

[S]: 刚考完，现在上自习，今天还有一张色彩加五张速写作业得画。

考完试之后的画室闹得不行，这些艺考生可能也是在用这种方式缓解压力，老师布置的作业没怎么画，聊天倒是没少聊。话题很快绕到许盛身上："许神，你是哪个学校的啊，立阳吗？确实有听说立阳今年有一个特别厉害的人，立阳校长去年就放话说今年联考第一肯定在他们学校。"

许盛在画纸四周贴上胶布，说："不是，我是临江的。"

临江六中？问话的人傻眼了。"美术"和"临江六中"这两个词怎么想也不该牵扯在一起啊！临江出过美术生吗？全画室受到冲击，最后只能感慨一句："学、学霸啊。"

这句话许盛就没脸认了，毕竟他还真不是。

下自习后，他们有一小时时间用来休息吃饭。许盛吃完回来的时候休息时间还未过半，画室里没几个人，他打算先把老师留的那张色彩作业画了。可刚考完试，调色盘早就涂满了颜色，上面用剩的颜料也已经干透了。许盛低着头认认真真地往颜料盒里加颜料，打算加完再出去洗调色盘。他不太喜欢洗调色盘，颜料干透之后难洗，冬天水又凉——洗调色盘是份苦差事。

许盛正加着颜料，手机震动了几下。

[同桌]: 给你叫了外卖，出去取一下。

[S]: ? 我吃过了，哥。

不过就算吃过饭了，送到这了也不能退回去。外头下着雪，怕送餐员等太久，许盛还是披上外套往画室门口走。画室在二楼，长廊上光线昏暗，他走到一半想起来上次在视频里邵湛叮嘱过的话，于是抬手把外套拉链拉上，顺便把衣服后面的帽子也拉了起来。然而人刚走到楼梯口，就被一只手拽了过去。

许盛这才发现边上墙角倚着个人，耳边响起比音频里更真实的声音："许盛同学，餐到了。"

CHAPTER 39
联考第一

外头还在下雪，雪比刚下那会儿大了不少，邵湛身上一股凉气，许盛搭在他胳膊上的手指摸到一点冰凉的雪水："你怎么来了？"

"竞赛结束，"邵湛说，"顾主任给竞赛生放了一天假。"

直到邵湛跟着他回画室，许盛还没缓过来。邵湛进去的时候，画室里回来得早的同学聊天聊到一半卡了壳。

"然后呢，然后发生什么了？"

"我忘了，"那位同学说，"我被帅得大脑一片空白！刚刚进来的是许神的朋友？"

后排座位宽敞，邵湛坐在许盛边上的空位上，第一次有机会打量起这间画室——和之前他去过的康家画室差不多，墙上贴着范画，黑板上写着结构讲解，右边讲解了一下光源和基础色轮。

"四小时晚自习，你要是觉得无聊可以先去寝室里等。"许盛这会儿已经搞完了颜料盒，不得不去面对边上的调色盘，他手缩在袖子里，铲颜料的时候都只露了半截出来，"我去洗一——"邵湛先一步把他的调色盘拿了起来，怎么说他也曾作为"许盛"在康凯家画室里熬过一小时，知道还得给水桶换水："手都缩成这样了，我去洗。"

许盛把边上脏的海绵放在调色盘上一起给他，毫不客气："还有这个。"许盛一通操作下来，不光一点心理负担都没有，还很没良心地说：

"谢谢哥哥。"他这句话声音并不大，但架不住其他人竖着耳朵在听。

他们画室里有一个许盛就够震撼的了，有时候课间都会有其他画室的人特意过来看，现在又多一个哥哥，视觉效果翻倍。

其他默默关注的同学得到结论后把头转了回去，心说：别人家的哥哥都那么好吗？大冬天的，竟然愿意帮忙洗调色盘，这是什么绝世好哥哥！

康凯吃完饭偷懒回寝室睡觉，等他掐着点进画室，往许盛那边一扫，惊得他瞌睡都醒了！这不是许盛那学神同桌吗？他怎么在这？

邵湛在画室里坐了有一会儿了，洗完调色盘之后他就坐在边上看许盛画画。两个人的位置都不显眼，画室晚自习本来也没什么规矩要遵守，但即使在略显混乱的情况下，这两位爷还是异常显眼。

邵湛没事干，对许盛的画画工具很感兴趣，挑了支用钝的铅笔："我帮你削？"

许盛看了一眼："削长一点。"

许盛削铅笔削习惯了，但邵湛显然除了涂卡笔以外没再接触过铅笔，不过比着许盛卡槽里其他削好的笔，也大概知道该怎么弄。

许盛放下手里的扇形笔，给他示范。于是两人头对着头围在用画纸折成的小盒子边上削铅笔，还觉得挺大个事。

康凯见状，识相地直接回到自己位置上。

"康大师。"边上同学凑过来八卦，"许神的哥哥长得也太帅了吧！这什么家族基因，爸妈得长成什么样？"

"哥、哥？"

"是啊，刚才许神管他叫哥哥，我们都听到了。"

"不过他俩长得不像啊。"那同学又发表了质疑。

康凯面不改色地准备画速写，随口说："他俩一个随爸，一个随妈，家族基因的确很强，强得你无法想象。"

康凯好不容易消化许盛这波操作后，想问问他作业画得怎么样了。结果消息还没发出去，许盛那边的消息发了过来。

[S]：我晚上不回寝室了，我妈要是给你打电话，记得帮忙兜着。

[康凯]：……得了，你消停点吧，我今晚正好想回家一趟。

康凯家离得近，回家也很方便。而且联考临近，说没压力肯定是骗人的，每天画完回去都会紧张，紧张考试，也紧张落下的文化课，所以他跑回家的次数越来越多。

[S]：好兄弟。

许盛本打算晚上和邵湛多聊会儿，谁知等收拾完所有东西，把课后留的速写画完已经是深夜了。走在回寝室的路上，邵湛问他："紧张吗？"

"还行，在你来之前，我挺紧张的，"许盛说，"现在不紧张了。"

因为邵湛明天还得回学校上课，回寝室后两人又说了会儿话，就都迷迷糊糊睡着了。

第二天一早，邵湛独自出发去车站。许盛睡得迷迷糊糊，隐约感觉到边上有动静，但睡意将他封印住了。等他再醒过来，发现邵湛已经走了，手边的手机震个不停——七班的人在群里疯狂召唤学神。

[侯俊]：@邵湛，湛哥你昨晚没回寝室？

[谭凯]：@邵湛，快上课了，人呢？不会还要旷课吧，大哥！顾阎王都开始逮你了。

[邵湛]：三分钟，马上。

许盛恢复了些神智，看了眼时间，六点五十。他点开跟邵湛的聊天框，给他发消息：不是放一天假吗？

与此同时，邵湛卡着最后一分钟进了班，他坐定后拿出手机，正好看到了许盛的消息。

[我同桌]：骗你的。没放假，怕你考前紧张，就过来了。

许盛从来没有表达过自己紧张，甚至和他朝夕相处的康凯都只感受得到他的狂妄，在电话里也只跟许雅萍报喜不报忧——许雅萍忙工作，许盛已经习惯了不去打扰她，有什么事都尽量自己解决。

但怎么可能不紧张？

许盛不知道邵湛是什么时候看破的，但这种被挂念和可以依靠的感觉让许盛分外珍惜。

邵湛人是走了，但画室里的人还在讨论他。同画室同学的哥哥，这个关系让不少女生跃跃欲试。许盛平时好说话，但在这件事上却很有原则。

有女生到他面前拐弯抹角地打听邵湛的情况，都被他拦回去了。

"不清楚。"许盛一改散漫的模样，对方这才发现许盛不笑的时候也挺吓人。他舔了舔侧边牙齿："而且我家哥哥醉心学习，无心早恋。"

同学心中感叹：不愧是许神的哥哥。

临江六中高三办公室里，孟国伟了解到邵湛昨天比完赛之后回了趟家，忘记请假，也没多说什么，只让他把假条补上就行。说着话，孟国伟又看了一眼日历。这学期转眼已经到了期末，这也就意味着他们临江六中唯一一位艺考生马上就要参加全A市组织的美术联考了。

"也不知道许盛那小子学得怎么样了？"孟国伟完全不了解许盛的绘画水平，担心得晚上觉都睡不好，"听说及格分90分，许盛要是考不上怎么办？现在的孩子真敢闯！都高三了，怎么还一点不懂得稳中求进？这要是没过线，文化课又落下来可怎么办？"说着，孟国伟摇摇头："算了，许盛那个人，指望他什么稳中求进，整天就知道飞檐走壁！中途跑去学美术，也就他能做得出来！"

周远在边上批作业，听到这话也说："可不是吗？我可不想再陪这小子一年了！这要是复读……哎哟，饶了我吧！"

许盛联考这事儿，不光老师觉得没底，六中贴吧里也都是些质疑的声音。之前闹得沸沸扬扬的艺考绯闻引发新一轮的议论。

58楼：虽然许盛黑板报确实画得不错，但就这么一个月时间，要去参加考试，怎么想也不科学。

59楼：可能只是打算拿个及格分吧，毕竟高考能减不少分。

60楼：+1，之前说他走捷径，我看也确实是这样啊！

相比之下，隔壁立阳二中的画风比临江六中的和谐多了。立阳信心满满，剑指第一，在考前特地发了新的校刊文章——《终于到了检验成果的那一刻，我校艺术生今年定能再创辉煌，实现连冠！》

许盛对这些纷争一无所知，他全心投入到练习当中。很快就到集训的最后一天了。画室老师也一改之前的潇洒脱俗，像个爱操心的老妈子一样

这题超纲了
②

事无巨细地叮嘱起来："今年不允许使用定画液，这个需要注意一下，然后就是放平心态，平时怎么画就怎么画，注意好时间。千万要记得仔细审题啊，要是有色调要求，看清楚是冷色调还是暖色调……"

许盛一边听老师说话，一边收拾画袋，惊奇地发现到了这一刻，自己是真的一点都不紧张了。

这次联考在A市设了好几个考点，都在A市有名的大学里，许盛被分在工大考点。按照惯例，考生需要提前去附近订好宾馆，为此许雅萍请了一天假。考试那天阳光正好，临考前许盛收到了不少祝福，侯俊、谭凯、邱秋……其中七班班主任孟国伟的祝福独树一帜：加油，不管能不能及格，尽力就好，我代表高三年级组全体教师向你送上祝福，大不了老师们明年再陪你战一年！

[许盛]：……谢谢老师，不过再战一年，这就不必了吧。

很久之后，许盛对这天的记忆却只剩下沉重的画袋和街上同样背着画袋的、来自不同学校的学生以及邵湛持之以恒地给他发的英语听力训练音频里最末尾的那句"别紧张"。

联考、校考是一段不断奔波的旅程。联考结束，校考又开始。许盛踏进央美校园的那一刻，忽然感觉很像是在做梦。

许雅萍挽着他的臂弯，四处打量："这学校还挺大，环境也不错。"

"嗯。"

"校考内容难不难啊？我听你康姨说可比联考难多了！"

许盛抬手扯了扯肩上的背带，不知道该怎么回答这个问题。好在许雅萍也没有真的要他回答，她只是看着今时今日的场景忍不住感慨。只是许盛没有想到自己的沉默让话题走到了一个灵异的方向。因为这会儿，许雅萍想到她的"另一个儿子"："许湛那孩子如果还在的话，应该也会替你感到高兴的吧！"

想到"许湛"，许盛也生出些不真实感来，仿佛现在的一切都是一场梦。如果真的是梦的话，那这场梦可能得回溯到很久之前的某天，那天会在蝉鸣声中，在炎热不堪的季节里，由雷声连接重重时空，忽然而至。

校考中途，下了一场雪。几日前的上一场雪还未消融，屋顶和地面上很快又被这场雪覆盖了一层厚厚的白色。

历年央美、清华的校考内容都备受美术生瞩目，其中央美重造型，清华重设计。这俩专业难考的程度也是出了名的，很多考生接连考了几年，就是再接着考下去，都不一定能考上，饶是康凯这位A市小有名气的明星选手也不敢往上凑。校考前，康凯照例问问许盛的情况，结果发现这位爷真是哪儿难考就去哪儿考。只听这位爷轻描淡写地说道："考个造型，再考个设计吧。"

"你真是我'爸爸'！"康凯彻底服了，"你真的牛透了！"

不是康凯夸张，放眼三原色画室，敢去考这两个专业的，历年来都没几个人。今年这届也就出了许盛这么一个而已。偏就许盛跟没有意识到自己的实力有多出格一样，他还邀请康凯跟他一起去。

康凯闻言猛地退后好几步："打扰了！志不在此。这俩专业去年的考题就变态，考下来我肯定得自闭。"

"很难吗？"

"不是难，是变态。"康凯强调，"我妈都建议我别碰这俩专业。"

大概是为了印证康凯的话，许盛参加的几趟校考，全是地狱级难度的。比如那个造型艺术专业的考题——

素描：男青年，模特左手捂嘴，右手藏于左臂肘后，下肢回收交叉。

色彩：女青年头像。

命题速写：我的2019。

对艺考生们来说，今年的考题为他们几年的努力画上了一个句号。

与此同时，属于高三生的并不存在的假期很快过去，临江六中高三下学期开学了。孟国伟站在讲台上做学生们的思想工作，他说话时眼神扫过台下的空位，想起来许盛已经出去一个多月了，这偶尔站在讲台上看不到那颗趴在桌上的后脑勺，他还真有点不习惯。

别说孟国伟不习惯，七班的同学也挂念许盛。特别是现在又到了要黑板报评选的时候，邱秋提许盛的次数呈几何倍数增长："盛哥什么时候回来啊？能不能来救救我们新一期黑板报？"

拥有幼儿园蜡笔画经验的谭凯居然还有些莫名自信："嘻，难道又要我出手了吗？"邱秋一听，心中害怕。谭凯还毫无察觉地大放厥词："秋姐你放心！正所谓一回生二回熟，这一次黑板报我肯定能吸取经验，画得比上次更……哎，秋姐你去哪儿？别走啊。"

邱秋去了后排，往邵湛面前一坐："学神，我盛哥什么时候回来啊？让谭凯画黑板报咱班这不是就玩完了吗？"

谭凯拿着练习册走过来："姐，我有被冒犯到。"

邵湛在做题的间隙抬头，选择回答邱秋的问题："他最近在忙着校考，估计还有一周。"

邱秋失望地"哦"了一声，然后带着喋喋不休的谭凯离开后排。

邵湛比她更希望许盛早点回来，有时课间想跟他说几句话，抬头才发现边上那人不在。不习惯身边空虚的邵湛会借着复习的由头去翻高二的课本，翻许盛在上面胡乱涂鸦的内容。

校考全部结束之后，许雅萍本来想让许盛回家休息一天再去学校，然而许盛放不下文化课，拖着箱子直接上了回六中的公交车。许盛下车前看了眼时间，下午两点，这时间他们应该还在上课。他在寝室放下行李之后就往教室走去，决定给邵湛一个惊喜。

[S]：[图片]

[S]：刚上高铁。

[我同桌]：考得怎么样？

[S]：还行吧，校考题目也不是很难。

这话让康凯看见肯定得吐血三升——你挑了两个最变态的专业去考，完了还说不是很难，其他考生还要不要活了。

上课时间，高三教学楼长廊上很安静，只有各班老师讲课的声音隐隐从窗户飘出来。七班教室里粉尘飞扬，周远身后的黑板上密密麻麻写满了解题步骤，他等同学们抄下来之后用黑板擦抹去一块，转身继续画图：

"我们看最后一道大题，在如图所示的几何体中，$EA \perp$ 平面 ABC ……"

许盛沿着走廊往七班走，周远的声音听得愈发清晰。其他班级有同学无意间抬头，注意到窗外经过的身影，隐约看见半张侧脸和藏在碎发下的一枚黑色耳钉：这是……许盛？

还不知道自己行踪已经暴露的许盛正猫在七班后门，打算给周远和邵湛一点惊喜。然而门关得严严实实……许盛抓了抓头发，只能改变计划。

邵湛黑板上的解题步骤抄到一半，就觉得窗外的阳光被什么东西挡住了，然后就瞥见搭在窗沿上的一只手——那只手的食指关节处缠了绷带，手指抓在突起的窗沿上。前后不过几秒钟时间，一道人影就毫不费力地从后窗翻了进来。许盛当校霸那会儿翻墙是家常便饭，教室里的人都在认认真真听周远讲题，没人注意后窗这边发出的一点小动静。许盛长腿跨在课桌上，在邵湛抬眼看他时，竖起一根手指抵在唇边："嘘。"

不过眨眼间，许盛已经翻下来坐好了。他把一个多月没碰的课本支起来，挡住自己的脸："我忘带校服了，怕周远扣我。"他这套操作极其自然，自然得仿佛这一个多月没有离开一样。这让邵湛有一瞬间的恍惚。

"这题不是很简单吗？"许盛看到邵湛正在抄的题，"这你也抄？"

许盛之前就知道邵湛从来不抄这种简单的题，大题只抄第三问，其他题目最多写一下第二种解法，还是三两行字能搞定的那种。

邵湛看了他一眼，把试卷扯出来放到许盛面前："你说呢？"

许盛这才看清卷子不是邵湛的，因为这张卷子上都是空白的，只有考生姓名栏里写着两个字：许盛。不止这张试卷，他桌上还有一沓考卷，都是他不在时考的模拟卷，按时间顺序叠着，解题思路理得一清二楚。

"回来了就自己接着抄。"

[康凯]：你到学校了吗？

[康凯]：我的妈呀！一回学校就考试！我简直两眼一抹黑！还好你同桌给你补课的时候我蹭了几次，但是校考这段时间我是真的什么也没看。

[康凯]：还有上一轮复习的卷子，摞起来有几本书那么厚！

许盛没放过这个炫耀的好机会，在关机之前给康凯回了消息：我试卷也挺多的。消息后面还特意附了一张图，焦点就那么巧地聚在邵湛写的解题步骤上。康凯自然没有错过那明显到不行的小细节，他在这一刻才真正明白，原来人类的悲欢并不相通。

许盛听了邵湛的话，老老实实地从桌肚里摸出一支笔来抄笔记。讲台上周远把黑板写满之后转过身："这个辅助线，我也不知道你们都是怎么想的，啊，往哪儿画的都有，很有想——许盛？！"

周远这几乎尖叫的一声刚落下，班里其他同学齐刷刷回头，只看到后排空着的座位上确实坐了个人。

侯俊大惊："盛哥？你什么时候回来的？"

"想我了吗？我回来有一会儿了。"

谭凯比侯俊还震惊："你从哪儿冒出来的？"

"……这不重要。"

周远打招呼的方式很特别，上来直接扔了一截粉笔头。

许盛看看落在面前的粉笔头，满脸不可置信。

"没什么，我就确认一下——邵湛你替他挡什么？"

许盛返校这件事莫名带动了班级的气氛，他们这段时间真压抑太久了。不等下课谭凯他们一阵风一样围了过来："考完了吗？艺考什么样啊？听说你还去了北京？"

周远不光没制止，自己也走过来问："怎么样，明年还需要老师再陪你一年吗？"

许盛笑了一声说："不需要了，谢谢老师，您有这份心我很感动。"

热闹的不止七班，还有六中贴吧。

1楼：许盛回了？？

2楼：回了，不知道他考得怎么样，刚经过他们班看到学神给他讲题。

3楼：羡慕，我也想和学神当同桌。

许盛回学校之后不比在画室里轻松，他开始没日没夜地补文化课。虽然康凯说他头铁，去考两所学校最难考的专业，但比起进不了小圈，他最怕的还是校考过了文化课没过。《美术报考指南》的那句"报考该校考生文化成绩最好在420分以上，400分以下慎报"成了许盛的催命符，他是一时一刻都不敢松懈的。

随着许盛回归，临江六中这边关于联考和美术生的讨论就渐渐放下了，因为没人经历过，所以也没谁真的指望许盛能考多高的分数。但立阳二中校领导与临江这边的相反，他们意气风发。他们学校今年文化班异军突起，出现两位奇才，美术班也和往年一样出色——只要今年联考成绩一出，他们相信立阳必定会大放光彩！

去年去临江参加交流会的那位姜主任坐在办公室里，一派闲适地和另一位老师聊天："今年校刊的内容可以提前构思起来了啊！要充分展现我校强劲的实力，第一名肯定还在我们立阳……负责美术的李主任不是都说了吗，今年美术成绩估分比去年还要高上不少。"

"好的，姜主任，我马上去安排。"

姜主任就以这样精神饱满的面貌，迎来了公布成绩的那一天。前来报信的老师见了他，话都说不利索了。

姜主任拍拍他的背："别激动。哎呀，我看你就是太激动了，至于这么开心吗？有什么好激动的，不就是一个联考第一名吗！知道你高兴，学我，淡定些！来，现在告诉我，第一名是我们学校的哪位学生？"

"不、不是我们学校的，"那老师说，"是临江的学生。"

姜主任动作僵住，整个人石化："你说什么？"

"哎呀，孟老师，你激动什么？"临江六中教导主任办公室里，看到表情异常的孟国伟冲进来，顾阎王就发愁，"许盛是不是考砸了？"孟国伟一路飞奔上来，他这把年纪，这小肚子，能跑那么快已经不错了，此刻喘得不行，只能摇头。"我就说！他好好的，走什么艺考啊！我们临江什么时候出过艺考生——"顾阎王说到这里一声长叹，追悔莫及，"老孟啊，我知道你现在的心情，我也十分难过，非常悲痛。你冷静些，一次失败不能代表什么，说说他这次离合格线差了几分？"

孟国伟从查完分数到现在，一直都处于说不好话的阶段。听了顾阎王的话只能深吸一口气，勉强道："第——第一。"

顾阎王一点也不感到意外，他的心，更痛了。他迷茫道："这，怎么考了个倒数第一？"

孟国伟脑子里一团乱麻，强迫自己组织好语言："顾主任，是正数的，全市第一。三门总分450，他考了446分。"

顾阎王仿佛不认识"正数"这两个字了。

他猛地坐直了："你再说一遍？多少分？"

孟国伟收到消息之后也很难消化，他当初可是对许盛一点信心都没有，扬言要陪许盛再战一年的。如今居然收获了这么大的惊喜，他的心情不可谓不复杂。但更刺激的还在后面等着他们。各校校考成绩跟联考成绩前后脚公布。孟国伟再度推开顾主任办公室的门，这回他镇定了许多："许盛进小圈了，他报考的两所学校都进了小圈……"

顾阎王不解："小圈是什么？"

孟国伟解释："小圈就是专业排名，校考通过的学生里分为大圈小圈，大圈能拿专业合格证，但是名次靠后，小圈……"

顾阎王听得一头雾水，孟国伟脑子也乱成一团，解释不清："我现在太激动了，你等我理理。"

七班教室里也在聊这事。

"这么说吧，"许盛被围在中间，挑了一种所有人都听得懂的方法解释这个小圈，"你们只要知道能进小圈很厉害就完事了。"

小圈又称有效名次，即专业名次特别好，在院校的招生名额之内都可以称之为小圈。有效名次内的考生只要文化课达到院校要求，就会被录取。许盛在知道自己成绩后，就给康凯和张峰发消息分享了这个好消息。

康凯用了无数个感叹号来表示他的心情：你是变态吧！！！你是人吗？这是人能考出来的成绩吗？最变态的两个专业都过了不说，还都是小圈？！你简直是全A市第一人！！！

张峰的消息比较一目了然，他被震惊得只能发出脏话感叹词。隔了会儿才又发：你怎么回事？

[S]：天赋这个东西很难讲，我就是天赋异禀。

侯俊毕竟不是专业人员，虽然不能完全认识到这个小圈到底有多牛，但还是能感受到气氛。他忍不住感叹："那这确实很牛啊！"

许盛一扬下巴，等着他继续夸，但是侯俊这回让他失望了："但是这不管圈再怎么小，高考文化课还是得过线吧？你文化课行吗，盛哥？"

许盛心塞。他，不太行，还很有点危险。

袁自强也担心："我之前查艺考相关消息时看到网上有种说法，美术成绩越高，文化成绩越烂。所以立阳二中每年分数线才会那么低吧……"

许盛被这俩家伙气笑了："会不会聊天？会不会夸人？这种时候提什么文化课？文化课不还有我同桌呢吗！"

邵湛难得没觉得他们吵，很给面子："嗯，他肯定行。"

"湛哥你就对他那么自信？"

邵湛纠正道："是对我自己自信。"

侯俊一窒，学神失敬。

"你能不能给我留点面子？"许盛说。

刚上过体育课，邵湛脱了外套，身上就穿了件毛衣，坐在那儿浑身的气质比外头的天气还要冷上三分。他听到许盛这么说，忍不住抬手在许盛头上揉了一把："开玩笑的。就你这学到凌晨三点还不肯睡觉的劲儿，你不行谁行。"

侯俊今天的脑子跟开过光似的，特别好使，一下捕捉到关键词："你们凌晨三点还学习呢？"

许盛高深莫测地点点头："现在信我了吗？"

这天晚些时候，当老师和七班同学已经接受了许盛的优秀之后，临江六中贴吧，一个新帖飘上首页，引爆了临江学子的八卦热情。

主题：许盛这校考成绩太逆天了吧？！

1楼：对不起，我为之前说过的话道歉，这哪儿是学渣走捷径，这分明是唐伯虎在世！

2楼：立阳前两年出过的联考第一好像都没进过小圈……

3楼：我补充一下，进过，但没进过这两所学校的小圈。

4楼：我表姐是学美术的，她说这两专业平时应该都没人敢报。

5楼：我不能再细想了，我想给许盛跪下。

CHAPTER 40

五校联赛

　　艺考这路子毕竟不是临江的主流，许盛的艺考成绩像冬日的最后一阵寒风，来得快去得也快，只有立阳二中对这件事耿耿于怀，甚至在今年的交流会上给自己安了一个"复仇者"的人设。"今年是我们失策，被你们临江抢走第一，但明年，联考第一一定是我们的，等着吧。"立阳的代表老师一阵慷慨陈词，台下掌声如雷。

　　顾阎王在台下真心实意地跟着鼓掌，心说：明年第一肯定是你们的，我们临江不可能再出现第二个许盛了。

　　很快就轮到临江发言，主题还是"剑指状元"，总结发言如下："今年，发生了一些意外，我们临江不小心出了个美术联考第一名。啊，不过这个不重要，我们今年的目标还是以状元为主——"

　　老师和领导在交流会上针锋相对，孟国伟也给七班的同学安排了一场模拟考，刺激刺激他们的心跳。

　　因为过几天就有一场大考，班级里的座位被提前拆成单人单座，许盛坐在邵湛后面，靠着墙，再往右边一点就能挨到黑板报。

　　这场考试由侯俊代为监考。侯俊目光如炬："谭凯，别以为你偷偷翻书我看不见，给我塞回去。"

　　谭凯无奈："哦……"

侯俊义正词严："考试最重要的是什么，是诚信！"说完没多久又抬头问："'舞榭歌台'后面一句是什么？"

谭凯用他刚才的话回敬他："猴子，考试要诚信。"

全班哄笑，考试氛围也变得随意很多。

许盛匆匆扫完试卷，没再去看题目，忽然想起上一次这样和邵湛坐在前后排考试还是高二第一次月考后。当时他在学神的身体里，凭一己之力把邵湛的分数拉至倒数。那是那个夏天，只有他们俩知道的小秘密。想到这，许盛忍不住用笔碰了碰邵湛的后背："同学，你东西掉了。"

邵湛停笔，往后靠，离他近了些问："什么？"

"地上捡的，估计调座位的时候掉了。"许盛把手腕垂下去，隔着桌肚，用笔在桌肚下面轻敲了一下示意他把手伸下来，又说，"你伸手。"

邵湛在桌下碰到了许盛泛凉的手。因为体质的原因，许盛手的温度比平常人低一些。许盛还是趴在桌上，一只手枕在脸下，一只手在桌下往前伸着。手上温热的触感让许盛感到安心，他说："试卷有点难，沾沾我同桌的考运。"

邵湛低低地应了一声，就听许盛突然问了句没头没脑的话："你真觉得我行？"

邵湛几乎是立刻明白了许盛的意思："真的。"

"是因为学到三点吗？"

"不是。"邵湛说，"因为你是许盛。"

因为你是许盛，所以你可以。

因为你是许盛，所以才有那场雷声穿过层层错乱时空的邂逅。

语文考试结束前，孟国伟从刚结束的一年一度的交流会上回来了。

"还有十分钟，作文还没开始收尾的同学要抓紧了啊。"孟国伟站在讲台上大声提醒着，这时许盛刚好写完作文。自从他开始认真学习之后，作文部分他不再拿诗歌糊弄了，不光买了一本好词好句的参考书，还背了一本十分万能的名人名言，一代诗人就此消失在江湖上。就在许盛准备悠闲度过这场考试的最后十分钟时，他又从孟国伟的嘴里听到了自己和同桌的名字："邵湛，许盛，你俩下课之后去一趟三号会议室。"

许盛心觉不妙，不然好端端的叫他去三号会议室干什么？

"应该是想问问之后填报志愿的事儿吧。"许盛和邵湛来得早，三号会议室还没有其他人来，许盛对邵湛说出自己的猜测，"哥你不是走保送吗，我又是艺考生，肯定是因为我们俩情况比较特别，所以单独叫过来谈一谈。"

这时万年老二夹着本课本从门口进来了，许盛对自己刚才的猜测不怎么自信了，因为他想不通顾阎王到底会出于什么目的把他们和万年老二叫在一起。不一会儿，继万年老二之后，又涌进来一波人。随着进来的人越来越多，许盛的右眼皮不受控制地跳了跳：这场面……似乎在哪里见过！很眼熟！许盛赶紧低下头揉了揉眼睛，但右眼皮还是跳得厉害。

顾阎王姗姗来迟。他进门只带了一个U盘，清点了人数后才将会议室门反手关上："行，人都来齐了啊。"顾阎王俯身把U盘插进去，然后双手撑在电脑两侧，一边等电脑开机一边笑眯眯地说："为什么把你们叫到这里来，想必不用我多说了吧？"

这时，电脑程序启动完毕，顾阎王打开U盘里的PPT文档，他背后的屏幕上投影出一个硕大的标题：第十六届五校联赛。

顾阎王背都挺得比以前直，底气很足地说："今年联赛又要开始了。我知道大家也已经期待了很久，去年四校联赛上，我校优秀学生邵湛和许盛两位同学取得了不错的成绩……"

许盛反应过来这种熟悉感到底是从哪儿来的了，他去年在邵湛的身体里感受过同样的恐惧！许盛仿佛看到死神的镰刀正往他脖子上架。

"不过今年的比赛有了一些小小的变动。"顾阎王针对大标题中"五校联赛"的"五"字做了说明。只见最新一页的文档上整齐地列着五所中学的名字，前四所还是临江六中、嵩叶附中、英华实验中学和星剑中学，只是在这四所熟悉的学校后面还跟了另一所学校——立阳二中。

台下所有竞赛生炸开了锅："立阳？"

"那所美术学校？"

"咱们A市中考分数线最低的那所？他们来凑什么热闹？！"

顾阎王解释："立阳二中非常期待参加这届联赛。立阳的姜主任刚才在交流会上说了，他们立阳今年出了两位非常优秀的学生，想借此机会与我们同台竞技，共同切磋。"

半小时前的交流会上。

今年交流会火药味十足，前有立阳针对临江，后有英华带着去年四校联赛上战败的耻辱挑衅临江："今年四校联赛，我们英华不会退缩。"

也难怪英华如此耿耿于怀，要知道英华作为重点学校的领头羊，在前十几届联赛中的战绩都是傲视群雄的。但自从临江有了这个不知道从哪儿冒出来的邵湛之后，他们英华再没在联赛上取得过冠军了。去年更是过分，他们英华连第二名都没有守住。回去之后一打听，才知道第二名叫许盛的小子平时成绩排在临江倒数！他们思来想去，最后还是把矛头指到邵湛的身上了——临江的邵湛是不是觉得和他们比赛太过无趣，所以才把自己的同桌拉进来，亲手教导，想借此增加成就感？

而立阳的动机就好理解了，联考第一被临江建校以来的唯一美术生夺走，再加上本校突然觉醒了两位天赋型选手——天时地利人和，不参加都说不过去！立阳的参赛申请说得格外冠冕堂皇："我们学校今年有两位优秀学生，我们立阳也想参赛，展现一下我们立阳的文化课实力！"

邵湛如果知道他们的分析，肯定会送他们三个字：想多了。但学神的嘲讽改变不了现实，五校联赛就在这近乎儿戏的氛围中定了下来。

顾阎王回忆完毕，开始切入正题："我们向来都秉承共同进步、齐头并进的原则，所以对立阳二中的加入，我们表示欢迎。今年联赛时间和赛制调整不大，大家照常准备就行。咱们参赛队伍的阵容和去年差不多，只新加入两位高一的同学。来，做一下自我介绍吧。"

那两名高一新生还是头一次参加联赛，稚嫩青春的面庞上写满了激动与期盼，他们简单做了自我介绍后还积极表决心："我会努力向邵湛学长和许盛学长看齐的，或许我没有许盛学长这种惊人的竞赛天赋，但我会尽我所能……"

拥有惊人竞赛天赋的许盛现在很混乱，混乱到邵湛拍了他一下他都没反应过来。直到邵湛在他耳边说了一声"回神"，许盛才暂时清醒。许盛满腔愁苦无从开口，于是挣扎着问了一句："代表立阳参赛的是不是那两个被雷劈的？"

"不清楚。"

邵湛冒着冷气的声音也特别能让人冷静。冷静下来的许盛终于明白自己的处境了。他上次能胡诌自己有竞赛天赋，完全是因为和邵湛互换了身体。前段时间又集训又联考的，他早把联赛的事抛到脑后去了，哪承想今年联赛还有他的事儿！许盛悄悄跟邵湛咬耳朵："这下怎么办？"

"准备跟顾主任聊一下《伤仲永》的故事吧。"

许盛脸都愁皱了，他竟真的走到这一步了吗?

邵湛又改口："别急，回头想想办法，实在不行就装病退赛。"

许盛沉默两秒后问邵湛："你觉得我现在再真诚地召唤一下，那雷还会来吗？"

邵湛心里也苦，如果可以，他真挺想再被雷劈一次。

会议结束之后，顾阎王把许盛单独留下了。

许盛慢慢吞吞走过去："顾主任……"

顾阎王拔出U盘："你去年表现得很好，一鸣惊人，老师这次继续期待你的精彩发挥。"

自己挖的坑，闭着眼也得往里跳。许盛不知道该怎么说："我……其实……"你听过《伤仲永》的故事吗？

顾阎王没察觉出异常，反而对他很自信，毕竟是邵湛亲口认证过的竞赛天赋："你不要有压力，像去年那样正常发挥就行。"

顾阎王几句话说得丝毫不给许盛转圜的余地。许盛心说，我去年不太正常，我同桌在我身体里。但这话……显然不能说。

五校联赛的事很快传遍了全校，高三学生对此表现得尤为热情。也可以理解，上了高三之后娱乐生活严重匮乏，连黑板报比赛都能比得津津有味的他们，五校联赛这种大赛事于他们来说更是久旱逢甘霖，因此也讨论得热烈。侯俊第一个来许盛这里确认消息："听说今年多了一所学校？立阳也参加？"

许盛心不在焉："嗯。"

邱秋也有打算："去年咱班准备不充分，今年应援手幅什么的都整上。盛哥，你和学神放心飞就行。"

袁自强也积极发言："今年举办地在星剑吧？星剑那种贵族学校场馆一定很大，两位大哥，加油，我已经准备好为你们呐喊了。"

许盛心说，大可不必。

不过有句话袁自强的确没说错，星剑确实是A市所有高中里唯一一所出了名的"豪门"学校。这种豪门气质不光表现在学校设施上，他们连学生培养方向都很阔气。听说星剑的每个年级都设置了好几个国际班，那些班里的学生走的是出国留学的路子。

等侯俊他们散开，许盛叹了口气。这几天天气不像之前那么冷，他只穿了一条很薄的牛仔裤。后排空间大，他把大长腿伸展开，认输道："我还是装病吧。"

邵湛也觉得这是唯一的办法："我跟你一起去，给你当证人。"

许盛摸摸鼻子："循序渐进吧，我这几天装一下感冒。"

邵湛一听，觉得这个要早做准备，于是伸手进桌肚里把手机掏了出来："行，我先查一下最近流感是不是高发你再装。"

他这话说完，许盛也想起来上回装病的惨痛经历，没忍住笑了："哥哥，我有没有说过你当时咳得特别假？"

邵湛查完，把手机扔回去："你就咳得像？"

"比你还是像一点，"许盛现在回想，只觉得不可思议，"我当时进隔离室的时候人都傻了。"许盛同时想起的还有张峰他们一把鼻涕一把泪，隔着铁窗跟他们遥遥相望的场景，许盛心有余悸："这次应该没那么巧了吧？"确实没那么巧了，其他年级也没有人感冒。

第二天，许盛刚要戴口罩，就碰见听到联赛的消息来七班找他的张峰。"你又要参加联赛了？"张峰趴在窗边感叹，"厉害啊，老大，真人不露相！你拿口罩干什么，身体不舒服？"

许盛此时已经把口罩戴上了，一声"嗯"隔着口罩听起来特别闷，导致张峰没有听清。

邵湛晚来几分钟，他把经过食堂时从小卖部买的糖扔给许盛。作为证人，邵湛拉开座椅坐下去之前正要帮忙说几句："他晚上着……"

可惜张峰也没听到邵湛的话，自顾自地继续说着："说到身体不舒服——咱们学校特重视高三学生，担心我们考前身体有什么问题。前几天我们班上一同学就打了个喷嚏而已，顾阎王就亲自带着他去了趟校医务室，又是量体温又是打算送医院做全面体检的。"张峰说着又感慨一句："学校真是关心爱护我们！"

许盛剥糖的手顿住，邵湛嘴里的话也被哽住。张峰浑然不觉对面两个人身体都有些僵硬，还问："你们怎么不说话了，刚才说他晚上什么？"

邵湛只能硬着头皮圆："他晚上睡得比较晚，你别打扰他。"

张峰愣愣地"噢"了一声，又转向许盛，说："老大，那你戴口罩干什么？"

"凹造型。"

张峰在心里打出一个问号。

许盛抬手把黑色口罩摘下来，露出高挺的鼻梁："随便戴戴，觉得这样帅，不行吗？"

"行。"虽然这个说法十分莫名，但张峰不得不承认许盛的感觉是对的，因为确实是帅。

等张峰走之后，许盛咬碎了嘴里的糖，趴在桌上绝望认命："有没有什么竞赛题，我做几套试试看。"

临时抱佛脚是最后的办法了，而此时离五校联赛举办时间还有不到两周。邵湛也不给他乱补，划的范围都是高考用得上的题型，当提高题给他练。晚上，许盛坐在书桌前，面前摊着几张竞赛练习卷，他提笔前不禁回望自己这短暂的一生：是什么，让他一个学渣走上竞赛这条道路？又是什么让他遭遇这些？

许盛补得很吃力，但也不是毫无头绪和进展的。怎么说也是经历过上一届联赛的人，有些题目他之前就见过。都说福祸相倚，许盛开始补竞赛题之后，在一周后的数学模拟考试上倒是拿下了史无前例的131分的高分。周远发试卷的时候手都在颤抖："好样的，许盛，131分，老师做梦都没想过你能考出这种分数。"

许盛表面波澜不惊，心里也十分赞同周远的话：谢谢老师，不光你，我也做梦都没想到自己会有今天。

即使这样，许盛心里还是没底。竞赛题的难度比模拟卷高多了，他补到现在仍然觉得自己能看懂题目就已经很了不起了。绝大部分的竞赛题他基本上只能解第一问，后面的问题连想想都是在浪费时间。

时间不会因为许盛的困境而减缓流逝的速度，所有人翘首以盼的五校联赛终于来了，照例还是周日举行。六中学生坐上大巴车前往星剑中学。

许盛这次规规矩矩穿上了校服——说规矩也没那么规矩，他洗漱的时候满脑子都是计算公式，所以外套拉链敞着，还是在出门前直接被邵湛逮着给拉了上去，当然他也没忘给许盛底气："不会的题就空着，顾主任问的话，让他来找我。"

说辞可以有很多，比如给他押的题没押准，比如状态不好……邵湛总有方法让许盛平安渡过难关。

临江六中竞赛组一共只有八名选手参赛，观众倒是去了不少，浩浩荡荡开了三辆大巴车。

星剑中学的校门和综合楼之间有很长的距离，欧式雕花护栏将学校围起，铁门缓缓拉开之后经过一段绿荫道，才能看到综合楼和"星剑"两个大字。综合楼右侧高高突起的塔尖上挂了一个棕灰色罗马数字时钟，边上是一行校训似的小字：敢于浪费哪怕一个钟头时间的人，说明他还不懂得珍惜生命的全部价值。——达尔文

豪门学校名不虚传。

临江到得早，参赛团在广场下车的时候其他学校都还没来，于是临江的同学们围在一起低声讨论了起来。

"这也太豪了吧！"

"早听说星剑是贵族学校，但没想到豪成这样！"

广场上提前拉好了横幅，上面写着"热烈庆祝第十六届五校联赛在我校展开——热烈欢迎所有参赛学校"。许盛坐在广场中央的台阶上，邵湛趁着最后一点时间给他灌知识定理。

前后不过十多分钟的时间，其他参赛学校的大巴车缓缓从校门口驶进来，一组接一组竞赛团从不同的大巴车上走下来。第二个到的学校是去年见过的英华——英华去年参赛的高三年级已经毕业，高一年级的新鲜血液换上来，听说今年英华新高一也有两位难对付的天才型选手。

这几所学校的校服和标志许盛去年见过，只有最后下来的那两人校服跟其他学校的不同。许盛注意到他们是从一辆窗口摆着一块写着"立阳"纸牌的大巴车上下来的——看来他们就是立阳唯二的传奇选手了。

这两位少年一前一后从大巴车上下来。正午太阳大，走在前面的那个下车前反手把帽子拉了上去，下车时微微弯下腰，使黑色帽子盖住的部分更多了，遮住了少年过于精致、甚至有几分凌厉的眉眼。下车前他把手搭在车门上，以至等他下车之后才能看见站在他身后的人。那是一名个子很高的少年，正笑着和司机师傅打招呼，侧过头的时候能清楚看到少年利落的颈部线条。

先下车的那位屈指在车门上敲了两下，警告道："赶紧滚下来。"

许盛远远看着两人的互动觉得有趣，而更有趣的是其他学校来的都是一队人，立阳还真只有两个。

星剑中学的体育馆修得跟演唱会舞台似的，比赛开始之前甚至搞了一出迷离又梦幻的灯光秀。赛区左右各配了一块赛况转播屏，比赛时会由摄像师根据解说员解说进行即时切换，将镜头聚焦到不同选手身上。其余配置和临江差不多，两位解说坐在二楼高台上，俯瞰全场。

比赛就在这样迷幻又豪华的气氛下开始了。"第十六届五校联赛，延续去年的赛制，上半场团体赛，下半场个人赛。"解说老师宣布完基本赛制之后，马上自我介绍，"大家好，我是星剑中学的年级组长老钱。"

另一位解说老师紧随其后："我是来自嵩叶附中的许老师，大家可以叫我老许。"

"今年竞赛生里，有大家熟识且期待的选手，也有不少第一次参加、令人倍感好奇的选手。"

"是的。"

"老许你最期待哪支队伍？"

"我？我个人比较好奇首次参赛的立阳二中——"解说员老许说到这里，语调一扬，激动道，"竞赛生开始进场了，走在最前面的是——嵩叶竞赛队！"

观众鼓掌欢迎。临江排在嵩叶后面，第二个进场。许盛慌得不行，不过怎么说他也是见过世面的人，从慌张到佯装镇定转换得奇快无比，虽然在最后踏上赛台的时候已经产生自暴自弃的念头，但外人看不出许盛的心虚。他这个人的特点就是特别能装腔作势，哪怕明明啥都不知道，慌到腿肚子转筋，上台时他也愣是走出了"我全部都会"的气势。

许盛目光扫过台下，刚好看到了顾阎王双手握拳给他们加油鼓劲的样子，还有观众席上邱秋给他们做的应援牌。应援语气势恢宏：临江雄狮，势如破竹！

虚张声势还差不多！

许盛收回视线，忍不住感叹，学渣当成他这样也是一桩奇事了。

邵湛悄悄捏了捏他的手："有我。"

一瞬间，许盛紧张的心定了下来，决定见招拆招，先浑水摸鱼熬过上半场——只要他不按铃抢答，坐着陪跑还是可以的。

竞赛团登场的时候观众经历了两次高潮。第一次是邵湛进场，毕竟是连霸两届竞赛的"大魔王"，临江同学差点喊破喉咙。第二次是最后一个学校进场时，解说员正介绍："现在向我们走来的是立阳……"解说员话音未落，观众席一角掀起欢呼的声浪，"二中"两个字彻底淹没在热情的呼喊声里。

"立阳二中。"解说员刚才的发言被打断，等欢呼声小了一些才笑着补充道，"看来立阳的两位选手人气非常的高啊……"

仿佛是为了印证解说老师的话，镜头切到观众席时，立阳的同学们使劲儿晃动着手里举着的牌子，齐刷刷的一阵，看着十分有气势。这些牌子上全是两个人名字——贺朝、谢俞。

代表立阳的两位少年就在这样热烈的气氛中入场了。摄像头聚焦在通道口，比本尊更早出现在大屏幕上的是两人被拉长的倒影。光影变化间，两人的影子被拉得很长。

虽然只有两个人，但气势丝毫不弱。

等两人在通道口站定，镜头这才缓缓上移，定格到刚才许盛在广场上匆匆瞥过的两人脸上。后下车的那个单手插兜，另一只手搭在边上那人的肩上，镜头扫过来的时候毫不在意地笑了笑，搭在同伴肩上的手很随意地冲镜头比了个"耶"。顺着这个动势，少年戴在手腕上的红绳露了出来。

台下更加激动，整齐划一地喊口号："朝哥！第一！"

跟那个被叫作"朝哥"的同伴相反，刚才拉上帽子从大巴车上率先下来的那位则无意跟观众互动，面对镜头连个眼神都没给。

立阳二中这两位参赛选手人气高得离奇，看到脸之后，其他学校的同学便明白了：长成这样，人气不可能不高！转而又嘀咕：今年怎么回事？这到底是联赛还是校草评选呢？

立阳似乎是打定主意要在今天给观众们惊喜了，因为其他四所学校的同学很快就听见立阳同学喊的那些与众不同的加油口号。

"朝哥，别胡闹，好好写字——卷面分很重要！"

"不要挑衅出卷老师——放过出卷老师吧！"

"能不发言就别发言，少说话多做题，向俞哥学习！"

立阳二中的姜主任坐在台下似乎对这些口号和学生们的反应见怪不怪了，甚至他也跟着一起激动介绍："你们看到没有？那就是我们学校贺朝同学！他比较有性格，但是成绩非常不错。还有他边上那位看起来……"姜主任找了半天形容词，把"冷脸""不爱搭理人""希望别人滚远点"这些特别贴切的字句排除后，最后只说："……比较腼腆的，是我校谢俞，也十分优秀。"

顾阎王坐在他边上不大相信，心说再不错还能有我们学校邵湛同学不错吗？于是他不动声色地炫耀道："那边那位是我们学校邵湛同学，他以全区第一的成绩入学。"

姜主任沉默两秒，试图找回场子："我校谢俞和贺朝……"算了，细想了一下，姜主任觉得还是闭嘴比较好。没办法，谁让他们立阳的谢俞、贺朝入学成绩倒数，而且不光倒数，这一倒就是一年多，直到高二才显露自己真正的实力。姜主任暗叹，这话题真是没法聊。

就在顾阎王和姜主任你来我往互相攀比的时候，参加比赛的同学已经在台上坐好，准备开赛了。一组组竞赛选手分别坐在几张长桌后面，两两相对。唯有一张长桌后只坐了两个人，显得格外不同。

立阳刚好对着临江，许盛摸不清立阳的实力，便借此机会暗暗观察。跟学渣许盛不敢轻易轻视任何对手不同，其他学校的学生大都不把立阳放在眼里，想看立阳笑话的也大有人在。但台上的谢俞、贺朝就像没察觉到周围的目光一样，稳稳当当地坐在那里，任人打量。

许盛收回目光，去接从前面传下来的答题纸，传到他手里的时候还剩下两张，他没直接传给邵湛，而是咬开笔盖在上面简单画了两笔。

邵湛比赛之前习惯性放空几秒，在脑子里过一遍公式调动思维，睁开眼就看到许盛传过来的纸——上面有个三两笔勾出的小人，手里还拿着个喇叭正在喊加油。

"解题这种事是指望不上我了，我精神上给你鼓励。"

伴着一声时钟钟摆到点停跳的声音，比赛正式开始了。

"上半场团体赛正式开始，比赛为抢答计分，每答对一题加10分，答错则扣10分，因此每次按铃之前希望选手们都能够考虑清楚，贸然抢答可能会令自己队伍失分，总共十道题，最终得分最高的队伍获胜。接下来请看第一题。"

赛场上鸦雀无声，周遭安静到可以清楚听见脑内无形的时钟转动的声音。身后的大屏幕上很快投影出几行字。

第一题：一个口袋中有10张卡片，分别写着数字0，1，2，……，9，从中任意连续取出4张，按取出的顺序从左到右组成一个四位数（若0在最左边，则该数视作三位数），则这个数……

勉强读完题目，许盛释然了，每年联赛，带给他的都是同样的体验。数学真是一样从一而终的东西，不管题目如何变换，不懂的还是不懂。

"这和你教过我的概率题怎么不太一样？"

邵湛一边在草稿纸上进行演算，一边低声简述："不难，需要分类讨论，第一位有三种不同情况……"

许盛选择放弃："算了，你先算吧。"

几所学校联合组织的联赛，难度和专业的竞赛没法比，原则上是八比二，即80%的基础竞赛题，加20%进阶题。不难也意味着很快就会有人按铃抢答。

"叮！"

"叮！"

邵湛和对面的少年几乎同时按铃。

解说俯身，情绪激动："按铃的是临江六中邵湛和……立阳二中贺朝！两人同时按铃！"

可是同时按铃怎么算？

裁判正想挨个对比两人的答案是否都正确，却见立阳那位大帅哥往前靠了靠，十分自来熟地凑近裁判手里的话筒问："怕你们为难，这样吧，这道题我有三种解法，要比比谁的解法多吗，朋友？"

裁判在这个时刻被惊得忘记了自己的职责，许盛被对面的自信激得想抢过话筒表达自己的心情——你很嚣张啊，朋友！

观众席先是沉默，然后炸了。

"还能这样玩吗？！规矩自己定？"

"立阳今年虽然人数上不占优势，但实力好像很可以啊！"

"我最多能想到两种，第三种是什么？"

这时，贺朝边上，谢俞伸手把话筒拉过来，手指搭在话筒电线上，声音又冷又清："不好意思，不用理他。"

最后当然是没比谁的解法更多，答案正确，各得五分，比赛继续。

但之前那两声同时摁下的铃仿佛一声号角，从两人同时按铃的那一刻起，学霸"打架"的场景就在许盛眼前上演了。他多少能看出来邵湛之前没认真——这个不认真不代表他不重视这场比赛，而是他很难遇到对手，真认真起来，其他参赛选手，包括临江竞赛团的队友，都跟不上他的速度。但是现在形势完全变了，立阳的贺朝完全激起了邵湛的斗志，两方答题所需时间越来越短，按铃的速度也相差无几。

"临江六中邵湛，答对，加10分。"

"临江六中邵湛……"

"立阳二中谢俞……"

裁判挥旗的速度和两位解说员的语速都加快不少，全场观众只能听到"临江""立阳"两个名词在耳边轮轴转。

作为临江六中代表团团长的侯俊目瞪口呆："我傻了，去年联赛上湛哥没那么凶吧？"

谭凯艰难回神："这是真神仙打架，我脑子已经没办法跟着转了。"

袁自强也感叹："立阳能在湛哥这种魔鬼节奏里抢到两题，看来那俩也不是什么正常人……如果我坐在湛哥对面阵营，我肯定直接投降。"

邱秋表示赞同："立阳调整得很快，节奏一点没乱。"

所有观众来之前都没想过能看到这么一场比赛。

在对面两个人强攻的情况下，邵湛依旧领先25分。

"目前赛况还是临江六中占很大优势，优势一直保持着，没有给对方追上来的机会，现在是团体赛最后一题。"

"是的，但是立阳明显没有放弃，他们还是想拿最后一题。"

两位解说老师还在尽力为已经看呆的学生们解说赛况。眼下的形势已经非常明了，邵湛大比分领先，谢俞、贺朝也不打算放弃，但无论最后一题立阳拿不拿得下，团体赛获胜方注定是临江六中。

这次比赛，邵湛将实力完全释放，解题速度快得可怕。谢俞他们能跟上节奏已经足够说明其优秀了，因为其他队伍直接被打得崩了盘——嵩叶竞赛队是第一个被打到自闭的，在邵湛秒答了一道竞赛题之后，嵩叶队长直接放下笔，演绎什么叫当场自闭："我不行了……我喘不过气。"自从临江横空出世一个叫邵湛的人之后，每年联赛都毫无悬念，但也没料到这个邵湛一年比一年更会羞辱人！

"队长，稳住，我们再看看下一题，"队友安慰道，"没准最后一题能让我们抓到机会！"

嵩叶队长很想哭："段耀胜那小子去年还哭哭啼啼不想毕业！还好他毕业了，要是今年他在，有他哭的。"

许盛作为坐在主战场正中央的"参赛队友"之一，本来也跟着写写画画，装出一副"我也在思考、我也挺有实力"的样子，但很快也被冲击得扔了笔——即使许盛刚拿下全市联考第一，还进了小圈，但学渣就是学渣。纯学渣许盛在学霸"打架"现场，手脚都不知道该往哪儿放。

他不该在这里，他该在车底。

"最后一题，请看大屏幕。"解说老师的话意味着团体赛的尾声到来。他身后的屏幕亮着荧光，几行字缓缓出现在屏幕上：

BC 为 $\odot O$ 的直径，A 为 $\odot O$ 上的一点，$0° < \angle AOB < 120°$ ……

镜头扫到邵湛和立阳的谢俞身上。观众们这时才注意到谢俞他不仅没被打垮，甚至坐得更直了一些，他手里转着支黑色水笔，在认真看题。邵湛坐在他正对面，两大冰山相对，周围温度骤降。台上其他竞赛选手只觉得自己又冷又凄凉。许盛边上的竞赛生忍不住倾诉的欲望，抓着许盛的衣袖说："盛哥，太可怕了。"

许盛沉着地"嗯"了一声，内心也是一样的崩溃。他前半场都在装模作样，如今全神贯注地看比赛，姿势放松下来后，居然显出一种大佬般的淡定。更别提在其他人眼中许盛还是去年联赛的第二，力压英华一哥。临江其他的竞赛生都有一种找到依靠的感觉，纷纷小声向许盛倾诉："我都没看完题目！"

"大佬"许盛深表赞同，深深地看了他一眼："我也是。"他来之前是真没想过自己居然能和其他竞赛生坐一块儿聊一个共同话题的，但玄幻的现实就是这样。

竞赛生满眼泪花："他们太快了！这是什么速度啊！我从来没有打过

这种竞赛！"

许盛点点头："是啊！是人吗？"

"对面嵩叶队长都快哭了！我也想哭……"

许盛叹口气，拍拍他的肩膀："坚强点，最后一题了，稳住。"

"嗯！"竞赛生憋住眼泪，继续鼓起勇气抬头看题，叹服道，"盛哥你心态真好，不愧是去年联赛第二名！到现在还能保持这种平稳的心态，太了不起了！"

许盛心虚地接受了，因为真相是他只是在浑水摸鱼罢了，去年的第二也不是他考的。竞赛生说完扫过许盛的草稿纸，目光一顿，因为许盛的草稿纸上只抄了题目，其他什么解题步骤都没有："你这个……你一题没做吗，盛哥？"

许盛赶紧遮住草稿纸："我就喜欢抄题目……"说完许盛沉默两秒，在脑子里飞速串逻辑："抄题目有助开拓思维……你们湛哥教的。"

在边上解题的邵湛听了这话，难得分了心。于是坐在许盛边上的竞赛生眼睁睁看着忙着写题的邵湛笔尖顿了顿，在跟对面比时间的间隙，居然还分神说了一句："嗯，我教的。"

那名竞赛生心说：还有这种做题技巧？但既然学神已经发话，那他选择相信。

饶是这样，立阳二中的选手还是比邵湛晚了一点，最后一题，邵湛轻松拿下。两位解说员在裁判确认答案之后，迅速宣布道："团体赛获胜队伍——临江六中！"

话音落下，屏幕上出现了邵湛的身影。少年敞着外套，到这会儿才显露出几分疲倦。碎发凌乱地散在额前，长相是带着攻击性的冷。顾阎王一边满意地看着屏幕上的邵湛，一边指挥六中学生鼓掌："鼓掌啊！愣着干什么？侯俊，你快动员一下！"看呆了的侯俊等人纷纷回神，顷刻间凝固了很久的气氛变成了雷鸣般的掌声。

"个人赛开始时间，下午1:30，请所有参赛选手提前半小时到场做准备。再播报一遍，个人赛开始时间……"

伴着解说老师的通知声，同学们有序退场。嵩叶附中第一个退场，走在最前面的嵩叶队长强撑着没掉眼泪，经过立阳这边的时候，立阳那位姓贺的刚好站起来。贺朝起身之后把挂在椅背上的外套拎在手里，他没认出对方是谁，只因为对方表情不太好就随口安慰了一句："想开点，输一次没什么的。明年我和老谢就毕业了，你是高二的吧？还是有希望的。"

边上的谢俞这次没制止他，反倒"嗯"了一声表示赞同，相当于变相告诉他们明年再战。嵩叶附中全员表情瞬息万变，一时间分不清对方是好意还是讽刺。

许盛看着立阳的贺朝跟嵩叶的选手对完话之后，就拎着校服外套径直往台下走。在离开之前贺朝食指和中指并拢，冲着邵湛座位的方向打了个手势，仿佛在说"下场比赛见"。

许盛有点吃惊对方的表现，心说，这难道是传说中的英雄惜英雄吗？

许盛目送贺朝和谢俞离开，看到观众席上有几人冲到赛台边，跟他们说话。戴圆镜框的人冲在最前面，叫得也最大声："朝哥，厉害啊！"

贺朝笑了一声："输了还厉害？"

"就刚才那种情况，你和俞哥能有这个表现不错了……"

说话间，几人越走越远。许盛收回视线，认真地看着自己身边这个尽显学神本色的同桌："立阳那两被雷劈的，还挺强。"

邵湛很认可这次的对手，不得不说，这种酣畅淋漓的比赛，他也很尽兴。于是毫不吝啬地给予了极高的评价："很强。"

"我哥最强。"许盛说。

邵湛低声笑了一声，然后继续陈述："很强，但是他们似乎不熟练，之前可能没怎么做过竞赛方向的题。"

比赛结束之后，各校学生被安排去星剑食堂用餐。许盛和邵湛去的时候食堂几乎已经坐满了。他们找不到侯俊几人在哪儿，只能端着盘子往里面走，看看有没有空位。很快他们看到两个空位，只不过其中一个椅背上搭了件衣服。许盛决定碰碰运气："打扰一下，这里有人坐吗？"说完，许盛才发现对面坐着的是两张熟悉的面孔——刚才在赛台上这俩也坐在他们对面。

"没人。"谢俞说完在桌上敲了敲,提醒贺朝,"衣服收一下。"

台上是对手,台下没必要也搞得剑拔弩张的。许盛和邵湛道了声谢,直接坐下了。

对面贺朝先做自我介绍:"贺朝,卓月朝,朋友,你刚才答得不错,第二题用的秒杀公式?"

邵湛点头:"你们是第一次参加竞赛?"

贺朝做了个鬼脸,算是肯定了邵湛的猜想。他一直在忙着挑鱼刺,等挑完把鱼肉往边上那人的餐盘里放,然后才放下筷子说:"临时被拉过来的,我和老谢就随便做了几套你们往年联赛的竞赛题。"

随便,做了几套?纯学渣许盛理解不了这种"随便"。但仔细一想,也就真的只是"随便"了,因为立阳说要参赛也就是两周前的事。两周,他们能准备多充分?许盛后知后觉了一个骇人的事实,对面的两个人在两周前才开始接触竞赛题的情况下,几乎能全程紧咬邵湛不放。许盛觉得这个世界真是很不公平:都是被雷劈,待遇怎么差那么多?想到这里,许盛忍不住要跟对面交流一下雷劈经历。所谓不打不相识嘛!许盛试探地抛出问题:"听说你们之前被雷劈过?"

贺朝一惊:"兄弟,这传说已经流传得这么广了吗?临江的学生都知道了?"

"真有这回事?"

贺朝故作神秘地点点头,还把声音压得很低:"那是一个夜黑风高的夜晚。那天晚上我和我同桌走在路上,忽然天空传来一声巨响——"说到这,他见许盛明显已经信了,便恶作剧得逗一般地笑道:"骗你们的!这个版本已经过时了,现在比较流行的说法是重生,那个还有点意思。"

许盛心说,看来全是谣传。

贺朝说完又问:"对了,来之前听说你们学校还有个很厉害的联赛第二,今天没来吗?"

来了,全程装模作样抄题目,一分没拿到。

许盛摸摸鼻子承认:"我。"

心虚归心虚,在外面联赛第二的场子还是得撑住。许盛大概讲了一下自己去年在联赛上的英勇发挥："去年我在联赛的时候，斩敌无数，英华实验知道吧，他们学校年级第一被我打哭过。"

贺朝真心实意地赞叹："厉害啊兄弟！刚才怎么没见你按铃？"

许盛继续发挥："我给你们一点机会。"

一顿饭下来，虽然邵湛和谢俞全程没跟对方说过一句话，但许盛和贺朝确实是相谈甚欢。而且通过这段饭，许盛把自己的"学霸"身份稳稳地立住了，稳到贺朝十分期待下午的个人赛。然而不管贺朝信得有多真，个人赛上许盛注定不会有任何发挥。

下午比赛，在全体竞赛生入场前，观众早已入席。因为个人赛不需要投影，所以场上的灯全都开了，灯光直直照下来，整个赛台被强光围绕。别的选手都是蓄势待发的样子，只有许盛觉得光强得刺眼，像极了他在上次比赛后被顾阎王他留下时的那种从上往下照下来、拷问犯人般的强光。

比赛开始前，解说进行热场："我们的赛程进入下半场，上午邵湛同学的精彩发挥让我直到现在还在回味。不知道在接下来的个人赛里，谁会拿下另一个第一？"

"今年立阳二中两位选手也是令人惊讶，没想到能在团体赛环节有如此惊人的发挥。"

相比上午的团体赛，个人赛的观赏性就显得弱很多，枯燥乏味的答题过程长达一个半小时。全场观众只能用转播屏来打发时间——俗称颜值鉴赏。立阳和临江两所学校都有两名颜值超出正常水平一大截的选手，在这一个半小时的等待时间中，大部分观众已经不太在意谁拿第一了，只希望摄像老师多往这几位选手身上切镜头。

不久，个人赛赛程过半。有一位选手放下了手中的笔，然后极其嚣张地直接趴在桌上睡觉，用后脑勺示人。

是立阳的谢俞。少年像来时那样，趴下去的同时还把帽子戴上了。摄影师很懂，马上将镜头聚焦到他身上。在粗略扫过他压在底下的试卷时，观众震惊地发现，虽然他的解题步骤写得简单，却没有空着的题。

解说老师磕磕巴巴地解读谢俞的行为："立阳二中的谢俞……他……

呃……可能是写完了吧。"

好在立阳的另外一名选手贺朝还算给面子，在谢俞趴下后，他仍然不受影响地老老实实写卷子，没有让解说老师为难到底。

许盛没空管这些，他现在自身难保。虽然邵湛说过不会的题直接空着，到时候他去和顾阎王说，但他还是想试试——刚拿到试卷的时候他的确是这样想的，在放弃三道题之后，许盛觉得还是算了比较好。除了有两题的第一问是邵湛在考前给他补习过的他能写出来之外，剩下的题许盛完全无从下笔。认清事实后，许盛开始争分夺秒打腹稿，琢磨等会儿要怎么解释。

个人赛最后的选手排名在意料之中，邵湛第一，谢俞第二，贺朝第三。立阳虽然没拿到第一，但是这个成绩也足够让A市其他学校叹服，尤其他们都明白，立阳这两位选手算是临时参赛的。

而许盛跌破众人眼镜地考了倒数。顾阎王在台下听名次的时候，就在等解说报他们学校的雄狮、竞赛小天才许盛的名字，结果这一等一路等到了最后。

"盛哥，"比赛刚结束，其他竞赛生把许盛团团围住，"你怎么可能只有10分？你这次联赛发挥……失常了？"

许盛心说：不，这其实是我的正常水平。

即使交卷之前做好了准备，真当所有人都过来问他，许盛还是有些招架不住。经过短暂地思考之后，许盛打算把事实转换成另一种形式坦诚地说出来："去年我能出色发挥其实是有些偶然的，我有时候能进入那种奇特的思维状态。当在那种状态下解题，我就像是有神明附体，仿佛有另一种思维主导了我的身体。"

正打算过来给许盛解围的邵湛听了这话，突然不是很想过去了。

周围的同学也在听完了解释之后集体陷入了沉默。然后一道声音率先打破了沉默，同学们显然有另一种理解："这……难道是潜意识解题？高效无我状态？"

当人们坚信某人有天赋时，他们往往不会轻易去怀疑。哪怕这人出了差错，他们也会努力为对方找到理由。潜意识解题的说法大有市场，又有人说："我知道，就像那个印度的数学家！梦中解题！"

另一个说："这莫非就是境界？"

这都什么跟什么？！

许盛心说，我就想说，那一瞬间我不是我……

邵湛站的位置很巧，刚好堵到了想要冲上来找许盛问话的顾阎王。顾阎王踩在台阶上，不断往许盛那个方向张望，一只手已经伸出去了——手指在空气中不断颤抖，似乎想把许盛隔空拎过来。

邵湛不动声色地把顾阎王拦了下来："顾主任。"

顾阎王十分气愤："10分！许盛这回怎么回事？怎么个人赛就只考了10分！他不是应该和立阳的那两位同学一较高下吗？！"

邵湛帮忙解释："这次联考前他都在补习英语，我给他押题方向没押对，这次考试刚好考的都是他的知识盲区。"

顾阎王愣了愣。

一个谎言需要用无数个谎言去圆。邵湛只能继续睁着眼睛说瞎话："许盛的竞赛天赋……在其他类型的考题上非常突出。"

"这，"顾阎王诧异道，"天赋还分类型？"

"他擅长做几何题。"

每年联赛都由不同的出题老师出题，出题风格不同，考查方向都会各有侧重。正如邵湛所说，去年几何题占的比重大，而在今年的个人赛考卷里，的确没怎么出现过。

顾阎王的心放下了一半，另一半在听到邵湛说没怎么押中那里也放了下去。顾阎王从来没有考虑过邵湛会说谎这一种可能性，他被说服了。

另一边，许盛还在听竞赛生绘声绘色讲述印度数学家的故事。

"是不是像拉马努金那样？"

许盛听得思维都快错乱了："拉马什么金？"

"拉马努金，印度数学家，他说过娜玛卡女神会在梦中给他启示，于是他醒过来就写下了一堆公式。"

许盛硬着头皮应下来："没那么夸张，但也，差不多……"

许盛的联赛危机，暂时解除。

侯俊他们这时也从观众席那边挤过来了，几人一拥而上，十分兴奋："湛哥！湛哥太帅了！这一仗赢得漂亮！就是隔壁立阳有点可怕……这俩什么人啊？这就是雷的力量吗？！尤其是那个中途睡觉的，居然能压得住英华的人？"

镜头切到谢俞拉上帽子睡觉的时候，全体观众都被他给搞蒙了，再加上力压老牌强队英华成了这次比赛的第二名，立阳的两位虽然是第一次参赛，但俨然已经是话题的中心人物了。

两位话题中心人物浑然不觉。贺朝走到谢俞课桌边上，很自然地拉下谢俞头上的帽子，然后俯身跟他说话："这位小朋友，起来了。"

谢俞这几天都在做竞赛卷，睡眠不足，烦得很。他抬手抓了抓头发，把重新发回到他们手里的个人卷折起来："考完了？"

贺朝还没来得及回答，就见裁判朝自己这边走过来了。裁判想提醒这两位同学走的时候别落东西："那个……"

因为裁判说话的时候话筒离贺朝很近，于是他会错意说道："什么意思？你们这前三还得发表获奖感言？"

"我知道了，行吧。"

裁判压根没回过神，就见立阳二中的这位同学直接接过他手里的话筒，随意坐在桌上，然后凑近话筒说了一声："喂。"

场馆空旷，圆形的屋顶和四周墙壁的反射让这个声音在室内环绕回响起来。原本解说的声音已经在台下人的耳朵里绕半天了，冷不防听见这一声，原本在收拾东西准备离场的观众以及竞赛生全被震得停在了原地。

"我也不知道要说什么，那就随便说点吧。"贺朝在裁判的注视下，把刚才被谢俞折起来的试卷再度摊开，"试卷就没什么好说的了，比较简单，希望下次能够提高点难度。然后还是那句话，这次在比赛中没能拿到名次的同学，不要气馁，明年你们还有机会。"

贺朝说到这，手腕一转："老谢，说两句？"

谢俞非常确定裁判应该、似乎、大概率没有要他们发言的意思。于是谢俞对他说："我说个屁。"

贺朝一愣："不是要发表获奖感言吗？"

谢俞面色不虞地凝视着贺朝，心说，你问问裁判，看裁判答应吗？但比了一天赛，加上刚才睡得并不舒服，他懒得多说，直接把话筒还给了已经石化的裁判，然后拉着贺朝走了。

贺朝的发言为整场联赛画下了一个堪称刺激的句号。不少人参加过几次联赛，却也从来没见有人主动发表获奖感言，更别提感言的内容还十分嚣张。原先围住许盛谈印度数学家的几位竞赛生也被生生打断思路，许盛都不禁佩服这位在饭桌上聊过几句的兄弟。

"牛啊！这获奖感言，精彩！"邵湛过来的时候，许盛正感叹，"你要不要也来个？好歹也是第一名，不能丢了面子。"

"没那工夫，"邵湛说，"忙着给某人收摊子。刚拦下顾主任，他要是再问，你就按我之前说的回。"

许盛正愁要怎么跟顾阎王说，没想到邵湛已经解释过了。这样一来他就没什么好怕的了，又恢复成往日那不着调的样子。周围人多，竞赛生见邵湛过来后就把他团团围住，想问题目，于是许盛做口型："谢谢哥。"

几所学校的大巴车都停在一块儿，临江的同学们在去集合的路上又感慨了一下星剑的豪门程度。许盛站在后排等大巴车调头，刚好看到不远处立阳二中那辆车。只见考试中途睡觉的那位微微弯下腰上了车，上去之后径直往后排走去，后面有一排排座椅挡着，再往里便看不清了。

见没啥好看的了，许盛就开始玩手机。

七班班级群里这会儿正在发表观赛感言。

[邱秋]：舍不得！

[侯俊]：是啊，明年就看不到湛哥在台上了……

[邱秋]：我好舍不得立阳哦。

[侯俊]：……

[S]：我以为你舍不得我，秋姐你怎么回事？

要是以往，许盛来这么一句，邱秋早就嗷嗷叫了，然而现在许盛的魅力在她面前减半。

[邱秋]：立阳那两个，不觉得长得很帅吗？

[S]：劝你想好再说话，你这样很容易失去我。

[邱秋]：你和湛哥也帅，但是，你俩成天在我面前晃，看多了嘛。

临江六中的同学，尤其是七班的人，平时被班里两棵草弄得审美大幅提升，很难有人能够再入他们的眼，这次联赛难得碰上两个，大家都想抓紧时间多看两眼，以后可就没机会了。

许盛笑着退出了群聊界面，开始回复张峰、康凯给他发的消息。

[康凯]：你同桌，还收学生吗？我这次英语还是没及格，我要这央美的合格证书有什么用？

[S]：不是让你背单词了吗？

[康凯]：你怎么才回？我都已经坚强地从不及格的阴影里走出来了！

许盛不知道怎么说，只能含糊其辞：我，有个比赛。

康凯校考完回来沉浸在学习的海洋里，都快溺死了，听见"比赛"来了劲。一琢磨又觉得不对，A市这段时间没有举办什么美术比赛啊！知道他们要高考，哪儿能办比赛？但他又转念一想，难道是网上的？

[康凯]：什么比赛，我怎么没有听说？

大家都是学渣，你成绩不见得比我好到哪儿去，能听说就怪了。于是许盛叹口气，打字回复：竞赛。

[康凯]：？？？

[S]：数学竞赛。

[康凯]：啥玩意儿？

[S]：总之有一些意外……确实是有点离谱，不过不重要。

[康凯]：……

他的兄弟许盛是疯了吗？

这题超纲了
②

278

CHAPTER 41

再见临江

五校联赛结束之后，许盛总算是把自己当年挖的坑都填得差不多了。只有许雅萍时不时还会念叨"许湛"，提醒他不要忘记自己还是一个高危的潜在精神病患者。

回到学校，高三生进入到了最后一轮复习当中。拿到小圈资格之后，许盛文化课压力小了很多，但央美分数线也绝对不低，他不敢有丝毫松懈。许盛晚上照常去邵湛寝室做题。邵湛书桌上混着两个人的课本和试卷，有时候找自己的都得翻半天。

这会儿是五月上旬，初夏。许盛突然清晰地意识到那个充斥着复习、联考，由无数张画稿和联考时通过耳机线传出来的音频声组成的冬天过去了。次日出操，六中同学大都换下了外套，太阳照得人浑身发热。

由于邵湛现在是高三生，正处在最关键的时候，所以每周周一升旗仪式上作为学生代表发言的人换成了高二的同学。顾阎王在升旗台边上背着手，左顾右看，有种巡视领地的感觉。这天他发现了一处不满意的地方："操场那边那堵墙，怎么回事？怎么脏成这样？改天找人刷一刷，像什么样子……"顾阎王说的墙是正对着升旗台的一堵围墙，上面黑一道灰一道的，都是球印。

这天，许盛早上出操迟到十分钟。他避开老师，不动声色地从操场后排绕进去。出操内容跟以前差不多，在学生代表围绕"多读书、读好书"

专题展开演讲之后，体育组代表老师上台宣读了篮球比赛的相关事宜，不过参加比赛的年级只有高一和高二，宣读完毕之后全体学生原地解散。

高三年级唉声叹气，侯俊一回班就撑着讲台晃晃脑袋："哎，高三生没人权啊……"

"谁说不是呢，"谭凯跟着进班，"居然连篮球赛的参赛权都没有！去年第一场就输了，我还想今年杀回去让他们看看七班的风采。"

"去年咱班参加了吗？"许盛拐去小卖部买水，拎着水回班，把顺手从小卖部收银台边上买回来的几根棒棒糖给邱秋她们，刚好听见这么一句，"我怎么没印象。"

七班高二确实比过一次，当时许盛还是令人闻风丧胆的校霸，自然没人敢邀请他，邵湛就更别提了，成天在竞赛组里泡着做题，更没人敢找。

侯俊说："参加过，当时你可能翘课了吧，整天忙着游走在违反校规的边缘。"

许盛一哽，往事大可不必再提。

高三不能参加篮球赛这件事直接导致七班班级气氛低迷，加之上周模拟考也出了成绩，这回模拟考试的排名是全A市的排名，能够更直观地看清楚自己在哪个位置。每次出成绩都是几家欢喜几家愁，如果考得好也就罢了，考得不好的话很有可能直接影响考前的心态，心理素质差的同学也有可能这会儿就直接崩溃。谭凯就是其中一种典型。以往上课他和侯俊总是两个人跟说相声似的，如今侯俊说什么他都不接茬，闷头猛写。许盛试图安慰过，可惜没有成效，于是他拽着邵湛过去。

"我去有什么用？"

"你不是学神吗？"许盛说，"谭凯从高一那会儿就崇拜你，你说句话没准有用。"

要是以前，邵湛怎么也想不到自己会有主动站到同班同学面前安慰人的一天，然而他更没想到的是自己突破自我的举动丝毫没有安慰到谭凯。

"这次的模拟卷很简单，"邵湛说到这，又顿了顿，"按理说不该出现那么多失分点。"

许盛一惊。

谭凯一愣，心说我哭得好大声，信不信我哭给你看。

正在安慰谭凯的侯俊直接被邵湛的话打断了思路。

"打扰了，"许盛手搭在邵湛肩上，打算把人带走，"你们继续，就当他不存在、没来过。"

七班压抑的班内气氛一直维持到晚自习。其他年级参加篮球赛的班级在球场上训练，放学后的校园安静了不少，训练声通过后窗一路传进教学楼里。许盛写完手上的卷子放下笔，问出一句惊世骇俗的话来："有人想下去打球吗？"

没人说话。

"听不懂吗？我再重复一遍？"

"不是，听得懂，"谭凯都被许盛这一句惊得开了口，"但是现在不是上自习吗，怎么下去打球？"

邵湛隐隐察觉到许盛下一句要说什么。果然，许盛往后靠了靠，相当自然地说："翘课啊。你们长那么大不会都没翘过课吧？"许盛低头看了眼手机，确认了时间之后说："顾阎王和老孟应该在开会，现在溜下去还能打半个小时。"许盛鬼话张口就来："学习这种事情讲究劳逸结合，一时的放松是为了之后能够更好地学习。举手吧，谁想跟我走？"

所有人都跃跃欲试，但一时没人敢动，直到寂静的教室里响起一声很轻微的座椅挪动声。邵湛起身走到教室后门，扭头看许盛："不走？"

邵湛行动干脆利落，丝毫没给人反应时间，说翘课，下一秒人就已经往教室外面走了。这给其他人吃了一颗定心丸：学神都翘课，他们还有什么不敢的！

"走，"侯俊换上球鞋，"翘就翘，再待在教室里我要待疯了。"

连邱秋都扔了笔："缺啦啦队吗？"

谭凯走出自闭状态："秋姐，麻烦等会儿把'凯哥厉害'喊三遍！"

离高考没剩多少天了，高三（7）班集体翘课。七班下去的时候正好碰上高二年级在打训练赛。场上有一个班没约到人，只能自己练投篮。篮球"砰"地撞在篮筐上，直直地往场外飞——下一秒，一只骨节分明的手接住了球，接着手腕一翻，篮球落地。邵湛挽起校服衣袖，露出了清瘦的手腕。他把球扔回去，问高二那队人："打吗？"少年眉眼冷厉，说出来的话更是冷，导致对面半天没说话。

"哥哥……"许盛日常为邵湛的社交能力感到"惊喜"，他叹口气说，"你这语气和措辞听着很像要找人打架。"

这场训练赛到底还是约了。许盛是头一次跟邵湛打球，七班其他人更是没见过了。很快，七班同学就发现这两位爷都是快、狠、准的类型。许盛平时大大咧咧的，但侯俊是跟他一起打过架的人，知道他真认真起来几乎很少说话。果不其然，球场上的许盛认真起来。他弯下腰，抬手扯了扯衣领领口，上去直接抢下对面的球。邵湛接到球之后上篮，拿下两分。两人配合得很有默契——球不偏不倚地从篮筐正上方砸下去。

篮球场边欢呼声四起。

"湛哥这球漂亮！"侯俊边擦汗边说。

谭凯球技其实非常糟糕，糟糕到邱秋在边上观战都一直找不到合适的词汇夸他，偏偏本人心里没数，还问："我刚才那个操作，就没人注意吗？就没人夸夸我吗？"

许盛沉默了一会儿，勉为其难地夸他："你刚才那个差点把球砸到对方手里的操作，很细节。"

"你投错篮筐的操作，"邵湛说，"也很细节。"

谭凯觉得自己都快不认识"细节"这个词了。

场上少年热烈又张扬，邱秋她们坐在边上帮忙看衣服。她从没想过离高考都那么近了，自己还能干出这种翘课看人打球的事儿来。这段时间所有人压力都大，但与其说是压力，不如说是对未来的迷茫。他们想过很多次高考，但真快走到这场人生中最重要的考试面前时，却又忍不住胆怯。可在此刻，所有情绪都被抛诸脑后，脑海里紧紧绷着的那根弦被一句"翘课啊"打散。他们向来循规蹈矩，生活里除了学习就是学习，几次违规好像都和许盛脱不了干系。也幸亏有他，他们的青春也算是年少轻狂过了。

邱秋高喊了声"七班加油"，混在邱秋那句加油里的还有顾阎王气急败坏的声音："高三（7）班——你们干什么呢？！"

侯俊手里的球差点飞出去，这反应就像在家偷偷打游戏结果老妈一下推门进来一样。

"顾阎王不是在开会吗？"

顾阎王确实是在开会，会议室后窗正对着篮球场。所有人眯起眼睛往教学楼那看，这才在三楼某个窗口看到了顾阎王伸出窗外的头，这名中年男子头发稀疏，表情愤怒："兔崽子——别跑，我马上下来，不好好上自习都在球场上干什么？！"

侯俊手里的球被许盛一掌拍飞，许盛喊道："愣着干什么？跑啊！"

七班同学一窝蜂往回跑。邱秋跑得慢，许盛放慢脚步带着她一起跑，顺便还把邵湛叫上了："同桌，等会儿！你也带个人跑。"

于是邵湛放慢脚步倚在篮球场铁网边上等他们。

邱秋被人带着跑，耳畔有风刮过。

她忽然觉得也许这一切不是为了那句"翘课啊"，而是因为场上的少年们永远热情，永远向上……她也一样。

顾阎王在楼上远程教训他们，恨不得抄起手边的什么东西从三楼砸下去，但他还有理智，于是只能抖着手咆哮。孟国伟在一旁劝："顾主任，顾主任冷静点，我去处理，我等会儿开完会回班好好骂他们一顿！"

然而回班之后，孟国伟没有真找他们算账。他也知道这帮孩子最近压力大，进班第一句话只问："怎么都大汗淋漓的，刚才干什么去了？"

侯俊脑子转得快："因为我们……学习太用功了。"

"是这样的，孟老师。"谭凯满头是汗地积极配合，"学习点燃了我的激情，我现在热血沸腾！我爱学习，只要一想到学习，我就心跳加速、浑身发热。"

袁自强自然不能缺席："而且最近天气不是热了吗？是今年夏天来得比较快。"

许盛向邱秋借了一包纸巾，递给邵湛的时候笑了一声。没想到他们那么能扯的孟国伟简直无语："翘课也不知道安静点，谁喊'谭凯厉害'喊那么大声？在三楼都听见了，生怕没人听见是吧？说吧，谁组织的？"

许盛正想举手，邵湛却抢先一步。"我。"邵湛说，"我带的头。"

许盛在桌下扯了扯他的衣角，邵湛垂下眼，低声说："我第一个出去的。"这倒也没错，确实是邵湛第一个带头出去的。"你自己看看你的处分通知，"邵湛说，"再来一张还想不想毕业了？"

处分通知书收割小能手许盛默默收下了同桌的好意。

许盛犯错跟学神犯错不是一个处理标准。孟国伟本来也是想睁只眼闭只眼过去，这回是真的想骂也骂不动了。"你写份检讨交上来。"孟国伟转而又说，"这节班会课，大家都把手上的东西放一放，老师感受到你们火热的学习热情了，但是这节课咱们有别的事要讲。"

同学们装作学习被打断，表面可惜，内心雀跃地把试卷收了起来。

孟国伟打开文件夹，从里面拿出一沓纸："我不知道这些字条都是谁写的，你们自己从第一排往后传，找完自己的那张再传下去。"

孟国伟拿出来的这沓字条，赫然是当初高二从绿舟基地回来后让他们在课堂上写过的志愿条。当时写下志愿条的时候，一部分人都是随便写写——那时的他们还不知道高考离得那么近，未来来得那么快。

"这张是我的。"

"我的天，我去年怎么有胆子写清华？"

"我，哈佛了解一下。我都不知道为什么当时的我那么狂妄，是谁给我的自信？"

也有不少同学写的是内心一直在追逐的目标：××师范、××传媒大学……他们写下的每一个字都镌刻着青春的志气，一笔一画都有对未来的期许。

教室外天色已黑，校园里的路灯照破夜色，那沓纸传到许盛手里时厚度削减不少。他随手翻了两下——他那张早就回到他自己手里了，拆开的星星也被他按痕迹原样折了回去，一直妥帖地放在寝室抽屉里。

邵湛问："你找什么？"

"找你的，"许盛手上没停，"你看过我的，我还不能看看你的？"

邵湛的字很好认，找字写得最好看的那张准没错。许盛翻了十几张，瞥见下面那张纸上凌厉的字迹，于是停了下来，把那张字条抽了出来。

北京大学，法学。

邵湛做事向来是目标明确。许盛也没多说什么"加油""你肯定能考上"这类的话，他把字条抽出来之后扬扬下巴示意邵湛把剩下的传去第二组，然后整个人斜坐着靠着墙开始折纸。他不太会折，又偷偷把手机拿出来，垫在课本下面搜折纸步骤。

刚开始拿到字条的时候班里还吵吵闹闹的，等字条全部发完，反而全都安静下来了。孟国伟无不感慨地说道："我现在把字条还给你们，无论大家的梦想是远是近，老师都由衷地希望你们能够明确方向，明确目标，并且在剩下的日子里朝着这个目标奋斗。"

许盛边听边继续折，第一次没折成功，等孟国伟把话讲完，他手里的那颗纸星星也刚好进行到第二次的最后一步。

"也不要给自己太大压力，高考只是人生中的一场考试……在老师心里，你们都很棒。"

"这玩意儿折起来还挺难，"许盛说着把手握成拳，横着伸到邵湛面前，"送你个礼物。"话音落下，少年把掌心摊开，那颗纸星星像是被窗外路灯的余光照到了似的，照的邵湛双眼都闪着亮光。

天气渐热，很快到了不用溜下去踢球，光在教室里写题也能写出一身汗的程度，窗外绿荫晃动，闷热的空气夹带着第一声蝉鸣，夏天真的来了。又是一轮模拟考过去，课桌上的试卷越垒越高。

许盛坐在窗边也晒得慌，午休时借邵湛的外套盖着挡太阳，缩在后排趴桌上睡觉。没睡多久，侯俊就风风火火地从外面进来，把黑板上的倒计时天数又改少一天："同学们，咱们过几天高考誓师大会，一定要穿好校服啊，别再跟我说什么洗了没干，顾阎王说了——"

侯俊掐着嗓子学顾阎王说话："我不管你是从高一高二那儿打劫还是怎么整，校服必须给我穿齐了。"侯俊自认七班绝大多数人都规规矩矩的，于是特意叮嘱许盛："盛哥，明天不要叛逆行吗？好好穿校服。"

许盛被吵得头疼，勉强坐起来："我哪天不好好穿？"许盛现在穿校服确实规矩，除了偶尔实在洗了没干，几乎每天都穿校服。侯俊"嘻"了一声："你这不是有前科吗？万一你觉得百日誓师真是一个特别的日子，很想与众不同一把呢？"

许盛发现自己没办法反驳，他拧开瓶盖说："猴子。"

"嗯？"

"你很了解我，要不我明天就不穿校服了，给顾阎王留下一个深刻的回忆吧！"

侯俊没法跟他聊，扭头找邵湛："湛哥，他交给你了，你劝劝他。"

邵湛摇头："劝不住。"

誓师大会开始前，邵湛的保送资格也刚好批了下来。邵湛上学期拿了竞赛金奖，就在许盛去画室集训的那段时间里，保送的结果其实老师们心里都有数，资料递交上去十有八九能过，但此刻真收到消息还是引发全校轰动。邵湛去顾阎王办公室领通知的时候，许盛想去办公室门口探探口风，结果刚走出教室，侯俊他们心照不宣地跟上了："一起啊，我也好奇，湛哥保送应该能过吧。"最后许盛带着一串小尾巴，贴在顾阎王办公室门口。

"好样的！"顾阎王这天穿了一身正装，手里拿着发言稿，等邵湛走近时狠狠拍了拍他的肩膀，"老师就知道你能行！"

邵湛背对着门，透过门缝，屋里的情况看不大真切，许盛站了会儿便犯懒，退后几步坐在楼梯口等同桌出来。

其他人纷纷议论。

侯俊羡慕疯了："保送，也太厉害了吧！那之后岂不是不用待在学校里复习了？"

谭凯要哭了："为什么有这种不用参加高考的人啊！"偏偏他们还在苦哈哈地复习。

袁自强也有点一瞬间的失衡："我原先以为我心态挺好的，湛哥这个还是一下给我打自闭了。"

话虽然这么说，但是他们还是替邵湛感到高兴，邵湛推开门从办公室里出来，直接被一群人团团围住，疯狂冲他喊："湛哥超牛！"

"保送，厉害炸了。"

等侯俊他们散开，许盛坐在楼梯上伸展了一下腿说："你可以不用上课了？"

邵湛"嗯"了一声。许盛的心情和侯俊他们一样："那不是很爽？等消息传出去，全高三都想揍你。"

"爽个屁！"邵湛说，"不是还得教你。"

高考不用考，但是私人家教的任务还得继续。邵湛发现他同桌是真的心里没有一点数。他把许盛从台阶上拉起来："带你高考比我自己去考，难多了。"

许盛语塞，这种被嘲讽的感觉是怎么回事？

百日誓师是临江六中一年一度的大型活动，前两年他们都只当热闹看，也偷偷说过顾阎王走煽情路线的时候格外"油腻"，一个平时能在升旗台上和许盛大打出手的年级主任，突然说掏心窝子的话，这巨大的反差让人汗毛直立。

但是今年他们成了站在升旗台下的那批学生。

已是盛夏，蝉鸣声不断，橡胶跑道被晒得发烫。操场布置得很隆重，广播从早上就开始循环播放慷慨激昂的乐曲，红色横幅挂在升旗台后面的树上。

许盛没迟到，也按规矩穿了校服，他站在队列里，恍然回想到上一次全年级这样郑重其事地全员集结，好像还是高一入学的时候。但是那会儿他没心情参加什么迎新大会，也没心情听台上的老师轮番上阵给予这批高一新生祝福，满心都是抗拒，也没穿校服。在顾阎王说完"欢迎来到我们临江六中"和"欢迎新生代表上台发言"之后，他很想从后排撤出去。

然而此刻眼前的场景和记忆中的画面逐渐重叠，连聒噪的蝉鸣声都仿佛渐渐一致了。许盛往后退了一步，反正他和邵湛在后排，也不用担心影响队形："开学那会儿，新生代表是不是你？"

"是我。"

许盛一副果然如此的样子。

"你不应该说'当时就注意到你'了吗？"

许盛"哦"一声："我当时觉得这个人演讲内容很长，特烦。"

邵湛忍不住一哂，他同桌总是不按常理出牌。

顾阎王在升旗台上"喂"了好几声，然后才正式开始发言。"今年我校高三年级的学生取得了很多优秀成绩，邵湛同学取得保送名额。"顾阎王说到这，顿了顿，因为下面要说的这个人名他念过很多次，但大多数时候都是喊他上来检讨，"七班许盛也不错，在美术联考中拿下第一。"

顾阎王显然没那么容易就放过他，顺嘴批评道："不过许盛同学以前有过不少不良记录，上课总是迟到，还总喜欢特立独行，曾经打死不穿校服，多次和我展开殊死决斗——"

顾阎王说到这，台下很多人都笑了，包括许盛自己。很快，顾阎王话锋一转："今天为什么花时间跟你们聊许盛，是因为我们临江从来没有出过艺术生——我们为临江的第一位艺术生而骄傲！也想借此机会告诉其他同学，可能有些时候你选择的道路和别人不同，但老师永远支持你们，也希望能够成为你们前进的助力。"

顾阎王声音难得的温和。此刻也没人觉得顾阎王"油腻"，七班甚至有几名女生已经在偷偷擦眼泪了。

"现在的每一张试卷，老师都能给你们答案，但是在以后的人生道路上你们会遇到更多'试卷'，这时候，就需要你们自己给自己答案了。"

"离高考越来越近，其他跟学习有关的话，我在这里就不唠叨了，"顾阎王最后顶着烈日说，"老师们由衷希望你们走得更远，临江只是你们的起点。"

顾阎王发言后就是学生代表发言环节，高三年级学生代表还是邵湛。顾阎王高高兴兴地把话筒交给邵湛，眉飞色舞道："来，邵湛，上来鼓舞一下大家。"

邵湛不是第一次上台，他把发言稿粗略过了一遍，直接空着手上台。少年声音是一贯的冷："很遗憾，没办法和你们一起参加高考。"

如果不是上台发言需要多说点话，邵湛估计能把发言浓缩成六个字：

很遗憾，我保送。这能是鼓舞吗？！这明明是打击好吗！

誓师大会后面还有一个环节是同学自发上台发言，又称"喊话"。据说临江校领导最初设计这个环节的时候，设想的是给同学们一个发言的机会，让他们能够站上台表明自己的雄心壮志，为自己也为其他同学加油打气。通常大家都十分腼腆，不太好意思上台当那么多人的面说话。顾阎王正想鼓励大家，结果话还没说出口，他看着从台下乌泱泱一片头顶中伸出来一只手——那只手甚至还在空气里很是随意地左右晃了两下。

"我。"这句话声音并不大，只是台下实在太过安静，因此显得尤为突出，其他人齐刷刷往后排看。许盛又重复了一遍："我。"

已是正午，太阳正烈，少年上台之后对着话筒"喂"了一声，全校师生都觉得这个场面十分"亲切"，毕竟看了两年多了，都看习惯了。许盛这次上台的感受和以前都不一样，以前都是上台检讨，唯一一次非检讨还是在邵湛身体里，作为临江六中代表脱稿演讲，接了个烂摊子。

许盛"喂"完之后，第一句话就说："其实我也感到很遗憾……"

台下众人一头雾水，直觉要糟。

果然许盛的发言和邵湛的如出一辙："大家都知道的，我校考进了小圈，也算一只脚踏进央美的校门了，所以也没办法和大家一起感受高考的压力。"

台下众人内心一阵猛烈吐槽：要不你还是下来吧，这一个两个的，还让不让人活了！

"这可能是我毕业前最后一次上台——"许盛说到这里忽然认真起来，"我在这里站过很多次，也检讨过很多次，以前也干过不少……挺幼稚的事儿，感谢顾主任不弃之恩。"

升旗台这块不大不小的区域，他太熟悉了。从高一开始就和各科老师对着干，检讨一篇接一篇地交，顾阎王有次气急了骂他："你当交检讨是交作业啊，平时交作业都没见你那么积极，你这检讨撂那么高——打算毕业出书吗？"

那时的许盛压根没想过自己会有今天，一时间百感交集，他视线越过台下层层人群，落在后排。他凝望着的少年站在人群里，比周遭所有人都要显眼，落在他身上的那片阳光也亮得刺眼。

有许盛打头，其他学生也纷纷鼓起勇气上台，说出一些平时很少说出口的话，还有不少同学向老师表白。侯俊眼一闭，代表七班发言："孟老师，我们爱你！"

许盛在台上说话时，顾阎王也是感慨万千，这么个跟他一路斗到高三的兔崽子，马上就要毕业了。刚好许盛下台经过他面前，他抬手把许盛拽了回来："你小子等会儿，正好有个事要跟你说。"

许盛态度很好："您说。"

顾阎王指指对面那堵墙。许盛犹豫地看了顾阎王一眼，顾阎王不答，只是手指又在空气中猛力挥动了一下。

许盛大概看懂了，顾阎王是来兴师问罪来了。

于是他看着那堵墙，叹口气，主动坦白道："是，我的确是翻过几次，不过都是高二的事了……这么说也不对，我高一也常翻，我认错。"

"没跟你说这个！"顾阎王气结，手抖得更厉害了，"操场对面那堵墙，学校打算重新刷一下，或者搞个墙画什么的，你有没有什么好想法？"顾阎王说完，话锋一转："不过既然你承认了错误，老规矩，明天早上把检讨交我办公室。"

晚上，邵湛寝室里，许盛边写检讨边琢磨墙画的事儿，邵湛坐他对面难得笑了半天还没停。他在纸上写"我深刻认识到了自己的错误"，写完停下，把底下的纸抽出来拍到同桌面前："再笑你就跟我一块儿写。"

邵湛接过纸，半天才忍住笑意："你怎么想的？"

"他说找我有事，又伸手往墙上指了半天，我还能想什么？"许盛自己也没想到他高中生涯的最后一份检讨是检讨翻墙。他写了一页，邵湛用左手仿他的字迹又写了一页——两人以前互换身体的时候常干这事，他顶着学霸的身份在"危机四伏"的学校里艰难求生，而邵湛这个真学霸每天要面对检讨和老师无尽的责骂。

"我不该随意翻墙出校。"

"校规第三条，不得翻墙、肆意出入学校，对违反上述规定进出者，视情节轻重进行处罚。"

两张纸上相似的字迹挨在一起，真印证了邵湛随口说过的那个身份——"共犯"。

写完检讨之后许盛开始做试卷，邵湛虽保送了，但是同桌还得高考，并且以他同桌的模拟考成绩来看，情况并不像他今天在台上说的"一只脚踏进央美"那么乐观，他另一只脚有可能踏不进去。

邵湛现在就是个陪考的。他给许盛制订了一份冲刺计划，许盛也老老实实地按着计划进行最后一轮复习，有时候写题写得累了试图拿手机玩会儿游戏，还会被邵湛无情制止。

许盛狡辩过："我就玩一局，张峰找我半天了，他看起来最近压力很大，我帮忙舒缓一下他的情绪。"

"我现在也挺有情绪的，"邵湛往后一靠，"你怎么不来陪我学习帮我缓解一下？"

两人为这个争论的时候已经很晚了，寝室已经到了熄灯的点。屋内除了台灯下的一方天地之外，其他地方都很暗，邵湛的手机放在枕头边，因此他错过了班级群里呼唤自己的消息。

[侯俊]：@邵湛，湛哥您睡了吗？

[谭凯]：湛哥，你虽然高考不用考，但我觉得学习是无穷无尽的，让我们一起学习吧！

[袁自强]：我觉得您完全可以深度参与我们的生活，享受和我们一起冲刺高考的感觉。

[邱秋]：湛哥你能来女寝吗？我们也很需要你。

[侯俊]：……女寝的就算了吧。

许盛在邵湛寝室里摸黑冲了个澡，提提神，准备再学一会儿，谁知刚洗完，门就被人敲了好几下，一群不请自来的人在门口喊："湛哥，我们来了！"

邵湛打开门："你们来干什么？"

侯俊进来后顺手打开自带的充电小灯。一排人站在门口向邵湛问好："我们来学习来了，刚在群里喊你半天，看你没拒绝，我们就来了。"

"那是没回，不是没拒绝。"邵湛说话毫不留情，甚至充斥着一种

"能滚吗"的感觉，但还是侧身让他们进了屋。

"我知道你肯定是欢迎我们的。"侯俊说着，脑袋往门里探，刚好对上拉开浴室隔间门出来的许盛。许盛头发湿着，身上的衣服也是邵湛的。看到大家吃惊的眼神他还很不解："你们干吗？怎么来了？"

侯俊想说：你是不是应该解释一下大半夜的你怎么在这里？独自开小灶你的良心不会痛吗？

然而侯俊不敢问，他只能在心里安慰自己习惯就好。他摇摇头，扫到邵湛寝室门口放了一大袋东西，白色塑料袋被撑得很鼓。

"这什么？"

"颜料，"邵湛指指许盛，解释，"他的。"

这些都是墙画颜料，顾阎王本来只是问许盛意见，然后转念一想：这不是有个现成的联考第一在学校里吗，干吗还费劲找别人设计？于是墙画这个任务就交给了许盛。明后两天刚好周末，许盛提前买好了工具材料，打算利用周末时间画。

侯俊他们听了之后表示很感兴趣："明天晚上吗？就咱学校操场那堵灰不溜秋的墙？我也觉得是该刷一下，影响校容。"

谭凯也非常积极："需要帮忙吗？我怎么说也是幼儿园，呃，拿过奖的……"

许盛随手擦了两把头发，说："凯，你是我见过的最自信的人。"

许盛其实没想好到底要画什么，但是看看侯俊他们人手一个充电式台灯围在邵湛寝室里刷题的情景，许盛眯起眼，忽然有了一点想法。在他们写完作业，刚放下笔的时候，许盛起身，弯腰把地上的白色塑料袋拎了起来。他头发已经干得差不多了，俯身时额前的碎发落下，遮住了他的眉眼："有空吗？有空的话帮忙刷个墙。"

按理说，半夜从寝室楼里溜出去这种事不合规矩，但是七班同学多次违规，做多了也就习惯了。因为工程量大，侯俊从一楼窗户翻出去之后还说："我问问邱秋她们来不来。"

[侯俊]：@邱秋，秋姐，出来学习吗？

[邱秋]：？

[侯俊]：开玩笑的，盛哥从顾主任那里接了个活，我们人手不够，想找你出来刷墙。

女寝管制没有男寝那么严，阿姨早已经睡下，宿管室的窗门紧闭。邱秋收到消息之后心跳不停，她干这种事没有男寝小分队那帮人那么熟练。于是在召集完人手后，一行人在一楼窗户边上踟蹰半晌，最后还是邱秋鼓起勇气带了个头。她跳下去之后低声说："没事，这特别矮。"

她心跳还是很快，像偷偷干了什么坏事一样。小腿肚被蚊子咬了几个包，夏天夜晚沉闷的风从四面八方刮过来。很多年之后，她回忆起这一天，对这个夏天最深刻的印象就是五彩斑斓的颜料和七班同学把颜料往墙上泼的场景——

侯俊起初不敢泼，这种"破坏王"一样的行为，做起来难免有压力："真的泼啊？就泼上去吗？顾阎王不会打死我吧？"

侯俊说话的时候仰着头，高高的围墙上坐着一个人。许盛坐在围墙上监工，身后路灯打在他身上，给他镀上了一层光。冷质感的耳钉也在光线下折射出一星光点。他一条腿习惯性屈起，声音张扬："猴子，让你泼你就泼，哪儿那么多废话！随便泼，什么颜色都行，泼完再画。"

有他这句话，七班同学胆子大起来，谭凯率先泼上去一片大面积的黄色："我这泼得是不是很有艺术感？"

侯俊点点头："我懂了，这就是创意。"

袁自强附和："我也懂了，艺术，是没有规则的。"

"我试试，"侯俊把袖子撩起来，把颜料干脆地泼了出去，"怎么样，我这也泼得很潇洒吧？看我这色彩碰撞！是不是绝了？"

许盛"啧"了一声，飞速把垂在墙边的另一条腿收回去，手撑着墙说："潇洒……但是能别往我腿上泼吗？"

邱秋因为是女孩子，所以泼得比较矜持，她泼的是白色颜料，星星点点撒在上头，像星光。

许盛任他们瞎折腾。他准备一会儿在他们泼出来的色彩基础上作画。一般来说，这种随机泼出来的色块形状是能够进行联想的，到时候没准会有不错的灵感。

七班同学用各种颜色泼满了墙，等他们泼完，许盛才拍拍手从围墙上跳下来。在跳之前他不知道为什么犹豫了一秒，然后想到这个场景似乎发生了不止一次，他下意识抬眼去看邵湛，邵湛站在人群之外，刚好也在看他。其他人泼墙泼上瘾了，没人注意他们这边。邵湛朝他张开了双手——

　　"跳吗？"

　　许盛跳下去的一瞬间有一种虚幻的错觉，仿佛无数画面在此刻重叠，这一次邵湛接住了他。他很想告诉邵湛，其实今天在台上，本来是想对你喊话的，想说虽然有遗憾，但是不遗憾的是我离一个很重要的人很近。然而就在这一瞬间，这些话到嘴边，最终还是没有说出去。

　　"本来有些话想跟你说，"许盛说，"想想还是算了。剩下的话，留到未来再说。"

　　周一，临江六中校门口依旧车流不息。从食堂到小卖部那条路上人越发多，有人提着早餐从食堂里出来，早餐还没吃上几口，途径操场时，遥遥看到操场对面、正对着升旗台方向的那面墙上似乎多了一抹色彩。走近了才发现那是一幅像奇迹般一夜出现的墙画。那幅画张扬至极，很难用言语形容。光影变幻间，色彩层层相撞，像夏日飞鸟张开凌厉的翅膀，穿过一片浩瀚星河，带着不知道是星光还是具象化之后倾撒下来的阳光，乘着风，穿过长海，飞向不同的天空。而鸟儿所经之处，星光遍布。

　　这幅画太过冲击，路过的人无不驻足。

　　这时天空隐隐传来一阵雷声，他们好像听见了打雷声，好像也看到了一闪而过的光，奇怪的是这时既没下雨，也没变天。

　　"刚才是不是打雷了？"

　　"没有吧，今天是晴天啊。"

　　说话的人抬头看了一眼天空，哪有什么闪烁的雷电，明明是满目阳光，盛夏蝉鸣悠长。

【正文·完】

EXTRA STORY

番外·1

央美附近的小饭馆，靠近门的那扇玻璃窗正对着川流不息的马路，玻璃上贴着红色胶布，"招牌菜"三个字清晰可见。那几个字的下方，有个人倚着玻璃没正形地坐着。那人正低头摆弄着手机，露出一截后颈，线条流畅，因为瘦，某个骨节突起，一小段黑绳正好卡在那里。

低着头的人是许盛，他给邵湛发完消息，抬起头，刚好看见对面男生的酒瓶子"砰"的一下砸在桌上。

"我当时差点以为自己考不上了！"男生红着脸说。

"砰"，酒瓶落下，这是另一声。"兄弟，我也是！"接话的人是康凯。康凯坐在许盛边上，喝了三瓶酒，现在有些上头："英语太可怕了，我差一分就要落榜了……我真是不敢想象。"

今天是央美迎新会，来自五湖四海的新同学正好可以借这个机会好好认识一下。许盛和康凯也参加了。康凯和他同校不同专业，英语分数过线那天打电话对着他哭了很长时间，许盛安慰了几句，康凯哭着说："对了，你把电话给你同、同桌，我今天一定要叫他一声爸爸，没有他就没有我……我……嗝，康凯的今天！"

[S]：在外面吃饭，迎新会，大概九点多结束。

[我同桌]：别喝酒。

许盛收到消息之后笑了一声，把手机揣回兜里，靠着窗户。这时饭桌上刚好进入自我介绍环节，康凯碰碰他："到你了。"

许盛刚站起来，桌上就开始起哄。原因无他，许盛这个人还没入校就红了。高考分数高，人长得又招摇，从出现在央美校门口第一天开始，学校论坛就炸了，关于他的讨论帖迅速飘红，挂在了首页。

对面的人想给他倒酒，真心实意喊他一句："学霸！听说你专业分第一，就连文化课成绩也是专业里数一数二。"

在大学校园里，头一次被人喊"学霸"的许盛还是有些不习惯。但实事求是地说，许盛高考成绩确实不错。两门正常发挥，两门超常发挥，在造型专业一众堪堪过线的新生里一骑绝尘。当然他能达到这成绩，和同桌的补习分不开。邵湛虽然没参加高考，但一个人拉拔了两个美术生，还顺便拉拔了整个七班，以至七班高考平均分打破临江六中校记录，乐得孟国伟恨不得给邵湛送锦旗。

"许盛。"许盛没接对方的酒，转而从边上拎起一瓶矿泉水，拧开说，"过奖，没那么厉害。酒我就不喝了，我不能喝酒。"

饭桌上话题总是转得很快，许盛打算再坐一会儿就回去，没承想临走前听到了自己同桌的八卦："今年北大那名保送生你们听说了吗？超级帅！他一出来，显得往年他们学校选校草都跟闹着玩似的！"

两所学校离得不远，坐车只要十几分钟。离得近，八卦传播的速度也奇快，"邵湛"这个名字在短暂的开学期间已经传遍了他们学校。

"我听说了，听说他们学校论坛上现在一堆表白的。"许盛本来还不在意，听到这句之后就有点好奇了，他缩在边上看北大论坛，首页的确飘着一堆表白帖，还是带自拍的那种：××系×××，我的兴趣爱好是……

25楼：姐妹好勇敢！

26楼：但那位不怎么理人，我都没敢靠近，十米内空气都冷得窒息。

邵湛冷是出了名的，就连七班的人和他熟悉之后偶尔也还是会被他冷到。看到最后，许盛都有点佩服这位楼主的勇气了，因为她在最后一条回复中表示：今晚迎新会，听说他也会去！姐妹们我冲了！

许盛最后关掉页面，给邵湛发消息：你们也迎新？

邵湛那边回得很快：在吃饭。

邵湛不大喜欢参加这种场合，今天是被老师强拉过去，他既没有不去的选择，也没找到合适的时机提前溜。许盛问完他们迎新的地址之后就没再回复了，邵湛只当他那边在忙。直到半小时后，有人敲了敲包间的门。

"进来！"有同学刚加了菜，以为是服务员上菜来了，积极招呼。

但进来的不是服务员，是许盛。他一眼就看到了邵湛。今天邵湛褪去一身校服的束缚，冷气像不要钱似的疯狂向外扩散，让人不敢轻易接近。

许盛在这种场合下，一点都没有外来人的生疏胆怯，仿佛他就是北大的大一新生一样。他把刚才从服务员那截过来的水果拼盘放在餐桌上："刚才看到服务员路过，顺便拿过来了。"

等许盛坐在邵湛边上，才有人反应过来："你是？"

"家属。"许盛说完顿了顿，补充，"他是我……哥哥。"

"你怎么来了？"桌上很是热闹，邵湛这句话音量很低。

许盛小声说："你这八卦都传我们学校来了，我来凑个热闹。"

邵湛不知道他在说什么，于是许盛好心解释了："你们学校论坛里，不是有想跟你表白的吗？"看到邵湛稍微有些裂开的表情，许盛满意了："当然这是借口，我们学校迎新太无聊，就想来你这边见识一下。"

许盛来之前的确是这么想的，但他怎么也没想到学霸组更无聊，话题始终围绕着学术，和他们学渣组鬼哭狼嚎"我差点就没考上"的那种无聊完全不一样。邵湛对面的那人说："我也是保送，哎，说实话，真的挺无聊的，羡慕你们这些高考生，其实当时我都想放弃保送资格自己考了。"

这是什么魔鬼迎新发言？许盛觉得自己遭受了学霸无心且无差别的伤害。更过分的是，这种发言偏偏还有不少人附和："确实无聊，要不是我妈拦着我，我真想高考。"

许盛这个纯学渣总是受到震撼，只能转向女生那边，女生们的话题他参与度还能高些。许盛长得好，又会说话，几句话下来就加了一拨好友。在一堆验证消息里还夹着康凯的消息。

——我们这吃得差不多了，你回来的话直接回宿舍吧。

——那什么，大学恋爱不算早恋了，饭桌上有合适的帮我留意留意。

许盛发过去一串添加好友的截图：行，一桌我都加了。

康凯被这个数量震惊：你到底过去干吗的？

——相信我，我只是单纯地想看看学霸聚会。

——不，你是过去招蜂引蝶的吧。

许盛和女生们越聊越融洽，最后还是邵湛看不下去了，提前带他退了场。两人走到门口时，邵湛很自然地帮他理了一下头发，有人在后面看到了不禁感慨：这对兄弟感情真够好的！

回去的路上，许盛想起来一件事："老孟昨天发消息问我到学校没有，他问你了吗？"

邵湛"嗯"了一声。

孟国伟给他们每个人都单独发了消息。七班这帮人大都没留在A市，他们去外地上大学，在孟国伟看来就等于开启了一段人生新征程。这位老父亲在松一口气的同时也一一为他们送上祝福：临江永远为你们骄傲。

提到孟国伟，许盛他们想起高考前孟国伟的一桩糗事来。

高考前七班同学们本来是挺紧张的，孟国伟开会给他们做了疏导工作，然后这位班主任自己也肉眼可见地紧张了起来。失眠、上课弄错试卷，甚至紧张到记错日子，弄得侯俊他们反过来安慰老孟："老师，没事的，别紧张。"许盛也在后排说："是啊，老孟，不就是一场考试吗？没什么好紧张的，今年不行，大不了明年再来。"

"什么明年！胡说什么呢，我可不想明年再看到你们这帮兔崽子。"孟国伟就在这状况百出的情形里给他们上了最后一堂课，也是最后一次挨个念他们每个人的名字下发试卷，他这一次念名字念得很慢："侯俊、谭凯、袁自强、沈文豪、高志博、邱秋……许盛、邵湛……"

拍毕业照那天，阳光正好。他们站在那堵墙画前，墙画当背景，一群人嬉闹着站成几排，许盛被邵湛拉到后排，毕业照在这一瞬间定格。

许盛回宿舍的时候宿舍里还没人，估计是迎新会结束之后另有安排，他几个室友都很有个性，把寝室弄得全是海报。邵湛这几天忙着办入学手续，还没来他寝室参观过。许盛住下铺，靠窗。明明没喝酒，却还是被微风吹得微醺，他想起高考前那句"未来再说"——

等走到未来，好像也不需要多说什么了。

EXTRA STORY

番外·2

进入大学后许盛才发现孟国伟当初说什么"大学就轻松了""等你们上大学就有挥霍不尽的课余时间"全是骗人的。临近期末，许盛在画室泡了大半个月。他们专业得准备期末展，光是这一项就得花不少准备时间。许盛比别人更忙一些，因为他在课余时间找了间画室当兼职老师。一般来说，画室很少请大一新生，但当许盛把分数砸到他们脸上后，对方也就不管什么大不大一的，决定先抢下来再说。许盛在画室待过那么久，要是还不知道怎么上课都对不起康姨，因此很快成了画室的活招牌。

这天许盛从画室回学校，教室里的人已经走得差不多了，只剩下一位理论上来说不太应该出现在这里的同学。许盛倚在门口看了会儿，才笑着出声打招呼："你到这多久了？"

邵湛坐在他的位置上，手里拿着刮刀帮他刮颜料——这位走到哪儿都是冰山学神的主儿，大一刚入学名号就从校外传了过来的风云人物，这会儿正在给他刮颜料，还刮得很认真。听到许盛说话，邵湛也没抬头，而是继续手上的动作，把边上打开的颜料罐子拧了回去。"没多久，不到十分钟。"邵湛问，"不是说还有一会儿才回来吗？"

许盛从边上拉了张椅子坐下。他在公交车上睡了一觉，还没睡够，现在还有点困："本来要评分的，但其他老师说明天再评，所以我就提前回来了。"

许盛的颜料盒只能用"惨不忍睹"形容。颜料盒这东西一画就脏，偏偏每天都得用，他又不是强迫症，也没有洁癖，根本没那个耐心每天整理。现在有邵湛帮忙弄颜料盒，许盛刚好可以坐边上休息。

颜料盒收拾起来麻烦。康凯以前让许盛改画，许盛就试图让他整理颜料盒来做交换。康凯飞速移到门口："我可以叫你爸爸，但是颜料盒你别想，就算是再好的兄弟也不可能帮忙。"但就是这么麻烦的东西，邵湛在帮他收拾。他把发霉的、干掉的、脏了的颜料一格一格挑出来洗干净，再分别加颜料进去，然后把边角擦干净……许盛的颜料盒总共36格，这一收拾就是一晚上。

许盛看了一会儿，发现他同桌现在都能精准地分清两种很相近的颜色了，颜料罐一拿一个准。

"这些颜色你都记住了？"

"很难分辨吗？"

难啊，一般来说新手需要多对比才能分得清。

许盛感慨："北大法学院的邵湛同学，你现在活得像美术专业的。"

邵湛笑着看了许盛一眼，却没答话。他指腹沾了一点颜料，几种不同颜色沾染在一起，他正在用湿纸巾擦，许盛低头看时间，刚好看到侯俊在七班班级群里问："期末，有没有人想最后狂欢，上游戏浪一把的？"

[谭凯]：你胆子太肥了，不好好写作业，期末那么多作业还谈什么游戏……几点？我准时上线。

许盛和七班这帮人的联系没断过。虽说有了新圈子之后话题少了，但是侯俊很会引导。比如，当初入学第一个月许盛就收到一封感谢信。

——@S，@邵湛，今天男生宿舍夜聊，都在谈当初在学校里犯过的事儿、写过的检讨，幸亏有你们，能让我如此迅速地融入这个新宿舍，让我的高中生涯不留遗憾。

——客气。

群里其他人积极响应，纷纷回想起高中时代惊世骇俗的几次检讨。

——绿舟基地那次我真的裂开了。

——谁不是呢。

——盛哥，湛哥，你俩直到现在都还是临江传奇呢，贴吧里都是讨论你俩的帖子。

他们留下的不止那幅墙画，还有一堆传说。传说中临江出过一位成绩逆天、联赛连霸的学神，还有一位临江建校以来唯一一任不良校霸。

话题很快从游戏往其他方向发展，最后干脆在群里组织了一通群语音。许盛接通之后，侯俊的声音从耳机里传出来。

"沟通一下感情嘛！"侯俊说，"你们就不想我吗？"

许盛调了一下音量："猴子，要点脸。"

谭凯念的是计算机专业，边敲键盘边说："对了，你知道吗，我听我在北大的远房亲戚的女儿的同学说……"

许盛插话："你哪儿那么多关系？"

许盛说这话的时候录进去了一点邵湛放颜料罐的声音，"啪"的一下，不重，谭凯也没在意。

侯俊也跟着起哄："是啊，你怎么那么八卦？"

谭凯辩解："是人家为了湛哥找的我，我没那么八卦好吗！你不知道，咱们湛哥学校里有多少人对他虎视眈眈的。"

许盛这边又是窸窸窣窣的一阵动静。这回大家听得清楚了，因为盖盖子的声音过去之后，所有人都听见了那点儿声音，像是有人在耳边说话似的，清晰地传过来："整理完了。"

群里静了，许盛隔两秒才想起来他现在还开着群语音。许盛把耳机线拽下来："哥，我们在聊天。"

"聊了什么？"

"侯俊他们在八卦你……"后面两个字许盛放低了音量。

邵湛却没太大反应，波澜不惊地伸手把耳机线勾过来，凑近了打招呼："有事吗？"

这下，群里更安静了。

假期，许盛去了趟邵湛姑妈家。路上邵湛跟许盛说："我身边的亲戚朋友不多，但是很想让他们见见真正的你。"

邵湛姑妈家附近的弄堂还是老样子，两人经过的时候都不约而同地想起了前年发生过的事——这次算故地重游，许盛上次来这里还是顶着邵湛的身份。

"小表弟他，"许盛问，"应该高中了吧？他中考考得怎么样？"

"还行，进了区前两百。"

"那还挺厉害。"

小表弟在楼下接他们。几年不见，小表弟的个子长高了不少，原先微胖的体型也瘦下来，和以前的样貌相差甚远，唯一不变的就是对表哥的敬畏之心。

许盛不知道邵湛怎么和姑妈说的，总之这顿饭吃得还挺愉快。小表弟起初不知所措，和许盛聊了两句游戏之后便放开了，而且不知道为什么特别亲近许盛。许盛走之前他挠挠头说："总觉得跟第一次见面的时候比，你有些不一样了。"

"我变得比较亲切了。"许盛嘴上这样说，心里却嘀咕：小鬼，怎么说也给你当过半天补习老师，要了我半条命。

这时节正是一年的夏末，外面天色正好，烈阳高照。两人走出小区，沿着附近的一条商业街慢慢走着。街道狭长，满目绿荫，夏末的蝉鸣从绿荫间断断续续地传出来。许盛忽然发现这条路很像临江校门口那条路。

景色重叠，时空似乎一下回转到那个夏季刚开始的时候。现在的一切像是做的一个很长很长的梦，醒来他发现自己还在高中课堂上。

孟国伟喊："都醒一醒，侯俊把卷子发下去，我们讲一下。"

教室风扇呼啦啦地转着，吹起试卷，邵湛坐在他身边，指间勾着笔，而窗外阳光晒得窗沿发烫，张扬的青春像永不褪色的骄阳般定格。

EXTRA STORY

番外·3

- 秘密小剧场，与正文内容无关 -

–1–

高三冲刺阶段，许盛的成绩虽然有质的飞跃，但还属于不到最后一秒不能确定考得到底怎么样的状态。明天第三轮模考，邵湛这个陪考看起来比他紧张多了："明天三模，好好考试，在考场上别睡觉。"

"……我不在考场上睡觉很多年了。"

"遇到不会的题先放着……"

"你放心，我不会勉强自己，做不出就是做不出。"

邵湛无言以对，心说许盛这说的倒是大实话。

模拟考试严格按照高考流程进行，整栋高三教学楼安静得只剩蝉鸣，窗外焦灼的阳光从树叶间隙洒下，落在走廊上，偶尔从教室传出悠长细碎的试卷翻页声。"看题的时候仔细点，"监考老师坐在讲台边上翻阅完考卷后，发现题目里有不少陷阱，不动声色地提醒道，"有时间可以多检查检查。"

许盛写题速度很快，策略是答完自己会的题之后再回过头去琢磨几道不会的大题。他指间转着笔，正在看题。就在这时，窗外隐约传来一阵雷声，很熟悉，也很惊悚。

另一边，邵湛坐在第一考场，他的位置基本没动过——除了高二月考那次意外，邵湛没由来地想到那次月考，又转念去想许盛写题写得怎么样

303

了，有几题不会。

下一秒，这些念头被窗外的雷声"轰"地一下轰走了。

即使两个人不在同一个考场，脑海里却浮现出同样的一句话：不是吧，又来？

事实证明他们没想错，一阵熟悉又陌生的眩晕感过后，两人手底下的试卷换了一张。第一考场氛围凝重，所有人都在争分夺秒仔细检查题目，尤其是坐在许盛后面的年级第二。许盛久违地来到第一考场，感觉跟做梦一样。他低头去看撑在桌上的那只手——是邵湛的。

不多久，收卷铃响。

"湛哥，这回考得怎么样？"侯俊上回考试考得不错，刚好挤进第一考场，他问完又说，"不好意思，是我唐突了，这问题都不需要问，肯定又是第一。"

许盛脑子里一团乱，本来想收卷之后去找邵湛，被侯俊缠着脱不开身："题很简单，自己思考，不要问我。"

侯俊只觉得学神今天又有点不一样。

许盛都不知道试卷是怎么被老师抽走的，等他回过神，已经收完卷，其他同学正随着人流往外头走。他和邵湛心照不宣地在楼梯拐角碰面，两人都没敢直接回教室。

七班就在楼梯口边上，他俩站在这里还能听到从班级里传来的对话声。侯俊的声音尤其突出："这题不是选C吗？？"

"猴哥，不是，你漏看条件了。"

侯俊一声震天动地的哀号："我天塌了，我完了，我及格线不保了，你们都别拦着我，让我一个人静静，我想静静。"

许盛现在也很想静静。他深吸一口气看着站在自己面前的"自己"，问："怎么回事？"

邵湛比他好一点，还能分出心思来安抚他："你先冷静一下。"

许盛以前毫不在意考试成绩，确实可以稍微冷静一点，但今时不同往日："我题还没答完，后边大题还空着三道，三道题就是三十分，我这段时间复习到那么晚我图什么，不就是想这次考试分数考高一点吗？你叫我怎么冷静。"想他一个学渣，什么时候在意过分数？许盛抬手扯了扯领口，又问："我怎么又进你身体里去了？"

邵湛老实回答："不知道。"

"虽然不是第一次……但还是感觉怪怪的。"许盛扯完领口又说，"之前我就想说了，你身体怎么那么热？"

许盛话音刚落，拐角上被盆栽绿植挡住的地方忽然响起"砰"的一声巨响。

"谁在那里？"两人目光顺着那道声音下移，看到一个敞着口的塑料随行杯在地上滚了几圈，绿植挡得住人，但挡不住那人的脚，许盛一眼认出来："猴子？"

侯俊往边上挪动两步，他怎么也没想到自己捧着水杯出来静静，却能听到那么劲爆的一段对话："你们……我就是拿着水出来喝点杯子，不是……喝点水，我什么都没听见。"

许盛往他那个方向多走了几步，想让他好好说话。

"我完全没有听见你们两个人之间的小秘密！我什么都不知道，"侯俊实在是深受震撼，加上"邵湛"又"气势汹汹"地朝他走过来，于是他眼一闭，语无伦次地说，"我真的不知道你们之间居然是这种关系！"难怪刚才考完试去找湛哥聊天，总觉得他不太对劲！

许盛停下脚步，邵湛也一愣——这误会，着实有点大。

"不是你想的那样。"侯俊几乎是被拖着去的楼梯口，然后被满脸写着冷漠的"许盛"摁着坐在台阶上。

那是什么样？侯俊仰头看着他们。

本来许盛和邵湛都不愿意把实话说出来，毕竟他俩灵魂互换这种事情说出来也很难有人会信，加上之前两人费尽心思想隐瞒这件事，现在要告诉班级同学，总有些难以启齿。

许盛轻声骂了一句，凑在"自己"耳边："真告诉他吗？"

"告诉他和让他继续误会下去，选一个。"

那还是告诉吧。

侯俊这一天过得十分恍惚，先是听到一段信息量爆炸的消息，然后另一段信息量更加爆炸的消息向他砸了过来："我和你湛哥，其实我们俩，灵魂并不在我们自己身体里，你能懂吗？你听得明白吗？"

老师等会儿就要进班留作业，许盛好心放过了他："先回班吧，你消化一下。"

侯俊平时嘴巴很严，但也仅仅是平时，人在遭受巨大冲击的情况下，往往会做出和平时不同的反应。

侯俊刚进班，谭凯就凑过来问他："你怎么了？说出去接水，怎么水杯是空的？"

侯俊急忙摆摆手："没有，我不知道盛哥和湛哥的秘密！"

"啥？"

"我不知道他俩其实灵魂互换的事情。"

谭凯和谭凯边上的袁自强等人都怀疑侯俊疯了："啥？？？"

秘密暴露就算了，还当众暴露。

这下全班都知道了。

-2-

孟国伟在讲台上给同学们布置作业："模考虽然是考完了，但是大家不能掉以轻心，这周末作业留得有点多，大家合理安排好休息时间……"

许盛和邵湛两人坐在底下坐立难安。

孟国伟作业布置到一半，感觉今天班级氛围不是很好，于是问道："是不是这次考得不理想？"

侯俊坐在前面，迎着孟国伟和善的目光，不敢吱声。现在是最关键的时候，孟国伟就怕他们压力太大，他放下了手里的课本。讲台上还有考试时监考老师留下的多余的空白考卷，孟国伟拿起那张考卷："这次考试的确有难度，这样吧，邵湛你上来，把最后一道大题给同学们讲一下。"

请根据下列描述作画，创作时间不限、风格不限、形式不限。可另附纸作答，也可发布电子稿件至微博超话＃这题超纲了木瓜黄＃。

1. 那幅画张扬至极，很难用言语形容。光影变幻间，色彩层层相撞，像夏日飞鸟张开凌厉的翅膀，穿过一片浩瀚星河，带着不知道是星光还是具象化之后倾洒下来的阳光，乘着风，穿过长海，飞向不同的天空。而鸟儿所经之处，星光遍布。

2. 邵湛掌心温热，许盛以为他是想抓着他让他别走，然而他很快发现邵湛手上的用力方向和他想的不太一样，他被邵湛拉着往人潮外退了好几步。喧嚣的人群一下离他们远去，烟花映满整片夜空。

请结合《这题超纲了》作品中的具体情节和情境回答下列问题。

1. 临江六中高二（7）班有一对感情要好的同桌兄弟，两人经历了重重考验终于成功建立了友情。这天，邵湛听到许盛负气回应老师的追问，扬言要报考北大青鸟。邵湛担心不已，当天晚上他就在某网络平台上发帖寻求帮助。他发帖留言：同桌想去北大青鸟怎么办？高二，他均分60。结合《这题超纲了》全文情境，如果是你在上网时看到了邵湛的帖子，你会怎么开导他呢？请简述你的想法，字数不限。

请根据以下提示，填上符合原文情境的答案。

1. 请根据许盛和邵湛高二月考考试答卷情况填空。

许盛：寒蝉凄切，＿＿＿＿＿＿＿＿＿＿，骤雨初歇。

邵湛：寒蝉凄切，＿＿＿＿＿＿＿＿＿＿，骤雨初歇。

2. 请根据许盛高二月考答卷情况，翻译下列句子。

Old people said,read hua hua hua,write shua shua shua.

＿＿＿＿＿＿＿＿＿＿＿＿＿＿＿＿＿＿＿＿＿＿＿＿＿＿

3. 请根据邵湛和许盛月考后试卷讲评课上的回答分析下列语句的意思。

一千个人眼里有一千个哈姆雷特。

邵湛的理解是：＿＿＿＿＿＿＿＿＿＿＿＿＿＿＿＿＿＿＿＿

＿＿＿＿＿＿＿＿＿＿＿＿＿＿＿＿＿＿＿＿＿＿＿＿＿＿

许盛写这句话的原因是：＿＿＿＿＿＿＿＿＿＿＿＿＿＿＿＿

＿＿＿＿＿＿＿＿＿＿＿＿＿＿＿＿＿＿＿＿＿＿＿＿＿＿

4. 请默写出许盛高二月考语文考试作文的开头。

＿＿＿＿＿＿＿＿＿＿＿＿＿＿＿＿＿＿＿＿＿＿＿＿＿＿

＿＿＿＿＿＿＿＿＿＿＿＿＿＿＿＿＿＿＿＿＿＿＿＿＿＿

5. 以下的（　　　　　　）是许盛送给邵湛的书。（多选）

A.《沟通的艺术：为什么情商比智商更重要》

B.《题库大全》

C.《没有练不好的字：行楷速成教程》

D.《如何提高逻辑思维：天才训练法》

E.《新教材全解：数学篇》

3. 试求所有由互异正奇数构成的三元集 $\{a,b,c\}$，使其满足：$a^2+b^2+c^2=2019$.

4. 已知函数 $f(x)=|x-a|$，$g(x)=x^2+2ax+1$（a 为正数），且函数 $f(x)$ 与 $g(x)$ 的图象在 y 轴上的截距相等.

(1) 求 a 的值；

(2) 求函数 $f(x)+g(x)$ 的单调递增区间；

(3) 若 n 为正整数，证明：$10^{f(n)} \cdot \left(\dfrac{4}{5}\right)^{g(n)} < 4$.

2. 临江六中的许盛同学最近遇到了一件怪事，他发现自己在特定的情况下会变成自己的同桌邵湛，为此他十分苦恼，甚至上网寻求帮助。假如你是许盛的同学，并且已经发现了他的异常，你会怎么开导他呢？请简述你的思路，字数不限。

《这题超纲了》综合素质测试卷

试卷卷面成绩					
题号	一	二	三	四	小计
得分					

一、学神指数测验：本题共 4 小题，每题 5 分，共 20 分。

1. 如图 (1-1) 是一个残缺的 3×3 幻方，此幻方每一行每一列及每一条对角线上的三个数之和相等，则 x 的值为 ＿＿＿＿＿＿.

		2012
		11
	9	x

图 1-1

2. 设 $\{a_n\}$ 和 $\{b_n\}$ 是两个等差数列，记 $c_n = \max\{b_1 - a_1 n, b_2 - a_2 n, \cdots, b_n - a_n n\}$ $(n = 1, 2, 3, \cdots)$，其中 $\max\{x_1, x_2, \cdots, x_s\}$ 表示 $x_1, x_2, \cdots, x_s$ 这 s 个数中最大的数，则：

（Ⅰ）若 $a_n = n, b_n = 2n - 1$，求 c_1, c_2, c_3 的值，并证明 $\{c_n\}$ 是等差数列；

（Ⅱ）证明：或者对任意正数 M，存在正整数 m，当 $n \geqslant m$ 时，$\dfrac{c_n}{n} > M$；或者存在正整数 m，使得 $c_m, c_{m+1}, c_{m+2}, \cdots$ 是等差数列.

5102
4720
―――
9822²

121
3270
1998
4463
―――
9731

5594
6204
―――
11798

5002
4994
―――
9996

4044
4814
―――
8858

4460
4625
―――
9085

4648
4846
―――
9514

4356
5072
―――
9458

4016

3588
3350
―――
8938

4420
4634
―――
9054

4190
4254
―――
8444

3914
4664
―――
8578

4368
4406
―――
8764

(8) wqoel (3) 8058

The Student's Guide to
the Internet

让班级同学帮忙讲试卷，氛围多少会轻松一些，孟国伟心里是这么想的，殊不知他这一句话直接把坐立难安的许盛推了出来。

许盛呼吸一窒，这考验来得，那么快的吗？

偏偏孟国伟还笑呵呵地毫无察觉："这道题对你来说应该不难。"

许盛磨磨蹭蹭站起来，把手边那张考卷拿起来攥在手里，强装镇定地说："是，是不难……"他连第一问都解不出来。

邵湛在他起身的同时，抬了抬手，手掌压在考卷上，说道："你别动，我上去。"

许盛低声反驳："你现在是我，你上去一点说服力也没有。"

讲台上，孟国伟催促道："怎么了？快上来啊。"就在孟国伟出声催促之际，侯俊猛地从座位上站起来："老师，这题我会！"

他既然知道了许盛和邵湛两人的事情，就不能眼睁睁看着兄弟往火坑里跳！

侯俊用割肉饲鹰的架势说道："让我来讲吧。我其实一直都很想给同学们讲题，我觉得，学习知识是一方面，讲题能够更好地巩固知识，增长口才技能，对每一位同学都是极大的锻炼，相信不止是我，其他同学也很希望能够站上讲台，为其他同学讲题！谭凯，你说是不是？"

谭凯也跟着站起来，声音洪亮地喊道："是的！老师，下一题就让我来讲吧！"

这两位同学的发言打得孟国伟措手不及。

许盛站着愣了会儿，还是邵湛扯了扯他手里的试卷，他这才反应过来，然后完全忘了自己现在是"邵湛"，坐下之后感慨道："够意思啊，早知道之前就不费那么大劲儿装了。"

高三（7）班的班魂就是团结。最后由侯俊打头，往后轮了四五个人上去讲题。这几个人哪怕不会也愣是在台上强撑到了下课，让孟国伟再没机会说出"邵湛"这个名字。

下课铃响。孟国伟做了个简单总结："行，今天大家表现得都很积极，那这节课就先这样。"邵——"孟国伟说着，往后排看，想找邵湛商量一下选专业的事情，结果这个"邵"字刚说出口，刚坐下去的谭凯又猛地站了起来："老师，找我，我可以，我能行。"

孟国伟就算脾气再好也憋不住了："你能行什么能行？"

−3−

这一次互换的时间非常短暂，不到12个小时，在轻微的眩晕后，两人又换了回来。只不过这一次，只有他们两个人知道的秘密，意外变成了全班的秘密。

两人换回来的时候是在寝室里，许盛做着邵湛给他布置的题。这道题有点难度，他把笔捏在手里转悠，轻微的眩晕感过后，他回到了自己的身体里。许盛看着坐在书桌前的邵湛，没忍住笑了笑："邵老师，刚好我第二问不会解，帮个忙呗。"

这晚，窗外蝉鸣环绕，繁星漫天。

【番外·完】